TEMPÊTE
SUR BEERSHÉVA

DU MÊME AUTEUR

NOTRE CORRESPONDANTE À BEERSHÉVA, roman traduit de l'hébreu par Laurence Sendrowicz, Fayard, 1995.

ALERTE À BEERSHÉVA, roman traduit de l'hébreu par Laurence Sendrowicz, Fayard, 1996.

LE BIJOU, roman traduit de l'hébreu par Laurence Sendrowicz, Fayard, 1997.

Shoulamit Lapid

TEMPÊTE SUR BEERSHÉVA

Une enquête de Lisie Badikhi

roman

traduit de l'hébreu par
LAURENCE SENDROWICZ

Fayard

Cet ouvrage est la traduction intégrale, publiée pour la première fois en France, du livre de langue hébraïque :

חול בעיניים

édité par Keter, Jérusalem.

CHAPITRE PREMIER

Le piquet de grève organisé par les licenciés de la Maillerie, l'usine de tricot où avait travaillé Batshéva Badikhi – la mère de Lisie – pendant trente-cinq ans durait depuis cinq semaines. Le portail avait été scellé et des vigiles armés bloquaient l'accès à l'aile des bureaux. La nuit, ils libéraient leurs Rottweilers, mais ne les laissaient pas sortir dans la cour. Les ouvriers affirmaient que l'argent dépensé pour nourrir ces chiens aurait suffi à financer une troisième équipe.

Il était dix heures du matin. À l'abri derrière sa fenêtre, une tasse de chocolat chaud à la main, Lisie suivait du regard un gros carton qui roulait sur la chaussée. Qu'y avait-il de si palpitant dans les ourlets de manches, spécialité de Batshéva Badikhi ? se demandait-elle. Huit heures, voire parfois dix heures par jour à coudre des ourlets de manches pour dix shékels et demi de l'heure.

Elle serait volontiers restée chez elle, à se traîner de la cuisine au salon et du salon à la cuisine, affalée devant un feuilleton larmoyant à la télévision en grignotant des pépites de tournesol. Mais elle savait qu'Adoulam du *Courrier* rôdait en ville. Elle ne pouvait se permettre aucun répit. Depuis qu'il avait sa rubrique quotidienne à la télévision régionale, il se révélait d'un zèle insoupçonné et dédaignait à présent tous les expédients qui avaient été son mode de fonctionnement avant l'ère audiovisuelle. Benni Adoulam, l'homme qui avait transformé la paresse en art de vivre, qui recopiait ses articles de manière éhontée, était devenu ces derniers mois une menace existentielle.

D'après la radio, la tempête de sable qui avait éclaté à trois heures du matin devait passer sous vingt-quatre heures. L'air, de couleur brune, tournoyait, contournait des arbres et des palissades, courait derrière des poubelles et des vélos qui fuyaient comme des animaux sauvages poursuivant leurs proies vers quelque endroit caché où ils pourraient les dévorer à l'abri des regards.

Interviewé sur les ondes, le météorologue expliqua que le Néguev n'avait pas connu de tempête aussi violente depuis trente ans mais, prédit-il, les vents se calmeraient lentement pendant la nuit. Emportées par de fortes rafales, deux caravanes avaient atterri dans le ruisseau de Bakaa, annonça un reporter, et une tente de Bédouins de Lakya volait vers le quartier d'Omer à la vitesse de soixante-dix kilomètres-heure, entraînant derrière elle un âne attaché à ses piquets. Un témoin raconta que les colombes du pigeonnier de l'école maternelle du troisième arrondissement étaient devenues folles et qu'elles avaient couru se réfugier dans le chenil de la police, qui ressemblait maintenant à un abattoir. Le sable griffait les vitres, et le vent qui hurlait avec l'acharnement de chiennes en chaleur fit frissonner Lisie.

Tôt ou tard, rien à faire, elle devrait sortir. Son quotidien national serait bien évidemment preneur d'un reportage sur un tel événement.

Elle endossa son imper et noua le lacet de la capuche. La tempête de sable avait démontré le bien-fondé des voiles des Bédouines qui ne laissaient que les yeux à découvert. La doublure de sa poche était déchirée. Elle passa la main par le trou, repêcha les grands anneaux à la Carmen que lui avaient offerts tante Clara et oncle Yaacov pour ses trente ans et les accrocha à ses oreilles. Son dernier passage au Mikado, leur boutique de la gare routière, remontait au mois précédent. Elle se promit d'aller les voir. Sous peu.

Les fenêtres de sa Justy étaient recouvertes d'une épaisse couche de sable et lorsqu'elle actionna les essuie-glaces, une purée boueuse s'étala sur le pare-brise. Elle alluma ses phares et se mit en route pour la Maillerie sans dépasser vingt kilomètres à l'heure. Les rues étaient désertes, le vent secouait les arbres comme s'ils n'étaient que de frêles roseaux, pas une porte ou une fenêtre de la ville qui ne fût hermétiquement fermée, pas un réverbère qui ne fût allumé : une atmosphère de siège, et pas le moindre signe avant-coureur du « se calmeraient » de la radio.

Elle dépassa la zone industrielle et prit au nord, vers le terrain vague qui séparait la ville de la Maillerie. Les collines dénudées disparaissaient sous un brouillard de sable et elle ne savait plus si elle roulait sur la chaussée ou dans la terre. Seules les lampes suspendues aux poteaux en deux rangées parallèles à intervalles réguliers lui indiquaient la direction à suivre.

Les manifestants, devenus partie intégrante du décor de l'usine, avaient disparu. Aucune voiture n'était garée dehors. Habituellement, un ou deux ouvriers passaient ramasser les troupes et laissaient leur véhicule sur la route, de l'autre côté du grillage, en face de l'entrée. C'était la condition imposée par la police : vous avez le droit de manifester, mais hors du domaine de la Maillerie, qui est une propriété privée. En effet, le « domaine de la Maillerie » appartenait à la famille Tarshish. Il s'étendait sur une cinquantaine de dounams délimités par un grillage, et le seul bâtiment érigé dessus était l'usine de tricot.

Dans la cour, un morceau de volet emporté par le vent s'éleva dans les airs, heurta un mur et tomba. Un éclair zébra soudain le ciel grisâtre. Par les fenêtres de sa Justy, Lisie distingua une ombre floue : la voiture des vigiles. Ils avaient apparemment décidé que leur mission était de repousser les contestataires ou de défendre corps et armes ceux qui payaient leurs salaires, mais aucun paragraphe du contrat ne stipulait l'obligation d'inhaler un kilo de poussière dans les poumons. Les fenêtres de leur Subaru étaient couvertes de sable, comme toute chose à Beershéva, et elle ne réussit pas à identifier qui était de garde ce jour-là.

Le vent agitait les pans de la tente que les ouvriers avaient plantée sur le terrain vague, de l'autre côté de la route, devant le portail. Lisie sortit de voiture et s'approcha, couvrant son nez et sa bouche avec le col de son imper.

La tente était déserte. Batshéva Badikhi, la mère de tous les ouvriers du textile, avait abandonné le champ de bataille. Ses amies aussi. Où était-elle à présent ? Que faisait-elle ? Que ferait-elle à partir de maintenant et jusqu'à la fin de ses jours, elle qui toute sa vie n'avait cessé de travailler, et qui, une fois privée de son emploi, n'avait cessé de manifester, jusqu'à ce qu'une tempête de sable vienne la priver de ce dernier soubresaut ?

Une chatte et quatre chatons étaient allongés sur un des vieux matelas de mousse qui, ces dernières semaines, avaient servi à accueillir les manifestants. Les petits étaient presque transparents. Une peau rose très mince et fripée recouvrait leurs corps tout menus, leurs yeux étaient encore clos, et tout leur instinct de survie se concentrait sur la petite bouche accrochée aux mamelons. À la vue de l'intruse, la chatte se dressa, montra les crocs et laissa échapper un bref miaulement menaçant. Encore sur le seuil, Lisie recula et murmura : « Allons, allons, tout doux. » Le sable crissait sous ses dents, ses yeux piquaient et un goût de fumée lui emplissait la bouche. Si les manifestants avaient été là, l'un d'eux aurait sûrement donné du lait ou de l'eau à la bête et lui aurait peut-être proposé à elle aussi un thé sucré de son thermos.

De son portable, elle appela sa mère pour lui demander si les ouvriers avaient décidé de stopper leur action. Non, aucune décision n'avait été prise. Si elle était restée chez elle, c'était à cause du temps. Un jour comme ça, on ne sortait pas.

« Tu vas bien, maman ?

– Très bien, Lisette. Où es-tu ?

– À la Maillerie. Il n'y a personne ici. Je passerai chez toi cet après-midi.

– Non, Lisette.

– Pourquoi ?

– Je veux être seule.

– On prendra un café et je m'en irai au bout d'un quart d'heure.

– Je préfère rester seule. Ne viens pas. »

Lisie sentit ses tripes se nouer. Elle détestait cette voix qui souffrait en silence et la transformait en gamine coupable qui méritait une punition. Son ventre était devenu, au fil du temps, un ballot rempli d'actes répréhensibles. La fenêtre de la voisine brisée par le ballon avec lequel elle jouait, les sandwichs au chocolat à tartiner jetés à la poubelle jour après jour, le rouge à lèvres de sa mère qui s'était cassé sur sa bouche l'année de ses dix ans, l'exhibitionniste derrière l'épicerie, le sous-officier qui, une nuit qu'il la ramenait dans sa camionnette, lui avait fourré entre les cuisses une main qu'elle n'avait pas repoussée, non, elle n'avait pas bronché, statue de sel terrorisée et honteuse. Tant de conneries accumulées qui l'avaient amenée, avec un acharnement constant, à ne vivre que dans la culpabilité.

« Tu m'en veux, maman ?

– Non. Ai-je une raison de t'en vouloir ? »

Elle trouva une boîte en plastique vide à côté de la poubelle et se dit qu'elle pourrait la remplir d'eau pour la chatte et sa portée. À l'extrémité nord du terrain vague, mais à l'intérieur du grillage, se dressait le vieil autobus d'Oved Hanegbi, le fou de la Maillerie, et juste devant, un robinet d'eau. Elle décida de s'y rendre en voiture. Le vieux allait devoir s'occuper des animaux maintenant que les ouvriers avaient déserté les lieux. D'ailleurs, il n'avait rien d'un fou dangereux. C'était simplement un illuminé qui avait choisi de vivre comme un clochard et s'était installé dans cet autobus un million d'années auparavant. Il fumait cigarette sur cigarette, écoutait de la musique classique sur la Voix de la Musique et marmonnait des séries de nombres qui étaient restés coincés dans sa mémoire. De grande taille, robuste, le visage creusé de profondes rides, les yeux toujours tournés vers l'horizon, la barbe hirsute, il était âgé de soixante-dix ou quatre-vingts ans. Les ouvriers l'avaient surnommé le Prophète. Toutes les tentatives des services sanitaires de la mairie ou des travailleurs sociaux pour lui faire quitter son habitation vétuste avaient échoué.

Deux semaines plus tôt, en pleine grève, quelqu'un avait mis le feu à son autobus et il ne s'en était tiré que grâce à l'intervention de la patrouille de nuit des manifestants, deux femmes et quatre hommes qui avaient éteint l'incendie. Qu'on ait pu s'approcher de l'endroit sans que le vieux s'en soit aperçu, lui qui ne dormait jamais que d'un œil, restait un mystère. Sans doute un somnifère avait-il été introduit dans ses cigarettes, quelqu'un voulait l'expulser, c'était évident, peut-être le tuer, et après, on accuserait les grévistes, bien entendu. Quelle chance qu'il y ait eu cette ronde de nuit, ses chaussettes commençaient à roussir lorsqu'on l'avait tiré au-dehors !

Les ouvriers, qui depuis toujours aimaient bien le Prophète, en avaient, dès lors, fait leur héros. Il était l'un des leurs. Les exploités contre les exploiteurs, la résistance face aux bourreaux.

L'incendie de l'autobus avait fourni à Lisie l'occasion de placer dans le journal une brève supplémentaire sur le piquet de grève, malgré le veto de Gdalia Ariéli, le rédacteur en chef des *Nouvelles*, qui prétextait que « tout le monde en avait ras-le-bol » de ce sujet. Quant à l'interview – si l'on pouvait qualifier d'interview sa discussion avec le Prophète –, elle l'avait publiée dans les *Nouvelles du Sud* qui ne paraissaient qu'à Beershéva, son fief à elle, où le patron n'avait rien à dire.

« Essaye-t-on de vous expulser ? avait-elle demandé à Oved Hanegbi après l'incendie, magnétophone ouvert et stylo à la main.

– Qui ?

– C'est vous qui allez me le dire.

– Quoi ?

– Un jour, ils y arriveront.

– Qui ? »

Elle avait souri. Les réponses laconiques qui se gardaient bien de révéler quoi que ce soit étaient ses armes à elle, depuis toujours. Elle avait toujours été l'imbécile de service, en classe, dans son quartier ou au régiment, celle dont on ne se souvenait jamais, ou alors dont on s'étonnait qu'elle ait pu franchir les obstacles de l'école, de l'armée, de l'Université, du journal, avec ce regard endormi, cette voix somnolente et ces grandes enjambées empotées, signes de quelqu'un qui ne prend pas la peine de soigner l'impression qu'elle fait sur les autres et renonce à un combat qui, de toute façon, semble perdu d'avance.

« Je suis la fille de Batshéva Badikhi, qui travaille à l'usine.

– Oui.

– On essaye de vous faire partir ?

– Cet endroit est à moi.

– Et si ça brûlait ?

– Dans ce cas aussi.

– Avez-vous des héritiers ?

– Elle a failli mettre bas ici, dans la cour.

– Qui ?

– Celui qui voit tout jugera.

– Quoi ? »

Il avait soudain ricané, la main devant la bouche, laissant échapper des sons de pompe éraillée. Lisie avait renoncé à tirer de lui des propos logiques.

À l'extrémité du terrain, comme par un fait exprès, les lumières étaient éteintes. Sa voiture tangua sur le sentier sablonneux et cahota entre les ornières qui bordaient le vague chemin menant à l'autobus. À croire que la compagnie d'électricité avait décrété que le fou de la Maillerie ne méritait pas ou n'avait pas besoin que l'on fasse des efforts pour lui. Lisie sortit de sa Justy, se recouvrit le visage et le nez de sa grande capuche et s'approcha. Elle espérait qu'il se souviendrait d'elle et qu'il accepterait de donner à boire à la chatte.

La porte du véhicule était fermée. Ce n'est qu'à cet instant qu'elle se rendit compte que cette porte était toujours ouverte, qu'été comme hiver, elle restait béante. Lisie essuya la fenêtre de sa main. Le Prophète reposait sur un matelas étalé entre les banquettes. Il portait ses vêtements habituels, un pantalon noir taché et une chemise bleue de travail. Accrochés à une corde tendue sur la fenêtre, il y avait des chaussettes, des slips, une chemise, et, posée sur la dernière banquette, une pile de journaux, avec dessus une petite radio et un sac en plastique rempli de paquets de cigarettes. Sa tête pendait hors du matelas, à même le sol, sous une banquette.

Un énorme tourbillon de sable déboulait du sud, arrachant pierres et buissons sur son passage. En comparaison des ouragans qu'elle avait vus à la télévision ce n'était peut-être qu'un éternuement, mais, selon les critères du Néguev, il s'agissait assurément du vent « écartelant les monts et brisant les rochers » dont parlait la Bible. Elle décida de se réfugier dans l'autobus et de s'asseoir par terre.

Oved Hanegbi ne bougea pas lorsqu'elle entra et claqua violemment la porte derrière elle. Il ne bougea pas non plus lorsqu'elle s'excusa pour cette incursion. Près de sa tête, il y avait quelque chose qui ressemblait à une flaque de sang séché. Les trombes de sable heurtèrent de plein fouet l'autobus et le secouèrent comme s'il n'était qu'une embarcation de papier au milieu d'un océan déchaîné. Oved Hanegbi ne bougea toujours pas. Elle n'osa pas le toucher, téléphona à l'hôpital de Soroka et demanda qu'on lui envoie une ambulance. Elle appela ensuite la photographe des *Nouvelles*, mais personne ne répondit. Lorsque Dorith recevait son nouveau petit ami pour la nuit, elle enfouissait son bip au fond de sa caisse de draps et de couvertures. Lisie lui laissa un message dans lequel elle indiquait son emplacement et lui demandait de venir la rejoindre immédiatement. Elle attendit cinq minutes, les yeux rivés sur les aiguilles de sa montre, puis téléphona à la police. Bentsi, de service au commissariat, lui dit qu'il arrivait sur-le-champ et surtout, qu'elle ne touche à rien. J'espère que

Dorith rappliquera avant l'ambulance et la police, pria Lisie tout en maudissant la photographe et son copain dans la foulée. Si jamais le *Courrier* révélait l'histoire avant elle, ce serait le pompon !

Une dizaine de minutes s'écoulèrent avant l'arrivée de l'ambulance, et, tout ce temps, elle parla. Étrangement, le souvenir du jour où une des soldates de sa section s'était étouffée au cours d'une crise d'épilepsie lui revint en mémoire. La responsable de l'auberge de jeunesse, une femme de la communauté des Hébreux noirs, avait alors dit : « Parlez-lui ! Parlez-lui ! Elle est encore là ! Elle est avec nous ! Son corps est là, son âme, son esprit aussi, elle vous entend, parlez-lui, parlez-lui. » Lorsque la soldate avait été emmenée, il apparut que cela faisait cinq bonnes heures qu'elle était morte. Mais Lisie n'avait pas regretté son flot ininterrompu de paroles. La peur face à ce jeune corps, à ce visage si pur, à cette chevelure encore brillante, avait été évacuée par toutes les conneries qu'elle avait dites et redites et qu'elle avait continué à dire même après l'enlèvement du corps, alors qu'il ne restait plus dans la chambre qu'un lit vide.

« Voulez-vous venir avec nous ? » lui demanda le jeune médecin tandis qu'il aidait à glisser la civière dans l'ambulance.

Relié à des perfusions, le Prophète ressemblait à un têtard avec des antennes.

« Non, j'ai ma voiture.

– Vous arriverez à conduire ?

– Oui. Il vit ?

– À peine. Comment s'appelle-t-il ?

– Oved Hanegbi. Vous le sauverez ?

– Espérons. N'êtes-vous pas la sœur de Georgette et de Havatzéleth ?

– Si. »

Un nuage de sable s'engouffra dans le chemin, et une torche arrachée de quelque part clignota par-delà le rideau de poussière qui barrait la route… Dorith ! Elle avait commencé à photographier avant même d'être descendue de moto.

« J'appelle la police, dit le médecin à Lisie.

– C'est déjà fait.

– Ne touchez à rien. Quand l'avez-vous trouvé ?

– Il y a un quart d'heure. À peu près. Que lui est-il arrivé ?

– Je ne sais pas. Un coup sur la tête. Il me semble aussi que l'épaule est cassée.

– Quelqu'un a essayé de le tuer ?

– C'est bien possible. »

Ses deux sœurs, Georgette et Havatzéleth, travaillaient comme infirmières à l'hôpital de Soroka. Lisie ne douta pas un seul instant que le jeune médecin leur raconterait qu'il l'avait trouvée ici avec Oved Hanegbi agonisant.

« Qu'est-ce que tu foutais ? cria-t-elle à Dorith après le départ de l'ambulance.

– J'étais sur le toit d'un immeuble de quatorze étages. Lisie ! J'ai photographié une roue de sable d'une de ces tailles ! Sûrement cinquante mètres de rayon, et qui roulait à une de ces vitesses ! Je ne sais pas si les prises seront bonnes. Cette poussière démente fait un de ces brouillards ! Mais si elles sont bonnes, les *Nouvelles* les publieront, c'est sûr. Tu sais quoi ? Je pourrais même les vendre au *Geographical Magazine* !

– Rejoins-moi dans la voiture.

– Qui attendons-nous ?

– La police. Prends le bus.

– C'est fait.

– L'intérieur aussi. Il y a une mare de sang sous une des banquettes. »

Dorith avait fait ses premiers pas aux *Nouvelles* grâce à son père, Maurice Dahan, le directeur commercial et administratif du journal. Le fait d'avoir commencé à travailler comme photographe de presse avait révélé en elle des qualités que même ses parents ne soupçonnaient pas : du sérieux et de la ténacité. Au début, elle avait suivi Lisie comme son ombre, mais depuis plusieurs mois, toutes deux se contentaient de messages laconiques par téléphone ou sur le répondeur. À la surprise des Dahan, leur fille parvenait à vivre de son métier. Il ne leur restait plus qu'à payer l'alimentation, l'eau, l'électricité et le blanchissage. Quant aux factures de téléphone et aux frais d'essence, le journal s'en chargeait.

Dorith termina de photographier l'autobus et vint s'installer dans la Justy de Lisie.

« Il est mort ? s'enquit-elle.

– J'espère que non.

– Qu'est-ce que tu foutais là ?

– J'étais venue lui demander un peu d'eau pour une chatte que j'ai trouvée dans la tente des manifestants. »

Dorith l'examina de ses yeux bleu gris puis éclata de rire. Lisie fit de même et des larmes roulèrent sur ses joues.

Oved Hanegbi était le plus ancien marginal de Beershéva. Tout le monde savait qu'il avait pour habitude de se laver tous les matins aux bains publics d'Istanbouli, puis de s'installer à la buvette de Sima, d'y prendre un café avec un petit pain et une salade et d'y fumer sa première cigarette de la journée. Ensuite il achetait le journal puis s'en revenait lentement vers son bus, situé au nord du terrain de la Maillerie, s'asseyait sur le banc à l'extérieur du véhicule et allumait sa radio sur la Voix de la Musique. Personne ne savait de quoi il vivait ni pourquoi il vivait ainsi. On racontait que dans le passé il avait été violent, une vraie brute, des gros bras qu'il louait à n'importe quel truand, que la fois où il avait été arrêté, il avait fait sauter plusieurs dents au policier qui essayait de le pousser dans la cellule, et que, lorsqu'on avait fini par le maîtriser, il s'était pendu aux barreaux de la fenêtre, une chance qu'il s'en soit sorti. Un de ses proches, Yigal Tarshish – le fondateur de la Maillerie – l'avait libéré sous caution après avoir expliqué au juge qu'Oved était claustrophobe. Lorsque, pour sa réinsertion, il avait travaillé à la tonte des moutons, il soulevait les bêtes à bout de bras. Il avait aussi gagné sa vie en traquant les contrebandiers qui trafiquaient avec l'Égypte, était arrivé premier à une course de chameaux, mais tout cela n'était que rumeurs, nul n'avait rien vu de ses propres yeux. En revanche, ce que les gens voyaient, c'était un homme qui semblait avoir soixante-dix ans mais pouvait tout autant en avoir quatre-vingts, restait assis à écouter de la musique, fredonnait ou marmonnait sans trêve des nombres qu'il calculait mentalement, un homme qui répondait si on lui parlait et se taisait si on ne lui parlait pas. Les ouvriers de la Maillerie éprouvaient pour lui cette affection empreinte de respect mutuel qui naît de longues années de cohabitation.

Bentsi et sa cour arrivèrent dans deux véhicules de police. Lisie remarqua qu'Ilan, qui suivait toujours Bentsi à la trace, n'était pas là. Les deux hommes étaient ses beaux-frères, les maris respectifs de ses sœurs Georgette et Havatzéleth. Là où se rendait l'inspecteur principal Bentsion Coresh, le sergent Ilan (Sergio) Bakhot se rendait aussi. Son absence voulait dire quelque chose, et elle allait devoir en éclaircir la signification.

« Toi, approche ! lui cria Bentsi au moment où elle sortait de sa voiture.

– Continue à mitrailler avant qu'ils ne bouclent les lieux », chuchota-t-elle à Dorith.

Elle expliqua à son beau-frère la raison de sa présence, comment et où elle avait découvert Oved Hanegbi.

« As-tu touché à quelque chose ?

– Quoi ?

– Tu m'as bien entendu.

– Bien sûr que j'ai touché des choses. Je ne savais pas qu'il y avait un cadavre à l'intérieur.

– Ce n'est pas encore un cadavre.

– J'ai essuyé la fenêtre avec ma main parce que j'ai remarqué que la porte de l'autobus était fermée et que je me suis souvenue qu'elle ne l'était jamais. Après j'ai vu des rafales de sable qui approchaient et je me suis réfugiée à l'intérieur.

– Tu as sûrement foutu le bordel dans les indices !

– Non mais, franchement, mon petit cœur, quels indices comptes-tu trouver avec toute cette poussière ?

– Le Prophète était déjà en route pour Soroka quand tu m'as téléphoné.

– Que voulais-tu que je fasse ?

– Tu as encore eu peur de te faire griller par Adoulam ?

– Quelqu'un de chez vous lui refile tous les tuyaux.

– Tu m'emmerdes. »

Deux policiers étaient en train de délimiter un périmètre autour de l'autobus et luttaient contre les assauts du sable, tandis que le photographe de la police et l'équipe du laboratoire de l'Identité judiciaire s'affairaient à l'intérieur du véhicule.

« Inspecteur Coresh ! » s'écria soudain l'un des deux hommes qui travaillaient dehors. La voix provenait d'une vingtaine de mètres plus au nord.

« Ne pose pas de questions et cours prendre des photos », murmura Lisie à Dorith.

Non loin d'un amoncellement d'ordures où s'entassaient des vieilles pièces détachées de voitures, des réfrigérateurs sans portes, des bidons, des matelas de mousse désagrégés, quelque chose brillait sur le sol. Deux boutons dorés sur la manche d'un blazer d'une couleur indiscernable à cause du sable qui le recouvrait. Les poignets aussi étaient à nu, des excroissances qui avaient la teinte peau-de-poulet de la mort. La terre, plus sombre à cet endroit, se tassait sur le corps enfoui en elle et luttait contre le vent. L'homme enterré là avait les contours d'une momie enserrée dans des bandelettes effilochées. Lisie ne parvint pas à détourner les yeux de la main et des boutons. Elle eut la sensation d'étouffer, baissa sa capuche mais se recouvrit aussitôt le visage pour se protéger d'un nouveau tourbillon.

« Appelle le photographe », dit Bentsi au policier qui se tenait à ses côtés. Dans le même souffle, il cria : « Arrêtez ça ! » à Dorith qui mitraillait la scène comme un cow-boy dont le doigt est resté collé à la gâchette.

Immobiles, ils regardaient le corps qui se débarrassait lentement de son linceul de sable. Une manche sur laquelle le pli du repassage était encore visible apparut. En dessous, le verre d'une montre scintilla. Avec précaution, Bentsi souleva le bord de la manche à l'aide du stylo qu'il avait en main. La montre marquait douze heures quarante-cinq. Le bracelet était incrusté d'or et d'argent. Peut-être un homme aisé. Qui avait choisi avec soin son bracelet de montre. Ses boutons de blazer. Qui avait choisi une chemise dont les couleurs s'harmoniseraient à celle de sa veste et s'était assuré de la qualité de son repassage lorsqu'il l'avait sortie de l'armoire.

« Les animaux se terrent à cause de la tempête, dit le photographe.

– Quoi ? demanda Bentsi.

– Sinon, ils l'auraient trouvé.

– Qui ?

– Les chacals. Les vautours. Si quelqu'un a voulu brouiller les pistes, cette tempête, c'est un don du ciel.

– Bien au contraire, celui qui l'a enterré ici a pensé que jamais personne ne le découvrirait, mais la tempête a fait foirer ses plans. Vous êtes encore là ? cria-t-il soudain à l'intention de Lisie et de Dorith. Je ne veux pas un mot.

– Bien sûr, bien sûr. Et demain, je lirai un papier dans le *Courrier*.

– Qu'est-ce que tu m'emmerdes avec Adoulam ? Je lui dois quelque chose, moi, à Adoulam ? Qui c'est, ce type, pour moi ? Pas un mot ! Tu m'as entendu ?

– On t'a entendu jusqu'au quartier d'Omer. On t'a entendu à Ashkélon. Moi, je ne t'ai pas entendu. Viens, Dorith.

– Lisie ! Lisie ! »

« Tu veux que je ramène tes appareils photo ? demanda-t-elle à sa collègue lorsqu'elles eurent atteint la voiture.

– Oui, ce sable risque de me les bousiller.

– Rendez-vous à la rédaction. »

La jeune fille déposa son matériel dans la Justy et enfourcha sa moto. Lentement, avec précaution, elle se fraya un chemin dans le désert qui cavalait à leur rencontre. Où, songea Lisie, où vole tout ce sable, vers quel ailleurs va cette terre que le vent soulève ainsi ?

CHAPITRE II

Son portable sonna. La voix de tante Malka, la secrétaire de permanence du commissariat, retentit, pleine d'agressivité :

« Non, non, le sergent Bakhot se trouve au Pélican Bleu.

– Merci », répondit Lisie.

Elle ferma le téléphone et fit des appels de phares à Dorith, qui ralentit puis s'arrêta sur le bas côté.

« Direction le Pélican Bleu ! lui annonça-t-elle.

– Que s'est-il passé ?

– Je ne sais pas. »

Depuis qu'Adoulam avait été promu star des médias, tante Malka était devenue une alliée. Selon un accord tacite, celle-ci informait Lisie des affaires dont Adoulam avait déjà pris connaissance. Égalité des chances. Les projecteurs de la télévision locale fascinaient les policiers et il y en avait toujours un qui prenait la peine de contacter Adoulam, sachant bien qu'en contrepartie il aurait droit à une apparition sur le petit écran pour prononcer une de ces sempiternelles formules : « L'enquête est en cours » ou « À ce stade, je ne peux rien révéler », avec sur le visage, l'expression de dégoût contenu que lui inspiraient ces journalistes toujours prêts à fourrer leur nez partout.

Un policier qu'elle ne connaissait pas bloquait l'entrée du Pélican bleu et les mots magiques de « Lisie Badikhi, des *Nouvelles du Sud* » ne lui firent aucun effet. Avec ses paupières rougies et ses cils couverts de sable, il ressemblait à un enfant bédouin atteint de conjonctivite aiguë. Elle essuya la vitre de sa main et regarda à l'intérieur du bar. Elle reconnut Katinka, le propriétaire, Loulou des taxis, Jacquot des meubles, Dave Factory des jardins municipaux, et Boris, qui jouait de l'accordéon à la gare routière. La nouvelle serveuse de l'établissement était allongée sur une table. Une nappe lui servait de couverture. Assis tout près d'elle, Ilan affichait une profonde compassion, une mère n'aurait pas pu manifester plus d'inquiétude et de sollicitude. De temps à autre, le photographe de la police actionnait son flash, et Shoshi de l'Identité judiciaire était debout derrière le comptoir. Adoulam se tenait à côté d'un des policiers avec derrière lui un preneur de son et un cameraman.

Lisie frappa au carreau. Ilan leva la tête et fit un geste bon à chasser les mouches. Elle frappa à nouveau. Il ouvrit vers elle des yeux accusateurs dans un « Quoi ? » muet. Elle indiqua Adoulam du doigt avec une expression qui signifiait : si tu as autorisé un reportage, mon petit cœur, ça vaut aussi pour moi. Il se leva et s'approcha de la porte.

« Entre.

– Merci. Viens, Dorith.

– Qui t'a informée ? Malka ?

– La personne qui a rencardé Adoulam. Que se passe-t-il ?

– Cette tempête les a rendus fous. »

Le sol était couvert de flaques de boue, et le sable qui s'engouffra à l'intérieur en même temps qu'elle vola et s'ajouta à celui qui recouvrait déjà les dalles. Une chaussure à semelle compensée flottait dans une des flaques. La seconde était toujours sur le pied de Sigui, la serveuse.

Lisie s'assit à côté de Katinka, mit son carnet sur les genoux et posa son magnétophone sur la table.

La poussière qui pénétrait par tous les pores de la peau leur était montée à la tête, à tous, disait le patron. D'ailleurs, il n'avait pas pensé ouvrir. Qui mettrait le nez dehors par un temps pareil ? Comme il regrettait de ne pas être resté à la maison ! Ils n'arrêtaient pas de s'engueuler pour tout et n'importe quoi, et finalement Dave Factory avait piqué une crise, dégainé son pistolet-autorisé et tiré sur les bouteilles, genre monsieur se croyait au Far-West.

« De quoi parliez-vous ?

– Qu'est-ce que j'en sais ? Je n'écoutais pas.

– En gros. »

Donc, en gros. Loulou des taxis avait affirmé qu'une guerre éclaterait au Liban dès la fin de la tempête de sable, et que, la nuit précédente, le général en chef de l'armée du Sud s'était rendu à Nétivoth chez le Babba Sali pour recevoir sa bénédiction avant l'offensive. Il le tenait de son voisin de palier, qui était le frère du chauffeur du général en question.

Sigui avait demandé à Katinka de laisser entrer Boris, le musicien russe. Alors d'accord, il avait fait un geste et l'avait convié à l'intérieur, avec son accordéon, bien sûr avec son accordéon, quoi, il le laisserait dehors ? Qu'il boive un coup offert par la maison, aux frais de cette tempête de sable, des tempêtes comme ça, il n'en avait certainement pas vu en Russie. À condition qu'il ne joue pas : tout le monde était nerveux, ce n'était pas la peine d'en rajouter avec son *Otchi tchornyé*. On racontait que pendant la journée Boris jouait de l'accordéon devant le centre commercial et que la nuit il surveillait deux filles qui bossaient pour lui autour de la gare routière.

Sigui, la nouvelle serveuse, avait expliqué que la musique de Boris lui faisait un trou noir dans le ventre, un ravin qui se creusait, avec une lumière vive à l'intérieur, comme celle que l'on voyait dans les grottes des Sages. Et Katinka avait dit à Boris qu'il n'avait pas intérêt à laisser traîner ses sales pattes sur la petite.

« Il ne comprend pas ce que tu lui racontes, avait dit Loulou.

– Il comprend, il comprend très bien, avait répondu Katinka.

– S'il ne comprend pas, on va lui expliquer, avait lancé Jacquot en souriant.

– Fous-lui la paix ! » l'avait sermonné Dave Factory.

Directeur du département des Parcs et Jardins de la municipalité de Beershéva, Dave Factory terminait son inspection quotidienne des arrosages automatiques vers dix heures du matin, onze heures maximum, et passait tous les jours avaler un café au Pélican bleu avant de repartir pour ses diverses « missions ». Depuis que Stef Wertheimer avait décidé de sauver la ville de ses œillets du désert en plantant dans son parc industriel des palmiers et du gazon qui restaient verts même en été, les administrés avaient commencé à comprendre que si Dave Factory avait moins fréquenté le Pélican et moins fait de politique locale, leur ville, qui ces cinq dernières années avait connu une expansion subite, aurait pu devenir la New York du Néguev.

Ensuite, tous s'étaient tus, rageant contre Katinka qui avait laissé entrer Boris. Certes, c'était son café, et il pouvait accueillir qui bon lui semblait, mais eux n'oublieraient pas. Celui qui voyait tout jugerait. Il y avait beaucoup de cafés en ville. Beaucoup.

À peine revenu d'une virée dans les casinos de Taba, Jacquot des meubles planait encore sur son petit nuage aux couleurs du grand monde et se comportait avec la suffisance de quelqu'un qui a vu des choses que les autres, à Beershéva, n'avaient pas vues et ne verraient jamais. Las de l'ignorance du commun des mortels, il lança à Loulou que le Babba Sali, bénie soit sa sage mémoire, était mort depuis dix ans, et que par conséquent, il n'avait pas pu donner sa bénédiction au général en chef.

Sigui, qui avait atterri au Pélican bleu tout droit de Nétivoth, rétorqua, avec l'autorité de quelqu'un qui parle en connaissance de cause, que le Babba Baroukh, le successeur du Babba Sali, avait le même pouvoir et les mêmes capacités que feu son père, et que sa mère à elle disait que tout dépendait de la foi.

Ça le fit rire, Jacquot. Tout simplement rire. Avec l'équipement sophistiqué dont disposait aujourd'hui l'armée de l'Air – les capteurs, les avions sans pilotes, les Pétrels, les ordinateurs qui voyaient, entendaient, et se téléguidaient –, ce dont avait besoin le général, c'était de la bénédiction du Babba Baroukh ? Et d'ailleurs, si on parlait du Liban, pourquoi chercher midi à quatorze heures ? Le Liban dépendait des forces du Nord, et dans le Nord, ils avaient leurs propres sages, leurs propres kabbalistes et leurs propres lieux saints. Pas besoin du Babba Baroukh.

Sigui s'en offensa. Elle pointa un ongle vert en direction de Jacquot et l'informa officiellement que l'on venait voir le Babba Baroukh du monde entier. Pas seulement de Kiryat Shmoné et de Tibériade, villes du Nord comme chacun sait, mais de France, du Maroc et du Canada. On prenait rendez-vous des mois à l'avance. En l'espace de cinq minutes, il vous prédisait un tremblement de terre ou une inondation, vous énumérait vos maladies, vous disait s'il fallait ou non enlever le rein de la tata, sur la tombe de quel sage il fallait allumer des bougies pour que votre femme accouche d'un fils, sur quelle autre prier pour un soldat blessé, dans quel pot de fleur enterrer une malédiction et quelle amulette confectionner pour faire marcher les affaires.

« Exactement, s'écria Jacquot, les affaires ! Les babbas, les rituels, les eaux bénites et les amulettes, tout ça c'est du business. Si tu payes, tu auras droit à une bénédiction et toutes tes dettes seront effacées. Si tu ne payes pas, tu feras faillite et tu pourras dire adieu à ta maison, ta femme et même ta maîtresse. »

Ce que personne ne savait au Pélican bleu, c'était que Sigui, si petite qu'elle fût, était connue à Nétivoth sous le nom de Sigui-la-Hurleuse.

Loulou, qui en voulait à Jacquot d'avoir mis en doute ses propos sur l'éventualité d'une guerre au Liban, tapa du poing sur la table en lui intimant de ne pas bousculer Sigui. Le café au lait de Dave se renversa, ce dernier bondit pour sauver son pantalon et fit tomber des bouteilles et des verres qui valsèrent sur les deux tiers de cet illustre parlement.

Quelqu'un profita de cette agitation pour pincer les fesses de la petite serveuse et c'est ce qui déclencha la suite.

Oui, tout était arrivé à cause de la véritable performance de Sigui, qui n'avait pas arrêté de hurler pendant vingt bonnes minutes. Non pas des hurlements d'hystérique mais tout un répertoire, qu'elle avait répété au cours de ces années passées à Nétivoth et qui lui avait valu sa gloire locale. Une lignée de pleureuses et de marieuses jaillissaient de sa gorge. Elle avait une voix d'une puissance incroyable et un souffle venu de générations de femmes qui se souvenaient de tout : toutes les humiliations, tous les espoirs de celles qui étaient mortes depuis longtemps, de celles qui venaient de mourir, de leurs filles, de leurs petites-filles et de leurs arrières petites-filles qui vivaient encore et dont le cœur explosait de trop de souvenirs. Tout cet héritage donnait à Sigui la force de hurler et de continuer à hurler, même après les claques et le seau rempli d'eau que Katinka lui avait versé sur la tête… C'était alors que Dave Factory avait disjoncté, sorti son pistolet et tiré sur les bouteilles du bar.

Katinka l'avait ceinturé et désarmé puis il avait téléphoné à la police. Il ne manquait plus que ça ! Que quelqu'un se fasse descendre dans son café ! Les gens étaient devenus complètement fous à cause de cette tempête de merde.

Adoulam en avait terminé avec son interview mais il hésitait à partir maintenant que Lisie était là. Elle se demanda qui l'avait averti. Ilan ? Le photographe ? Le médecin ? Shoshi ? Elle alla s'asseoir à côté de son beau-frère. C'était un type bien élevé et d'humeur toujours égale. De plus, il ne craignait pas d'afficher son affection pour elle, malgré leurs liens familiaux et le fait qu'elle fût journaliste.

L'eau dégoulinait des oreilles et des cheveux de Sigui et mouillait la nappe jetée sur ses épaules.

« Mais pourquoi as-tu tant crié, mon poussin ? » lui demandait Ilan.

La jeune serveuse expliqua alors que la tante de sa mère était mariée à un proche du Babba Sali et que cela faisait longtemps qu'elle-même savait qu'elle possédait certains dons. Elle était partie de Nétivoth parce que les forces occultes, les formules magiques et les prédictions l'effrayaient. Mais à présent, voilà la preuve irréfutable que bien qu'elle se soit enfuie, les pouvoirs du Babba Sali qui coulaient dans ses veines la suivaient et l'avaient suivie jusqu'à Beershéva. Elle s'était mise à crier parce qu'elle avait compris qu'une catastrophe entrait dans la pièce, elle l'avait vraiment vue, une silhouette d'homme sous forme de brouillard vert. Par la fenêtre, elle avait soudain perçu un éclair, bien que le ciel fût aussi brun que la terre. Elle avait senti planer les regards des hiboux. Leurs yeux jaunes lui étaient apparus une seule fois par le passé. Elle avait frotté l'amulette dans sa poche, mais en vain. La peur, et le besoin de mettre en garde. Si Jacquot ne s'était pas moqué du Babba, elle n'aurait peut-être pas commencé à crier et Dave Factory n'aurait pas tiré.

« Quelqu'un a-t-il été blessé ? demanda Lisie.

– Non, Dieu soit loué. Ne nous interromps pas.

– Les tirs ont commencé pendant que vous étiez en train de crier ? continua-t-elle cependant.

– Oui. Peut-être un peu après le début. Je ne sais pas. Loulou s'est énervé lui aussi, il a frappé la table du poing et tout s'est renversé. Café, eau, arak. Ils ont bondi en arrière, et... » Une rougeur envahit soudain le visage pâle de la jeune fille.

« Quoi ? demanda Ilan, dégoulinant de compassion. Parle, mon lapin, parle.

– Quelqu'un m'a pincée. »

Lisie se mordit les lèvres. Si les gens s'étaient mis à tirer chaque fois qu'elle s'était fait pincer les fesses, une guerre mondiale aurait éclaté depuis belle lurette.

« Et alors tu as commencé à crier ?

– Oui.

– Qui t'a pincée ?

– Je ne sais pas.

– Je veux comprendre la chronologie des faits. Jacquot offense le Babba Baroukh, Loulou frappe sur la table, les boissons se renversent, tous font un bond en arrière, quelqu'un te pince, tu hurles, Dave Factory tire. Ça s'est passé dans cet ordre ?

– Oui. Tout à coup il a dégainé et a commencé à tirer. J'ai bien cru qu'il nous tuerait tous. Heureusement que Katinka s'est jeté sur lui et lui a cogné la main contre la table.

– Mais que disait Jacquot ? demanda Lisie.

– Lisie ! » la sermonna Ilan, le beau, le bon, le merveilleux, le si charmant mari de sa sœur Havatzéleth.

« Pardon, mon petit cœur. »

L'ange miséricordieux en uniforme se pencha à nouveau sur Sigui :

« Combien de balles a-t-il eu le temps de tirer ?

– Deux, je pense. »

La jeune fille éclata en sanglots. Sur son crâne, les gerbes mouillées commençaient à sécher.

« Shoshi ! cria Ilan à la femme policier qui se tenait derrière le bar. Tu veux bien préparer un thé pour la petite ?

– Je vais le faire, intervint Lisie.

– Merci, mon chaton. Et mets-y beaucoup de sucre, ça l'aidera à se ressaisir.

– Tu en veux un, toi aussi ?

– Je préférerais un café.

– Dave Factory pourrait planter des fleurs sur le sol de chez Katinka », lança Shoshi. Dans le sac en plastique qu'elle tenait à la main, il y avait le pistolet responsable de tout le raffut.

« Voulez-vous un café ou un thé ? lui demanda Lisie.

– Ce que je veux, c'est une bonne douche. Pour enlever la tonne de sable que j'ai sur le corps. Et un lit propre. Au sommet d'une montagne suisse.

– Avez-vous trouvé les douilles ?

– Oui.

– Combien ?

– Deux.

– Il a un permis pour cette arme ?

– Oui.
– C'est quoi ?
– Un colt 45. Ne me posez plus de questions, Ilan nous regarde. »
Lisie prit le thé et le café et avança avec précaution pour ne pas glisser sur la boue.
« Où habites-tu, Sigui ? demanda Ilan.
– Au foyer Yatziv. Je partage là-bas une chambre avec deux autres filles.
– C'est parfait, je ne veux pas que tu restes seule. Maintenant, bois ton thé, mon poussin. Lisie, as-tu mis suffisamment de sucre ?
– Oui.
– Au revoir.
– J'ai quelque chose à te dire.
– Au revoir. »
Quand il apprendra que des cadavres ont été découverts à la Maillerie, comme il le regrettera, son « Au revoir » !
Les techniciens de la télévision régionale sortirent et chargèrent leur matériel dans le taxi.
« Tu restes ? demanda Adoulam à Lisie.
– Quoi ?
– Tu es venue en voiture ?
– Oui.
– Qu'est-ce qu'elle raconte ?
– Qui ?
– La serveuse.
– Ah, rien, rien du tout. Je pense qu'elle est encore sous le choc.
– Mais vous lui avez parlé.
– Qui ?
– Ilan et toi.
– Moi, je ne lui ai pas parlé. Que t'a dit le policier ?
– Quoi ? » l'imita-t-il avant d'éclater de rire.

Adoulam connaissait Lisie depuis suffisamment longtemps pour savoir que l'expression idiote de son visage était son principal outil de travail. Cela faisait belle lurette que ses « Qui », ses « Quoi » et ses « Mon petit cœur » avaient cessé de le duper. Elle voyait et entendait tout, labourait la terre centimètre par centimètre et renonçait à dormir ou à manger s'il le fallait. Sous son air abruti se dissimulait une professionnelle dont l'entêtement et l'ambition provenaient de cette opiniâtreté paysanne prête à affronter les saisons et les catastrophes naturelles, sillon après sillon. Il fut un temps où il avait été amoureux de ce bloc de laisser-aller. De ces grands anneaux, de ces cheveux coupés court et toujours humides, de cette peau saine, de ce rouge à lèvres gras, de ces grands pieds qui se traînaient à ras du sol. Il aimait ce qui se cachait sous toutes ces mystifications et surtout le besoin qu'elle avait de mystifier son entourage. Il cherchait à deviner quel était le moteur qui la faisait agir et de quel matériau étaient composés ses différents masques.

Un soir, elle était sortie avec lui en boîte, chez Smilansky, et avait dansé comme un ours dont le cou est retenu par une chaîne. Le fait qu'elle le dépassât d'une tête ne lui avait pas rendu la tâche particulièrement facile. Une autre fois, alors qu'ils étaient assis côte à côte à un concert de la chanteuse Rita, il lui sembla voir remuer ses lèvres mais tout ce qu'il avait réussi à saisir sonnait comme des raclements de lime à ongles. Il savait qu'elle avait eu des prétendants. Peu, certes, mais tout de même. Quelque part, sous cette allure calamiteuse, il y avait un être humain capable de s'amuser. Ce qu'il ne savait pas, c'était comment l'atteindre. Et cette ignorance ne le laissait pas en paix.

« Assisteras-tu à la rencontre avec le ministre de l'Équipement et du Logement ?

– Quoi ?

– La rencontre organisée à la mairie. Au sujet de la zone franche. Tu n'as pas reçu l'invitation ?

– Ah, si. »

Les événements de la Maillerie lui avaient fait oublier ce rendez-vous. Adoulam lui lança un regard soupçonneux. À Beershéva, l'instauration d'une zone franche constituait la révolution économique la plus importante depuis l'arrivée de Stef Wertheimer et la création de son parc industriel. La zone franche représentait l'incarnation de la vision du « nouveau Moyen-Orient ». Des hommes d'affaires du monde entier viendraient y implanter des industries de pointe exonérées de tous les impôts – imaginables et inimaginables – auxquels étaient soumis ceux qui prenaient des initiatives partout ailleurs dans le pays. L'endroit choisi, deux mille cinq cents dounams de désert aride au nord de la ville, incluait la Maillerie, et c'était une des raisons pour lesquelles la famille Tarshish avait décidé de démanteler son usine de tricot et de la transférer en Jordanie : le promoteur aurait effectivement exigé, avant toutes négociations, un terrain « nu ». Vendre une partie de ses terres tout en gardant un pied dans la zone franche représentait pour la famille une occasion unique de transformer le sable en or.

Lisie pensa à sa mère, sacrifiée sur l'autel de la défiscalisation : elle avait manifesté pendant cinq longues semaines, sachant bien qu'elle finirait par perdre, mais n'avait pas voulu renoncer. Son combat n'était peut-être pas justifié, mais son sentiment d'avoir été dupée, lui, l'était. Toute sa vie, elle avait avancé vers quelque chose et lorsqu'elle était arrivée au bout du chemin, il n'y avait rien.

Au sud, une roue de sable dévala la colline, une bouée gris rouge qui grossissait à vue d'œil, arrachant rochers et buissons sur son passage. Le photographe d'Adoulam ainsi que Dorith se mirent à mitrailler comme des fous. Lisie monta dans sa voiture, se coiffa de sa capuche et ferma hermétiquement les fenêtres. Elle était née à Beershéva, le Néguev constituait le paysage de sa patrie. Elle avait vu des vallées devenir des fleuves rugissants, des routes fondre comme du beurre. Elle savait différencier le vent d'est du vent du sud. Mais jamais, jamais, elle n'avait vu un tel phénomène. Regardez ce que je peux faire si je veux, grondait l'énorme soufflet dans les nues. Mon calme n'est qu'apparent. La terre s'apaisera à nouveau, le sable se déposera, le ciel sera à nouveau bleu, la rosée tombera, une agréable brise soufflera, mais vous vous souviendrez. Vous vous souviendrez toujours. Vous vous souviendrez des explosions, des éclairs et du tonnerre qui n'engendraient pas de pluie, de la terre qui se séparait de son écorce. Elle songea à Sigui, possédée par ses « forces », aux balles tirées au Pélican bleu, à l'homme qui avait été assassiné à la Maillerie. Le ciel brun, les éclairs, les vents âcres, où, où était emporté tout ce sable, où cavalait cet air chargé d'électricité qui mettait les nerfs à vif ?

Dès qu'elle arriva à la rédaction, elle téléphona à Soroka pour avoir des nouvelles d'Oved Hanegbi.

« Il est en salle d'opération, lui dit Rachel, l'infirmière des Urgences. Il paraît que c'est toi qui l'as trouvé ?

– A-t-il repris connaissance ?

– Non.

– Il vivra ?

– Je pense que oui.

– Qu'est-ce qu'il a ?

– Fractures du crâne et de l'épaule.

– Quelles sont ses chances ?

– Il faudra attendre plusieurs jours avant de se prononcer. On le trépane.

– Comment définir son état ? Pour le journal, j'entends.

– Critique mais stationnaire. Ce n'est pas de moi que tu le tiens, Lisie.

– A-t-on déjà identifié le cadavre trouvé à côté de lui ?

– Quel cadavre ? Je n'en ai pas entendu parler.

– Je ne sais pas exactement. On l'a sûrement transporté à l'institut médico-légal. Avez-vous des victimes de la tempête ?

– Trois ouvriers roumains ont été légèrement blessés quand le débarras dans lequel ils dormaient s'est écroulé sur eux. Une vieille dame a eu une crise cardiaque, mais elle s'en tirera. Un arbre s'est abattu sur une fenêtre et les bris de verre ont blessé un enfant de deux ans, dont le lit était juste au-dessous. Il s'en est sorti par miracle. Quelques égratignures, des coupures et une mère hystérique. Un coursier a été projeté avec sa vespa sur deux orthodoxes qui priaient, et tous trois sont tombés dans un ruisseau. Ils ont des fractures aux bras et aux jambes. Deux crises d'asthme. Une étudiante et une Éthiopienne. Voilà, c'est tout.

– Avez-vous décrété l'état d'urgence ?

– Non, l'état d'alerte.

– Quelle est la différence ?

– Personne ne débranche son téléphone.

– Merci, Rachel. »

Elle décida d'attendre une petite heure avant de téléphoner à Bentsi et de l'interroger sur le cadavre qu'ils avaient trouvé près de l'autobus du Prophète. Entre-temps, elle écrivit pour les *Nouvelles* une brève sur la tempête, qu'elle communiqua immédiatement à la rédaction de Tel-Aviv, puis envoya par taxi la photo de la roue de sable que Dorith avait eu le temps de développer. Pour les *Nouvelles du Sud*, elle rédigea un papier de huit cents mots sur le même sujet, et un de six cents sur la séance de tir au Pélican bleu.

« J'ai une planche-contact du bar. On voit tous les cow-boys et les shérifs, annonça Dorith à Lisie. De la Maillerie, j'ai pas mal de photos du Prophète qu'on embarque dans l'ambulance avec tout son attirail, et d'autres de la main du vénérable inconnu qui émerge du sable. Des super clichés.

– Je ne veux pas voir Adoulam sur les photos du Pélican.

– Tu es folle ? Bien sûr que non. »

Lisie décida de passer outre aux injonctions de sa mère et d'aller la voir. Le compte rendu de l'infirmière des Urgences l'avait inquiétée.

CHAPITRE III

Les volets de l'appartement de Batshéva Badikhi, comme tous ceux de l'immeuble, étaient baissés. Du sable, des feuilles mortes, des brindilles et du papier journal qui avait jauni et durci en un jour et ressemblait à du parchemin jonchaient le sol du hall d'entrée. Des sacs en plastique plaqués contre les murs avaient l'air de chauves-souris. Une partie des boîtes aux lettres béaient et le sable s'était amoncelé à l'intérieur.

Personne ne répondit à son coup de sonnette et Lisie se demanda où sa mère avait bien pu aller par une telle tempête. De la lumière filtrait par l'œil de la porte. Étant donné que les volets étaient fermés, cela provenait forcément de l'électricité. Elle frappa violemment. Batshéva Badikhi n'était pas avare, mais pas non plus dépensière. Elle ne serait pas sortie en laissant la lumière allumée. Dans l'appartement, Lisie entendit un bêlement qui s'arrêta aussitôt.

« Maman ! cria-t-elle en continuant à tambouriner. Maman ! Maman ! »

La porte finit par s'ouvrir et Batshéva en obstrua le seuil.

« Qu'est-ce que c'est que ces cris ?

– Pourquoi n'ouvrais-tu pas ?

– Je t'ai dit que je ne voulais pas que tu viennes.

– Maman !

– Si c'était toi qui m'avais demandé de ne pas venir, je ne l'aurais pas fait.

– Mais que se passe-t-il ?

– Rien. »

Lisie considéra sa mère avec étonnement : celle-ci avait l'air de quelqu'un qui n'a effectivement pas l'intention de laisser entrer sa fille. De l'intérieur se fit à nouveau entendre un léger bêlement qui s'interrompit immédiatement.

« Qu'est-ce que c'est ? Un chat ? »

Batshéva serra les lèvres mais un sourire brilla dans ses yeux.

« Je veux le voir », déclara Lisie.

Sa mère connaissait cette voix, ce regard qui se cramponnait, tel une ventouse. Elle savait que sa fille ne partirait pas. Qu'elle s'assiérait sur les marches et attendrait qu'on la fasse entrer. Batshéva pénétra dans l'appartement, Lisie sur ses talons.

Une vieille couverture était étalée par terre, et, au milieu, trônait une fillette de quelques mois, un croûton de pain entre les mains. Des miettes humides étaient collées sur son visage et éparpillées sur la couverture. Assise dans le fauteuil, une jeune femme blonde la couvait du regard.

« Je te présente Luba, dit Batshéva, et sa petite fille, Alona. Elle, c'est ma petite fille à moi, Lisie. Tu veux boire quelque chose ? Du thé, de l'eau ?

– Du thé. J'ai avalé une tonne de sable.

– Quelle idée de sortir par un temps pareil !

– Quel âge a le bébé ? demanda Lisie à Luba lorsque sa mère eut disparu dans la cuisine.

– Septième mois.

– Vous êtes une voisine ? »

La Russe éclata de rire. Comme si Lisie venait de dire une blague hilarante. La jeune femme était très jolie et devait avoir à peu près vingt-cinq ans. Des cheveux courts, presque punk, des yeux gris, une peau blanche et fraîche. De longues boucles d'oreilles très fines pendaient de chaque côté de son visage et trois bracelets en or ornaient son bras.

Ces dernières années, tous les habitants de Beershéva avaient acquis quelques rudiments de russe : s'il vous plaît, merci, travail, comment, pourquoi, je ne sais pas, oui, non, argent.

« Depuis combien de temps êtes-vous en Israël ? »

Ce fut sa mère qui répondit :

« Deux ans. Elle a travaillé à peine six mois à la Maillerie, et on l'a fichue dehors avec nous tous. Je lui ai trouvé du boulot au salon de coiffure de Michel et Dona. Comme shampouineuse.

– Où travaille son mari ?

– Où est-ce que ton mari travaille ? » fut la « traduction » de Batshéva, qui, haussant la voix et détachant chaque syllabe, s'était tournée vers la Russe.

Luba éclata à nouveau de rire. Lisie se demanda ce qui l'amusait tant.

« La petite ne va pas à la crèche ?

– Tu poses trop de questions.

– Pourquoi ?

– Comme ça.

– Je ne comprends pas ce qui t'énerve.

– Toi. C'est toi qui m'énerves. Si je te dis de ne pas venir, ne viens pas. Laisse-moi vivre ma vie. Ce n'est pas parce que j'ai été licenciée que je me tourne les pouces. Je ne suis plus toute jeune et j'ai toujours été indépendante. Je ne vous ai jamais demandé de m'aider. Vrai ou pas ? Je vous respecte, et je suis en droit d'attendre la même chose de vous.

– Havatzéleth et Georgette sont aussi passées ?

– Non. Et je ne veux pas d'elles ici. Tu n'as pas intérêt à leur raconter que tu as rencontré quelqu'un chez moi.

– Pourquoi ? Qu'y a-t-il donc à cacher ? »

Le bébé se mit à pleurer, la jeune femme le souleva et le fit doucement rebondir sur ses genoux, au son de ses bracelets en or qui s'entrechoquèrent. Lisie se demanda si elle comprenait leurs paroles.

« Elle ne parle pas hébreu ?

– Bien sûr que si. Elle sait dire fil, boutonnière, équipe de travail, pointer, et maintenant elle a aussi appris licenciement et chômage.

– Comment arrive-t-elle à travailler au salon de coiffure ?

– Pour laver des cheveux, pas besoin de parler hébreu. »

Lisie eut une illumination subite :

« Tu gardes sa gamine pendant qu'elle bosse !

– Oui.

– Elle te paye ?

– C'est provisoire. Jusqu'à ce qu'on trouve un arrangement. Je ne veux aucun commentaire. Et n'en parle ni à tes sœurs ni à tes beaux-frères. Je n'ai pas besoin d'eux entre mes pattes. Avec les pourboires qu'elle gagne, elle doit acheter la nourriture du bébé, des couches, des médicaments et payer l'autobus. Je suis ravie de pouvoir l'aider.

– Comment se débrouillait-elle jusqu'à présent ?

– Elle avait la crèche de la Maillerie.

– Comment arrivez-vous à communiquer ?

– Elle a un petit carnet sur lequel elle inscrit des mots en hébreu. Je lui sers de professeur, et les clients du salon de coiffure aussi.

– Et son mari ?

– Je pense qu'il est reparti en Russie.
– Tu "penses" !
– Je ne lui ai pas demandé. Elle non plus ne m'a pas demandé où était le mien.
– Elle doit sans doute s'étonner que tu n'aies pas posé de questions.
– Elle n'est pas la première femme au monde à avoir élevé des enfants sans homme, Lisette. Quand je me suis retrouvée seule avec trois petites filles, il y a toujours eu quelqu'un pour m'aider. Maintenant, c'est mon tour.
– Elle n'a pas de famille ?
– Je ne lui ai pas demandé.
– Pourquoi ne met-elle pas le bébé à la crèche de Naamat ou de la Wizo ?
– Elle ne peut pas.
– Pourquoi ? Ils ne font pas payer les gens qui n'ont pas les moyens.
– Tu vois ! Tu vois pourquoi je ne voulais pas que tu viennes ? Toutes ces questions ! »

La fillette tapa de ses petites mains sur le visage de sa mère, puis coinça sa joue entre ses doigts, la serra fort et rit. Son crâne était recouvert de duvet noir et elle avait les yeux bleus. Luba ouvrit la bouche et fit mine de vouloir mordre la petite paume.

« Où habite-t-elle ?
– Lisette !
– Où habitez-vous, Luba ? demanda Lisie.
– Près de l'avenue des Présidents. Deux pièces et demie, refait neuf. Beaucoup joli.
– Beaucoup joli, confirma Batshéva.
– Alona aussi, beaucoup jolie », dit Luba qui pressa sa tête contre le ventre de la fillette. Toutes deux se mirent à rire.

Lisie fut touchée par cette jeune femme et son bébé, par sa propre mère aussi, qui avait ménagé une place dans sa vie pour quelqu'un d'encore plus paumé qu'elle, qui avait trouvé le moyen de se rendre utile, même après être devenue un ustensile mis au rebut.

La fermeture de la Maillerie avait réveillé la haine qu'éprouvaient les anciens travailleurs à l'encontre des ouvriers russes. Au lieu de voir en eux des alliés et des frères de misère, ils les considéraient comme des envahisseurs qui leur ôtaient le pain de la bouche. L'Agence juive prenait en charge, pendant les premiers mois de leur installation, une partie du salaire des nouveaux immigrants, et les propriétaires de la Maillerie avaient bien évidemment sauté sur l'occasion. À moitié prix, des ouvriers hautement motivés leur étaient fournis, des gens que seul le *rabota* intéressait. Avoir un *rabota*, cela signifiait pouvoir manger, se loger et lire. Ils se rendaient à pied à l'usine pour économiser le ticket d'autobus et apportaient de chez eux des sandwichs et de l'eau pour ne pas payer la cantine. Ils apprenaient la structure de la machine sur laquelle ils travaillaient et arrivaient à réparer eux-mêmes les pièces défectueuses. Dès que l'Agence juive cessait de subventionner leurs salaires, ils étaient licenciés et remplacés par de nouveaux Russes. La famille Tarshish, propriétaire de l'usine, en avait aussi profité pour éjecter les fauteurs de troubles professionnels et s'était arrangée pour faire élire comme représentants syndicaux deux nouveaux immigrants pleins de reconnaissance. Lorsque la fermeture de la Maillerie s'était décidée, les ouvriers avaient un syndicat décapité.

Batshéva entra dans la cuisine et en ressortit avec un petit bol en plastique rempli de pinces à linge multicolores qu'elle déposa par terre. Elle prit le bébé des bras de Luba et l'assit sur le sol, devant le nouveau jouet. Un vague souvenir refit surface. Elle se vit, petite fille, assise pareillement devant des pinces à linge. Sauf que les siennes étaient en bois, dans une boîte en fer blanc.

« Nous avions une boîte avec le dessin d'un Écossais sur le couvercle, dit-elle à sa mère.

– Je l'ai toujours. J'y range mes fils et mes boutons. Tu t'en souviens ?

– Veux-tu que je parle à la directrice de la crèche ?

– Non. Tu vois, tu commences à fourrer ton nez dans mes affaires !

– Je cherche à vous aider.

– Nous n'avons pas besoin d'aide. Nous allons nous débrouiller. »

Lisie se leva. Il y avait une sorte de défi dans ce « nous ». La haine du prolétariat révolté envers les institutions. L'arrière-goût de toutes les manifestations, l'odeur de fumée qui montait des pneus incendiés. Celui qui n'était pas de ce côté-là de la barricade ne le comprendrait jamais.

Ventre à terre, la petite recula et se mit tout à coup debout, un sourire radieux sur le visage. Batshéva se précipita, les mains tendues vers le petit corps, prête à la saisir quand elle tomberait. Mais la fillette se rassit et continua sa progression à quatre pattes. Des ronronnements montaient de sa gorge. Batshéva et Luba éclatèrent de rire. Après tout, l'idée de s'occuper de ce bébé n'était peut-être pas si mauvaise, pensa Lisie. Certes, elle eût préféré que sa mère fût rémunérée pour ce travail, mais il y avait quelque chose de rassérénant dans un monde où les exploités aidaient les plus exploités qu'eux.

« *Bye, bye*, Alona, dit Lisie en agitant les doigts, *bye bye, bye bye.* »

La Russe leva la petite main de sa fille, l'agita en l'air et répéta d'une voix de bébé : « *Bye bye, bye bye...* »

« On a trouvé un cadavre près de l'autobus du Prophète, annonça Lisie à sa mère. Et quelqu'un a presque assassiné Oved. Il est à Soroka.

– Oh mon Dieu ! Quand est-ce arrivé ?

– Cette nuit. Je suis allée ce matin à la Maillerie pour voir où en était le piquet de grève et je l'ai trouvé sans connaissance.

– *Oïe*, Lisette ! Pourquoi ne me l'as-tu pas dit ?

– Voilà, je te le dis.

– Mais comment ? Comment est-ce arrivé ?

– Je n'en ai pas la moindre idée. Peut-être se sont-ils battus.

– Le Prophète ne lèverait pas la main sur une mouche. S'il se réveille et découvre qu'il est enfermé dans un hôpital, il en mourra.

– Il mourra s'il n'est pas à l'hôpital.

– Un jour, il a été arrêté et a tenté de se pendre. Pourquoi vit-il dans cet autobus ? Parce qu'il est claustrophobe. Pendant la guerre des Six Jours, la police militaire l'a arrêté après une bagarre avec un officier, et il a tenté de se pendre. Dis à Georgette et à Havatzéleth de bien prendre soin de lui. Non. Je vais leur parler moi-même. C'est un saint, cet homme.

– Un saint ?

– Il pourrait vivre dans la villa la plus luxueuse du quartier d'Omer ou dans les villas Massada. Il était le frère des travailleurs. Il nous a donné son âme.

– Avec quoi aurait-il acheté une villa luxueuse ?

– Le terrain sur lequel il est installé vaut des millions.

– Quel terrain ?

– Celui qui est autour de l'autobus. Et il possède aussi environ quatre dounams près du portail, devant l'usine.

– Qui lui appartiennent ?

– Bien sûr. Les Tarshish doivent livrer à leur escroc de promoteur un terrain vierge et tout d'une pièce, sans quoi il n'y construira rien. Alors ils sont prêts à donner une fortune au Prophète pour qu'il s'en aille. Ils sont prêts à payer bien plus que la valeur de sa terre. Pas par bonté, grand Dieu. Et lui refuse. Et pourquoi refuse-t-il ? C'est toi qui vas me le dire.

– À cause des ouvriers de la Maillerie.

– Exactement. Il a sacrifié sa vie pour nous.

– Il n'est pas encore mort.

– Non, non, Dieu miséricordieux, ne parle pas de malheur.

– Je ne vois pas le rapport entre l'autobus du Prophète et la vente de la Maillerie.

– C'est pour ça qu'ils ont fermé l'usine, Lisette. Pour vendre le terrain à leur escroc de promoteur. En Jordanie, ils ont trouvé des ouvriers pour des clopinettes, et sur le terrain de la Maillerie, ils vont gagner des millions en y plantant du business international. Sans débourser un centime. Rien qu'avec des emprunts gouvernementaux et l'aide des banques qui permettent aux millionnaires de jeter les ouvriers à la poubelle pour transformer le sable en or.

– Mais en quoi le Prophète est-il concerné par toute cette histoire ?

– Je viens de te le dire. Qu'y a-t-il de si difficile à comprendre ? Il ne veut pas vendre ses terrains. Et cet escroc de promoteur ne veut pas acheter si la surface n'est pas vierge.

– Il n'a qu'à acheter la Maillerie sans ce qui appartient au Prophète.

– La Maillerie n'est qu'une miette de tout ce qu'il achète, mais sur cette miette, comme deux boursouflures, il y a les parcelles du Prophète. Ce qui fait que du point de vue de la famille Tarshish, ces deux boursouflures peuvent devenir le cancer qui tuera leurs projets dans l'œuf.

– Qui t'a raconté ça ?

– Tout le monde le sait.

– Si tout le monde le sait, comment se fait-il que je n'en aie jamais entendu parler ?

– Qui ne s'intéresse pas n'entend pas.

– C'est le Prophète qui t'en a parlé ?

– Non. Quelle idée ! Il est muet comme une carpe.

– Alors qui ?

– Ça fait bien longtemps qu'on m'en a parlé. Attends. Laisse-moi me rappeler. Je pense que c'est Clara et Yaacov. Oui, ce sont eux qui me l'ont dit.

– Clara et Yaacov ! Qu'ont-ils à voir avec le Prophète ?

– Je ne sais pas.

– Clara et Yaacov ! Ils ont dû vaguement entendre quelque chose et en ont fait une montagne. Quelle surface possède-t-il ?

– Je pense… quelques dounams.

– Quelques dounams ? Dans l'enceinte de la Maillerie ?

– Dans les coins. À l'intérieur du grillage.

– Je n'y crois pas.

– Comme tu voudras.

– Les gens racontent n'importe quoi.

– Je ne suis pas n'importe qui et je ne raconte pas n'importe quoi. Je n'ai peut-être pas étudié à l'Université, mais ça ne fait pas de moi un perroquet à cancans qui ne réfléchit pas. Renseigne-toi. Pourquoi écouter les imbécillités de ta vieille mère ?

– Maman !

– Il y a le cadastre, la mairie, l'Occupation des Sols, tu peux aller voir.

– Mais il vit comme un bohémien !

– Parce qu'il le veut. Ça te dérange ?

– Pourquoi te mets-tu en colère ?

– Depuis que j'ai été licenciée, toi et tes sœurs, vous me parlez comme si j'étais une vieille serpillière abrutie.

– C'est faux ! » Des larmes picotèrent les yeux de Lisie.

Elle se tourna vers la porte. Les dernières instructions furent lancées dans son dos :

« Va prendre de ses nouvelles. S'il a besoin de quelque chose, préviens-moi. Et si Bentsi lui fait des misères, dis-le moi.

– D'accord, maman. Dave Factory aussi a été arrêté aujourd'hui. Il se trouvait au Pélican bleu, il y a eu une espèce de rixe, et lui, soi-disant pour calmer le jeu, a tiré sur les bouteilles du bar.

– Dave Factory ? Le mari de Carol Tarshish ?

– Lui-même.

– Il est jardinier !

– Oui, et alors ?

– Quelqu'un a été blessé ?

– Non.

– Ils l'ont arrêté ?

– Je ne sais pas. Ilan et un autre policier ont recueilli les dépositions. J'imagine qu'ils vont le garder quelques heures. Pour troubles dans un lieu public. La tempête de sable fait perdre la tête à tout le monde.

– Il ne sera pas arrêté. Carol ira au commissariat accompagnée de tous les avocats des Tarshish et elle se débrouillera pour qu'aucune instruction ne soit ouverte.

– Il y a au moins cinq témoins. Plus son pistolet. Il ne nie d'ailleurs pas avoir tiré.

– Fais-moi confiance. Je les connais mieux que toi. Tu veux parier qu'il ne passera pas un quart de seconde en prison ?

– Non. »

Elles étaient de nouveau en terrain miné. Lisie décida de s'éclipser avant qu'elles ne recommencent à se disputer sur les limites du pouvoir de la famille Tarshish. Comment s'y prenait-elle ? Comment arrivait-elle à transformer systématiquement ses mots en dynamite? Pourquoi? songea Lisie avec amertume. Il lui sembla que jamais elle n'avait quitté cet appartement sans avoir les tripes nouées de colère et de culpabilité.

Elle sentit la main de sa mère sur son épaule, mais ne se retourna pas. Le contact léger et apaisant se voulait un drapeau blanc hissé à la fin du combat.

« Tu m'as promis de ne pas parler du bébé à tes sœurs.

– D'accord, maman. Au revoir, Luba.

– *Bye.* Salut!

– Je ne laisserai personne s'en mêler.

– D'accord, d'accord. »

Lisie se fit la remarque que la vieille ouvrière et la jeune Russe avaient des airs de conspiratrices de vieux films : la fraîche et belle espionne parachutée derrière les lignes ennemies et recueillie par la brave paysanne toute ridée.

CHAPITRE IV

Les papiers d'identité et les cartes de crédit retrouvés sur le mort étaient des documents volés. Ils avaient été établis au nom d'un résidant de Ramat Gan, Yéhouda Kornfeld, lequel, un an et demi auparavant, avait déclaré à la police le vol d'un sac contenant ses papiers, un pistolet et un sachet de diamants d'une valeur estimée à quarante mille dollars. Ni le sac ni son contenu n'avaient été, à ce jour, retrouvés. Dans le portefeuille du cadavre, les policiers avaient également découvert un formulaire de location de voiture émis par Hertz au nom de ce même Yéhouda Kornfeld et un reçu de caution, réglée en liquide. Le véhicule avait été abandonné sur le parking du nouveau centre commercial, et, à l'intérieur, on avait relevé les mêmes empreintes digitales que celles du mort. Après examen, les experts du laboratoire étaient arrivés à la conclusion que ces empreintes avaient été trafiquées, suite à d'anciennes brûlures ou à un « traitement » à l'acide. Ils les avaient aussitôt communiquées aux archives de l'Identité judiciaire à Jérusalem et à Interpol, sans succès. L'arme du crime avait été enterrée sous le cadavre. Elle portait les empreintes d'Oved Hanegbi. Les sous-vêtements du mort étaient de fabrication locale, sa chemise et sa veste relativement neuves, tout comme ses chaussures. Sa montre, une Rolex fort onéreuse, s'était arrêtée à douze heures quarante-cinq. À cause de son allure plutôt chic, Bentsi et Ilan décidèrent de surnommer l'inconnu qui refroidissait à la morgue de Soroka « le Fiancé ».

Bentsi détestait le Fiancé. Un défunt avec des doigts de vierge et des papiers d'identité volés, voilà qui était parfait pour sa santé. À quoi bon les ordinateurs et leurs milliers de recoupements si toutes les informations qu'il possédait, c'était que le type avait été enterré dans la partie nord du domaine de la Maillerie, à dix mètres de l'autobus d'Oved Hanegbi, surnommé le Prophète, dans la nuit de lundi. Pas besoin d'informatique pour apprendre ça ! « Aujourd'hui, quand tu achètes du fromage blanc, toutes tes coordonnées apparaissent sur l'écran, y compris ton matricule militaire, le montant de tes charges d'habitation, de ta retraite, de tes impôts parlementaires, de ton abonnement à la vidéothèque, sans oublier ce que t'a coûté le plombier qui est venu réparer le robinet de ta salle de bains ! Mais quand quelqu'un crève, l'ordinateur devient d'une de ces discrétions ! »

Assise sur une chaise devant la table de travail de son beau-frère, Lisie cherchait à caser ses longues jambes.

« Y avait-il de l'argent dans son portefeuille ? demanda-t-elle.

– Tu veux savoir si on lui a fait les poches ? Non, on ne lui a pas fait les poches.

– Avez-vous remarqué des traces de lutte ou quelque chose comme ça ? Des os cassés ? Des contusions ?

– Non. On lui a tiré dans la tête et dans le dos à bout portant. Le pistolet portant les empreintes digitales d'Oved Hanegbi était enterré avec lui.

– À qui appartient cette arme ?

– D'après le permis, à Yéhouda Kornfeld.

– C'est confidentiel ?

– Non, tu peux le publier. Si tu ne mentionnes pas le nom du propriétaire.

– Quand a-t-il été tué ? poursuivit-elle sans relever.

– Entre vingt-deux heures et deux heures du matin.

– Avant le début de la tempête.

– Apparemment.

– Comment va Oved Hanegbi ?

– Il a été trépané et n'a pas encore repris connaissance.

– À ton avis, c'est une tentative d'assassinat ?

– Oui. Le défunt l'a frappé, il a peut-être voulu lui tirer dessus, alors Oved Hanegbi lui a pris le pistolet des mains et l'a tué.

– Sans blagues !

– Quoi, sans blagues ? » Bentsi éleva la voix.

« Oved Hanegbi ne ferait pas de mal à une mouche. Tu le sais aussi bien que moi.

– La preuve.

– Avez-vous relevé les empreintes du mort sur le pistolet ?

– Non. Uniquement celles d'Oved Hanegbi.

– Avez-vous retrouvé les gants du Fiancé ?

– Non.

– S'il s'agit de son pistolet, comment se fait-il qu'il n'y ait pas ses empreintes dessus ?

– Ce n'est pas le sien, c'est celui qui a été volé il y a plus d'un an à Yéhouda Kornfeld, un diamantaire de Ramat Gan.

– Et comment le pistolet de Yéhouda Kornfeld de Ramat Gan serait-il arrivé entre les mains d'Oved Hanegbi qui ne quitte jamais son autobus et ne parle jamais à personne ?

– Je ne connais pas l'identité de la victime. Quand ça sera résolu, on découvrira le lien.

– Avec quoi a-t-on frappé Oved Hanegbi ?

– Un objet contondant. Ça peut être tout un tas de choses. Une barre de fer, une hache, un marteau, un coup de poing américain.

– Les traces ressemblent-elles à celles d'un coup de poing américain ?

– Les entailles à la tête et à l'épaule ont une forme arquée. Comme des croissants. Avec des espaces plus ou moins égaux entre eux. Une trentaine de centimètres. Il a reçu à peu près dix coups avant de s'effondrer. Celui qui l'a frappé l'a laissé pour mort. Confidentiel.

– Ce n'est pas logique.

– Quoi ?

– Si Oved Hanegbi a reçu des coups et a perdu connaissance, il n'a pas pu tirer sur le Fiancé. S'il a tiré sur le Fiancé et l'a tué, le Fiancé n'a pas pu frapper Oved Hanegbi par dix fois. Mais supposons tout de même que le Fiancé ait frappé Oved Hanegbi et qu'après s'être fait tabasser de la sorte, Oved Hanegbi ait réussi à saisir le pistolet et à abattre le Fiancé avant de s'évanouir – quand a-t-il eu le temps de creuser un trou et d'enterrer sa victime ?

– Oved Hanegbi a pu l'enterrer, puis rentrer dans l'autobus et s'effondrer.

– Il a perdu tellement de sang qu'on aurait dû en trouver des traces sur le corps du mort. Y en avait-il ?

– Non.

– Et y avait-il des résidus de poudre sur les mains d'Oved Hanegbi ?

– Non.

– Tu es en train de lui coller sur le dos quelque chose qu'il n'a pas fait.

– Je ne colle rien du tout sur le dos de personne.

– Bentsi ! Tu le connais ! Cette histoire ne lui correspond absolument pas. Ça n'a rien de logique.

– Lui correspondre ? » Il s'était mis à crier « Lui correspondre ? Si j'avais cherché la logique des crimes sur lesquels j'ai enquêté, je ne les aurais jamais élucidés. Depuis quand un meurtre est-il logique ? Évidemment que ce n'est pas logique. Mais le fait est que j'ai une victime, et que sur l'arme du crime, il y a les empreintes digitales d'Oved Hanegbi qui gisait juste à côté.

– Et le fait est qu'il a été frappé jusqu'à tomber dans le coma – on ne sait même pas s'il s'en tirera – et le fait est que tu ignores avec quel instrument. Si les deux hommes se sont battus et qu'Oved Hanegbi a désarmé son agresseur, vous auriez dû retrouver la barre de fer, la hache ou le je-ne-sais-quoi.

– Lorsque Oved Hanegbi se réveillera, nous aurons des réponses à tes questions.

– Quel est le diamètre de la balle ?

– Neuf millimètres.

– Il a été abattu à bout portant ?

– Oui.

– À quelle distance ?

– Un ou deux mètres. Tout ce que je t'ai dit est confidentiel.

– Bentsi !

– Et maintenant, ça suffit. Je suis occupé. Tu ne publies que ce que je t'ai autorisé à publier. »

Les célèbres décibels étaient sur le point de jaillir de son gosier. Bien sûr que c'était confidentiel, songea Lisie. Que ce soit grâce à moi que Bentsi ait été nommé pour diriger l'équipe d'investigations chargée du meurtre du Fiancé en faisait-il son obligé ?

« Quelqu'un a peut-être glissé les papiers de Kornfeld sur le cadavre du Fiancé pour vous induire en erreur, suggéra-t-elle.

– Peut-être.

– Ça vaudrait le coup d'interroger le type à qui appartenaient ces documents. Quelqu'un de son entourage – un voisin ou un proche – les lui a peut-être dérobés.

– Merci du conseil.

– Bentsi, mon petit cœur, les gens ne disparaissent pas comme ça, insista-t-elle. Cet inconnu doit avoir une femme, des enfants, des parents, des frères ou des voisins, des collègues, un médecin, un coiffeur, une maîtresse. Dans un bureau ou un magasin, il y a une table devant laquelle personne ne s'est assis depuis au moins deux jours. Il y a un téléphone qui sonne indéfiniment, sans que personne ne réponde. Un chien qui gémit dans un appartement fermé. »

Bentsi lui lança un de ces regards paternalistes qui faisaient se dresser les cheveux sur la tête des délinquants les plus redoutables.

« Avez-vous interrogé l'ordinateur ?

– À quel sujet ?

– Je ne sais pas. C'est toi, le policier. » Aïe, ça, elle n'aurait pas dû le dire. Elle s'empressa d'adoucir la pique avec une question plus anodine : « Allez-vous faire passer sa photo à la télé ?

– Lisie ?

– Quoi ?

– Tire-toi.

– Pourquoi, mon petit cœur, qu'est-ce que j'ai dit ?

– Je suis occupé. Quand nous aurons quelque chose, nous t'informerons.

– Maman m'a demandé de te transmettre qui si tu oses enquiquiner Oved Hanegbi, tu auras affaire à elle.

– Dehors. »

Lisie connaissait ce ton, calme. Elle savait que si elle ajoutait un mot, les hurlements de Bentsi feraient exploser les murs de la pièce. Le volume de sa voix, qui, en temps normal, suffisait déjà à retourner les tripes des truands, était décuplé par les dimensions du minuscule cagibi dans lequel il travaillait. Au commissariat, on racontait qu'après avoir entendu pour la première fois comment son inspecteur s'y prenait pour convertir une des gloires locales, le chef, Elisha Karnapol, s'était empressé d'élargir la couverture de son assurance maladie.

Elle sortit de la pièce. Un instant avant que la porte ne se referme sur elle, le hurlement partit :

« Lisie !

– Quoi ?

– Je ne veux aucune initiative personnelle. »

Elle ferma le bureau avec précaution.

« Lisie, que fais-tu ici à une heure pareille ? »

Tante Malka, la sœur de Batshéva Badikhi, trônait sur son siège de secrétaire de permanence. Un type pas rasé, avec un jean qui moulait de longues jambes et une paire de santiags usées couvertes de boue, somnolait sur le banc juste en face. Lisie se demanda s'il s'agissait d'un petit voyou ou d'un policier en civil.

« Je voulais avoir des renseignements sur le cadavre de la Maillerie et l'agression d'Oved Hanegbi. Bentsi s'est montré charmant, comme d'habitude.

– Il est déjà bien gentil de te recevoir.

– C'est moi qui les lui ai trouvés, ces corps !

– Oui, je suis au courant.

– N'ai-je pas droit à quelques informations ?

– Non.

– Tu as parlé avec maman ?

– Pas encore.

– Tu ne lui as pas téléphoné ? »

Tante Malka descendit de son perchoir et accompagna Lisie à la porte :

« Non, je l'appellerai demain ou après-demain. J'attends qu'elle se calme. Elle a le droit d'être seule si c'est ce qu'elle veut. » Elle suivit sa nièce dehors et abrita ses yeux des rafales de sable en mettant sa main en visière.

« Asseyons-nous dans ta voiture.

– Tu as le droit de quitter ton poste ?

– Pour un instant. »

Lorsqu'elles furent installées, tante Malka déclara d'une voix empreinte de gravité :

« Ne crie pas sur tous les toits que Bentsi te refile des tuyaux.

– Je ne l'ai dit qu'à toi !

– Il a de gros ennuis.

– Que se passe-t-il ?

– On lui a mis sur le dos un détective privé qui va participer à l'enquête.

– Quoi ?

– Une compagnie d'assurances enquête depuis plus d'un an sur le vol des diamants d'un certain Kornfeld, celui-là même dont les papiers ont été trouvés sur le cadavre. Et cette compagnie collabore avec la police de Ramat-Gan depuis le début des investigations. Alors ne me demande ni pourquoi ni comment, car je n'en sais rien, mais ils ont envoyé leur détective pour bosser avec Bentsi. Et tu le connais. Quand on éternue à côté de lui, ça suffit pour qu'il pète les plombs.

– Qu'est-ce que ça veut dire : "Ils ont envoyé leur détective ?" De quel droit interviennent-ils dans une enquête de police ? »

En fait, le directeur régional de la P.J. avait « proposé » au commissaire divisionnaire Elisha Karnapol de collaborer « dans les limites du raisonnable » avec l'avocate de la compagnie d'assurances qui enquêtait sur le vol des diamants de Yéhouda Kornfeld. Ladite avocate avait dépêché un détective privé du nom de Rony Melzer pour qu'il « aide » les enquêteurs de la police de Beershéva à élucider le mystère qui laissait perplexes les génies de Tel-Aviv. Comme les intérêts n'étaient pas antagonistes, avait précisé le directeur régional de la P.J., il leur serait gré de travailler ensemble dans une bonne entente, car le dossier non classé du vol de diamants pourrait, pourquoi pas ? être la piste qui mènerait au meurtrier de l'inconnu de la Maillerie. Ou inversement. Elisha Karnapol avait rassemblé les hommes de son commissariat, y compris l'inspecteur principal Bentsion Coresh, responsable de l'équipe d'investigations, et leur avait répété la « proposition » du chef. Lorsque son supérieur s'était retiré, Bentsi avait dit à Ilan : « Il ne foutra pas les pieds dans mon bureau. » Quelqu'un avait entendu ses paroles et les avait rapportées au commissaire.

« Tu y assistais ?

– Non. Ilan me l'a raconté. Et tu sais quoi ? Je donne raison à Bentsi. Quand il faut secouer les puces de la friture locale dans quelque bar puant, c'est lui le meilleur, mais lorsqu'il s'agit de résoudre un mystère qui requiert un peu plus qu'une demi-livre de fromage blanc dans la cervelle, on amène en renfort un joueur qui a échoué en ligue nationale. Écœurant.

– Vous avez des renseignements sur ce Melzer ?

– Tu viens de le voir.

– Où ça ?

– Il était allongé sur le banc à l'entrée.

– Je l'ai pris pour un voyou. Quelqu'un a entendu parler de ce type ?

– Ilan est rentré chez lui pour passer quelques coups de fil. Bon, je dois rentrer. Je voulais juste que tu saches que Bentsi était dans une situation délicate. Fais gaffe à ce que tu dis et ne lui complique pas la vie.

– Je ne lui ai jamais compliqué la vie. Il fait son boulot et moi le mien.

– Lisie, rentre te coucher. »

Malka sortit de la voiture, se couvrit la tête de sa veste et regagna rapidement le commissariat.

À la rédaction, Lisie inséra dans son article pour les *Nouvelles* ce que Bentsi lui avait autorisé à publier. Elle prit ensuite un bloc jaune tout neuf, inscrivit la date sur la première page, puis le titre : « Le Fiancé et le Prophète », et y consigna tous les détails dont elle se souvenait, y compris ce que son beau-frère lui avait raconté sous le sceau du secret. Puis elle nota tout ce dont elle se rappelait sur la fiesta au Pélican bleu.

Dans le bottin, elle trouva le numéro de téléphone de Dave Factory. Une voix féminine lui répondit. Carol Factory, fille aînée du fondateur de la Maillerie Yigal Tarshish, était aussi l'épouse de Dave, le cow-boy qui avait pris les bouteilles du Pélican bleu pour des pigeons. Avec ses deux frères, elle avait hérité de l'usine et des terrains le jour où le père avait décidé de se retirer des affaires et de quitter Beershéva.

Lorsque Carol entendit que son interlocutrice était Lisie Badikhi des *Nouvelles du Sud*, sa voix perdit le peu de chaleur qu'elle avait eu en décrochant. Pour les Tarshish, Lisie Badikhi, des *Nouvelles du Sud*, était synonyme de fouille-merde. Depuis des semaines, à cause des articles qu'elle avait publiés sur la fermeture de la Maillerie, ils étaient passés du statut d'aristocrates locaux à celui d'exploiteurs de veuves et d'orphelins.

Dave Factory était à la maison, déclara Carol, mais il ne pouvait pas venir au téléphone. Oui, il se sentait bien. Non, il n'était pas resté en garde à vue. Il avait été interrogé puis relâché. Oui, le pistolet avait été confisqué et une plainte déposée contre lui.

Lisie continua à poser des questions. D'expérience, elle savait que sa manière de parler – qui ressemblait à une lente rumination – anesthésiait parfois ses auditeurs, et qu'ils laissaient alors échapper quelque chose malgré eux.

« On dit que la tempête de sable est montée à la tête

de tous les habitants de la ville. Pensez-vous que ce soit la raison pour laquelle votre mari a tiré ?

– Vous devrez le lui demander. Mais pas maintenant.

– Qu'en dit-il ?

– Il est honteux et désolé. Vous pouvez me citer.

– Puis-je vous demander quelque chose au sujet de la Maillerie ?

– Quoi ?

– Par décision gouvernementale, le domaine fait partie de ce qui sera la zone franche. Savez-vous quand vos terrains seront commercialisables, qui en sera l'acquéreur et à quelle date commencera la construction des nouvelles entreprises ?

– Nos terrains sont à nous et nous n'avons besoin de l'autorisation de personne pour les vendre.

– Vous vendez ?

– Nous n'avons pas encore pris de décision définitive. C'est confidentiel.

– Quand démantelez-vous l'usine ?

– Sous peu.

– Elle sera délocalisée en Jordanie ?

– Ce n'est pas encore définitif. Et ça aussi, c'est confidentiel.

– Faites-vous officiellement partie des propriétaires des terrains et de l'usine ?

– Qui est-ce que ça intéresse ?

– Il s'agit d'un programme colossal. Des millions vont être investis. L'usine est la seule surface déjà équipée en eau, électricité, téléphone. Ce sera sans doute le point de départ de tout le projet. Cela semble logique, non ?

– Je ne suis pas informée des plans gouvernementaux.

– Mais ils englobent vos terres.

– Vos terres ! Vos terres ! Nous ne sommes pas des siamois.

– Vous vous opposez au démantèlement et à la vente ?

– Chacun de nous devra, séparément, décider de ce qu'il fera avec ses terres, et je pense que j'ai le droit d'avoir mon propre avis, sans être pieds et poings liés à mes frères ou aux projets du gouvernement. De toute façon, c'est confidentiel. Au revoir, madame. » Elle semblait très contrariée.

« Un instant ! Vous vous opposez à la vente ?

– Je vous ai dit que je ne voulais pas parler de ça !

– Votre famille possède-t-elle d'autres terrains dans le pays ?

– Oui, et alors ? Que voulez-vous ? Une liste exhaustive de nos biens ?

– On a découvert un cadavre à la Maillerie.

– Je sais !

– Qui vous l'a dit ?

– Je l'ai entendu à la radio. Et oncle Oved s'est fait tabasser. Dans quel état est-il ? Comment va-t-il ?

– Oncle Oved ? »

Il y eut un silence au bout du fil. La glace se fissurait.

« C'est votre oncle ?

– Non.

– Vous venez de dire "oncle Oved".

– C'est ainsi que nous l'appelons.

– Pourquoi ? Quelle sorte d'oncle est-ce ? »

Le même silence accueillit sa question. Les rouages de la pensée de Carol étaient presque perceptibles à travers le combiné. Finalement, après un soupir las, elle déclara :

« C'est le frère adoptif de mon père. Adoptif. Sans lien de parenté réel. N'écrivez pas ça. Ça n'intéresse personne de savoir que mon père a un frère adoptif.

– Mais c'est une histoire épatante ! Un frère millionnaire et l'autre clochard qui loge dans un autobus.

– Ce n'est pas un clochard. Et je vous prie de ne plus me téléphoner. Au revoir. »

Carol Factory lui raccrocha au nez.

Il était déjà dix heures du soir, et elle se sentit soudain fatiguée et affamée. Le vent sablonneux cognait toujours aux vitres, ignorant la promesse du météorologue qui avait annoncé une accalmie pour la fin de la journée. Chez elle, son réfrigérateur était vide, et elle n'avait quasiment aucune chance de trouver une buvette ouverte. Dans le tiroir de Shiboleth, elle glana un paquet ouvert qui contenait encore quelques bretzels blanchis et ramollis. Lorsqu'elle rentrerait à la maison, elle prendrait un bon bain plein de mousse et se mettrait au lit avec une grande tasse de chocolat chaud. Elle essaya de ne penser ni à la tête du Prophète qui se noyait dans son propre sang sous la banquette de l'autobus ni aux poignets blêmes ou à la montre qui scintillait sous les boutons dorés du blazer recouvert de sable.

CHAPITRE V

Un matin clair et étincelant se leva sur Beershéva, comme si le sable avait purifié la ville. Seuls les petits tas sur les balcons et les trottoirs témoignaient de la violente tempête de la veille. Debout devant la fenêtre de sa cuisine, Lisie buvait son chocolat et observait un couple de moineaux gris brun. Elle les vit sautiller dans la flaque d'eau qui s'était formée sous le robinet d'une des cours voisines puis laisser des marques fourchues sur l'asphalte. Ces moineaux lui rappelèrent Sigui, la petite serveuse du Pélican bleu, et elle décida de prendre de ses nouvelles dans le courant de la journée.

Elle espérait que la photo de la roue de sable que Dorith avait prise du toit de l'immeuble de quatorze étages était passée dans les *Nouvelles*, accompagnée de sa légende. Les rares fois où elle parvenait à introduire quelque chose d'original dans les pages d'actualités du quotidien lui valaient une prime, et elle appréciait cette manne tombée des hauteurs rédactionnelles de Tel-Aviv. Avec cet argent, elle achetait généralement des cadeaux pour ses nièces. Ses sœurs, qui restaient debout du matin au soir à Soroka, et ses beaux-frères, qui suaient sang et eau au commissariat, encourageaient leurs gamines à raconter à tata Lisie ce que toutes leurs copines possédaient et que seules elles ne possédaient pas parce que papa et maman ne pouvaient se le permettre. Chacun des deux foyers était déjà équipé du micro-ordinateur que tata Lisie avait acheté à crédit – en bénéficiant d'une réduction négociée par Dahan qui s'était « arrangé » avec la boîte Office-Farm. Les « arrangements » du directeur commercial l'obligeaient, elle, à aller interviewer toutes sortes de gens, comme cette guérisseuse adepte du végétalisme qui était passée de la chiropractie au taï-chi, ou la mère du rabbin Fisch qui avait rédigé les consignes de préparation de la Pâque distribuées tous azimuts par son rabbin de fils en période électorale. Elle comprenait bien qu'il s'agissait de renvois d'ascenseur et n'avait jamais demandé à Dahan de quoi l'avait guéri la végétalienne ou quel était le marché qu'il avait conclu avec la mère du rabbin. Ce qu'elle ne savait pas ne risquait pas de lui nuire

Aux urgences, les infirmières dirent à Lisie qu'Oved Hanegbi était en neurologie, et en neurologie, qu'il était en salle de réanimation. Elle finit par le trouver en orthopédie 1 mais ne put le voir. Un policier en uniforme montait la garde, assis sur une chaise devant la porte.

« Comment va-t-il ? lui demanda-t-elle. Je suis la belle-sœur de Bentsi et d'Ilan, Lisie Badikhi, des *Nouvelles du Sud.*

– Il souffre d'une fracture du crâne et de l'épaule. Il a ouvert les yeux pendant quelques instants, il paraît que c'est bon signe.

– Pourquoi êtes-vous là ?

– On m'a dit de m'asseoir là, alors je m'assois là.

– Puis-je le voir ? Juste un coup d'œil.

– Non.

– C'est moi qui l'ai découvert.

– Non quand même.

– Les membres de sa famille sont-ils autorisés à entrer ?

– On ne m'a rien dit au sujet de la famille. Il en a une ?

– Sera-t-il arrêté s'il sort du coma ?

– Je ne sais pas.

– Partage-t-il la chambre avec un autre malade ?

– Non. Il est seul. »

Lisie décida de s'en remettre à l'une de ses sœurs pour obtenir de plus amples renseignements sur l'état de santé de Hanegbi. Lorsqu'elle pivota vers les escaliers, elle aperçut les santiags usées qu'elle avait vues la veille au commissariat. Leur propriétaire, toujours pas rasé, dormait, affalé sur un banc, juste au-dessous du panneau « Interdit de fumer ». Le détective de la compagnie d'assurances avait indéniablement une méthode d'investigations bien particulière.

Elle trouva Georgette à la maternité, lui demanda de se renseigner sur Hanegbi et de ne pas parler de sa requête à Bentsi ou à Ilan. Sa sœur passa son stéthoscope autour du cou, glissa ses dossiers infirmiers sous le bras, fourra son thermomètre dans la poche de sa blouse, et déclara qu'elle revenait tout de suite.

« Apparemment, il s'en sortira, dit-elle une fois de retour à la maternité. On l'a trépané. Impossible de plâtrer son épaule, alors on lui a mis une attelle provisoire. Il a ouvert les yeux aujourd'hui et c'est bon signe.

– Dans combien de temps reviendra-t-il à lui ?

– Ça peut prendre deux jours comme une semaine. Je t'avertirai, Lisie.

– Merci.

– Maman m'a demandé de me renseigner sur son état de santé et j'avais oublié, dit Georgette en riant. C'est moi qui te remercie. Elle m'aurait tuée si je ne l'avais pas fait. »

Les grands pieds de Lisie la traînèrent jusqu'au parking. Ses énormes anneaux se balançaient au rythme de sa marche. Elle songea à la petite serveuse. La fragilité de Hanegbi la renvoyait peut-être à celle de Sigui. Quelqu'un qui courait derrière elle la rattrapa, ralentit et lui emboîta le pas. Des santiags sales. Il avait un visage allongé, des cheveux couleur poil de chameau qu'il perdrait prématurément, un front haut et pâle, une mâchoire inférieure proéminente, des yeux verdâtres de lézard et il était presque aussi grand qu'elle.

« Oved Hanegbi a de la famille ?

– Quoi ?

– Vous avez dit au flic quelque chose au sujet de visites de membres de la famille.

– Et alors ?

– Alors, c'est qui, sa famille ?

– Pourquoi ?

– Il a une famille ?

– Qui ? »

Le type éclata de rire. Un rire étonnant. Fort et qui déferlait par vagues successives. Ils étaient arrivés devant la Justy, Lisie enfonça la clé dans la serrure.

« Rony Melzer. Je ne me suis pas présenté. Et vous, vous êtes de la famille de Malka, Bentsi et Ilan. La sœur de charité qui est montée voir comment allait Oved Hanegbi fait-elle aussi partie de la sainte famille ?

– C'est ma sœur.

– L'infirmière ?

– Oui. »

Rony Melzer éclata à nouveau de rire. Je l'amuse, se dit Lisie. Je l'amuse, c'est indéniable.

« Vous êtes ?

– Rony Melzer. Détective privé. La police a trouvé les papiers de Kornfeld sur le mort de la Maillerie. Nous enquêtons sur le vol des diamants de ce monsieur.

– Qui ça, “nous” ?

– Le cabinet d’investigations J.V. La compagnie d’assurances a confié l’enquête à l’avocate Hani Réguev et elle m’a “mis à disposition”.

– Êtes-vous avocat ou détective ?

– Avocat chez Hani Réguev, transféré à J.V. et chargé par la compagnie d’assurances d’enquêter sur le dossier Kornfeld. Puis-je vous offrir un thé ?

– Non.

– Vous inviter à déjeuner ?

– Non.

– À dîner ?

– Non.

– Je vous raconterai tout ce que je sais sur le vol des diamants. Vous pourrez le publier.

– Et moi, qu’est-ce que j’aurai à vous raconter ?

– C’est vous qui avez découvert Oved Hanegbi. Je vous ai entendue le dire à tata Malka. Je veux connaître sa famille.

– Vous avez un numéro de téléphone ?

– De portable. Je suis descendu à Néot-Midbar.

– Alors pourquoi dormez-vous sur les bancs publics ?

– J’attends qu’ils finissent de construire le Hilton. Quand nous retrouvons-nous ?

– Nous ne nous retrouvons pas. »

Il griffonna son numéro de téléphone sur un bout de papier et eut juste le temps de le glisser dans la voiture avant qu’elle ne remonte la vitre. Il était tout ce qu’elle détestait. Un joli cœur gâté pourri du Nord qui se donnait le genre bohème avec des bottes de maquereau pour faire du charme aux indigènes.

Lisie se rendit à l’auberge de jeunesse, espérant que Sigui ne serait pas encore partie pour le Pélican bleu. Elle-même avait déjà dormi dans ce foyer, à l’époque de son service militaire, une nuit où elle était rentrée trop tard à Beershéva. Elle se souvenait d'une cage d'escaliers sombre, de fenêtres couvertes de poussière, et du raffut qu'avait fait un groupe de comiques troupiers. À présent, le lieu semblait mieux entretenu. Une main dévouée avait pris la peine de briquer les vieilles dalles du sol, révélant des losanges jaunes et noirs. Des rideaux colorés étaient accrochés aux fenêtres, et quelqu'un avait déjà enlevé le sable qui s'était déposé sur les meubles. Une femme noire de haute taille se tenait à l'accueil, vêtue d'une longue jupe de coton rouge. Un ruban vert maintenait ses boucles de paille de fer grisonnantes. Elle indiqua à Lisie la chambre de Sigui, lui demanda instamment de ne pas réveiller toutes ses voisines, et rit, dévoilant des dents blanches très espacées. Lisie déduisit de son accent américain qu'elle appartenait à la communauté des Hébreux noirs.

Cinq lits, flanqués chacun d'une table de nuit et d'une petite armoire, meublaient la chambre. Deux étaient vides, un était occupé par une soldate qui dormait en uniforme, son barda sous le bras, et un autre par une petite jeune fille dont les longs cheveux couvraient la joue et l'épaule et qui avait gardé sur les paupières des traces de maquillage bleu. Sigui, elle, était déjà habillée. Assise sur son matelas, le corps sans force, elle regardait dans le vide.

« Bonjour Sigui. Tu te souviens de moi ? Nous nous sommes rencontrées hier au Pélican bleu, après les coups de feu. Lisie Badikhi, des *Nouvelles du Sud*, la belle-sœur du sergent Ilan. J'ai fait un saut pour voir comment tu allais.

– En voilà une surprise ! Je vais bien, grâce à Dieu.

– C'est donc ça ta chambre ?

– Faut faire avec ce qu'on a.

– Tes voisines changent souvent ?

– On est deux à être genre permanentes et les autres

changent genre tout le temps. Les soldates. Celle-là, c'est Esthy, une des filles de Boris. »

Sigui indiqua du menton la gamine aux longs cheveux, celle qui paraissait très jeune.

« Quel âge a-t-elle ?

– Dans les dix-huit, dix-neuf ans... Elle rentre au petit matin et dort comme une masse jusqu'au soir. Mais il s'occupe bien d'elle. Il fait gaffe à ce qu'elle mange, qu'elle se lave, qu'elle s'aère.

– Un vrai sage.

– J'ai pas dit un sage. Quand elles font le pied de grue à la gare routière, lui, il joue de l'accordéon sur le trottoir d'en face, et s'il voit s'approcher quelqu'un de pas net, il les laisse pas partir avec.

– Une bonne âme, quoi.

– C'est pas à cause de lui qu'elles font ce boulot. Si c'était pas lui, ce serait quelqu'un d'autre, de pire.

– Peut-être. Quand prends-tu ton service ?

– Katinka m'a donné congé aujourd'hui, après tout le bordel d'hier, mais je pense que je vais quand même y aller. Qu'est-ce que j'ai à faire ici ? Un pilote à qui il arrive quelque chose, on le remet tout de suite dans l'avion, tu piges ?

– Bien sûr. On va se boire un café ?

– Pourquoi pas ? »

Lisie déclara qu'elle tenait à ce que la jeune fille soit son invitée, et toutes deux commandèrent un petit déjeuner composé de petits pains frais, d'œufs, de fromages, de crudités, de confitures, de jus d'oranges et de café.

« Je ne me souviens plus du dernier petit déjeuner que j'ai pris, dit Lisie.

– Moi non plus.

– Je vais venir ici tous les jours.

– Moi aussi. »

Elles se sourirent, deux gamines à qui la vie n'avait pas particulièrement fait de cadeaux, qui avaient pris les rênes et décidé de se gâter elles-mêmes. Sigui raconta que les petits plats de sa mère lui manquaient, la table familiale du vendredi soir, le *kiddoush*, les chants rituels. En comparaison des gens de Nétivoth, ils n'étaient pas très religieux. Bien sûr, ils mangeaient kasher et allaient à la synagogue le shabbat et les jours de fêtes, mais ses grands frères prenaient la voiture le samedi et allumaient l'électricité. Elle, pour autant qu'elle pût s'en souvenir, avait toujours été rebelle. Sa manière de s'habiller, ses copains, son comportement avaient toujours été des sujets de friction avec ses parents et ses aînés. Mais aussi sauvage qu'elle fût, elle veillait sur son honneur, malgré ce qu'ils disaient. Katinka prévenait tous ses clients, mieux valait qu'ils ne laissent pas traîner leurs sales pattes, parce qu'il la connaissait, elle était capable d'arracher les yeux à qui oserait la toucher.

« C'est pour ça que tu as tellement crié hier quand on t'a pincée, dit Lisie, léchant sur ses doigts la confiture qui dégoulinait de son petit pain.

– Oui. J'aurais tué la mère de celui qui a fait ça.

– Tu ne sais pas qui c'était ?

– Non. Ils ont tous bondi au plafond en poussant des cris et ce cinglé de Dave a commencé à tirer, j'ai cru que j'allais crever.

– Mais pourquoi a-t-il fait ça ?

– J'en sais rien ! Ils se comportaient tous comme une bande de tarés. Il y avait des éclairs dans le ciel et des formes de hiboux à cause de la tempête de sable. Ils criaient, ils ont renversé des chaises.

– De quoi parliez-vous ?

– Du Babba Baroukh.

– Qui a abordé le sujet ?

– Jacquot des meubles a sali le nom du Babba Baroukh.

Quelqu'un qui n'y croit pas, libre à lui de ne pas y croire, mais parler poliment, c'est trop lui demander? Et s'il y a justement dans la pièce quelqu'un qui y croit? Dans ce pays, tout le monde parle de tolérance, mais chacun choisit en fonction de qui et de quoi il sera tolérant. À mon avis, ça s'appelle pas de la tolérance. Tu piges?

– Bien sûr. Que disait Jacquot?

– Sur ma vie, c'est un sacrilège de le répéter.

– Il était question du Babba Baroukh?

– Oui.

– Quoi?

– Du business, voilà ce qu'il a dit. Rien que du business. Les bénédictions, les amulettes et l'eau bénite. Tu te rends compte? Que tout était pour le fric. Si tu payes, il a dit, tu recevras la bénédiction du Babba. Si tu payes pas, tu feras faillite et tu pourras dire adieu à ta maison, ta femme et ta maîtresse. Texto.

– Ça alors!

– Je leur ai dit que je venais de Nétivoth et que j'avais des liens de parenté avec le Babba, ce qui fait que je ne le connais pas juste comme ça, je suis de sa famille. Ce que je ne leur ai pas raconté, c'est que moi aussi j'ai hérité des pouvoirs familiaux. Parce que j'aime pas frimer.

– Toi, tu ne fais pas de business, tu n'as ni maison, ni femme, ni maîtresse. Pourquoi t'a-t-il dit ça à toi?

– Il parlait en général. Genre ça n'avait rien de personnel. Et il ne me regardait pas non plus. Il a fait un clin d'œil à Dave, comme si c'était un truc entre eux. Katinka dit que depuis qu'il fréquente les tripots à l'étranger, il se comporte comme si Beershéva était devenue trop petite pour lui, mais des dettes au bistro, il n'a pas honte d'en faire. Il me laisse un shékel de pourboire et se tire sans payer. J'appelle ça de l'avarice répugnante.

S'il peut parier pour dix bâtons, il doit bien avoir trois shékels pour son café, tu piges ?

– Bien sûr. Alors sur qui Dave a-t-il tiré ?

– Sur personne, t'es nase ou quoi ? Dieu nous garde. Il a tiré sur les bouteilles. Genre pour calmer le jeu.

– Il a si bien réussi à te calmer que tu as failli rendre l'âme. »

Elles rirent. Lisie proposa de déposer Sigui au Pélican bleu et, pendant tout le trajet, la jeune fille évoqua les soirées du vendredi à Nétivoth, les chants, son père qui jouait de la guitare, sa sœur Yafith de l'orgue électrique et son petit frère Ofer qui, depuis l'âge de sept ans, prenait des cours de percussion à la Maison de la Culture. Bref, ils avaient chez eux un véritable orchestre.

« Tu as passé le shabbat là-bas ? lui demanda Lisie.

– Non.

– Tu es restée à Beershéva ?

– Oui.

– Et le shabbat précédent ?

– Aussi.

– Tu t'es disputée avec eux ?

– Ils n'aiment pas mon vernis vert et noir ni la couleur de mes cheveux. Mes grands frères disent que ça fait vulgaire. Mais c'est pas juste. J'ai une âme nickel et c'est le principal, tu piges ?

– Ce qui n'empêche pas qu'ils te manquent. »

Sigui commença à pleurer.

« Le shabbat, tu n'as qu'à enlever ton vernis, teindre ta teinture et rentrer chez toi. Le dimanche, quand tu reviens à Beershéva, remets autant de vernis que tu veux.

– Je vais peut-être faire comme ça. »

Elles arrivèrent au Pélican bleu, sortirent de la voiture, et Lisie se pencha d'environ cinquante centimètres pour embrasser Sigui.

« Merci pour le petit déj' et le détour.

– Je t'en prie. » Elle se sentit vieillie d'une centaine d'années.

En écoutant la jeune serveuse lui rapporter les paroles de Jacquot et les faits et gestes de Dave Factory, une pensée, qu'elle n'était pas arrivée à retenir, lui avait traversé l'esprit. En route pour la Maillerie, elle essaya de débusquer l'éclair qui lui avait échappé. Dave Factory était un petit affairiste. De ces gens à qui la politique fait monter une fraîche rougeur aux joues et qui s'épanouissent une fois tous les quatre ans. Pendant les campagnes électorales, il était chargé de récolter des voix pour les Travaillistes et entretenait des liens privilégiés avec le ministre de l'Équipement et du Logement. Il avait sous la main les représentants syndicaux de la mairie – où il travaillait – et de ceux de la Maillerie, par le biais de ses relations familiales. S'il avait voulu, il aurait facilement pu mettre en contact son ami ministre – responsable de la zone franche – et les Tarshish, qui voulaient participer au projet. Ses employés soutenaient son ministre, lequel soutenait sa famille.

Alors pourquoi sa femme, Carol Factory, qui de surcroît possédait un tiers de la Maillerie, avait-elle exprimé sa réticence lorsque Lisie lui avait parlé au téléphone de la fermeture de l'usine et de la vente des terrains ? Si elle hésitait à ce sujet, pourquoi son mari œuvrait-il pour le ministre qui, justement, était à l'origine du projet et serait chargé de le concrétiser sur le domaine ? S'il soutenait l'instauration de la zone franche, il travaillait contre sa femme, mais s'il s'y opposait, il travaillait contre son ami le ministre et les Tarshish. Quelque chose clochait dans toute cette histoire.

CHAPITRE VI

Lisie décida de se rendre à la Maillerie pour y examiner à nouveau l'autobus et la zone où avait été enterré le cadavre. Un détail perdu dans sa mémoire referait peut-être surface. La veille, à son arrivée à l'usine, la tempête se déchaînait et les poteaux électriques étaient allumés. Tous, excepté ceux qui se trouvaient à proximité de l'autobus du Prophète. Un hasard ? Aux dires de Bentsi, le meurtre avait été commis entre dix heures du soir et deux heures du matin. Pour enterrer le cadavre à cet endroit, le meurtrier était arrivé soit par le nord, de la route de Hébron, du quartier d'Omer ou du village de Lakya, soit par le sud, en traversant la vieille ville ou la zone industrielle. L'éclairage municipal fonctionnait-il déjà ? Si oui, celui qui avait assassiné le Fiancé et presque tué le Prophète s'était-il au préalable occupé des poteaux ? La tempête avait débuté à quatre heures du matin. À ce moment, le Fiancé reposait déjà sous terre. Si le vent s'était levé pendant que le meurtrier creusait son trou, il aurait soit creusé plus en profondeur, soit disposé des pierres au-dessus. Sans cette tempête, jamais nous n'aurions su qu'il y avait là un cadavre, songea-t-elle. Quelqu'un a-t-il voulu faire endosser son forfait par Oved Hanegbi ? Mais alors, il lui aurait suffi de jeter le corps dans les parages, sans l'enterrer. Si le meurtrier a eu l'intention de faire porter le chapeau à Oved Hanegbi, il a misé sur le fait que le crime ne serait découvert qu'au bout de plusieurs jours, voire plusieurs semaines. Le trou était peu profond, quasiment en surface. Des chacals, des hyènes et des vautours rôdaient la nuit dans les environs. Les Bédouins passaient par là avec leurs moutons, leurs chèvres, leurs chameaux et leurs chiens. Oui, il s'agissait bien d'une sépulture destinée à être découverte. Mais pas au moment où elle l'avait été.

Lisie gara sa Justy devant le portail et remarqua que la voiture des vigiles n'était plus dans la cour. Les patrons de l'usine avaient apparemment décidé que les ouvriers ne reviendraient plus manifester. Bourrée de meubles et de cartons, une camionnette sur laquelle s'inscrivait le nom de « La Maillerie » stationnait près de l'aile qui abritait les bureaux.

Elle se dirigea vers la tente des manifestants pour jeter un œil sur la chatte et ses petits. Sans eux, Oved Hanegbi serait mort. Son cadavre aurait été retrouvé au bout d'une ou deux semaines, la police aurait rattaché ce décès à celui de l'inconnu, inventé quelque rapport logique entre les deux cas et classé l'affaire.

Quelqu'un était penché au-dessus du matelas et y déposait avec précaution un bol de lait tout en murmurant des « psss, psss, psss ». Il n'y avait plus que trois chatons collés au ventre de leur mère. Lisie se demanda ce que faisaient les chattes de leurs bébés morts. Les yeux écarquillés braqués sur l'homme, l'animal se dressa, poil hérissé, et révéla ses crocs. Les bébés roses se tortillèrent, cherchant de leurs yeux aveugles les mamelons qui venaient de leur être ôtés de la bouche. L'homme se releva. Il se retourna pour sortir, et, à son grand étonnement, découvrit Lisie qui le contemplait du seuil.

« Aucune reconnaissance, déclara-t-il.
– Il n'y a pas de justice en ce bas monde.
– Qui êtes-vous ?
– Lisie Badikhi, des *Nouvelles du Sud*. Les ouvriers étaient pleins de reconnaissance envers vous et vos semblables et vous voyez où ça les a menés ?
– Vous vouliez quelque chose ?
– Juste voir ce que devenait la chatte.
– Compatissante !
– Sûrement pas. C'est vous qui l'êtes.
– Nous connaissons-nous ?
– Moi, je vous connais. Avishaï Tarshish. Vous ne me connaissez pas. Ma mère a travaillé ici pendant trente-cinq ans. Vous n'étiez pas encore né. Aujourd'hui, elle est chez elle et s'occupe bénévolement du bébé d'une nouvelle immigrante russe qui, elle aussi, a travaillé pour vous et se retrouve à la rue.
– Elle ne se retrouve pas à la rue. Elle va recevoir une indemnité de licenciement. Quant à votre mère, elle a une retraite, que la famille Tarshish lui a payée pendant toutes les années où elle était chez nous.
– Quelle grandeur d'âme !
– Et maintenant, vous voudrez bien m'excuser. »
Il se tourna vers l'usine.
« Vous videz les locaux ?
– Je n'ai pas le temps.
– Vous déménagez ? Où ça ? »
Sans lui répondre, il s'éloigna vers l'aile des bureaux, tandis qu'elle criait dans son dos : « Eh ! Eh ! » Comme il continuait à marcher, elle courut pour le rejoindre. Arrivé à la porte du bâtiment, il pivota vers elle. Ses yeux bleus jetaient des éclairs de colère :
« C'est une violation de domicile. Vous n'avez pas le droit d'être ici.
– Je sais, mais je veux parler à un membre de votre

famille. Dès qu'Oved Hanegbi reviendra à lui, il sera incarcéré, et si on le met dans un endroit fermé, il se pendra. Comme vous êtes sa seule et unique famille, j'avais pensé que peut-être vous pourriez intervenir pour qu'on ne l'enferme pas.

– Qui vous a dit que nous étions de sa famille ?

– Vous ne l'êtes pas ?

– Pas vraiment.

– Que signifie ce "pas vraiment" ?

– Que ça ne vous regarde pas.

– Vous pouvez payer un avocat qui se débrouillera pour qu'on le laisse en liberté. Il ne risque pas de s'enfuir.

– Il n'acceptera aucune aide venant de nous.

– Vous pouvez au moins essayer.

– Nous n'avons rien à essayer.

– Qu'il aille au diable, c'est ça ?

– Je n'ai pas le temps. »

Il avança d'un pas, Lisie fit de même.

« Qui pourrait me parler de lui ?

– En quoi ce bonhomme vous intéresse-t-il ?

– Je l'aime bien. Il ne fait de mal à personne. Jamais il n'aurait tiré sur qui que ce soit. Les policiers n'ont pas de suspect, alors ils se rabattent sur lui. Est-ce sa faute si quelqu'un a enterré un cadavre à côté de son bus ?

– Moi, vous m'avez convaincu.

– Il faut lui venir en aide. Si vous êtes de sa famille, vous devez le faire.

– Nous ne sommes pas de sa famille. » Il sourit soudain. « Tout ce que je voulais, c'était donner du lait à cette chatte. Moi qui déteste les chats ! »

Son sourire était surprenant. Coquin, provocateur, des dents éclatantes, des fossettes ; le bleu de ses yeux s'assombrit et devint plus brillant encore. Un nerf vibra le long de la colonne vertébrale de Lisie, un sentiment d'angoisse. Il avait du charme pour cinq hommes.

« Bon, bon, pouce. Faisons une trêve. Il y a suffisamment de guerres dans le monde sans que nous y ajoutions la nôtre. Je ne sais pas grand-chose sur lui, mais je vais essayer de rassembler mes souvenirs. Venez, allons jusqu'à l'autobus. Là-bas, personne ne nous dérangera. De toute façon, je n'ai pas envie de voir comment on démantèle l'usine. »

Ils s'éloignèrent du bâtiment. Une légère plainte se fit entendre.

« Ah, les femelles ! dit Avishaï. On les approche, elles griffent, on s'éloigne, elles geignent », dit-il en indiquant la tente.

Lisie ne se rappelait pas s'il était marié. Elle pointa un doigt vers la rangée de poteaux qui bordaient le chemin :

« Sont-ils allumés la nuit ?

– J'imagine. C'est pour ça qu'ils sont là, non ?

– J'imagine. »

Des rubans jaunes cernaient l'autobus et le terrain juste derrière. Quelqu'un avait écrit au feutre sur une feuille : « Accès interdit. Police » et attaché le papier à l'un des rubans. Sans le Prophète, son habitation semblait pitoyable. De la tôle éraillée et difforme qui, dans un passé lointain, avait été peinte en bleu ciel, avec un banc cassé devant la porte. Que l'entrée en ait été interdite soulagea Lisie.

« C'est la première fois que je reviens ici depuis bien longtemps. Quand je faisais l'école buissonnière, je venais me cacher chez lui. Ce bus me paraissait immense et je rêvais moi aussi d'habiter dans un autobus quand je serais grand.

– Pourquoi donc ?

– Je ne sais pas. Des trois enfants, j'étais le seul qui osait l'approcher. J'avais quelque chose d'un peu frondeur. Je posais des questions. Je pense qu'il m'aimait bien. Je lui rappelais peut-être le gamin qu'il avait été.

– Vous aussi, vous l'appelez oncle Oved ?
– Qui d'autre l'appelle ainsi ?
– Votre frère et votre sœur. Mais ce n'est pas vraiment un oncle, n'est-ce pas ?
– "Oncle Oved !" Quelle invention malsaine, la famille !
– Je suis bien d'accord avec vous. »
Lisie passa sous le ruban jaune et s'approcha de l'autobus. Elle s'en éloigna ensuite de quelques mètres et s'arrêta :
« C'est ici qu'on a découvert le cadavre. »
Ils contemplèrent le sable, comme s'ils s'attendaient à ce qu'il remue, prenne la forme de l'homme qui avait été couché dedans et, tel une silhouette qui apparaît sous un manteau, ouvre la bouche et se mette à leur parler.
« L'a-t-on identifié ? demanda Avishaï.
– Non. Les papiers qu'il avait sur lui étaient des papiers volés.
– À qui ?
– À un certain Yéhouda Kornfeld, diamantaire à Ramat-Gan. Il y a environ un an et demi, il s'est fait voler un sac qui contenait des diamants et ses papiers.
– Un an et demi !
– Pour l'instant, les empreintes digitales de la victime n'ont rien donné. Sur l'arme du crime, on a retrouvé celles d'Oved Hanegbi.
– Oved Hanegbi n'a tué personne.
– C'est bien ce que je pense.
– Mais...
– Quoi ?
– Ce mort doit tout de même manquer à quelqu'un. Que sais-je ? Une épouse, un père, une mère ?
– S'ils en informent la police, on l'identifiera.
– Oncle Oved a peut-être vu quelque chose qu'il n'aurait pas dû voir ?

– Du genre ?
– Des Bédouins qui passaient de la drogue en Égypte ou faisaient du trafic de voitures dans le Sinaï.
– Les Bédouins le connaissent. Ils savent que quoi qu'il ait pu voir ou entendre, il ne dira jamais rien. Tout le monde le sait.
– Celui qui a essayé de le tuer l'ignorait. Savez-vous qu'en Pologne les voleurs attrapent des chats pour les brûler ?
– Quoi ?
– Ensuite, quand ils vont faire leur coup, ils jettent la cendre des chats dans les yeux de ceux qu'ils viennent dépouiller afin de les aveugler.
– Il faut que je vous présente mon oncle et ma tante. Ils adoreront cette histoire.
– Votre oncle et votre tante ?
– Clara et Yaacov. Ils tiennent une boutique de cadeaux à la gare routière. Le Mikado.
– Vous blaguez !
– Quoi ?
– Le Mikado, c'est votre oncle et votre tante ?
– Vous les connaissez ?
– Qui ne les connaît pas ? »
Elle se doutait de ce qu'il pensait. La coccinelle et le nabot. Dans leur dos, tout le monde les appelait ainsi. Il essayait à présent de comprendre comment ce couple extravagant pouvait être l'oncle et la tante de qui que ce soit. Allez expliquer que tante Clara était née Ménashé, le frère de Batshéva Badikhi. Comme elle regrettait d'avoir ouvert la bouche !
« L'avez-vous vu ?
– Qui ?
– Le mort.
– Oui.
– De quoi avait-il l'air ?

– De quelqu'un recouvert de sable. »

Avishaï sourit et ses yeux bleus virèrent presque au noir. Elle ne comprenait pas ce qui l'amusait, mais décida de s'efforcer de ne plus l'amuser. Ses jambes, d'habitude si solides, ne l'étaient plus vraiment lorsque ce merveilleux sourire éclairait son visage.

« C'était un jeune ? Un vieux ? Un vagabond ? Quoi ?

– Il portait un blazer avec des boutons dorés. Et une montre de luxe. C'est tout ce que j'ai vu.

– Comment se fait-il que ce soit vous qui l'ayez découvert ?

– Je voulais demander au Prophète de l'eau pour la chatte, mais je l'ai trouvé dans son bus au milieu d'une mare de sang. La police est arrivée et c'est elle qui a trouvé le cadavre de l'inconnu. »

Ils s'assirent sur le banc de pierre en bordure du sentier, juste en face de la porte du véhicule abandonné.

« Il écoutait tout le temps la Voix de la musique, dit Lisie, fumait ses cigarettes, comptait et recomptait, marmonnait toutes sortes de nombres. Il ne faisait de mal à personne.

– Il n'est pas encore mort.

– Quoi ?

– Vous faites son éloge funèbre.

– Oh non, non, pas du tout ! Quels sont vos liens de parenté ?

– Nous n'en avons aucun.

– Vous avez dit "oncle Oved". Votre sœur Carol aussi l'appelle "oncle Oved".

– Pourquoi vous intéressez-vous à lui ?

– Je ne sais pas. Peut-être à cause de son courage. Nous vivons tous tellement en fonction de ce que les autres attendent de nous !

– Vous appelez ça du courage ? Pour moi, c'est de la lâcheté.

– Il a choisi sa manière de vivre.
– Il a choisi d'être une victime.
– Vous lui en voulez ?
– Mais non. Pourquoi lui en voudrais-je ?
– Je ne sais pas.
– Sans doute pensez-vous comme tout le monde que notre famille est responsable. Mais il était libre de son choix. Chacun est responsable de son sort.
– Comme vos ouvriers ?
– Non, pas comme nos ouvriers. Eux n'ont effectivement pas eu la possibilité de choisir. »

Il eut un mouvement irrité et elle comprit que ce n'était pas avec une approche hostile qu'elle tirerait quelque chose de lui. Elle sortit de son sac tout d'abord son magnétophone, qu'elle posa entre eux sur le banc, puis un carnet et un stylo.

« Pourquoi ce magnéto ? demanda-t-il.
– Je ne veux pas que vous prétendiez plus tard que vous n'avez pas dit ce que vous avez dit ou que je n'ai pas compris vos propos.
– Je n'ai rien à raconter.
– Je rapporterai votre récit sans mentionner de nom. J'écrirai que ma source est confidentielle. De quoi avez-vous peur ?
– De mon père.
– Alors pourquoi m'avoir accompagnée ici ?
– J'aime bien mon taré d'oncle. Ça fait très aristocratique d'avoir une brebis galeuse dans la famille, vous ne trouvez pas ?
– Quand ce n'est pas vraiment un oncle, c'est très classe, en effet.
– C'est vrai. Vous êtes moins bête que vous n'en avez l'air, mademoiselle Badikhi.
– Ce bon mot, je l'ai déjà entendu, monsieur Tarshish. Existe-t-il, oui ou non, un lien de parenté entre

vous ? Qu'est-ce qui unit la famille Tarshish à Oved Hanegbi ?

– C'est une longue histoire et tôt ou tard je vais devoir me remettre à la tâche et aller aider mon frère et ma sœur. Elle n'arrête pas de râler, Carol.

– Elle s'oppose à la liquidation de l'usine ?

– Non, mais elle ne le fait pas de gaieté de cœur. »

Il n'avait pas l'air de vouloir se remettre à la tâche, mais plutôt d'être ravi de pouvoir y échapper, ravi de rester assis sur le banc de grès devant l'autobus.

À la manière dont Avishaï Tarshish évoqua son oncle cinglé, on aurait pu croire qu'il parlait d'un parent aimé et parti depuis de nombreuses années en Australie, non de quelqu'un qui vivait à trois minutes à pied de son lieu de travail.

Enfant, il avait passé beaucoup de temps avec lui, au grand dam de ses parents, Yigal et Ruthy. L'autobus était une sorte d'île du Diable avec Oved Hanegbi comme forçat volontaire, et cela pesait sur leur conscience. À cette époque, les Tarshish étaient la famille la plus riche de Beershéva, et le fait que l'un des leurs dorme dans un autobus et vive comme un clochard entachait leur réputation. Allez expliquer aux gens que c'était son choix et que ses biens lui auraient permis de vivre dans l'opulence jusqu'à nouvel ordre. Il possédait sept dounams dans le périmètre de la Maillerie. Quatre près de la palissade à l'est et trois près de la palissade au nord. Deux grosses taches dans le domaine. Pour la famille Tarshish, Oved Hanegbi était une épine au pied, mais une épine au pied légale et aucune force au monde ne pourrait le déloger tant qu'il ne le voudrait pas lui-même. Et il ne le voulait pas.

Parfois, il accueillait quelqu'un pour une journée, une semaine, un mois. Un gamin qui manquait l'école, un déserteur, un Bédouin. Ses hôtes essayaient de saisir quelque chose de ses propos marmonnés, de son total renfermement et de ses regards qui erraient dans le vide. Ils tentaient de percer le mécanisme d'un homme qui n'avait pas besoin de compagnie et se suffisait à lui-même. Puis ils disparaissaient sans que personne n'ait su la raison de leur venue ou de leur départ. Et le vieux se retrouvait à nouveau seul.

Oved Hanegbi et Yigal Tarshish, fils de deux couples d'amis qui avaient immigré ensemble en 1912 des États-Unis, étaient nés dans la petite ville de Migdal, sur les bords du lac Kinéreth. Avec leurs économies, les parents achetèrent trois cents dounams, qui appartenaient toujours à la famille. Ils firent venir de France un expert en agronomie et y plantèrent, pour la première fois depuis deux mille ans, des bananes. L'agronome tomba amoureux de la voix de Scheine, la mère d'Oved, Scheine tomba amoureuse des longs doigts de l'agronome et, une nuit, tous deux s'enfuirent au Liban, laissant derrière eux Avroum, le mari, et un fils qui avait trois ans à l'époque. Tova Tarshish éleva Oved comme son propre enfant. Elle était persuadée que sa mère reviendrait, qu'un beau jour elle réapparaîtrait, que sa voix chaude emplirait la cour, un peu de larmes, un peu de colère, et finalement de longues et chaudes effusions, qui aplaniraient toutes les souffrances. Si ce n'est qu'entre-temps la Première Guerre mondiale éclata et que le contact fut rompu. Une carte postale arriva du Caire quelques mois après le début des hostilités, une autre de Damas en 1918, puis plus rien. La mère d'Oved et son agronome s'étaient volatilisés dans la nature.

Dans le courant de 1915, Avroum fut attrapé par l'armée turque et envoyé dans un camp de travail. Il ne revint à Migdal que vers la fin de la guerre, blessé et sous-alimenté, et mourut rapidement. Avant sa mort, il rédigea un testament par lequel il léguait ses terres, cent cinquante dounams au total, à ses meilleurs amis, ses amis de toujours, Yitzhak et Tova Tarshish, et leur confiait son unique enfant. Et de jeune sauvageon, Oved était devenu un vieux sauvage. Pendant des années, il avait dormi dehors, sur le balcon de la maison familiale, un balcon qu'il avait réintégré après s'être battu dans les rangs du Palmah avec Yigal, et où il resta, même lorsque les Tarshish déménagèrent pour Haïfa et qu'Yigal épousa Ruthy.

La réussite financière de la famille avait débuté sous le mandat britannique. Le fait que l'anglais fût leur langue maternelle avait favorisé les contacts. Ils avaient vendu à l'armée britannique tout d'abord leur propre production agricole, puis celle des autres. Ils avaient des dépositaires à Damas, Bagdad, Vienne et Berlin. Plus tard, les plantations de Migdal furent placées sous la direction d'une famille d'agriculteurs locaux et eux s'installèrent dans une superbe résidence à Haïfa, sur le mont Carmel, où les enfants des Tarshish passaient aujourd'hui encore leurs vacances d'été.

Pendant la guerre d'Indépendance, en automne 1948, Oved et Yigal atterrirent dans le Néguev avec l'avant-garde de l'armée et participèrent à la prise de Beershéva. Oved était de la race de ceux qui deviennent des légendes au combat. Un chapeau militaire australien, une barbe de sauvage, un poignard, des virées en Jeep en plein désert. Les femmes étaient subjuguées, les hommes relataient ses exploits.

À la création de l'État d'Israël, Yigal était déjà marié et père de famille. Lorsque le tout frais ministre du Commerce et de l'Industrie, Pinkhas Sapir, lui proposa d'investir dans le Néguev et d'y fonder une usine de textile, il sauta sur l'occasion. Les terres de la Maillerie lui furent vendues pour une bouchée de pain, on ne lui demandait que de les prendre et il les prit, pourquoi refuser ? Les affaires d'import-export de ses parents s'étaient effondrées après le départ des Anglais et il n'avait pas grande envie de s'occuper des plantations qui restaient à Migdal, de guetter les nuages de pluie en hiver et de lutter contre la fédération des agrumes en été. Il voulait commencer quelque chose de nouveau dans un endroit nouveau.

Après avoir pris la décision de s'implanter dans le Néguev et d'y bâtir son avenir, il proposa à son frère de le suivre. Étonnamment, Oved accepta. Il changea son nom de famille de Baylis en Hanegbi, comme pour effacer quelque dette envers son passé. Les deux jeunes empruntèrent aux parents les fonds nécessaires pour l'achat du domaine. Sur tous les plans, c'était une excellente affaire. Quarante dounams pour des clopinettes, à condition de créer sur place une usine de textile qui, au bout de cinq ans, emploierait au moins cinq cents ouvriers. En contrepartie de cette initiative, le gouvernement les exonéra de quasiment tout impôt existant. Des ingénieurs délimitèrent ce qui s'appela depuis lors le « domaine de la Maillerie », et fixèrent l'emplacement de l'usine. Dans ce périmètre, Oved se choisit un lopin de quatre dounams à l'est et un de trois dounams au nord, près du robinet d'eau. Il travailla dans les Travaux publics en tant que tractoriste jusqu'à ce qu'il eût remboursé Tova et Yitzhak Tarshish, puis traîna sur les lieux un vieil autobus, un banc, et s'installa. « Et le pays fut en paix pendant quarante ans. »

« Je ne sais pas qui est le plus intelligent des deux, remarqua Avishaï. Mon père, qui n'a cessé de trimer, ou oncle Oved. Ce sont deux choix de vie. Chacun avec la punition qu'il mérite.

– Quoi ? demanda Lisie.

– D'après les histoires de mes grands-parents, je me

représente Migdal comme le jardin d'Éden. Ce qui a suivi, c'est la Chute.

– Ah.

– Moi, il m'aimait bien. Enfant, j'étais le seul qui allait le voir ou jouait chez lui. Je devais avoir huit ou neuf ans le jour où papa m'a pris avec lui pour aller parler à Oved. Il s'est assis sur le banc et a essayé de le convaincre de s'installer dans un logement décent. Il lui a expliqué combien ça l'affligeait, combien il souffrait de l'étrange style de vie que son frère avait choisi. "Je suis bien ici, a répliqué Oved.

«– Tu n'as ni famille ni maison. Qu'y a-t-il de bien là-dedans?

«– Est-ce que je t'ai jamais demandé quoi que ce soit?

«– Mais je n'attends que ça.

«– Je suis bien ici." Et ce fut tout, conclut Avishaï. Voilà l'histoire d'Oved Hanegbi.

– Votre père est-il toujours propriétaire de l'usine? demanda-t-elle.

– Non, il l'a donnée à ses enfants. Mais il est resté P.-D.G. Et il intervient de temps en temps.

– Qui dirige l'entreprise?

– Nous trois. Eldad est responsable du planning et du développement, moi de la production et de l'organisation, et Carol du marketing.

– Vous vous entendez bien?

– Oui. La répartition est claire.

– Vos conjoints n'y sont pas associés?

– Non.

– Ils ne le voulaient pas?

– Papa ne voulait pas. En fait, la question ne s'est posée qu'une seule fois, quand Carol a voulu faire entrer son Davy chez nous. C'est comme ça qu'elle l'appelle : "mon Davy". "Mon Davy dit, mon Davy pense." Papa a déclaré que les conjoints ne mettraient pas les pieds dans l'affaire familiale et Carol a démissionné. Elle est revenue au bout de deux mois.

– Quand cela s'est-il produit ?

– Il y a longtemps. Une bonne dizaine d'années. Elle s'est rendue compte que sans les revenus de la Maillerie, elle ne pouvait pas assurer à son Davy le niveau de vie auquel il était habitué.

– Votre père est-il d'accord pour que vous démanteliez l'usine et la transfériez en Jordanie ?

– Il est pragmatique.

– Moi, il m'a semblé idéaliste.

– Vous avez eu l'occasion de parler avec lui ?

– Oui, avant la conférence de Casablanca*. Au cours d'une interview, il m'a dit que des ouvriers en sueur devant de vieilles machines, c'était une image révolue. Qu'il rêvait d'informaticiens assis devant des écrans dans des pièces climatisées. Il m'a expliqué que le terrain de la Maillerie verrait la concrétisation de la vision du "nouveau Moyen-Orient" de Shimon Péres, et que Beershéva allait devenir la Singapour de cette région du monde.

– Oui, je connais la chanson.

– Une belle chanson si votre mère ne se trouve pas parmi ceux qui transpirent devant les machines. Il a parlé de l'intelligence juive qui planifierait tout et du travail qui, désormais, serait effectué par des ouvriers au Maroc, en Jordanie ou au Liban. Quand je lui ai demandé ce que deviendraient nos ouvriers à nous, il m'a répondu : "Nous franchirons la rivière quand nous serons devant."

– Ça a été la réponse du ministre de l'Équipement et

* Conférence économique qui suivit les accords d'Oslo et au cours de laquelle Shimon Péres formula sa vision du « nouveau Moyen-Orient » qui naîtrait avec la paix. *(N.d.T.)*

du Logement lorsque nous lui avons posé la même question.

– Eh bien, bravo. Donc tout le monde est content. Où seront situés les bureaux climatisés de la nouvelle Singapour ?

– Nous avons provisoirement loué un bâtiment dans la Vallée de Sarah.

– Y a-t-il un acheteur pour les terres de la Maillerie ?

– Un acheteur potentiel.

– Qui ?

– Nous négocions en ce moment avec un promoteur qui veut acquérir tout le terrain.

– Pourrez-vous vous y engager si Oved refuse ?

– Nous aurons un problème.

– Ça fait déjà deux fois qu'on essaye de l'envoyer dans l'autre monde. D'abord en mettant le feu à son autobus, ensuite en le frappant à mort et en lui refilant un cadavre en prime.

– Nous voulons participer au projet, parce qu'à la clé il y a l'obtention de subventions et, en plus, des garanties gouvernementales pour nos emprunts. Sans parler de la défiscalisation. Nous ferons le maximum pour qu'Oved Hanegbi s'en aille. Le promoteur nous propose quatre fois le prix fixé par les experts des services du Domaine, pour l'infrastructure préexistante. Mais il a prévenu la commission des appels d'offres qu'il voulait tous les lots d'un coup et d'une pièce, sans promesses futures qui ne resteront peut-être que des promesses. Et si quelqu'un croit que ce monsieur prendra un terrain avec au beau milieu un point noir sous mandat d'expulsion différé, il se met le doigt dans l'œil. Ce qui l'intéresse, c'est de planifier “sur papier” toute la surface avant le début des travaux.

– La terre est à vous. Vous pouvez la vendre à qui

vous voulez, quand vous voulez. Pourquoi tant miser sur ce promoteur ?

– Bien sûr. Ce qui signifierait nous soumettre à la torture du plus grand marchand de biens du pays, l'office national d'Occupation des Sols ! Vous n'avez pas la moindre idée de ce dont vous parlez. Il faut obtenir des autorisations des Finances, des autorités régionales, du Commerce et de l'Industrie, de l'armée, de la municipalité, des banques, des conseils locaux, régionaux, municipaux. Vous ne savez pas ce que c'est que de vendre des terres dans ce pays.

– Si le promoteur vous évite la torture, il peut aussi s'éviter la surenchère.

– Tout d'abord, il y a un minimum fixé par les services gouvernementaux, en dessous duquel personne ne peut descendre. Et, je vous l'ai dit, s'il a quadruplé le prix, c'est parce qu'il y a déjà une infrastructure à la Maillerie.

– De quelle somme s'agit-il ?

– Ça, je ne vous le dirai pas.

– Alors que se passera-t-il si Oved Hanegbi s'obstine à ne pas vendre ?

– Ce qui est sûr, c'est que nous ne le tuerons pas pour ça.

– Qui "nous" ? La famille Tarshish ?

– Oui.

– Vous êtes certain de ce que vous avancez ? »

Les yeux bleus se rétractèrent. Il tourna son regard vers l'autobus.

« Lui procurerez-vous un avocat ?

– Il n'acceptera pas que je l'aide.

– Vous avez dit qu'il vous aimait bien.

– Qu'il m'aimait bien quand j'étais petit. Je ne lui ai pas parlé depuis des années.

– Vous dirigez l'usine, ici, à deux pas, et vous ne lui parlez pas ?

– Je ne le vois jamais.

– Que perdrez-vous à essayer ?

– Il faut que je rentre. Je vais me faire étriper par Eldad et Carol. »

Lisie sourit.

« Qu'est-ce qui vous amuse ?

– Rien.

– J'ai bien vu que quelque chose vous amusait.

– La peur des aînés. Moi aussi, je suis la petite dernière.

– Que font vos frères ?

– Mes sœurs.

– Vos sœurs.

– Elles sont infirmières. » Elle rit. « À Soroka.

– C'est la première fois que vous riez. »

Les yeux bleus, eux, ne riaient pas. Ils la détaillaient, s'ouvrirent comme la cellule d'un appareil photo et révélèrent un cercle plus foncé autour de l'iris.

« Dave Factory voulait travailler à la Maillerie ? demanda Lisie, embarrassée par ce regard.

– Je ne pense pas. Carol voulait que "son Davy" reste près d'elle. C'est de l'histoire ancienne. De nombreuses entreprises familiales se sont cassé la gueule quand la deuxième génération a pris la relève. Papa a essayé de réduire les risques.

– Qu'allez-vous entreprendre en zone franche ?

– Rien n'est encore arrêté. Je voudrais monter une société de construction. C'est mon domaine en fait. Je suis ingénieur en bâtiment. Papa acceptera de s'associer à toute affaire liée à la terre et à la pierre. Eldad se servira de l'expérience et des connaissances qu'il a acquises dans le textile pour créer une industrie high-tech dans ce secteur.

– C'est-à-dire ?

– Une industrie basée sur l'informatique. Il n'y aura que ça en zone franche.

– Votre père s'associera aussi avec lui ?

– Il mettra sûrement de l'argent.

– Et Carol ?

– Elle est spécialiste en marketing. C'est sans doute ce qu'elle fera. Pour ça au moins, pas besoin d'une grosse mise de départ.

– Ça ne la dérange pas que votre père mette de l'argent dans vos projets et pas dans le sien ?

– Elle n'a pas besoin de lui. Nous si. Carol est la plus futée d'entre nous. L'Einstein de la famille. Elle sait transformer la poussière en or. Nous n'avons jamais voulu nous occuper de la Maillerie, elle oui. Elle est née avec le sens des affaires. Eldad et moi avons déjà dépensé des milliers de dollars pour un truc qui sera peut-être tué dans l'œuf. Elle s'est débrouillée, jusqu'ici, pour ne pas débourser un centime.

– Combien valent les lots d'Oved Hanegbi ?

– Je connais quelqu'un qui est prêt à lui donner comptant deux millions de dollars.

– Deux millions de dollars ?

– Oui.

– Alors pourquoi votre sœur Carol s'oppose-t-elle à tout le projet ?

– Qui vous a raconté qu'elle s'y opposait ?

– Vous avez dit qu'elle râlait.

– Elle râle parce que ça lui fait de la peine de démanteler l'usine, mais elle n'est pas contre. Elle ne peut pas s'y opposer. Elle n'a qu'un tiers des actions et papa est resté P.-D.G. Il a décidé de vendre et nous vendons.

– Peut-elle ralentir le processus ?

– En principe, oui. Mais pourquoi le ferait-elle ?

– Par sentimentalisme ?

– Dans notre famille, il n'y a pas de sentiments, déclara Avishaï, amusé. Il n'y a que le bilan des pertes et profits.

– Oui, je m'en suis rendue compte.

– C'est moi, le plus sentimental. C'est pour ça que je suis assis avec vous et que je papote au lieu de surveiller le déménagement. Bon, je dois y aller. »

Il lui effleura la main du doigt, et tout ce qu'elle désira soudain fut de prendre ses jambes à son cou. Le plus vite possible. Elle se leva, essuya énergiquement le sable collé à ses fesses et regarda vers le ciel. Le poteau électrique près du sentier n'avait pas d'ampoule. Celui qui était venu ici enterrer l'inconnu au blazer avait pensé à tout.

« Accepteriez-vous de prendre un café avec moi un de ces jours ?

– Quoi ?

– Un café. Vous savez, ce liquide noir que l'on obtient à partir de grains torréfiés et moulus.

– Vous n'êtes pas marié ?

– Si, bien sûr. Comment un mec aussi séduisant que moi ne serait pas marié ? Je ne vois pas le rapport. »

Lisie fourra magnétophone et carnet dans son grand sac. Il ne lui manquait plus que ça. Encore un homme marié. Avec des yeux bleu foncé qui viraient au noir quand ils riaient, des dents éclatantes et des fossettes. Exactement ce que le médecin lui avait prescrit pour la guérir de l'ordure de musicien qu'elle avait fréquenté l'année précédente.

Une grosse moto rouge était garée à côté de sa Justy. Le maquereau botté.

« Qu'est-ce qu'il raconte ? »

Lisie ouvrit sa portière sans répondre. Tu parles d'un héros, il la laissait transpirer et venait à la fin rafler ce qu'elle avait récolté ! Rony Melzer attrapa la portière.

« Virez votre main.
– Un échange. C'est ce que j'ai à vous proposer.
– Foutez-moi la paix.
– Je suis en fonds. Pourquoi n'ai-je aucun crédit auprès de vous ?
– Pour le crédit, voyez la banque.
– Essayez-moi. »

Lisie tira violemment sur sa portière, ignorant la main qui s'y agrippait. Sur le perron de l'usine, tels trois oiseaux à l'affût, la progéniture Tarshish les observait. Rony s'accrocha à la vitre. Lui aussi avait remarqué les Tarshish et il se mit à crier :

« Pourquoi es-tu tout le temps collée à mes baskets ? Où que j'aille, je te trouve derrière moi ! Ras-le-bol ! Qu'est-ce que tu me veux, merde ! Je te dois quelque chose ? »

Lisie essaya de remonter la vitre, mais il la maintenait à présent à deux mains. Ses articulations blanchirent sous l'effort et son visage rougit tant il criait.

« Je vais porter plainte pour harcèlement ! Si tu n'arrêtes pas de me traquer, je te casse la gueule de telle sorte que ta mère ne te reconnaîtra plus, espèce de sangsue hideuse. Fous-moi la paix, compris ? Je t'ai promis quelque chose ? Si tu ne me lâches pas la grappe, je m'en vais t'écrabouiller jusqu'à ce que du courant te sorte par le cul ! Ça suffit ! Dégage ! »

Lisie réussit enfin à faire démarrer sa voiture. Son visage brûlait de honte et d'ahurissement. Elle remonta la vitre, alluma la radio et roula lentement pour rejoindre le sentier. Dans son rétroviseur, elle vit le fou furieux enfourcher sa moto tout en continuant à l'invectiver à grands renforts de gesticulations. Les Tarshish le regardaient, cloués sur place. Lorsqu'enfin elle atteignit la route et constata qu'il ne l'avait pas suivie, elle éclata de rire.

CHAPITRE VII

La fin de la tempête avait insufflé à la ville une activité fiévreuse. Pendant deux jours, les gens étaient restés confinés chez eux, derrière des volets baissés et sous des couvertures. À présent, ils sortaient tous et couraient pour rattraper le temps perdu. Les soldats, les kibboutzniks et les étudiants qui envahissaient la gare routière protégeaient encore leurs visages de la poussière qui tombait des auvents ou s'envolait des quais au passage des autobus. Les buvettes avaient abaissé leur rideau de fer presque jusqu'aux comptoirs, gaufrettes et pépites étaient recouvertes de bâches en plastique.

Une mélodie joyeuse montait du Mikado, la boutique de tante Clara et oncle Yaacov. Voilà qui leur allait comme un gant ! songea Lisie. Une catastrophe se produisait ? Gilbert et Sullivan. Une grande joie ? Gilbert et Sullivan. Le jour où elle n'entendrait plus ces opérettes dans la boutique, ce serait la fin du monde. Aucun client n'était certainement entré chez eux ces deux derniers jours. Qui aurait besoin de cassettes audio et de lunettes de soleil, de parapluies ou de crèmes de bronzage pendant une tempête de sable ? Mais eux venaient là tous les jours, hiver comme été, tels le paysan qui sort labourer à l'aube ou la mère qui se lève le matin pour allaiter son enfant. Cette boutique était leur place en ce bas monde. Le rôle que le destin leur avait donné. Et qui étaient-ils pour défier le destin ? Il y avait quelque chose de pathétique dans leur persévérance, dans leur total engagement à accomplir une mission que personne ne leur avait confiée. Ils claironnaient un extrait du *Mikado*, leur plus vieil amour.

Les visages de Clara et de Yaacov s'illuminèrent à la vue de Lisie. Ils élevèrent la voix et entonnèrent en son honneur le refrain du chant du bourreau en même temps que le chœur :

« *He's got'em on the list/He's got'em on the list/And they'll none of them be missed/And they'll none of them be missed**. » Le soudain vacarme effraya Schnaps le chat qui se prélassait dans le giron de sa maîtresse, et il bondit sur le rebord de la fenêtre tout en laissant échapper un miaulement courroucé.

« Lisie ! s'exclama Clara, dont les yeux de paon vert foncé scintillaient. J'ai senti que tu viendrais aujourd'hui. Pas vrai, Yaacov ? Pas vrai que je te l'ai dit ?

– Si. »

Yaacov savait que sa compagne possédait des « pouvoirs » que les autres n'avaient pas et ses prédictions, loin de le surprendre, ne faisaient qu'accroître l'estime qu'il avait pour elle.

« Vous êtes revenus au Mikado ? demanda Lisie.

– Nous n'avons jamais quitté le Mikado, ma chérie », s'offusqua Clara. Les soupçonner, eux, d'avoir délaissé le Mikado ! « Impossible de s'en détacher. Celui qui le connaît ne peut pas s'en détacher. Pas vrai, Yaacov ?

– Bien sûr. »

Clara et Yaacov se perdirent dans leurs pensées. Les

* Il les a sur sa liste/Il les a sur sa liste/Et aucun d'eux ne sera épargné/Et aucun d'eux ne sera épargné. *(N.d.T.)*

graves problèmes de Titipu les préoccupaient depuis plus de trente ans.

L'oncle se secoua soudain :

« Tu veux un café, Lisie ? Nous avons aussi du thé d'orties. Ça draine tout le sable que nous avons inhalé, ça nettoie les artères et ouvre les pores de la peau. Notre ami de El-Azzméh, celui qui nous amène les racines contre le mauvais œil, nous en a apporté un sac plein. Sa mère les a cueillies spécialement pour nous.

– Un café, s'il te plaît. »

Yaacov alluma le gaz et y posa le *finjan.* Il prépara trois petites tasses sur un plateau de cuivre, sous le regard attentif de Lisie et Clara. Il y avait quelque chose de solennel dans chacun de ses gestes ou propos. Cela venait peut-être de l'antagonisme entre sa taille d'un mètre et demi et le profond respect qu'il éprouvait pour les objets et les gens.

« Quoi de neuf, ma chérie ? » demanda tante Clara.

Lisie était l'intermédiaire entre le couple et tout ce qui relevait du grand monde. Le héraut qui apportait les plis sur lesquels le roi avait apposé son sceau. Ils l'aimaient beaucoup, l'estimaient beaucoup, et étaient les seules personnes à Beershéva à trouver qu'outre toutes ses qualités, elle était aussi très jolie. Que sa taille et son épaisseur étaient magnifiques, que ses yeux en amandes endormis, ses lèvres enduites de rouge graisseux et même ses grands pieds étaient superbes. Chaque fois qu'elle passait à la boutique, Clara lui offrait un petit quelque chose. Une fiole d'huile de kakis pour la peau, une mixture à la moutarde pour la fortification des cheveux, du khôl bédouin. Une atmosphère de secrets féminins enveloppait ces cadeaux, la suavité de chambres à coucher tapissées de soie qui embaumaient de senteurs exotiques.

« Les gens sont devenus complètement fous avec tout ce sable, déclara Lisie.

– La terre se venge, dit Yaacov.

– Quoi ?

– Toutes ces nouvelles routes qu'on a construites. Qu'est-ce qu'ils croient, les gens ? Qu'ils peuvent le faire en toute impunité ?

– Quoi ?

– Yaacov et moi en parlons souvent, intervint Clara.

– L'homme n'est pas supérieur à la nature, lâcha l'oncle avec inquiétude.

– Parle-lui d'Isidor. Qu'elle comprenne ce à quoi nous faisons allusion.

– Toi, raconte.

– À l'Opéra d'Alexandrie, là où nous avons travaillé, il y avait un chanteur, une basse, Isidor Alégri, un Égyptien issu d'une famille italienne propriétaire d'une usine de verre. Nous répétions alors *la Flûte enchantée*, où il est question de démons et d'esprits. On a fait venir une soprano d'Allemagne, et la rumeur disait qu'elle était capable de briser les vitres avec sa voix. Isidor tremblait de peur. Tous les jours, quand elle devait participer aux répétitions, il brûlait de l'encens et priait le Dieu protecteur du verre. Il disait que le verre est le matériau le plus pur de la création, parce qu'il est fait de feu, d'air, d'eau et de terre. Que tout ce que demandait le verre, c'était de rester toujours pur et qu'à cause de ça, il se retenait d'absorber la lumière. Isidor croyait que si quelqu'un en brisait intentionnellement, il serait puni par le destin, ramené à l'état naturel du verre et se transformerait en sable. Nous avons demandé à la chanteuse de ne pas faire voler les vitres en éclats parce que nous avions un ami qui craignait qu'on défie le destin, et elle promit de s'y efforcer. Mais un jour, elle n'arriva pas à se retenir. Les chanteuses allemandes sont les plus fières du monde. Elle devait montrer de quoi elle était capable ! Et effectivement, les vitres des fenêtres volèrent en éclats. »

Clara se tut et baissa les yeux. Les épaules secouées de tremblements, elle caressa Schnaps qui frissonnait dans son giron. Lisie attendit la fin de l'histoire. Bien qu'elle eût grandi et fût devenue une femme qui en avait trop vu, à qui il ne restait que peu d'illusions et peu de rêves, elle attendait, de la même manière qu'elle avait attendu quand elle était gamine. Après plus de dix ans passés au journal, elle savait que chaque être était une « histoire ». Et que cette « histoire » constituait l'essence de la condition humaine, la cristallisation de chaque expérience. Un homme possédait une plante desséchée dans un pot et c'était son histoire, un autre partait sur les traces des Jivaros dans les Andes et c'était son histoire.

Clara se redressa et prit une profonde inspiration :

« Et si tu continuais, Yaacov ?

– Non, toi.

– Il y eut un bruit épouvantable et des éclats de verre volèrent sur les gens, tout le monde criait. Lorsque nous nous sommes un peu calmés, nous avons découvert qu'exactement là où se tenait la chanteuse, il ne restait d'elle qu'un petit tas de sable.

– Vous l'avez vu ? Le tas de sable, je veux dire ?

– Oui. On nous l'a montré.

– La terre est sacrée, insista oncle Yaacov. Regarde les chevaux, les antilopes et les zèbres boire à la source. Ils ne touchent jamais la terre. Ils savent que s'ils la touchaient, il n'y aurait plus rien pour retenir l'eau. La terre est la maison du sable et de l'eau, tout comme le ciel est celle du soleil et de la lune. Personne n'oserait s'accaparer la maison du soleil et de la lune, mais tous osent s'accaparer celle du sable et de l'eau. C'est pourquoi nous sommes punis : “Poussière tu fus et poussière tu redeviendras.”

– Je n'ai jamais entendu dire que le verre incarnait le destin, déclara Lisie.

– Mais enfin, ma chérie, répliqua Clara, tout le monde le sait !

– Pourquoi les juifs cassent-ils un verre à leurs mariages ? demanda Yaacov à sa nièce.

– Pour porter chance.

– Lisie ! Le verre brisé est un signe de malheur.

– Qu'est-il arrivé à Isidor ? » Elle commençait à en avoir assez de cette discussion sur le verre et ses « vertus ».

« Il a quitté l'Opéra pour retourner travailler dans l'entreprise familiale. Il disait que le feu, l'air, l'eau et la terre, c'était le destin que lui avaient dicté les astres. Et il ne voulait pas le contrarier. »

Tous trois se perdirent dans de profondes réflexions. Il devait sans doute y avoir une morale à cette histoire, mais elle échappait à Lisie. Peut-être son métier était-il responsable de ce qu'elle fût incapable de s'émouvoir du sort d'Isidor ou des problèmes de la ville de Titipu… La raison de sa venue lui revint en mémoire :

« On a trouvé un cadavre à côté du bus du Prophète. Un homme d'une quarantaine d'années, abattu d'une balle dans la tête. On ignore son identité. À l'intérieur de l'autobus, le Prophète gisait, tabassé à mort. Il est à l'hôpital. Toujours dans le coma. Un policier monte la garde devant sa porte. Sur le pistolet qui a tué l'inconnu, il y avait ses empreintes.

– Et Bentsion cautionne ça ?

– Quoi ?

– Que le Prophète soit considéré comme un suspect ?

– Il dirige une enquête. Il ne décide pas si quelqu'un est soupçonné ou non.

– Nous allons lui apporter des fleurs, Yaacov, décréta Clara.

– Ils ne laissent personne entrer dans sa chambre.

– On donnera les fleurs au policier. Même un policier au cœur de pierre acceptera d'apporter des fleurs à un vieux malade. Je veux que la première chose qu'il voie en ouvrant les yeux soit des fleurs.

– Il se croira déjà arrivé au paradis, dit Lisie.

– Pitié ! Ne parle pas comme ça, ma chérie. Une âme pure, cet homme.

– Il paraît qu'il possède des terres à la Maillerie.

– Oui.

– Vous le saviez ?

– Bien sûr.

– Alors pourquoi vit-il comme un clochard ?

– C'est ce qu'il veut.

– Quoi ?

– Rien.

– Rien ? C'est ce qu'il veut ?

– Oui, Lisie. En Inde, les fakirs n'arrivent à atteindre un tel état qu'après quarante ans passés sur des clous.

– Quel état ?

– De ne rien vouloir.

– Qu'est-ce que ça lui apporte ?

– De ne rien vouloir. C'est le degré suprême des fakirs hindous.

– Les taureaux labourent, Lisie, et la terre reste muette », expliqua Yaacov. Il baissa les yeux vers ses chaussures, de peur que son regard n'en révèle trop.

« Qui vous a raconté qu'il avait des terres à la Maillerie ? Lui ?

– Son ami Kinarti.

– Qui est ce Kinarti ?

– Son ami d'enfance. D'où venaient-ils tous les deux, Yaacov ? Tu te souviens ? Quelque part près de Tibériade.

– De Migdal.

– Oui, c'est ça. Il habitait près de la droguerie de la Tunisienne, dans le prolongement du sixième arrondissement.

– Qui ?
– Kinarti. Il s'est installé à Beershéva juste après la prise de la ville, en même temps que Tarshish père et que le Prophète. Ils étaient trois amis d'enfance. Ils ont combattu ensemble durant la guerre d'Indépendance et finalement sont restés ici. Tu l'as connu, Lisie. Il a dirigé la Maison de la Culture pendant très longtemps. Il l'a bâtie de rien et s'y est dévoué corps et âme. Un beau gars. Malin, intelligent. Il est le premier à avoir organisé ici des compétitions d'équitation.
– Qui ?
– Kinarti. »
Quelque chose clignotait dans sa mémoire, essayait de resurgir.
« Que vous a-t-il raconté au sujet des terres du Prophète ?
– Je ne me souviens pas. Tu te souviens, Yaacov ?
– Qu'il avait plusieurs dounams à l'intérieur de la Maillerie, des lots qui enserraient l'usine de part et d'autre comme une tenaille.
– Kinarti travaille toujours à la Maison de la Culture ?
– Non, il est mort il y a déjà un certain temps. Il avait déménagé dans une maison de vieux à Natanya et il est mort là-bas. Je l'avais dit à Yaacov, tu verras, dès qu'il aura quitté son appartement, il mourra. Et ça s'est passé comme ça. Pas vrai, Yaacov ?
– Si, si, Clara. Au moins, il a été enterré ici, à Beershéva, la ville qu'il aimait tant.
– Il a laissé de la famille ? Une femme ? Des enfants ?
– Sa femme, bénie soit sa mémoire, est morte bien avant lui. Son fils vit en Allemagne depuis longtemps. Il trempe dans tout un tas de trafics douteux. Il n'a réussi ni en Israël ni là-bas, voilà ce que j'en dis.
– Un gamin qui est élevé dehors prend exemple sur les arbres et les pierres.

– Ce n'est plus un enfant.

– Les enfants poussent comme on les arrose.

– Kinarti n'a pas été un mauvais père.

– Mais pas un bon père non plus. On ne jette pas un petit garçon à la rue.

– Il ne l'a pas jeté à la rue, Yaacov. Pourquoi parles-tu comme ça ? Pendant des années il a couvert toutes les bêtises de son fils.

– Parce qu'il se sentait coupable, Clara.

– Avoir des rêves de grandeur n'est pas un péché. Nous aussi, nous avons des rêves de grandeur, Yaacov.

– Nous sommes des artistes, ce n'est pas pareil. Le gosse a perdu tout son argent dans des affaires louches et à la fin, il a flanqué son père malade dans un hospice de vieux et a vendu son appartement.

– Quel âge a-t-il ?

– Le fils ? Il doit être jeune. Quarante, quarante-cinq ans ? demanda Clara à Yaacov.

– À peu près. Nous l'avons vu à l'enterrement de Kinarti. Il avait fait spécialement le voyage. Il est arrivé avec une *goy*. Il a profité de ce que son père était mort pour lui payer un bon moment en Terre promise. La sœur de Kinarti était tellement gênée qu'elle ne pouvait pas le regarder. À l'enterrement, nous avions apporté un bouquet d'immortelles chinoises que nous avions cueillies sur les rochers, autour du monument aux Morts du Néguev.

– Comment s'appelle le fils de Kinarti ? »

L'oncle et la tante se dévisagèrent.

« Nous l'ignorons, se désola Yaacov.

– Où vit cette sœur ?

– Toujours à Migdal, je pense, dit Clara.

– Oui, à Migdal. C'est à côté de Tibériade. Les trois mousquetaires, Kinarti, le Prophète, et Yigal Tarshish ont grandi là-bas. Elle doit sûrement connaître le prénom du gamin.

– Elle s'appelle Kinarti ?
– Elle est mariée. Sa famille était aussi à l'enterrement. Elle ne porte certainement plus son nom de jeune fille. Pourquoi t'intéresses-tu à elle, Lisie ? s'étonna Clara.
– On n'arrive pas à découvrir le moindre indice sur le mort. La seule chose que nous sachions, c'est qu'il a été enterré à proximité du bus du Prophète. S'ils ne trouvent pas une piste, ils lui mettront l'assassinat sur le dos.
– Ils ne lui mettront pas sur le dos quelque chose qu'il n'a pas fait, voyons !
– Maman affirme que c'est un saint homme.
– Personne n'est saint. Même pas Gilbert. Et tu sais ce que Gilbert représente pour nous. Lui, par exemple, s'est mal conduit avec les femmes âgées. Pas vrai, Yaacov ?
– Si. Que dit Bentsion ?
– Il essaye de se débarrasser de moi, comme d'habitude.
– Va voir la sœur de Kinarti. Elle sait peut-être quelque chose susceptible d'aider le Prophète. Tu dois le sauver, ma chérie.
– Oui, bien sûr. Quelqu'un est-il entré dans la boutique pendant la tempête ?
– Trois soldats. Ils ont acheté des lunettes de plongée.
– Quoi ?
– Ils sont si intelligents, les jeunes d'aujourd'hui ! Pour se protéger du sable, ils ont acheté des lunettes de plongée, qui couvrent hermétiquement les yeux. Ils étaient si mignons, avec le béret de l'armée de l'Air sur l'épaule et les lunettes de plongée sur les yeux. Quand ils sont sortis, je leur ai crié : "Vive Tsahal !" Pas vrai, Yaacov ?

– Si. »

Les soldats étaient sans doute entrés dans la boutique pour s'abriter et en avaient profité, jusqu'à l'arrivée de leur autobus, pour s'amuser un peu aux dépens de la coccinelle et du nabot, songea Lisie.

« Encore du café, ma chérie ?

– Non, merci. Je dois passer à la rédaction et je veux aussi parler avec Ilan. Ce soir, il y a un vernissage à la galerie de l'ancienne gare turque. Vous voulez venir ?

– Nous ne pouvons pas. Merci quand même. Tu nous raconteras.

– Je serai leur seul public. Toute la ville est occupée à nettoyer le sable qui s'est infiltré dans les moindres recoins.

– Les artistes viendront. Les artistes ressuscitent après les tempêtes. Se tenir debout au bord d'une falaise ou d'un canyon, fouetté par le vent. Tu verras qu'ils viendront, assura Clara.

– Un peu de sable n'a jamais tué personne, dit Yaacov.

– Si, la chanteuse allemande de l'Opéra d'Alexandrie, leur rappela Lisie.

– Le destin l'a tuée, rectifia l'oncle. Elle a été punie parce qu'elle avait bravé le sort. »

Et ils s'étonnèrent de ce qu'elle eût si mal compris leur histoire.

CHAPITRE VIII

Lisie téléphona à Ilan pour lui proposer un déjeuner chez le Bulgare. Il répondit qu'il n'était pas prêt à payer trente shékels pour manger des épluchures d'aubergines. Comme tout Roumain qui se respecte, pour lui, un repas sans viande n'était pas un repas. Après une courte discussion, ils tombèrent d'accord sur Les Farces Kadesh, un boui-boui en face du commissariat. Chacun payerait sa part.

Avec ses trois tables en formica râpé sur lesquelles trônaient des cendriers en bakélite noire ébréchés, c'était le seul endroit en Israël où l'on servait des jus de fruits naturels gazeux, l'ersatz de la bière pour les policiers. Deux réchauds à gaz posés à même le sol derrière le comptoir servaient à faire la cuisine.

Ilan se commanda de la *shouarma* dans une pita et Lisie des boulettes de légumes. Une grande assiette de frites et deux soucoupes en aluminium, l'une avec de la *tahina* et l'autre avec une salade de crudités arabe, vinrent compléter ce festin hautement gastronomique.

« Il ne manquerait plus que Bentsi nous chope ensemble, déclara Ilan.

– Pourquoi, mon petit cœur ? Il ne t'autorise pas à m'adresser la parole ?

– Tu veux me cuisiner au sujet du double meurtre, je m'en doute bien.

– Double ! Oh, mon Dieu ! Oved Hanegbi est mort ? s'inquiéta Lisie.

– Non, non, par pitié, non ! Mais s'il meurt, ce sera un double meurtre.

– Si ses empreintes digitales sont sur le pistolet et qu'on le soupçonne d'être le coupable, pourquoi parler de "double meurtre" ? Il a trucidé l'inconnu au blazer et s'est ensuite tabassé à mort lui-même, c'est ça ?

– Bien sûr que non, répondit Ilan.

– On a maquillé le pistolet avec ses empreintes.

– Nous y avons pensé.

– Oved Hanegbi est le frère adoptif d'Yigal Tarshish. Ses parents se sont occupés de lui quand il s'est retrouvé tout seul. Les deux hommes ont grandi ensemble à Migdal. »

Lisie décida de ne pas parler à Ilan de Kinarti. Elle ne voulait pas que la police la devance chez la sœur du bonhomme.

« Oved Hanegbi possède des lots dans le domaine de la Maillerie. Ils valent des centaines de milliers de dollars. Les Tarshish démantèlent l'usine parce qu'ils veulent participer au montage de la zone franche. Le promoteur qui est sur le coup ne veut pas acheter le terrain si Oved ne vend pas lui aussi. Or Oved ne vend pas.

– Les Tarshish ne sont pas les seuls poulains dans l'affaire. Des dizaines d'industriels et d'entrepreneurs se sont inscrits pour le projet.

– Vous en avez fait la liste ?

– Oui.

– Pourquoi cette liste vous intéresse-t-elle ? Vous pensez qu'il y a un lien entre le meurtre et la zone franche ?

– On ne pense rien. On rassemble des informations.

– Les terrains comme mobile ? Il se peut que vous ayez trouvé quelque chose, mon petit cœur. De gros intérêts politiques et économiques sont en jeu dans cette histoire. Beaucoup d'argent, beaucoup de pouvoir, beaucoup de pressions. Qui est le promoteur ?

– Celui qui obtiendra l'agrément du gouvernement. Ça passe par la commission des appels d'offres, les Finances, l'office national d'Occupation des Sols, le service du Domaine. Le mec sera propre.

– Pas si sûr. Je pense que tu as raison : tout commence et finit par ces terrains.

– Je n'ai pas dit ça, mon poussin. Un début de piste, sans plus. Et nous en avons d'autres.

– Lesquelles ?

– Toutes sortes.

– Aux abords de la scène du crime, il y a deux poteaux électriques dont les ampoules ont été retirées. L'assassin n'est pas venu là par hasard. Il a choisi cet endroit et s'est assuré au préalable qu'il ferait noir pendant qu'il tuerait et creuserait son trou. Oved a peut-être vu le meurtrier enlever ces ampoules et c'est pour ça que notre homme a essayé de s'en débarrasser.

– Il n'y avait pas de traces de lutte et rien n'indique qu'Oved ait été traîné dans l'autobus après s'être fait tabasser. Les coups, il les a reçus à l'intérieur.

– Et l'inconnu ?

– Il a été assassiné ailleurs puis enterré à la Maillerie.

– Comment le savez-vous ?

– Au laboratoire, les gars ont décelé sur ses vêtements de la terre, mais pas celle que l'on trouve à la Maillerie.

– Sait-on d'où vient cette terre ?

– Pas encore.

– Oved a peut-être surpris l'assassin en train de piocher.

– Peut-être. Dans l'autobus aussi, on a trouvé des

résidus de cette même terre et le laboratoire a identifié dans la boue et le sang des particules de produits chimiques utilisés comme insecticide.

– Pourquoi aurait-il eu besoin d'insecticide dans un autobus ouvert à tous vents ?

– Je ne sais pas. Ces produits peuvent s'être collés à ses chaussures quand il s'est baladé en ville, des oiseaux peuvent les avoir apportés sous leurs griffes. Quoi qu'il en soit, on en a aussi retrouvé sur l'inconnu.

– C'est peut-être de lui que ça vient ? Quel genre d'insecticide est-ce ?

– De ceux dont on se sert en jardinage contre les pucerons et les fourmis.

– Est-il possible d'en déterminer la provenance ?

– En fait, non. On s'en sert dans presque tous les jardins, jardinières, pots de fleurs, gazons.

– Ça vient peut-être des Bédouins qui en auraient amené avec leurs chèvres ? De Lakya ou de Tel-Omer.

– Les Bédouins n'utilisent pas ce genre de produits. Et si leurs chèvres avaient par hasard brouté des plantes ou de l'herbe en contenant, elles seraient tombées malades. Nous avons enquêté dans cette direction. D'ailleurs, il s'agit d'une si petite quantité qu'on ne l'a détectée qu'au microscope. L'assassin a enterré le cadavre à peu près trois heures avant le début de la tempête de sable. S'il l'avait fait après, ça non plus, nous ne l'aurions pas découvert.

– Dis-moi, mon petit cœur, à quel moment la radio a-t-elle parlé de l'inconnu ?

– Quoi ?

– L'info a été diffusée tout de suite après la découverte du cadavre et d'Oved, non ?

– Je ne sais pas, mon canard. C'est notre porte-parole qui s'occupe de ces choses-là.

– Es-tu prêt à vérifier ?

– Pourquoi ?
– Parce que je te le demande.
– Ah.
– Qu'est-ce que ça peut te faire, Ilan ?
– Je veux savoir pourquoi tu poses cette question.
– Le jour où Dave Factory a fait son cirque au Pélican bleu, j'ai téléphoné chez lui. Dans la soirée. Sa femme m'a répondu et ne m'a pas laissée lui parler. J'ai dit à Carol qu'on avait trouvé un cadavre à la Maillerie et que le Prophète était à moitié mort, et elle m'a répondu qu'elle le savait. Je lui ai demandé d'où elle tenait cette information et elle a affirmé l'avoir entendue à la radio.
– Eh bien, ses frères l'auront mise au courant. Qu'est-ce que ça change ? Nous leur avons dit qu'un cadavre avait été découvert dans le périmètre de leur usine.
– Qui s'en est chargé ?
– Je ne me souviens plus. Quelqu'un. Karnapol a décidé qu'il fallait les informer et quelqu'un l'a fait.
– Dans ce cas, pourquoi a-t-elle prétendu l'avoir entendu à la radio ?
– Peut-être l'a-t-on effectivement annoncé à la radio.
– Alors qu'est-ce que je te demande, mon petit cœur ? Simplement que tu te renseignes. Parce que si elle l'avait appris de ses frères, elle me l'aurait dit. Or elle a parlé de la radio, et je ne crois pas que l'info soit passée le jour même sur les ondes.
– Pourquoi aurait-elle menti ?
– Je ne sais pas. Encore une chose. Je pense que les Tarshish père et fils veulent vendre leurs terrains et pas elle.
– Cela a-t-il un rapport avec le meurtre ?
– Nous avons dit que les terrains constituaient un début de piste.

– Nous n'avons rien dit de tel. Pourquoi penses-tu qu'elle ne veut pas vendre ?

– Je l'ai déduit de ses propos. "Confidentiellement", bien entendu.

– Pourquoi t'en aurait-elle parlé ?

– Je l'ai poussée à bout et ça lui a échappé.

– Elle n'est pas du genre à s'énerver.

– Tu la connais ?

– Vaguement. Du temps où elle participait à des marathons. C'était à l'époque où nous courions encore. » Ilan sourit et tapota sur son estomac naissant. « Elle calculait ses forces en fonction de la distance à parcourir, elle ne se dépêchait ni au début ni au milieu, et traçait au finish. On aurait dû continuer à courir. Dommage. Mais qui en a la force ? J'arrive à la maison et je m'endors devant la télé.

– Tu cours suffisamment comme ça. Inutile d'ajouter des marathons.

– Te souviens-tu de cette Bédouine qui a été victime d'une tentative de meurtre et qu'une femme a sauvée ?

– Ça s'est passé près du quartier d'Omer. J'ai fait un papier là-dessus. Je ne me rappelle pas que le nom de Carol Factory ait été mentionné. C'était elle ?

– Oui. Elle avait un chien à l'époque. Elle était sortie courir avec lui et a vu deux Bédouins qui entraînaient une gamine dans le champ. Elle a été chercher de l'aide au camp militaire, une course de deux kilomètres.

– Elle s'est sans doute débrouillée pour que son nom ne figure pas. Ça lui ressemble. »

Lisie se souvint du numéro mis en scène par Rony Melzer devant les Tarshish.

« Que sais-tu du détective de la compagnie d'assurances ?

– Pardon ?

– Tu as dit que tu te renseignerais.

– Ah bon ? J'ai dit ça à qui ?

– À moi.

– À toi ? Quand ça ?

– Mon petit cœur, arrête de faire des chichis. » Il ne fallait surtout pas que tante Malka soit soupçonnée de lui refiler des tuyaux.

Les cafés turcs commandés par Ilan arrivèrent dans d'épais verres qui dataient encore du temps des restrictions. Après réflexion, il commanda aussi un gâteau au chocolat avec deux petites cuillers. Ses joues se teintèrent de la nuance rosée qui envahissait son visage chaque fois qu'il se sentait rassasié et satisfait. Il était sans aucun doute la personne la plus agréable de toute la famille. Sans une once de méchanceté, d'amertume, de ressentiment ou de haine. Après toutes ces années passées au sein de la police et des Badikhi, ce bon caractère constituait sa seule bizarrerie. Un zeste d'insistance, un brin de flatterie – et il lui raconta ce qu'il savait sur le détective privé que le commissaire divisionnaire leur avait parachuté.

Rony Melzer était le fils du docteur Assa Melzer, de « Melzer & Melzer », ce même Assa Melzer à qui, après les dernières élections, l'on avait prédit haut et fort un poste de ministre de la Justice. Le « & Melzer » se rapportait aux deux sœurs aînées de Rony et à la demi-douzaine de salariés qui profitaient de l'aura des directeurs et surtout du fondateur, conseiller officiel et officieux de ministres, de chefs d'États, de banquiers et de magnats de toutes sortes, en Israël comme à l'étranger. Ce monsieur participait à tous les événements politiques et sociaux, un homme de grande taille aux épaules tombantes avec un gros ventre mou qui surmontait une ceinture en cuir serrée de manière disgracieuse, une chemise toujours fripée et un sourire avachi. Il était de ces gens qui ne fumaient ni ne buvaient ; personne ne pouvait lui prêter de maîtresses, passées ou présentes, et le détail le plus intime jamais entendu de sa propre bouche avait été livré au cours d'une réception, le jour où il avait déclaré qu'après avoir testé la haute gastronomie dans le monde entier, ce qu'il aimait vraiment, c'était le bouillon de poule. Il n'avait jamais dit quelque chose d'important dont quelqu'un arrivait à se souvenir. Son pouvoir et son influence provenaient de sa réputation d'homme de pouvoir et d'influence.

Célibataires endurcies, les deux sœurs aînées de Rony, l'une âgée de trente ans et l'autre de trente-deux, avaient mis le grappin sur tous les contrats liés au tourisme intérieur et extérieur, et vivaient dans la crainte permanente du benjamin, un gaillard qui avait atteint un mètre quatre-vingts et qui, un de ces jours, avalerait le gros gâteau érigé par le papa.

Depuis toujours, il avait été clair que Rony ferait son droit et hériterait du cabinet paternel. Si ce n'est qu'arrivé au lycée, le gamin avait contracté le virus de l'informatique. La nuit, il s'infiltrait dans les sites les plus secrets – dont le Mossad et la Sécurité intérieure – et y surfait avec l'émotion d'un cambrioleur en train de vider les tiroirs d'un couple paisiblement endormi dans son lit.

À l'armée, il avait tout naturellement été incorporé dans les services informatiques des Renseignements, au grand dam de papa Melzer qui avait fait jouer ses relations pour dégoter à son fiston un poste intéressant dans les services de la justice militaire. Invoquer la précieuse expérience qu'il acquerrait et les contacts utiles qu'il nouerait n'y fit rien, le jeune homme s'obstina et refusa de quitter ses ordinateurs. Après l'armée, il fit une fleur à son père, s'inscrivit en droit et alla jusqu'au bout de ses études.

Rony faisait à présent son stage chez Hani Réguev,

une avocate spécialisée dans les affaires criminelles. La majorité de ses confrères la considéraient avec dégoût, principalement à cause de sa grande gueule et du fait qu'elle acceptait de défendre ceux que personne ne voulait approcher, même avec des gants. Tu ne peux pas dormir avec les chiens et te lever sans tiques, disait fort justement papa Melzer à son fils. Dans les cellules des prisons, Hani Réguev (surnommée Chaussette-puante par le monde juridique) hurlait sur ses clients – des assassins, des violeurs, des escrocs, des cambrioleurs et des prostituées. Au bureau, elle hurlait sur ses stagiaires ou sur les inspecteurs de police qui essayaient de la doubler, et à la cafétéria du Palais sur les procureurs qu'elle croisait. Elle hurlait sur son ex-mari, sur sa fille et sur sa mère. La seule personne sur laquelle elle ne hurlait pas était sa femme de ménage : car nul n'était irremplaçable sauf une bonne femme de ménage.

Subjugué, le rejeton Melzer découvrait l'autre face de la justice. Hani Réguev l'avait tout d'abord plus ou moins envoyé paître en assurant à ce fils à papa que le droit ne consistait pas à sauver les bons et à punir les méchants, et que si c'était ce qu'il avait cru, eh bien, mieux valait qu'il quitte son bureau vite fait ou – au choix – qu'il aille se former un an dans le cabinet d'investigations qu'elle avait mis sur pied par ras-le-bol des détectives privés qu'elle payait et qui lui vendaient de la merde : elle préférait tenir en laisse ceux dont elle achetait les services. Rony n'avait pas eu besoin de réfléchir longtemps. Le cabinet de papa lui garantissait quoi qu'il arrive un repli fort respectable. L'aura d'aventures et de romantisme qui enveloppait le statut de « détective privé » l'attirait. À l'âge où ses copains faisaient les quatre cents coups, se perdaient dans la jungle colombienne, sombraient dans les hallucinogènes à Goa, ou décidaient de rester en Israël mais s'achetaient des Harley Davidson qui avaient pour finalité de les tuer précocement, Rony Melzer, lui, devint donc détective privé. Il s'acheta une Ducati 916 rouge, la Ferrari des motos, obtint un permis de port d'arme, s'inscrivit à des séances de tirs et suivit des cours de balistique, d'électronique, de photographie, de judo et de graphologie. Le responsable de l'agence lui enseigna comment mener une filature ou poser des écoutes, quelles étaient les caractéristiques des empreintes digitales, vocales, ou pédestres, pourquoi tel témoignage était recevable et tel autre non, et comment parler lentement et avoir l'air d'un shérif. Le pied !

La première mission que lui confia Hani Réguev fut de retrouver la trace des diamants de Yéhouda Kornfeld, et il se jeta dessus avec la joie d'un boxeur qui monte pour la première fois de sa vie sur le ring. Plus d'un an s'était écoulé depuis, et il n'avait toujours aucune piste. Son enthousiasme s'était émoussé, mais la patronne refusait de l'intégrer dans son cabinet de juristes tant qu'il ne ferait pas aboutir l'affaire des diamants. Elle touchait un pourcentage de la compagnie d'assurances qui s'était adressée à elle pour retrouver ces pierres ou fournir les preuves tangibles d'un vol. L'idée que cet argent alimentait le salaire annuel du génial rejeton de « Melzer & Melzer » n'en avait pas fait son chouchou. L'enveloppe qu'elle lui donnait en main propre chaque mois était accompagnée d'une salve de hurlements qui n'auraient pas fait honte à des charretiers.

Le premier rayon de soleil dans l'épais brouillard qui, depuis de longs mois, enveloppait l'affaire des diamants volés fut la découverte des papiers de Yéhouda Kornfeld sur le cadavre du Fiancé de la Maillerie. Hani Réguev parla au chef de la police, qui parla au directeur régional, qui parla à Karnapol, qui parla à Bentsi et… Rony Melzer put débouler à Beershéva sur sa Ducati 916.

Au commissariat, tout le monde savait qu'il avait été pistonné par le grand patron. Un mec s'étant révélé nul à Tel Aviv deviendrait-il une lumière auprès d'eux, les provinciaux ? Beershéva n'était ni Chelem ni l'île du Diable. Avec ses cent soixante-dix mille habitants, elle possédait une université, un théâtre, un orchestre et une équipe de football en ligue nationale, dix-huit des plus brillants joueurs d'échecs du pays, deux mille cinq cents policiers hautement motivés, un embryon de mafia composé de nouveaux immigrants des pays de l'Est et de Bédouins qui faisaient du trafic de voitures avec les territoires de l'Autonomie palestinienne, et le chef régional de la P.J. était pressenti pour être le prochain directeur général de la police. Quelque part, tout au fond de leurs cœurs fatigués, les gars du commissariat étaient pleins d'amour et de reconnaissance envers Bentsi qui avait le courage de mener la vie dure au fils du copain du grand patron. Bentsion Coresh savait qu'il faisait là le sale boulot pour tout le monde, mais cette fois, peu lui importait. Son bureau était petit, deux mètres sur deux, et la dernière chose dont il avait besoin, c'était d'un golden-cow-boy entre les pattes.

CHAPITRE IX

Lisie rédigea un papier de cinq cents mots sur la zone franche et l'envoya aux *Nouvelles*. Elle s'abstint de mentionner le nom d'Avishaï Tarshish comme source de ses informations. Une zone défiscalisée allait être instaurée à Beershéva et Beershéva, c'était son domaine. Elle écrivit huit cents mots sur le même sujet pour les *Nouvelles du Sud*, et y inséra un encadré sur le démantèlement de l'usine et la rumeur de son prochain transfert en Jordanie.

Le téléphone sonna et elle sut tout de suite qui appelait. L'appareil avait un autre timbre lorsque Gdalia Ariéli était au bout du fil. Il alla droit au but, son temps était précieux et sa santé aussi :

« Votre papier sur la zone franche !

– Quoi ?

– N'envoyez pas d'infos économiques pour les pages d'actualités. Transmettez-les au rédacteur financier. Youval Melloul couvre le sujet depuis des mois et il sait ce qui a déjà été publié et ce qui ne l'a pas été. »

Il lui raccrocha au nez, sans autre forme de politesse. Comme d'habitude. Elle bouillait. Qu'est-ce que c'était que ce Melloul qui se planquait derrière Ariéli ! Bravo pour le ver de terre financier du journal qui n'osait pas la prendre de front et avait demandé au big boss de faire le sale boulot à sa place ! Lorsqu'elle songea à sa conversation avec Ariéli – s'il était possible de qualifier ses aboiements de « conversation » –, elle se rendit compte qu'il ne lui avait pas dit que son article ne passerait pas. Il n'était pas exclu qu'à cet instant précis, il se défoulait sur Melloul, lui reprochant que des informations économiques d'une telle importance puissent arriver de la province, alors que le journal payait un rédacteur financier qui cultivait des relations privilégiées avec le gratin du pays. Elle décida d'attendre quelques jours et d'envoyer un autre papier sur la zone franche. Elle ne récolterait de tuyaux sur le sujet que si elle en parlait. Que Youval Melloul et Ariéli aillent se faire voir ailleurs !

Dans son for intérieur, elle se demanda si un jour viendrait où elle pourrait avoir un peu de répit. Elle était comme cette chatte sous la tente de la Maillerie, les jambes contractées, prête à bondir, elle montrait les dents pour mordre celui qui oserait la mettre en danger, le poil hérissé de peur et de colère. Et elle n'avait même pas de progéniture à défendre ! Elle était son propre petit. L'enfant qu'elle élevait en elle, qu'elle protégeait contre les dangers extérieurs, contre tous les méchants, ceux qui vous alléchaient avec des bonbons, qui vous envahissaient, qui vous lésaient. Elle était l'enfant et le foyer de l'enfant, le toit qui l'abritait, la garantie que les murs étaient solidement plantés dans la force du familier, ici la cuisine, là le doudou ou la couverture. La fameuse chanson qui disait : « L'homme habite à l'intérieur de lui-même » avait été écrite pour elle. Elle était la lettre et l'enveloppe, l'adresse du destinataire et celle de l'expéditeur.

Le coup de fil suivant vint de quelqu'un qui lui demanda si elle préférait un embrayage ou des vitesses automatiques. Cette fois, ce fut elle qui raccrocha sec.

Assis dans son bureau, Dahan se répandait en sourires mielleux sur son téléphone. Lorsqu'il termina et leva vers elle des yeux dégoulinant de bonheur, elle lui sauta dessus, hors d'elle :

« Quelqu'un m'a demandé si je voulais un embrayage ou des vitesses automatiques.

– Ah, Victor Ben-Sira ! Un type super, Lisie. C'est lui qui possède la tôlerie, la vitrerie et l'atelier de peinture derrière la pizzeria Sahar. Tu peux lui faire confiance les yeux fermés.

– Je t'ai dit que je ne voulais pas changer de voiture.

– Ça ne te coûte rien d'aller jeter un coup d'œil, ma cocotte. Crois-moi, tu ne le regretteras pas.

– Je n'ai pas d'argent à mettre dans une voiture neuve.

– Qui parle de neuve ?

– Dahan, tu commences à me gonfler !

– Bon, je vais y aller moi-même.

– Je ne change pas de voiture.

– La tienne a huit ans ! Et tu passes ton temps à sillonner le pays, d'un trou paumé à l'autre. Une nuit, tu tomberas en panne et tu le regretteras. Victor te fera des mensualités. Tu ne le sentiras pas passer.

– Dahan !

– Tu vas à l'Ess-Fast ?

– Quoi ?

– Tu m'as promis !

– Quoi ?

– Ma cocotte, l'inauguration est à midi. C'est un nouveau restaurant dans le onzième, là où se trouvait le hangar de pneus d'Avrasha et Ziko. Leur âme, ils ont mis dedans ! Le carrelage peint à la main vient d'Italie, les meubles ont été enduits d'une patine rouge, tous les rideaux, les nappes et les serviettes sont des créations de Laura Ashley…

– D'accord, d'accord. Qui est le patron du restaurant ?

– Avrasha et Ziko, je viens de te le dire. »

Les tentatives pour comprendre les caprices du sort des restaurateurs de Beershéva épuisaient Lisie. La veille, ils réparaient des pneus ou vendaient des purificateurs d'air et le lendemain, on les retrouvait spécialistes de gnocchis.

Les rubriques d'alimentation du journal grossissaient de semaine en semaine, et elle aussi était entrée dans ce gavage national. Ce qui avait commencé comme une modeste rubrique culinaire était devenu l'« Eau à la Bouche », trois pages qui incluaient des recettes traditionnelles, une sélection de restaurants, des articles sur l'industrie et le commerce agro-alimentaires et des propositions d'excursions gastronomiques. Lisie écrivait sur l'alimentation comme elle le faisait sur l'art ou le sport : elle transmettait les informations sans essayer de se donner l'air d'être experte en la matière. Elle se délectait de houmous-*tahina* avec la même égalité d'humeur que de calamar sauce herbes amères. Presque tous ceux qui lui fournissaient du matériel étaient satisfaits. Une amie de sa sœur qui avait monté dans son appartement une fabrique de cigares marocains avait eu droit à un reportage photo pleine page ; la ferme bio fondée par la belle-sœur de l'imprimeur du rez-de-chaussée avait elle aussi eu droit à un reportage généreux, qui incluait des explications sur le trempage des graines de lin et la manière de faire sauter le riz sauvage.

Elle téléphona à Bentsi, l'informa qu'elle se rendait à l'inauguration d'un restaurant dans le onzième et qu'ensuite elle passerait le voir pour discuter. Elle voulait des détails « non confidentiels » sur tout ce que le laboratoire de l'Identité judiciaire avait réussi à découvrir au sujet de ce qu'Ilan avait qualifié de « double meurtre ». (Car même si Ilan l'aimait bien et voulait l'aider, elle savait que jamais il n'aurait trahi la confiance de Bentsi.) Elle entendit son beau-frère prendre son souffle et raccrocha avant qu'il ne commence à hurler. Enfin une chose qu'elle avait apprise d'Ariéli. Dans son sac, son portable sonna avant même qu'elle n'eût atteint sa voiture. Elle décida de ne pas répondre.

D'impressionnants piliers grecs encadraient l'entrée de ce qui avait été le hangar d'Avrasha et de Ziko. Du portail de la cour et jusqu'au perron de la salle de restaurant, s'étalait un tapis à carreaux bigarré qui criaient : « Nous venons d'Italie ! Nous venons d'Italie ! » La façade, recouverte de mosaïques bleu ciel, scintillait au soleil. Des parasols ombrageaient la cour et dans de grands pots avaient été plantés des cyprès et des tamaris. Comme l'avait garanti Maurice Dahan, des nappes signées Laura Ashley recouvraient les tables dressées dehors. Avrasha et Ziko misaient sur une clientèle qui jusqu'à présent devait parcourir au minimum cinquante kilomètres pour atteindre le restaurant élégant le plus proche.

Elle ne se leurrait pas sur ce qu'elle retrouverait là l'année prochaine. Les arbres dépériraient et les pots seraient transformés en cendriers, la mosaïque s'écaillerait et personne ne prendrait la peine de la recoller. Personne ne s'assiérait dans ce patio durant les longs mois d'été brûlant, et les tables ne seraient plus recouvertes de nappes Laura Ashley. Après un inéluctable étiolement, qui durerait un an ou deux maximum, Avrasha et Ziko s'en retourneraient à leurs pneus.

Une trentaine d'invités se pressaient autour du bar. Elle en connaissait certains pour les avoir vus à d'autres inaugurations. Le petit noyau des incontournables que l'on croisait à chaque événement mondain, ceux dont l'absence vous faisait craindre d'être en train de rater quelque chose, comme si l'endroit où il fallait aller était ailleurs.

Survoltés, les membres de la famille se comportaient comme s'il s'agissait de la bar-mitsva de leur enfant, les amis et les voisins étaient venus avec des bouquets de fleurs, cela donnait presque envie de fourrer une enveloppe avec un chèque dans les mains des heureux propriétaires. Avrasha et Ziko portaient tous deux une chemise blanche, des bretelles et un nœud papillon rouge – apparemment une blague privée. Un verre de vin à la main, Michel et Dona, du salon de coiffure Michel & Dona, papotaient avec la journaliste de la gazette locale en langue française.

« Vous verrai-je ce soir ? »

Riki Avtalion. La commissaire de l'exposition qui ouvrait ses portes à la galerie de l'ancienne gare turque. Jean, tee-shirt, le crâne presque rasé, petite, mince et aussi menaçante qu'une punaise.

« Mais certainement, répondit Lisie.

– Tout le monde est persuadé que notre expo a été foutue en l'air par la tempête. Or c'est justement le concept que nous avons adopté : notre réalité de merde. Considérer la réalité comme un système immunitaire qui aurait foiré. Le sable participe de ce processus, non ?

– J'imagine.

– On considère ceux qui affichent une opinion sociale et politique comme de nouveaux enculeurs de mouches, mais les grands Sages, les penseurs religieux ou les kabbalistes ne font-ils pas, eux aussi, de la manipulation politique ? Le cinéma, les acteurs de *stand-up comedies*, les chanteurs, n'est-ce pas de la manipulation politique ? Tout l'espace dans lequel nous évoluons est un espace politique. Alors comment peut-on considérer la tempête de sable comme un Ovni ?

– Je ne vous contredirai pas.
– Tout le monde est prêt à prendre son pied avec la musique techno, mais les installations d'arts plastiques les font chier. D'ailleurs, moi, je viens des sons. »

Lisie prit la décision de ne pas aller au vernissage. Aucune force au monde ne l'y obligerait.

« Vous avez étudié en Amérique, n'est-ce pas ?
– Oui. Le cinéma. En fait, mon approche conceptuelle vient du monde sonore cinématographique.
– Les études coûtent cher aux États-Unis ?
– Vous voulez y aller ?
– Je ne sais pas. Peut-être.
– Très cher. Et la vie aussi.
– Vous avez reçu une bourse ?
– Je me suis démerdée. »

Riki Avtalion tourna les talons et émigra vers l'entrée du restaurant. Lisie ne l'intéressait plus. Les questions d'ordre privé ne faisaient pas partie de son répertoire. Dorith surgit à ses côtés :

« Son père avait une usine de confection militaire qu'elle a ensuite transformée en galerie d'art. » Collé à sa joue, son appareil-photo lui masquait un œil. « Dave Factory la baisait avant qu'elle ne parte pour New York.
– Quoi ? Mais elle est terriblement jeune !
– Pas tant que ça. Elle a au moins trente ans.
– Qui t'a raconté ça ?
– Mon père. »

Lui qui collectionnait les aventures et s'envoyait en l'air dès qu'il pouvait, un peu de discrétion ne lui aurait pas fait de mal, se dit Lisie en songeant aux frasques de Dahan.

« La famille de sa femme a financé le séjour et les études de cette Riki en Amérique.
– Une bonne affaire.
– Le père de Carol voulait se débarrasser de Dave

mais sa fille n'a pas accepté. Elle est folle de lui ! Alors le papa leur a fait signer un accord selon lequel il mettrait Dave dehors sans un centime s'il osait encore une fois faire les yeux doux à quelqu'un. Et Carol, il lui sucre une grosse partie de son héritage si elle pardonne une deuxième fois à son mari. Mais un merdeux restera toujours un merdeux. Il est devenu plus prudent, c'est tout.

– Mitraille les patrons de l'établissement, le buffet et les invités. Et que l'on voie bien la déco. Prends aussi une ou deux vues d'ensemble et quelques clichés par petits groupes.

– Ça roule », dit Dorith qui s'approchait déjà des propriétaires.

Derrière la tête de l'entraîneur de l'équipe de football du Beïtar de Beershéva, elle aperçut soudain Rony Melzer. Le petit génie de Tel-Aviv était accoudé au bar, un verre de vin à la main, et enfournait des amuse-gueule dans sa bouche comme s'il se fût agi de cacahuètes. Sa mâchoire, qui montait et descendait, avait la forme d'une pelleteuse, le regard paresseux qu'il promenait sur la cour s'attardait parfois sur une bedaine. Le même avachissement que son père, que l'homme qui aimait le bouillon de poule familial et se transformait en requin à chaque débat juridique, songea Lisie. Rony avait une tête de plus que l'entraîneur. Il portait une parka froissée de couleur kaki, certainement le dernier cri de la mode milanaise. Il avait un cou mince, lisse et rosé et ses cheveux, attachés en queue de cheval, lui donnaient l'air d'un adolescent attardé qui se la jouait viril. Elle-même n'avait pas l'air d'une adolescente attardée. Plutôt d'une grande bique au rouge à lèvres graisseux, et qui brouterait de l'herbe si seulement on lui en proposait.

Rony croisa son regard et agita la main en signe de bonjour. Elle lui tourna le dos.

« Qu'en dites-vous, c'est superbe ! » l'interpella Michel

le coiffeur en lui tendant un verre de vin. Ses cheveux à lui ressemblaient à de la paille de fer rouillée. En tant que publicité pour ses talents, c'était un désastre.

« Oui.

– Ils ont tout planifié tout seuls, de la cave au grenier. L'auriez-vous cru ?

– Avrasha et Ziko ?

– Oui. Ils sont sortis de leurs pneus tel le phénix renaît de ses cendres.

– Vous êtes un poète.

– J'écris des vers, admit-il. Pour l'instant, dans un cadre familial uniquement.

– Et vous êtes aussi une bonne âme, à ce qu'on m'a dit.

– Lisette, vous moquez-vous de moi ? »

Il n'y avait qu'un seul être au monde qui l'appelait Lisette, et c'était sa mère. Il lui avait servi un verre de vin et se prenait tout à coup pour son frère !

« Non, non, je suis sérieuse. Maman m'a dit que vous aviez embauché Luba, la Russe qui a été licenciée de la Maillerie.

– Oui, c'est vrai. Il faut l'aider, cette petite. C'est une bien triste histoire, ce qui lui est arrivé. » Une ombre de lyrisme passa sur son visage. « Et avec un bébé.

– De qui parlez-vous ? » s'enquit Dona qui les avait rejoints.

Son verre à la main, Rony arriva lui aussi et se planta à côté de Dona.

« De Luba, expliqua Michel à sa femme. Avez-vous vu la décoration intérieure ? »

Pourquoi est-il si fier de ce lieu, se demanda Lisie avant de se tourner vers la coiffeuse :

« Je disais à Michel que c'était une bonne action d'avoir pris Luba chez vous.

– Votre mère aussi fait une bonne action. Sans elle,

Luba ne pourrait pas venir travailler. Elle n'a droit ni à la crèche, ni à l'assurance maladie, ni aux allocations familiales, ni au chômage.

– Combien de temps pourra-t-elle tenir ainsi ?

– Sans compter qu'elle tremble de peur de se faire expulser si on découvre qu'elle n'a pas de papiers. Elle croit que son mari reviendra, mais j'ai dit à Michel que s'il a été assez salaud pour se tirer en prenant les papiers de sa femme et de sa fille, il ne reviendra pas.

– À quoi peuvent lui servir ces documents ?

– À les coincer ici ! Il veut être sûr qu'elles resteront là où il a planté leur tente.

– Mais quand elle a débarqué à Lod, elle a sûrement été enregistrée ! s'étonna Lisie.

– Elle n'ose pas se renseigner. Je lui ai dit la même chose. Elle est sûrement enregistrée au ministère de l'Intérieur. Ça arrive que des gens perdent leurs papiers. Elle n'a qu'à aller au commissariat et déclarer qu'on les lui a volés. La police lui fera une attestation et on lui en fournira de nouveaux. Mais elle n'ose pas. Elle a peur de se faire expulser.

– Elle enfermait la petite à la maison et venait travailler quelques heures. J'en ai mal au ventre rien que d'y penser. Une chance que votre mère s'en soit aperçue.

– Au moins, elle a un appartement, dit Lisie, qui se souvint du "beaucoup joli" de Luba.

– Et c'est une personne très agréable. Toujours optimiste, toujours gaie. Je ne m'inquiète pas pour elle. Elle est jeune et belle. Elle se fera une place au soleil.

– C'est bien que vous l'aidiez », continua Lisie qui pensa que, pour ce qui était du soleil, sa mère en profiterait amplement au cours de ses promenades avec la petite Alona.

« On fait ce qu'on peut, répondit Dona avec modestie.

– C'est Bentsi qui m'envoie, lança soudain Rony Melzer à Lisie. Il ne veut pas que vous passiez au commissariat. »

Elle resta silencieuse.

« On viendra ici un de ces soirs ? » lâcha-t-il encore avant de s'adresser à Dona : « Hier, j'ai déjeuné chez Herzl. Du riz avec des haricots blancs, c'est le plat le plus raffiné que j'aie pu trouver là-bas.

– Vous auriez dû essayer le nouvel italien, intervint Michel.

– Monsieur est un de vos amis, Lisie ? s'enquit Dona avec chaleur.

– Je ne le connais pas.

– Comment ça ? »

Rony ouvrit grand la bouche et hurla aussi fort qu'il put que Lisie lui collait au cul, qu'elle le suivait partout, que chaque fois qu'il débarquait quelque part, elle y était, qu'il n'arrivait pas à se débarrasser d'elle et qu'il allait porter plainte pour harcèlement. Il la qualifia de noms évocateurs tirés du monde de la faune et de la flore et fournit par la même occasion l'intermède artistique de l'inauguration du Ess-Fast.

Avrasha et Ziko surgirent à côté d'eux : l'outillage de leur passé dans les pneus transparut soudain derrière leur nouvelle façade léchée de restaurateurs.

« Que se passe-t-il ? demanda Avrasha.

– Je ne sais pas, dit Michel. Il s'est tout à coup mis à hurler.

– Qui est-ce, Lisie ?

– Je ne sais pas, je ne le connais pas.

– Avec qui êtes-vous venu, mon gars ? » demanda tout bas Avrasha à Rony, en posant une main paternelle sur son bras.

L'interpellé indiqua Lisie :

« C'est elle qui m'a invité ! »

Incapable de parler, elle fit non de la tête. Toute la cour les regardait.

« Viens, mon ami. Sors d'ici calmement, très calmement. C'est une réception privée. Reviens quand nous serons officiellement ouverts et nous te servirons avec tout le respect que nous te devons. T'as pigé ? »

Les deux patrons raccompagnèrent Rony jusqu'au portail puis revinrent, tout sourire, comme si de rien n'était.

Avrasha tapota sur un verre de vin avec une petite cuiller, les convives qui s'étaient remis à parler firent silence et tournèrent vers lui des yeux expectatifs. Il passa alors la petite cuiller à Ziko qui commença à parler dedans comme si c'était un micro. Lisie se concentra sur la mosaïque bleue du mur, dans l'attente que son visage en feu s'apaise. Elle n'osait pas essuyer la sueur qui coulait de son front et de son cou. Pour un détective privé, songea-t-elle, la manière dont Rony Melzer gardait un profil bas et essayait de passer inaperçu était assurément de la plus grande originalité.

CHAPITRE X

Lisie téléphona à Dahan pour l'informer qu'elle avait terminé la mise en page du journal et transmis le tout à Prosper Parpar. S'il avait des encarts publicitaires à rajouter, qu'il le fasse directement avec l'imprimeur.

« Dis-moi, ma cocotte, tu as mis quelque chose sur l'inauguration d'Avrasha et de Ziko ?

– Oui. Un article et des photos de Dorith avec mes légendes.

– Si tu me demandes mon avis, ça va être le meilleur restaurant de la ville.

– Tu parles d'une référence.

– Tu appelles de la rédaction ?

– Non, je ne suis pas à Beershéva.

– Que fais-tu ?

– J'ai des choses à régler. »

Parfois, il lui prenait l'envie de se mettre au volant, de s'éloigner de la ville et d'avaler les kilomètres en direction de quelque but lointain. Elle jouait à se raconter qu'après la station d'essence, de l'autre côté de la colline où broutaient des chèvres noires, derrière la rangée d'eucalyptus poussiéreux, surgiraient des montagnes, des ponts, un golfe, un ferry et des rivières aussi larges que la mer, sur lesquelles navigueraient des péniches.

Avec un peu de chance, il pleuvrait. Elle aimait rouler sous la pluie, à l'abri dans son cocon, avec la radio allumée et le crissement des essuie-glaces qui glissaient de droite à gauche sur leur propre mélodie. Elle n'avait jamais été à l'étranger. De tout ce qu'elle avait vécu, la tempête de sable de l'avant-veille était l'événement qui se rapprochait le plus de cette chose imprévisible que l'on appelait le « déchaînement des forces naturelles ». Bien sûr, à la télévision, elle avait vu des tremblements de terre, des inondations, des ouragans, des typhons, des glaciers en mouvement ou des avalanches. Mais vivre au bord du désert avait fait naître en elle un désir de verdure et d'eau. En décidant de se rendre à Migdal, la ville natale d'Yigal Tarshish, d'Oved Hanegbi et de Kinarti, le héros de la Maison de la Culture, elle avait escompté que plus elle irait vers le nord, plus elle trouverait de la verdure et de l'eau.

« Ta Justy n'est pas faite pour les longs trajets, Lisie. As-tu parlé avec Victor Ben-Sira ?

– Non, et je n'ai pas l'intention de le faire. Je ne veux rien devoir à tes magouilleurs.

– Tu ne lui devras rien du tout ! Qui parle de devoir ? C'est une transaction. Il vend, tu achètes. Il a exactement ce dont tu as besoin, Lisie. Une Subaru qui n'a que deux ans, de première main, avec un moteur dans un parfait état, en tout et pour tout trente mille kilomètres au compteur, équipée de la climatisation et de la radio. Ma cocotte, jette-toi dessus avant qu'on te la pique.

– Je vais y réfléchir.

– Si tu réfléchis trop, ce ne sera plus du tout la peine de réfléchir. »

C'est exactement l'histoire de ma vie, se dit Lisie avant de raccrocher.

Il était déjà deux heures de l'après-midi lorsqu'elle arriva au conseil local de Migdal. Elle entra dans le petit bâtiment désert et frappa à une porte sur laquelle était inscrit : « Président du Conseil », et en dessous, le nom de Benjamin Haviv. Quelqu'un, qui n'était apparemment pas censé se trouver à l'intérieur, ouvrit la porte dans un affolement évident.

« Je cherche M. Haviv », dit Lisie à une femme d'une quarantaine d'années qui glissa les feuilles qu'elle tenait à la main dans un classeur de carton vert, puis alla le ranger dans une petite armoire métallique.

« Il n'est pas là.

– Où puis-je le trouver ?

– Je ne sais pas. Il est en rendez-vous.

– Vous êtes sa secrétaire ?

– Non. Sa secrétaire ne revient pas avant quatre heures. Qui êtes-vous ?

– Lisie Badikhi. Je suis reporter aux *Nouvelles du Sud.* » Elle fit mine d'être déçue. « Vous ne travaillez donc pas à cette heure ? Tout le bâtiment est vide.

– Benjamin est à un rendez-vous avec le président du conseil régional.

– Qui peut me renseigner ?

– C'est à quel sujet ?

– Je prépare un article sur les anciens de Migdal qui se sont installés à Beershéva après la guerre d'Indépendance. Tarshish, Kinarti, Hanegbi…

– Et alors ?

– Je voulais discuter avec Monsieur le Président. L'interviewer.

– Je suis sa femme. Tsila Haviv. Justement, je suis née ici. Benjamin, lui, est originaire de Mitzpé. Vous vouliez consulter nos archives ?

– Quand sera-t-il de retour ?

– Si seulement je le savais ! Il doit rencontrer un promoteur tunisien, figurez-vous ! Un monsieur qui veut construire un hôtel, ici, à Migdal. Alors Benjamin le prend par la main et va avec lui de fonctionnaire en fonctionnaire et de ministre en ministre. Il fait tout pour que le type ne s'affole pas et ne prenne pas les jambes à son cou en découvrant notre bureaucratie.

– Quel dommage que je ne puisse pas le rencontrer !

– Comment s'appellent les gens que vous cherchez ?

– Tarshish, Kinarti et Hanegbi. Ils sont tous trois nés à Migdal et y possèdent encore des terres, qu'ils ne vendent pas, uniquement par sentimentalisme, malgré le prix qu'ils pourraient en tirer.

– Avez-vous vu notre nouveau projet sur la colline ?

– Non. J'avais l'intention d'y passer après avoir rencontré le président.

– Un complexe de cent vingts appartements. La construction vient de commencer et la moitié est déjà vendue !

– Tenez-vous un registre cadastral à Migdal ? Quelque chose qui permettrait de savoir à qui appartient quoi ?

– Bien sûr. C'est obligatoire, non ?

– Vous êtes employée au conseil local ? »

Tsila Haviv ricana, embarrassée.

« Employée, mais non rémunérée. J'essaye d'aider Benjamin. Il est tout le temps par monts et par vaux, ce qui fait que de nombreuses affaires traînent. Je ne travaille pas de manière officielle. Appelez ça du bénévolat, mais, s'il vous plaît, ne le mentionnez pas dans votre journal. Vous savez ce que c'est.

– Pourquoi ? C'est très bien que l'épouse du président aide son mari.

– Non, non, j'insiste. Tout le monde ne le voit pas d'un aussi bon œil que vous.

– Pourriez-vous me montrer le listing des propriétaires terriens ?

– C'est certainement informatisé. Je ne sais pas où chercher.

– Je voulais faire un papier sur l'attachement des gens de Migdal à leur village natal. Dommage. On écrit tant de choses négatives, pour une fois que quelqu'un voulait se montrer positif… Je ne pense pas pouvoir revenir.

– Mon mari vous enverra les documents par fax.

– Je ne travaille pas de cette manière. Ce serait un manque de professionnalisme et de responsabilité. Je dois voir de mes yeux, entendre de mes oreilles les choses sur lesquelles j'écris. »

Lisie attrapa son grand sac et le mit sur son épaule, priant pour que la secrétaire de Benjamin Haviv ne revienne pas en avance. Dans son for intérieur, Tsila Haviv devait d'ailleurs certainement faire le même vœu.

« On peut regarder dans l'armoire, suggéra la fidèle épouse. Où pensez-vous que cela vaille la peine de chercher ?

– Urbanisme ? Construction et Équipement ? Services juridiques ?

– Iris me tuera.

– La secrétaire de Benjamin ?

– Oui.

– Pourquoi ? Vous lui évitez du travail.

– C'est vrai, mais c'est son royaume. »

Elles finirent par trouver le listing des propriétaires terriens classé dans des dossiers juridiques, empilés dans une armoire métallique portant la mention : « Éducation et Culture ». Iris, la secrétaire, avait une logique bien à elle pour ranger les papiers des administrés.

Lisie transcrivit dans son carnet les renseignements qui figuraient sur le registre. Cinq ans auparavant, Yigal Tarshish avait fait don de ses terres, en tout trois cents dounams, à ses enfants, Eldad, Avishaï et Carol. Chacun d'eux avait reçu cent dounams mais Carol avait vendu son lot à un certain Yéhouda Kornfeld. L'opération remontait à un an et demi auparavant et il y avait six mois, la banque Léumi de Tibériade avait saisi les terres que possédait M. Kornfeld à Migdal.

Des pas résonnèrent dans le couloir. Tsila Haviv ferma précipitamment les dossiers et les fourra dans l'armoire métallique.

« Ne lui dites surtout pas que je vous ai montré des documents, chuchota-t-elle.

– Compris. »

Une femme d'environ trente ans, jolie et l'air fatigué, entra dans la pièce et eut un mouvement de surprise en y trouvant Lisie et Tsila. Avec un regard méfiant, elle dit bonjour à la femme de son patron.

« Iris, je vous présente Aliza Baba du journal les *Nouvelles.* Elle est venue interviewer Benjamin. Je pensais que nous le trouverions ici. Savez-vous où il est ?

– En rendez-vous avec les responsables des kibboutz. Ensuite, il doit accompagner le Tunisien à un banquet organisé par les Druzes. Il rentrera tard. Aviez-vous téléphoné ? lança-t-elle à Lisie.

– C'est moi qu'elle a contactée. Elle pensait que je pourrais l'aider à le joindre. » Tsila Haviv avait répondu avec un tel empressement que Lisie se demanda si le motif de sa présence dans le bureau de son mari était bien avouable.

« Vous avez dit que vous vous appeliez comment ? reprit la secrétaire.

– Lisie Badikhi, des *Nouvelles du Sud.*

– C'est Shenler qui couvre le Nord.

– Pardon ?

– Votre reporter dans le Nord. Guidi Shenler.

– Oui, moi, je m'occupe de Beershéva. Pas du Nord.

Je m'intéresse aux natifs de Migdal qui se sont battus à Beershéva pendant la guerre d'Indépendance et s'y sont installés. Je prépare un article pour le cinquantenaire de la prise de la ville. » Il ne manquait plus que Shenler aille se plaindre à la rédaction qu'elle marchait sur ses plates-bandes ! « Je cherche les traces de trois amis d'enfance, nés à Migdal, qui se sont fixés à Beershéva. Entre autres, je souhaite rencontrer la famille Kinarti. Pouvez-vous m'indiquer où ils habitent ?

– Les Kinarti ? Ça ne me dit rien.

– C'est sûrement consigné quelque part.

– Essayez dans la vallée. La route qui descend vers le Kinéreth. Roulez en direction des plantations de bananes. Les anciens habitaient là-bas. Si vous ne les trouvez pas, revenez me voir. Pendant ce temps, je vais faire des recherches de mon côté. »

Lisie se sépara des deux femmes, s'installa dans sa voiture et descendit lentement vers le lac. Lorsque l'épouse du patron serait rentrée chez elle, Iris, en fidèle secrétaire, ne manquerait pas de téléphoner à Guidi Shenler, « notre correspondant dans le Nord », pour lui parler de la fouineuse du journal. Ce n'est que lorsque le bâtiment du conseil local eut disparu de sa vue qu'elle se rendit compte de la facilité avec laquelle elle avait obtenu la bombe enfermée à présent dans son sac. Quelqu'un d'autre était-il au courant de la vente des lots de Carol à Yéhouda Kornfeld ? Carol elle-même était-elle au courant ? Savait-elle que les papiers de l'homme qui les lui avait achetés se trouvaient sur le cadavre du Fiancé ? Mais pourquoi, de toutes les terres des Tarshish à Migdal, seules celles de Carol avaient-elles été vendues ? Et qu'en était-il de ce qu'elle possédait dans d'autres régions du pays ? Son frère Avishaï avait dit que les enfants d'Yigal possédaient des terres un peu partout.

Une femme enveloppée d'un châle écossais se tenait sur le perron d'une des maisons. Lisie freina, s'approcha d'elle et demanda :

« Vous êtes du coin ?

– Oui. Qui cherchez-vous ?

– La famille Kinarti. »

Après avoir exprimé sa surprise et sa curiosité, la femme la ramena à la cruelle réalité : les Kinarti n'habitaient plus à Migdal. Cependant, Rachel Norberg, qui était aussi une Kinarti, vivait toujours dans la maison que ses parents avaient construite, plus bas dans la vallée. La femme – prénommée Shoshi, soit dit en passant – monta dans la Justy et conduisit Lisie jusqu'à l'endroit indiqué, la remerciant du service qu'elle venait de lui rendre, elle avait justement l'intention de descendre à l'école, et l'école était à deux pas de chez Rachel.

« Quel âge a cette dame ?

– Quatre-vingt-cinq ans. Quelque chose comme ça. À peu près comme ma mère. Sa fille Touta et moi étions dans la même classe. Beaucoup d'entre nous sont restés ici, mais Touta est partie. Elle s'est installée à Tibériade. D'où venez-vous ?

– De Beershéva.

– Beershéva ? » La femme écarquilla les yeux comme si Lisie avait dit qu'elle arrivait d'Ouganda. « Le frère de Rachel habitait à Beershéva. Leizer Kinarti. L'avez-vous connu ?

– Non.

– Il est mort il y a quelques mois. Ma mère dit que c'était le plus bel homme de Galilée. Quand je l'ai connu, il était déjà chauve et portait une casquette pour cacher sa calvitie. Rachel aussi était très belle. Des tresses jusqu'aux fesses. À la voir aujourd'hui, c'est à peine croyable. Il y a eu une tempête de sable chez vous cette semaine ? J'ai vu ça à la télé.

– Oui.

– Nous aussi. Elle a débuté chez vous quand elle s'est terminée chez nous. Mais la nôtre n'a pas été aussi violente. Chez vous, ça a commencé lundi ?

– Oui, pendant la nuit.

– Chez nous, vendredi soir. Et ça a fini dimanche vers midi. Les oies de Polani se sont réfugiées dans la laverie du pensionnat. On ne les a retrouvées qu'à la réouverture des classes. »

Shoshi accompagna Lisie jusqu'au portail de fer, l'ouvrit, entra dans la maison sans frapper et cria :

« Rachel ! »

La vieille dame, au visage blême couvert de grandes taches de soleil, avait des cheveux blancs et raides coupés au-dessus de la nuque et coincés derrière les tempes par des peignes jaunes. Ses lunettes, suspendues à un lacet, reposaient sur sa poitrine. Elle tenait entre les mains des aiguilles à tricoter avec quelque chose qui ressemblait à un pull d'enfant. Lisie n'arriva pas à se souvenir quand elle avait vu pour la dernière fois quelqu'un tricoter. Difficile de croire, effectivement, que cette femme avait un jour été jolie. Shoshi présenta Lisie comme une « demoiselle de Beershéva », s'excusa de ce qu'elle devait courir à l'école, et partit.

Soudain seule face à cette petite vieille, Lisie ne sut quoi dire. En fait, elle ignorait pourquoi elle était venue. Qu'espérait-elle trouver ? Quelle réponse ? Dans la pièce, des bûches brûlaient avec des crépitements étouffés au fond d'un vieux poêle à bois, des photos dans des cadres argentés ornaient le piano noir et des coussins de velours brodés étaient éparpillés sur les fauteuils et le canapé.

« Je m'appelle Lisie Badikhi et je suis journaliste, rédactrice en chef des *Nouvelles du Sud* de Beershéva. Vous êtes bien la sœur du défunt Leizer Kinarti qui vivait à Beershéva, n'est-ce pas ?

– Oui.

– Connaissez-vous aussi Yigal Tarshish et Oved Hanegbi ?

– Oui.

– Je voudrais l'aider.

– Qui ça ?

– Oved. Le Prophète, c'est comme ça que nous l'appelons, à cause de son allure et de la manière dont il vit. »

Lisie lui parla du meurtre du Fiancé et lui raconta qu'Oved Hanegbi avait failli être assassiné lui aussi, que ses empreintes avaient été relevées sur l'arme du crime. « Je suis sûre qu'il n'a rien à voir avec ce cadavre. Mais la police n'a pas d'autres indices. Peut-être savez-vous quelque chose qui pourrait l'aider ?

– Asseyez-vous, je vous en prie. Désirez-vous du café ou du thé ?

– Du café, s'il vous plaît. »

Lisie s'installa dans le fauteuil, sortit de son sac son carnet et son magnétophone et les déposa sur la table. Une déclaration d'intentions.

Pendant qu'elles buvaient, elle décrivit à Rachel les relations qui s'étaient nouées entre les ouvriers et Oved Hanegbi, parla de sa mère qui avait travaillé à la chaîne pour la famille Tarshish pendant trente-cinq ans puis s'était fait licencier, et même de la chatte et de sa portée, dans le but d'instaurer une sorte d'intimité qui amadouerait la vieille paysanne.

« Avez-vous des enfants ?

– J'ai une fille. Elle vit à Tibériade. Mon fils est mort pendant la guerre de Kippour. Avec les parachutistes, sur le canal de Suez. Mon mari, par chance, n'était déjà plus de ce monde. La femme de mon fils s'est remariée, elle habite à Yibanel. J'ai gardé de bonnes relations avec elle. J'ai cinq petits-enfants. Trois de ma fille et deux de ma belle-fille. Ils me considèrent comme leur grand-mère et je les considère comme mes petits-enfants.

– Vous êtes née à Migdal ?

– Oui.

– Est-ce que cela vous dérange si je note ce que vous me racontez ?

– Je ne raconte rien.

– Quand avez-vous vu Oved pour la dernière fois ?

– Le quinze décembre.

– Comment pouvez-vous être si précise ?

– C'était le jour de l'enterrement de mon frère. Je suis descendue à Beershéva pour ça.

– Oved était à l'enterrement ?

– Non. Il n'est pas venu. C'est moi qui lui ai rendu visite. Dans son bus.

– Savez-vous quelque chose qui pourrait expliquer sa manière de vivre ?

– Oui. »

Lisie la considéra avec perplexité. Rachel Norberg était la seule personne qu'elle connût qui prétendait comprendre pourquoi Oved Hanegbi avait choisi de vivre comme il le faisait. Elle attendit l'explication, mais rien ne vint. Le silence de son interlocutrice commença à être pesant.

« Qui d'autre peut me parler d'Oved Hanegbi ?

– Yigal Tarshish. C'est son frère. Pourquoi n'allez-vous pas le trouver ?

– J'ai cru comprendre qu'ils n'étaient plus en contact depuis de nombreuses années.

– Ils ont grandi ensemble, sous le même toit, avec les mêmes parents.

– Qui n'étaient pas les vrais parents d'Oved. Les siens sont morts.

– Avez-vous essayé de parler avec Yigal ?

– Non. Voilà des mois que j'écris des articles sur la

fermeture de la Maillerie et les licenciements. Je ne crois pas qu'il accepterait de me recevoir. Pensez-vous qu'Yigal Tarshish cherche à nuire à Oved Hanegbi ?

– Non. Yigal aime l'argent et sait en gagner, mais c'est un honnête homme. Il y a des choses qu'il ne fera pas. Jamais il ne touchera à Oved.

– Ils formaient un trio, Oved, Yigal et votre frère ?

– Un quatuor. Je faisais partie de la bande.

– Vous avez le même âge qu'eux ?

– J'avais deux ans de plus que Leizer, mais j'ai toujours fait partie du groupe. Au début parce que je devais surveiller mon petit frère, et ensuite par habitude. Nous étions très proches l'un de l'autre.

– Il vous manque beaucoup.

– Je ne peux pas accepter qu'il soit parti avant moi. Je ne peux pas accepter que mon fils soit parti avant moi. Mais à quoi ça sert ? » Un sourire passa sur ses lèvres. « Leizer est né prématuré. On l'a installé dans un baril de pétrole, dont papa avait cisaillé un des côtés, et on l'a posé sur la flamme du réchaud. Un incubateur ! Je n'avais pas de poupées, alors mon petit frère est devenu ma poupée. L'été, nous dormions sur le toit. On étalait des draps humides à même le sol et on ne se couvrait qu'à peine. Notre système de climatisation. À cette époque, les enfants travaillaient, ils aidaient leurs parents. On n'avait pas le choix. Leizer et moi allions ensemble chercher de l'eau à la source de Migdal. On surveillait les poussins que les parents élevaient dans la cuisine, on coupait du bois pour faire bouillir la lessive. On trimait.

– Vous avez eu une enfance heureuse ?

– Heureuse ? Je ne sais pas. Peut-être que oui. Aujourd'hui, ça en a tout l'air. La vie était difficile. Autour de nous, des gens mouraient de maladie. Le typhus, la malaria. Des jeunes. Qui avaient immigré en

Israël tout feu tout flammes. Au bout de deux jours ou d'une semaine, on les enterrait. Parfois, sans même savoir leur nom. La nature était hospitalière et inhospitalière en même temps. Nous avions pour ennemis les moustiques, les scorpions, les serpents, les ruades des chevaux, les morsures des chacals, les piqûres des scolopendres. Un ciel sans nuages était un ennemi.

– Le père d'Oved Hanegbi est mort pendant la Première Guerre mondiale ?

– Oui.

– Pouvez-vous m'en parler ?

– Je ne crois pas que cela ait un rapport.

– Peut-être que si.

– On l'aurait attaqué parce que son père est mort pendant la Première Guerre mondiale ?

– Non, mais c'est peut-être lié à la manière dont il a choisi de vivre. »

Rachel serra contre sa poitrine un coussin orné de broderies arabes qu'elle avait tiré de derrière son dos. Elle resta silencieuse et regarda la cour par la fenêtre.

« Je l'aimais. » Elle avait prononcé ces mots si bas que Lisie ne fut pas certaine de les avoir entendus.

« Quoi ?

– Et je l'ai détruit.

– Qui ?

– J'ai brisé sa vie. Il faut que je réfléchisse. Excusez-moi. Je sors quelques instants dans la cour. Je reviens.

– Voulez-vous que ce soit moi qui sorte ?

– Non, non, restez là. Il faut que je bouge un peu. Voulez-vous encore un peu de café ?

– Je vais me servir. »

Lisie prit le *finjan* de la soucoupe d'aluminium sur laquelle il était posé et se versa du café. Ensuite elle se leva et alla regarder les photos qui ornaient le piano. Il y avait là quelques vieux portraits, vraisemblablement les parents et les grands-parents, et des photographies de famille en couleur. Sur l'une d'elles, on voyait Rachel jeune et son mari. De longues tresses sur une poitrine bombée, d'immenses yeux et un visage qui rayonnait de la fierté tranquille de ceux qui se savent beaux. Son mari aussi était un bel homme. Il portait une chemise russe brodée et ressemblait un peu à Yigal Allon. Des photos de groupe immortalisaient des mariages et des bar-mitsvas. Au milieu d'une rangée de convives, elle reconnut Leizer Kinarti. Oui, elle l'avait croisé à Beershéva. Sur une autre photo, un soldat, vêtu de l'uniforme de la police militaire, riait. Sur une autre, deux garçonnets se tenaient debout derrière deux petites filles. Ou peut-être que c'était tous des garçons, impossible de savoir aujourd'hui, ou au contraire toutes des filles. Sans doute s'agissait-il des petits-enfants.

Une voix lui parvint de la cuisine. Rachel téléphonait à quelqu'un. La vieille dame réapparut ensuite dans le salon. Elle réajusta ses cheveux derrière ses tempes et les cala avec ses peignes en os :

« Je voulais faire venir ma fille, mais elle n'est pas chez elle. Je voulais qu'elle entende, elle aussi. Leizer et moi, nous savions. Maintenant, il n'y a plus que moi. Je voulais que Touta aussi entende cette histoire. Je ne lui en ai jamais parlé.

– De quoi ?

– Du passé.

– Acceptez-vous que je vous enregistre ? »

Au bout d'un instant de réflexion, Rachel sembla avoir décidé de se jeter à l'eau :

« C'est très pénible pour moi. Et vous êtes une étrangère. Je vais parler à mon rythme. Avez-vous le temps ?

– Oui.

– Quand je serai morte, vous donnerez cette cassette à Yigal.

– Vous vivrez jusqu'à cent vingt ans.
– Oui. Cent vingt ans. »

Rachel sourit et les taches disparurent dans la profondeur de ses rides. Lisie posa son carnet sur ses genoux et alluma le magnétophone.

« Nos parents étaient mi-bédouins, mi-cosaques, des utopistes, "Exténués par la famine, dévorés par la fièvre", littéralement. Ils rêvaient de recréer le fameux "petit groupe", celui qui a mis en pratique l'idée du kibboutz. Savez-vous de quoi il s'agit ?

– Il me semble que oui.

– Ce n'était que des gamins. Ils avaient dix-sept, dix-huit ans. La passion qui habite les jeunes à cet âge, eux la brûlaient en conversations à cœur ouvert, en poésie, en rêves de créer un monde meilleur. Ils durent sillonner le pays, individuellement ou en groupe, à la recherche de travail. Rongés par la nostalgie, ils trimaient comme des esclaves et n'étaient pas heureux. Trumpeldor faisait partie du groupe, A.D. Gordon aussi, Tzvi Schatz, Rivka Yitzkar. Avez-vous quelques notions d'histoire ?

– Oui, dit Lisie. Il s'agit de notre histoire nationale. Je connais Trumpeldor et A.D. Gordon, mais pas les autres.

– Les "autres", comme vous les appelez, étaient justement les plus romantiques. Ceux qui sont morts de trop de nostalgie, d'amour ou de déception. Nous avons grandi sur les récits de leurs vies, nous rêvions d'eux la nuit. Schatz a été tué avec Brenner en vingt et un.

– Je vois.

– Ma mère, elle, avait l'esprit pratique et n'enjolivait pas la réalité. Elle n'avait pas peur de dire que nous étions malades, affamés, isolés et très malheureux.

– A-t-elle connu les parents d'Yigal et d'Oved ?

– Oui. Moi, je n'ai connu que ceux d'Yigal. Nous

étions comme une grande famille. Les enfants travaillaient tous ensemble à casser des pierres, à arracher les jujubiers, à semer, à traire les vaches. Nous irriguions avec des tonneaux d'eau que nous ramenions à dos d'ânes. On se levait, on travaillait trois heures et on allait à l'école. On revenait et on travaillait à nouveau jusqu'à ce qu'il fasse noir.

– Oved aussi ?

– Oui, bien sûr. Il a toujours été fou. Du plus loin que je me souvienne, il était fou. Petit, il se comportait comme une brute, violent et bagarreur. Tova, la mère d'Yigal, lui chantait des chansons pendant les repas ou au coucher, parce que c'était la seule façon de l'apaiser. Sa vraie mère avait une voix exceptionnelle et il a hérité de son sens musical.

– Aujourd'hui encore, il écoute de la musique à longueur de journée.

– En grandissant, il est devenu inoffensif. Fou, mais inoffensif. Il restait des heures allongé sur un matelas dans sa niche.

– Sa niche ? »

Rachel sourit.

« C'est ainsi que nous appelions la bicoque de ses parents. Elle est toujours là, au milieu de la plantation. Oved s'y réfugiait. Ne parlait à personne. C'était encore plus terrifiant que ses crises.

– Que s'était-il passé ? Pourquoi ce changement ?

– Les parents d'Oved et d'Yigal ont perdu en un an tout ce qu'ils avaient investi. Les deux pères quittèrent Migdal pour devenir des saisonniers. Scheine et Tova ouvrirent entre temps une sorte de cantine ouvrière. Aux dires de ma mère, les travailleurs russes qui creusaient les escaliers dans la montagne étaient attirés par ces deux femmes comme des abeilles par le nectar. Elles étaient jeunes, belles, seules et pleines de compassion.

« Au bout d'un an et demi de travail un peu partout dans le pays, les pères revinrent avec des plants et un agronome français. Ils firent pousser les premières bananes et les premières dattes de la vallée du Jourdain. Scheine, la mère d'Oved, tomba amoureuse de l'agronome et partit avec lui pour Sour, où il s'occupa d'une ferme. La Première Guerre mondiale éclata et leur trace se perdit à jamais. Il aurait mieux valu pour Oved qu'elle fût morte, parce qu'il n'a jamais su si elle vivait ou pas, s'il avait une mère ou s'il n'en avait pas. C'est terrible de faire ça à un enfant. »

Rachel Norberg se tut. Lorsqu'elle se remit à parler, sa voix était fatiguée.

« Pendant la guerre, les Turcs capturèrent Avroum, le père d'Oved, et l'envoyèrent dans un camp de travail. Il réussit à rentrer chez lui à la fin des hostilités, malade, brisé, affamé et mourut quelques jours plus tard.

« Oved resta chez les Tarshish. À quatre ans, il frappait et injuriait tous ceux qui l'approchaient, homme ou animal. J'étais une petite fille, j'avais peut-être six ans, mais je le comprenais. Je le sentais. Il se languissait désespérément, il était furieux, perdu, coupable. Il ne comprenait pas pourquoi son père était mort et pourquoi sa mère l'avait abandonné. Des lettres arrivèrent dans les derniers mois de la guerre puis cessèrent. Il continua à l'attendre. Il l'attend toujours.

– Ses parents adoptifs n'ont pas voulu le faire changer de nom ? C'est étrange que deux enfants qui grandissent sous un même toit et avec les mêmes parents portent un nom de famille différent, non ?

– Ils disaient que c'était pour Scheine et Avroum. Qu'ils méritaient que leur patronyme ne disparaisse pas.

– Cela a sans doute contribué à le désorienter.

– C'est possible.

– Yigal et Oved ont-ils le même âge ?

– Oui, plus ou moins. Peut-être un an de différence. Il doit avoir quatre-vingt-deux ans.

– Oved possède-t-il des terres à Migdal ?

– Pourquoi me demandez-vous ça ?

– Je sais que les Tarshish en ont. Les parents d'Yigal ont-ils aussi légué quelque chose à Oved ?

– Je suis une vieille femme.

– Quoi ?

– J'avais demandé à Leizer d'essayer de convaincre Oved de revenir ici. La bicoque de ses parents est encore debout. Quand les enfants d'Yigal étaient petits et venaient passer leurs vacances d'été ici, nous leur ouvrions la baraque. Ils l'avaient surnommée "la niche de Robinson Crusoë". Elle est vieille, mais on peut la retaper. C'est mieux qu'un autobus… Je sais que je dois parler, mais ça m'est difficile.

– Je ne comprends pas.

– Non. Vous ne pouvez pas comprendre. »

Elle posa son coussin sur le canapé, se leva et, une nouvelle fois, traversa la cuisine pour sortir dans la cour. La moustiquaire heurta légèrement la porte. Lisie profita de cette pause pour retourner sa cassette. Par la fenêtre de la façade, elle vit des vignes dénudées, un citronnier, et plus bas, au loin, une plantation de bananes. Était-ce là les arbres plantés par l'agronome français qui avait séduit la mère d'Oved ? Le claquement de la moustiquaire annonça le retour de Rachel. La vieille dame se rassit, attrapa le coussin du canapé et à nouveau, le pressa contre elle. Tout dans son attitude marquait la détermination de quelqu'un qui a décidé d'aller jusqu'au bout de la tâche qu'il s'est imposée.

« Les parents d'Yigal et d'Oved venaient d'Amérique. Des Américains, il y en avait quelques-uns qui vivaient à Poriah, à Sharona et d'autres à Migdal. Ils étaient plus pragmatiques que les idéalistes russes et les romantiques polonais. Eux arrivaient en Israël après avoir acquis une formation agricole, ils étaient déjà mariés et avaient de l'argent.

« Avec leurs capitaux, les deux couples achetèrent trois cents dounams, cent cinquante chacun. Avant de mourir, Avroum eut le temps de rédiger un testament par lequel il cédait toutes ses terres à ses meilleurs amis, Tova et Yitzhak Tarshish. Mes parents prétendirent que cela avait été le prix à payer pour assurer un toit à son fils. Et ils lui donnèrent effectivement un toit. Les Tarshish l'élevèrent comme leur propre fils, malgré tous les soucis qu'il leur causait. C'était un enfant superbe. D'une beauté troublante. Irrésistible. On ne pouvait pas ne pas tomber sous le charme. Yigal et Leizer l'aimaient et moi, malgré mes deux ans de plus, je n'ai pas pu résister non plus. On croit que les enfants ne savent pas ce que c'est que la passion. Quelle bêtise ! Et comment qu'ils le savent ! Cette passion peut être aussi violente et dévastatrice que celle des adultes. C'était une autre époque. On était plus puritain. Plus hypocrite aussi. Moi, je cherchais des occasions pour m'échapper avec lui, sans les garçons, je l'entraînais jusqu'au Kinéreth ou aux sources, je lui faisais les yeux doux, j'étais attirée et je me dérobais. J'ai sans doute dû le faire tourner en bourrique. » Un souvenir amena un petit sourire sur ses lèvres : « Au bord de l'eau, il y avait une petite jungle de tamaris et d'acacias. Parfois, quand nous descendions pêcher dans le lac, si nous arrivions à attraper un poisson, nous entrions dans cette forêt, allumions un feu de camp et le faisions griller, espérant que les autres enfants ne nous découvriraient pas et ne dérangeraient pas notre intimité. » Le sourire disparut, et son visage se glaça à nouveau. « Un jour, après avoir mangé notre poisson et éteint le feu, nous nous sommes allongés sur le dos. Nous contemplions le ciel qui apparaissait entre les cimes des arbres. Deux “Moscovites” – c’est ainsi que nous appelions les pionniers russes – qui allaient laver du linge dans le lac s’assirent non loin de là. Lorsque je compris qu’ils parlaient d’Oved, il était déjà trop tard : “Quoi d’étonnant à ce qu’il soit devenu une brute, disait l’un des gars à son copain, n’importe quel enfant en aurait fait autant si on lui avait pris tout ce qu’il possédait. Ses parents et ses biens. Ça ne s’est jamais vu, qu’un père déshérite son fils unique. Avroum l’aurait laissé sans un sou vaillant, alors qu’il savait qu’il allait mourir ? Il tenait à son Ovedélé comme à la prunelle de ses yeux ! S’il ne s’est pas tiré une balle dans la tête après la fuite de la salope avec son Français, c’est uniquement pour le gamin. Il a sué sang et eau pour lui. Que Tova et Yitzhak ne nous racontent pas de *maysses**. Un testament extorqué, voilà tout. L’exploitation d’un orphelin par une paire de profiteurs. De l’abus !”

« Après le départ des deux Moscovites, nous sommes restés longtemps allongés à même le sol. Le soir tomba, je pleurais. Je l’ai caressé et embrassé. Les premières caresses et les premiers baisers. J’avais quatorze ans, lui douze. Il ne pleurait pas. “Tu vas aller t’expliquer avec eux ?” lui ai-je demandé. Il a dit que non et m’a sommée d’oublier ce que nous avions entendu.

« “Comment oublier ? Elle est à toi, cette terre ! À toi !

« – Mon père a rédigé un testament, et il savait ce qu’il faisait, a-t-il répliqué.

« – Mais tu as entendu ce qu’ils ont dit ! Yitzhak et Tova t’ont dépouillé.

« – Non, s’est-il entêté, mon père voulait que Tova et Yitzhak soient mes parents. Que j’aie un foyer.”

« Il m’a fait jurer de ne rapporter à personne ce que nous avions entendu. D’effacer cette conversation de

* Bobards en yiddish. *(N.d.T.)*

mon cœur. Tova et Yitzhak étaient tout ce qu'il avait au monde, et il ne voulait pas les perdre eux aussi. Mais j'étais amoureuse, mon sens de la justice ne me laissait pas en paix, et chaque fois que nous nous retrouvions seuls tous les deux, je l'exhortais à faire quelque chose pour récupérer ce qui lui revenait de droit. La nuit, nous allions nous réfugier dans la jungle, ivres d'amour, et moi je lui cassais les oreilles, "venge-toi, venge-toi". Je lui ai fourré dans le crâne qu'il devait faire du mal aux seules personnes qui lui restaient au monde. Aujourd'hui, je sais que j'ai brisé sa vie. À cause de moi, il s'est mis à haïr ceux qu'il avait aimés. Et pour finir, il m'a haïe moi aussi. La terre est devenue le symbole de tout ce qui aurait dû faire le bien et avait fait le mal. Son père était parti à cause de la terre, sa mère était partie à cause de la terre, à cause de la terre il n'avait pas de famille, à cause de la terre, il avait aussi perdu sa famille d'adoption, et finalement, à cause de la terre, il m'a perdue, moi. Les seules personnes qui se montraient bonnes envers lui étaient celles qui lui avaient fait du mal. Ses deux enclaves dans le domaine de la Maillerie, c'est son tombeau. Quand Yigal a quitté Migdal, Oved l'a suivi. Quand Yigal s'est installé à Beershéva, Oved l'a suivi. Il attend. Il reste assis et attend. Sans savoir lui-même quoi. Sa mère, une consolation, une vengeance, une explication. Il attend une explication depuis l'âge de trois ans.

« Il n'a pas été à l'enterrement de Tova, la mère d'Yigal Tarshish. À l'ouverture de son testament, on découvrit qu'elle avait légué de l'argent à Oved. Environ trente mille shékels. Après la semaine de deuil, son mari a passé quelques jours à Beershéva, chez Yigal et Ruthy. Il a été voir Oved dans son autobus. Il s'est fait accompagner de Leizer. Peut-être craignait-il d'y aller seul. Il a donné à Oved la somme que Tova lui avait laissée, et a essayé de le convaincre de déménager, de prendre un appartement en ville. Oved refusa l'argent. "Celui qui voit tout jugera", a-t-il lancé en indiquant le ciel du doigt. Leizer m'a dit qu'Yitzhak était devenu blanc comme un linge. Sa frayeur amusa Oved qui continua : "Tu pensais que je ne savais pas ?" Mon frère ne comprit pas de quoi ils parlaient. C'est moi qui le lui ai expliqué. Après plus de soixante ans, j'ai trahi ma promesse et j'ai raconté à Leizer ce que nous avions entendu, enfants, dans notre jungle. »

Rachel se tut. Elle était épuisée. Lisie versa du café froid du *finjan.*

« Tenez, buvez-en un peu. »

La vieille dame prit la tasse d'une main tremblante et l'approcha de sa bouche. Sa tête aussi tremblait. Lisie se demanda si elle ne devait pas lui proposer de s'allonger.

« Où se trouve la bicoque ?

– La bicoque ? » Rachel se secoua, comme si elle sortait d'un rêve. « Dans la plantation. Vous pouvez la voir par la fenêtre. »

Lisie regarda dans la direction indiquée.

« C'est là qu'habitaient les deux familles avant de faire construire leurs maisons en dur. Une pièce, les toilettes et le four dans la cour. Ensuite, c'est devenu la cabane d'Oved. Aujourd'hui encore, nous l'appelons comme ça. Autrefois, nos enfants allaient y dormir de temps en temps avec leurs petits amis. J'y fais le ménage chaque année, avant Pâque. Par habitude. Il n'est pas revenu ici depuis quarante ans.

– Il y a quelque chose dedans ?

– Un matelas. Une commode. Une odeur d'abandon.

– Est-il possible d'aller voir ?

– Il n'y a rien à voir. Comment vous appelez-vous ?

– Lisie.

– Oved Hanegbi n'a tué personne, dit Rachel. Excepté lui-même.

– Je sais.

– Si jamais il lui arrivait quelque chose, vous me préviendriez ?

– Oui. Vous ne voulez pas lui rendre visite ?

– Non. »

Un trajet de trois heures l'attendait. Elle s'étira sur son siège et alluma la radio. Gaaleï Tsahal, la station de radio de l'armée, diffusait des chants hébreux, et elle se demanda s'il n'y avait pas eu un nouvel attentat quelque part.

Son téléphone sonna au moment où elle dépassait le Check-Post de Haïfa. Gdalia Ariéli, l'homme à la douceur et à la fraîcheur d'un citron pressé, grogna : « Mademoiselle Badikhi. » Elle avait l'impression qu'il s'étranglait chaque fois qu'il était obligé de lui parler.

« Où êtes-vous ?

– Sur la route.

– Laquelle ?

– Près de Haïfa.

– Vous avez fait une petite excursion ?

– Je prépare un article pour le cinquantenaire de la prise de Beershéva.

– Et c'est ça qui vous a amenée en Galilée ?

– Oui. Des gens à interviewer là-bas.

– Des conquérants de Beershéva qui se sont installés en Galilée ?

– Des vétérans qui ont quitté la Galilée et vivent aujourd'hui à Beershéva.

– Nous avons un correspondant dans le Nord.

– Il n'écrira pas le papier sur Beershéva à ma place.

– J'en ai marre de recevoir tout le temps des plaintes à votre sujet. Sigalith ! » cria-t-il tout à coup, sans doute à l'attention de l'une de ses secrétaires, « Où est le compte rendu de l'officier de la police militaire ? » Il revint à elle en claironnant : « Mademoiselle Badikhi !

– Quoi ?

– Voudriez-vous que Guidi Shenler vienne interviewer des gens à Beershéva sans vous en toucher un mot ? Quelle tête feriez-vous si on vous racontait qu'un journaliste des *Nouvelles* menait une enquête à Beershéva alors que vous n'en saviez rien ? Quel manque de loyauté ! » Et le pédagogue lui raccrocha au nez.

De loyauté ! Comme si le patron savait ce que c'était ! La pluie qui se mit à tomber améliora un peu son humeur. Elle avançait au pas derrière un gros camion, et une lumière glauque passait par l'entonnoir de ses grands feux arrières pour s'écraser sur le pare-brise sale de la Justy. La radio diffusa la célèbre chanson : *Il ne connaissait pas son Nom* et elle se mit à chanter aussi. Elle imita Ariéli, et soudain, un grand sourire s'étira sur son visage. Elle venait de découvrir qui était le Fiancé ! Ou du moins, le pensait-elle. Béni soit Ariéli !

Après avoir dépassé Tel-Aviv, elle téléphona à Ilan :

« Comment va le Prophète ?

– Il s'est réveillé, mon poussin, Dieu soit loué. Il a repris connaissance. Mais on ne peut pas encore lui parler.

– Vous, vous lui avez parlé ?

– À peine. Deux minutes. Nous ne sommes pas autorisés à plus.

– Je n'ai besoin que d'une minute.

– Tu devras patienter quelques jours.

– T'es-tu renseigné au sujet de la radio, mon petit cœur ?

– Quelle radio ?

– Tu sais très bien de quoi je parle. Combien de services t'ai-je déjà demandé de me rendre ? Tu m'as promis que tu vérifierais quel jour l'info sur le meurtre et l'agression du Prophète est passée à la radio.

– Je t'ai dit que c'était du ressort de notre porte-parole.

– C'est pour ça que je t'ai prié d'aller te renseigner.

– Adresse-toi à la radio.

– Merci du conseil. Tu pourras toujours attendre pour que je te refile des tuyaux.

– Écoute, j'ai d'autres chats à fouetter, crois-moi.

– Mais c'est important.

– Tout est important. J'ai Bentsi sur le dos. Lisie, mon poussin, est-il arrivé quelque chose ?

– Quoi ?

– Ne commence pas avec tes "quoi" et tes "qui". Où es-tu ?

– J'attends le renseignement que je t'ai demandé. »

Elle raccrocha et appela la rédaction, mais personne ne répondit : le journal une fois bouclé, Shiboleth et Dorith se volatilisaient. La jeune secrétaire projetait une nouvelle expédition, cette fois en Amérique du Sud. Son petit copain du moment travaillait comme maître nageur à la piscine du Country-Club. Lisie suivait avec perplexité la facilité avec laquelle Shiboleth aussi bien que Dorith collectionnaient les aventures. La passion, l'émotion, le train-train, et au suivant. Il y avait là une stratégie qu'elle ne comprenait pas. Peut-être était-ce hormonal ?

Elle téléphona à l'imprimerie et trouva Prosper Parpar encore au travail.

« Mon petit cœur, j'ai besoin d'un service. Il n'y a personne à la rédaction et je suis sur la route Tel-Aviv-Beershéva. As-tu un vieux bottin ?

– Qu'est-ce que tu cherches ?

– L'adresse d'un certain Eliézer Kinarti.

– À Beershéva ?

– Oui.

– Attends. » Il revint au bout d'un instant : « 6 rue Ketoura. C'est quelque part au fin fond du sixième arrondissement.

– Je t'adore ! Le journal est bouclé ?

– Oui. L'agence d'intérim nous a filé une page entière de petites annonces et j'ai dû tout recomposer.

– Où est Dahan ?

– Où est Dahan ! Est-ce que je sais où est Dahan ? Sans doute en train de donner la becquée à une pauvre orpheline.

– À bientôt, mon petit cœur. »

CHAPITRE XI

Arrivée avenue des Présidents, Lisie tourna à gauche dans Ketoura, une rue étroite bordée d'immeubles qui dataient de la fin des années cinquante, avec de petits jardins sur le devant et de grandes cours à l'arrière. Sur la boîte aux lettres n° 3 du six de la rue Ketoura était inscrit : « Ketchak ». Lisie frappa à la porte d'un appartement du premier étage. Un vieil homme entrouvrit en laissant la chaîne de sécurité.

« Je cherche M. Kinarti. On m'a dit qu'il habitait ici, mais je ne le trouve pas.

– C'est qui, Yéshoua ? lança une voix de femme à l'intérieur.

– On cherche Kinarti, cria l'homme.

– N'ouvre pas !

– Je n'ouvre pas ! Il est mort, Kinarti. Ça fait des semaines, dit-il à Lisie.

– Quoi ? Oh, mon Dieu ! Je voulais lui donner quelque chose pour son fils. Oh, je suis désolée. Je ne savais pas. Son fils vit-il dans l'appartement ?

– Il avait vendu avant que son père ne meure. Il y a des Russes dedans maintenant.

– Peut-être connaissent-ils l'adresse du fils ?

– J'en doute. C'est une jeune femme avec une petite

fille, une nouvelle-immigrante. Sarah ! Tu sais où on peut trouver le fils de Kinarti ?

– Il est en Allemagne ! N'ouvre pas la porte, Yéshoua !

– Je n'ouvre pas ! Je n'ouvre pas ! renvoya dans un cri irrité le prénommé Yéshoua. Il s'est débarrassé de son père en le mettant dans un hospice de vieillards à Natanya, a vendu l'appartement à ces Russes là-haut, et est reparti en Allemagne. C'est à peine s'il est revenu pour l'enterrement, dit-il à Lisie.

– Qui pourrait me renseigner ?

– Je n'en ai pas la moindre idée. Il vivait avec sa mère. En Allemagne. Elle est morte depuis des années, la mère.

– Le Kinarti que je cherche était dans la police militaire.

– Oïe, ça date d'avant le déluge.

– Mais vous vous souvenez qu'il a fait son service dans la police militaire ?

– Il n'y est pas resté longtemps. Il a bien été enrôlé dans cette unité, mais il a disparu peu de temps après. Il a dû déserter. Vous êtes huissier ?

– Non. Une amie d'amis. On m'a confié quelque chose pour lui.

– Si je pouvais vivre en bonne santé autant d'années que de fois où les huissiers sont venus chez lui. Il a tué son père.

– Yéshou-a !

– Excusez-moi. » Il referma la porte. Ses cris de « Je viens ! Je viens ! » résonnèrent à l'intérieur.

Lisie se dit de ne pas oublier d'écrire à l'occasion un papier pour le journal sur les vieux qui avaient peur d'ouvrir la porte de leur domicile. Elle titrerait : « Petite vieille en état de siège ».

Par quel mystère Luba a-t-elle atterri dans l'appartement d'Eytan Kinarti, se demanda-t-elle. Il fallait qu'elle lui parle avant que ses beaux-frères ne le fassent. S'ils étaient charmants avec elle quand elle avait une information à leur communiquer, ils la fuyaient comme la peste dès qu'elle essayait de leur soutirer le moindre renseignement.

Elle alla au supermarché de l'avenue des Présidents, fonça sur le rayon bébés et choisit des petits pots et des boîtes qui portaient la mention « Dès six mois ». Elle prit aussi un gros paquet de Pampers.

Batshéva ouvrit la porte au premier coup de sonnette. Elle avait Alona dans les bras et lâcha un : « Ah, c'est toi » à la vue de Lisie.

« Qui croyais-tu que c'était ?

– Luba. Elle ne doit pas tarder. Qu'est-ce que tu as apporté ?

– Des trucs pour la petite. » Elle entra dans la cuisine et vida ses paquets sur le plan de travail, sous les rires de Batshéva qui dit : « Lisette, Lisette » puis ânonna d'une voix de bébé à l'intention de la gamine : « Tata Lisette, tata Lisette, qu'est-ce que tata Lisette a acheté pour Alona ?

– Tu vas avoir mal au dos si tu la portes tout le temps.

– J'ai déjà mal. Tiens, prends-la. Passons au salon. »

Les nièces de Lisie étaient grandes, dix et douze ans, et le petit corps qui se blottit contre elle avec tant de naturel, les mains agrippées à ses épaules, la tête plaquée contre sa joue, l'émut.

« Je ne savais pas quoi prendre, alors j'ai acheté des petits pots où il y avait écrit "Dès six mois".

– Très bien, c'est parfait. J'essaye de lui préparer de la soupe, comme je le faisais pour vous et les filles, mais elle n'aime pas ça. Elle s'est habituée aux petits pots. Et tu sais ce qu'elle aime ? » La voix bêtifiante sortit à nouveau du gosier de Batshéva : « Qu'est-ce qu'elle aime, Alona ? Qu'est-ce qu'elle aime ? Les soufflés apéritif aux cacahuètes ! Les soufflés apéritif aux cacahuètes !

– Il ne manque plus que tu te mettes à lui faire la cuisine !

– Lisette.

– Elle reste avec sa mère le samedi ?

– Bien sûr. Et le lundi aussi. Luba ne travaille pas le lundi. Le salon de coiffure n'ouvre que pour une demi-journée, alors ils l'ont libérée. Ça lui permet de rester avec sa fille et de faire toutes ses courses. Le soir aussi, ils la laissent partir une heure plus tôt, à six heures, alors qu'ils ferment à sept. Ce sont des gens bien, Dona et Michel.

– C'est toi qui lui ramènes la petite ?

– Non, Lisette. Je ne lui ramène pas la petite. Elle vient la récupérer ici. Elle lui fait prendre son bain chez elle et lui donne le dernier biberon du soir et le premier du matin. Si tu crois que c'est facile, de traîner un bébé dans deux autobus aller et retour, matin et soir !

– Tu as déjà été chez elle ?

– Oui. Son appartement est très correct. Il y a un réfrigérateur, l'air conditionné et le gaz. La télévision aussi.

– Et l'emprunt à la banque ? Elle le rembourse avec le salaire qu'elle gagne au salon de coiffure ?

– Non. L'appartement lui appartient. Son mari l'a acheté.

– C'était l'appartement de Leizer Kinarti. As-tu connu Leizer Kinarti ? Il dirigeait la Maison de la Culture.

– La Maison de la Culture ! Qui avait le temps de fréquenter la Maison de la Culture ? Comment sais-tu que c'était l'ancien propriétaire de l'appartement de Luba ?

– On me l'a dit. Je ne sais plus qui.

– Tu mijotes quelque chose ma fille, je te connais.

Depuis quand t'intéresses-tu à celui qui a vendu l'appartement à Luba ?

– Je ne mijote rien du tout. Pourquoi t'énerver tout de suite ? Je ne faisais que poser une question.

– Tu devrais être contente qu'elle ait un appartement.

– Je le suis. Sincèrement. Sinon, elle habiterait ici.

– La différence entre toi et moi, ma chère, c'est qu'il fut un temps où moi, j'étais exactement dans sa situation. Arriver dans un nouveau pays, sans connaître la langue, sans famille, sans métier, sans amis et avec des enfants en bas âge. La moindre chose est compliquée : quel autobus prendre, comment ouvrir le gaz, comment dire en hébreu "farine" ou "tousser". Ce n'est pas le genre d'histoires qui font la une des journaux, juste un être humain qui essaye de vivre. Elle est mignonne, Alona. Un gentil bébé. Qui est gentille ? Qui est gentille ? » Batshéva pianota avec deux doigts sur le ventre de la fillette qui ouvrit les bras vers elle. Elle la prit contre sa poitrine.

« À quel moment son mari s'est-il évaporé ?

– Qui t'a raconté qu'il s'était évaporé ?

– Dona et Michel. Ils ont dit qu'il s'était tiré avec les papiers de sa femme et qu'à cause de ça, elle ne pouvait percevoir aucune allocation.

– Pourquoi colportent-ils des commérages ?

– Ils pensaient que j'étais au courant, puisque tu gardes Alona et que tu aides Luba. A-t-il eu le temps de voir sa gamine ?

– Non. Il l'a plaquée avant l'accouchement. Un sale porc.

– Il l'a reconnue ?

– Quoi ?

– Sur l'acte de naissance, c'est son nom qui figure ?

– Oui, bien sûr, j'imagine. Elle porte le même nom de famille que sa mère. Ketchak.

– L'appartement est-il enregistré au nom de la petite aussi ?

– Je n'en ai pas la moindre idée, Lisette. J'imagine que non. Elle n'était pas encore née quand il l'a acheté. Ça te gène de voir qu'elle ne doit pas mendier dans la rue ?

– Non. »

Elle s'abstint de lui dire que ce qui lui faisait mal, c'était qu'elle ne comprenait pas comment l'appartement d'Eytan Kinarti, le Fiancé assassiné, était arrivé en possession de Luba. Tôt ou tard, elle allait être obligée de partager cette information avec ses beaux-frères, et sa mère lui en voudrait encore plus.

CHAPITRE XII

Une seconde après qu'elle lui eut dit qu'à son avis le Fiancé de la Maillerie était le fils d'Eliézer Kinarti et qu'elle avait vu sa photo à Migdal, chez Rachel Norberg, la sœur de Leizer, Bentsi se mit à lancer des ordres tous azimuts – un vrai tambour-major d'opérette – et la flanqua à la porte.

Rony était allongé sur un banc, en face du secrétaire de permanence. Une de ses bottes traînait par terre et il avait recouvert son visage des *Nouvelles du Sud.* Elle souleva le journal, il ouvrit les yeux.

« J'ai quelque chose pour vous, dit-elle. Suivez-moi jusqu'à la buvette du coin.

– Vous voulez m'empoisonner ?

– Je connais un excellent restaurant à Ashkélon. L'Escopéa. Le propriétaire est derrière les fourneaux et le lieu existe depuis des années.

– Enfin, elle parle ! Les dégustations de l'Ess-Fast m'ont laissé dans la bouche un arrière-goût de cheveux roussis.

– Je ne roule pas à moto.

– Et moi pas dans votre poubelle.

– Vous n'aurez qu'à me suivre.

– Bon, va pour votre poubelle.

– Rendez-vous chez moi dans une heure. »

« Carol Factory possédait des terres à Migdal, commença Lisie. Il y a un an et demi, elle les a vendues à Yéhouda Kornfeld. Il y a six mois, la banque Léumi de Tibériade les a saisies, et en est à présent propriétaire. Eldad et Avishaï Tarshish, eux, ont gardé leurs biens. »

Lisie raconta ensuite à Rony sa visite au conseil local, son entretien avec Rachel Norberg et lui retraça la vie d'Oved Hanegbi.

« Des photos de famille étaient disposées sur le piano de Rachel Norberg, à Migdal. Sur l'une d'elles, j'ai vu un soldat qui portait l'uniforme de la police militaire. Il me semblait familier, mais je n'ai pas voulu la questionner à ce sujet. Elle m'avait dit que son fils était tombé pendant la guerre de Kippour et j'ai eu peur que ce soit lui. Tandis que je roulais sur le chemin du retour, Gdalia Ariéli, mon rédacteur en chef, m'a téléphoné et, au milieu de la conversation, il a tout à coup demandé à une de ses secrétaires – en criant – de lui apporter je ne sais quel papier en provenance de la police militaire. Tout à coup, je me suis rendue compte que si le gars sur la photo avait fait son service dans la police militaire, il ne pouvait pas être le parachutiste tombé au canal de Suez. Et j'ai compris pourquoi son visage m'était familier. C'était celui de notre inconnu. Avec vingt ans de moins et qui riait devant l'objectif, mais le même type, j'en étais presque sûre. Alors j'ai fait un plus un et je suis arrivée à la conclusion qu'il ne pouvait s'agir que du fils de Leizer Kinarti, le frère de Rachel Norberg. Je suis allée voir Bentsi, je lui ai raconté ce que j'avais découvert, il a été ravi et m'a foutue à la porte.

– C'est ce qui vous a décidé à me parler ?

– Je sais que vous vous intéressez à Yéhouda Kornfeld.

– C'est donc par pure générosité envers moi.

– Je vous offre une piste. Mettez-vous au boulot et versez-moi un pourcentage.

– Un pourcentage sur quoi ?

– Sur ce que vous découvrirez. En contrepartie du cadeau que je viens de vous faire.

– Vous appelez ça un cadeau ? » Il inclina la tête et la dévisagea avec un sourire rusé.

Ils étaient attablés à l'Escopéa, le restaurant français d'Ashkélon. Comme à son habitude, Zylberman, le patron, se montrait discret et distant, ce qui, outre la qualité de la cuisine, représentait le grand avantage de l'endroit.

Lisie s'était lavé les cheveux, avait dessiné un trait noir sur ses paupières, mis sa veste de soie, et même complété le tout par quelques gouttes du Chanel n° 5 que tante Clara lui avait offert. Rony portait toujours sa parka fripée et ne s'était pas rasé.

« Les hommes sont fascinés par la force et le pouvoir, déclara-t-il. Pour obtenir ces deux choses, les ministres et les gros richards qui fréquentent mon père travaillent aussi dur que les minables indics qui rencardent Hani Réguev. Les uns s'émerveillent des records des requins et des magnats en tous genres, les autres de ceux des cambrioleurs qui s'introduisent chez les vieux en grimpant sur les gouttières. L'énergie qu'ils dépensent pour obtenir cette force et ce pouvoir est strictement la même.

– Et vous ?

– Moi aussi.

– C'est pour ça que vous êtes devenu détective privé ?

– La délinquance des cols blancs ne m'intéresse pas. En général, tout s'arrange avec un cognac et un cigare cubain dans des bureaux climatisés. Personne ne mouille sa chemise. Tant qu'à faire, je préfère Hani Réguev. Ses délinquants ont au moins une justification.

– Aucun truand n'a de justification. On a toujours le choix.

– Vous allez maintenant m'expliquer le rapport entre l'assassinat du fils Kinarti, la tentative d'assassinat sur Oved Hanegbi et le diamantaire de Ramat-Gan, Yéhouda Kornfeld.

– Sur lui, je ne sais rien.

– Qu'est-ce qui le rattache aux terres de la famille Tarshish ? Et eux, pourquoi décident-ils de vendre tout à coup ? Et pourquoi à Kornfeld précisément ?

– Aucune idée. Seule Carol a vendu ses terres de Migdal, pas ses frères. C'est très bizarre, tout ça.

– Mais ils veulent vendre la Maillerie, non ?

– L'usine de tricot de la famille Tarshish était une affaire qui rapportait gros, expliqua-t-elle à Rony. Après la conférence de Casablanca où l'instauration de la zone franche a été envisagée, la famille s'est débrouillée pour mettre l'usine en faillite afin d'en justifier la fermeture. Ils n'auraient pas obtenu d'appuis gouvernementaux s'ils avaient sacrifié sur le bûcher du nouveau Moyen-Orient une entreprise qui prospérait et employait plus de cinq cents ouvriers. »

Elle lui raconta ensuite tout ce qu'elle savait sur le transfert de la Maillerie, l'histoire de la famille Tarshish et les dissensions qu'elle avait cru percevoir entre les frères et la sœur.

« Autre chose : le matin où on a retrouvé le cadavre et le Prophète, Dave Factory a fait tout un numéro de cow-boy en tirant sur les bouteilles du Pélican bleu, ajouta-t-elle.

– Pensez-vous qu'il y ait un lien ?

– Je ne sais pas mais je n'aime pas les coïncidences.

– Moi non plus. À propos, Carol vous a menti en disant qu'elle avait appris l'agression d'Oved Hanegbi par la radio.

– Quoi ?

– J'ai vérifié. La radio n'en a pas parlé ce jour-là. Elle le tenait d'une autre source. Pas de la radio.

– Pourquoi aurait-elle menti ?

– Je ne sais pas. En quoi ce point vous intéresse-t-il ?

– Quoi ? »

Rony éclata de rire :

« Ilan m'a prévenu que vous étiez bien plus maligne que vous n'en aviez l'air. Il m'a dit de ne pas me laisser gruger par vos "qui" et vos "quoi" ».

Lisie se tut et faillit sombrer dans de tristes considérations sur le sort d'une fille trop grande et trop large qui essayait de se frayer un chemin ici-bas sans se faire remarquer. Elle n'était pas « sortie » avec quelqu'un du sexe opposé depuis des mois et décida de ne pas se gâcher la soirée en vexations.

« Ça m'énerve qu'on soupçonne Oved Hanegbi. Lui, c'est la victime ! Ils veulent le coincer parce que c'est pratique. Voilà des semaines que j'écris des papiers sur la fermeture de la Maillerie. Mon rédacteur en chef à Tel-Aviv s'oppose à ce que je m'occupe d'économie. Lorsque j'ai enfin un sujet de l'ampleur de la zone franche à me mettre sous la dent, il veut que ce soit son journaliste financier qui le couvre.

– Le journal local appartient aux *Nouvelles* ?

– Oui. Gdalia Ariéli, le rédacteur en chef des *Nouvelles* est aussi le patron des *Nouvelles du Sud*. Mais c'est moi qui ai créé ce journal, dans une petite pièce puante au-dessus du supermarché en commençant par quatre pages imprimées. Le directeur commercial, Maurice Dahan, travaille avec moi depuis le premier jour, mais lui, il a gagné beaucoup d'argent dans l'affaire. Pas moi. Il est responsable de la publicité, et c'est là que se trouve le fric. Sa fille Dorith travaille pour nous comme photographe. Un amour. Elle m'a raconté que Dave Factory avait eu des aventures par-ci par-là, et elle connaît au moins un cas où la famille est intervenue, a viré la maîtresse et a restauré la bonne entente conjugale. Si je vous raconte ça, ce n'est pas par goût des cancans mais pour vous dire tout ce que je sais sur les personnages qui gravitent autour d'Oved Hanegbi et de la Maillerie.

– Je connais Gdalia Ariéli. C'est un ami de mes parents.

– Gdalia Ariéli n'est l'ami de personne. Pas même de Gdalia Ariéli. »

Rony éclata de rire :

« Il est considéré comme quelqu'un d'intelligent.

– Saddam Hussein aussi.

– Quel genre d'ordinateur avez-vous ?

– Quoi ?

– Vous avez bien entendu.

– Un Pentium 120. Avec Windows 95.

– Parfait. Êtes-vous connectée à Internet ?

– Qui ?

– J'ai laissé ma moto devant chez vous.

– Quoi ?

– En rentrant, nous irons un peu titiller votre bécane. Je vais avoir besoin de vous. Seulement au début.

– Il s'agit d'un titillage légal ?

– Vous n'en parlerez à personne et moi non plus.

– Et si on vous voyait entrer chez moi ? »

Son grand menton s'abaissa, la pelleteuse carrée s'avança dans un sourire de vieux vicieux, et il se mit à faire semblant de haleter.

Ce fut au tour de Lisie d'éclater de rire :

« Ma réputation va en prendre un sacré coup. On dira que je drague des mineurs.

– J'ai vingt-sept ans !

– Je me sens comme votre grand-mère.

– Mère-grand, pourquoi as-tu des yeux si grands? C'est pour mieux me manger?»

Lisie décida de ne pas se laisser piéger par la tournure que prenait la conversation. Le flirt était un petit jeu où elle risquait d'en prendre plein la gueule... et le cœur.

Elle commanda un café, Rony un brandy, et il profita de l'occasion pour complimenter Zylberman : le repas qu'il leur avait servi était d'une grande qualité. Le patron sourit, le remercia chaleureusement et alla s'asseoir derrière la caisse. Selon les critères d'Ashkélon, il était tard. Les touristes des deux autres tables avaient quitté les lieux plus d'une demi-heure auparavant.

«Comment avez-vous déniché cet endroit? demanda Rony à Lisie.

– Je le connais depuis des années.»

Elle n'avait aucune envie de lui raconter sa vie. De lui parler de ce marchand de timbres qui lui avait fait connaître l'Escopéa et lui avait appris la différence entre les vins, entre le vrai bon goût et ses imitations, entre une cour assidue et une pression physique modérée. Il lui avait aussi infligé l'une des plus pénibles leçons de sa vie le jour où elle avait découvert que cet homme si merveilleux était un escroc et que, bien que le sachant, elle s'était rendue compte qu'elle aurait été prête à lier son sort au sien si seulement il le lui avait demandé.

Ils n'arrivèrent chez elle qu'à minuit. Elle regarda la rue déserte à travers les yeux de Rony, les grilles des arbres jonchées de canettes vides, les entrées d'immeubles négligées encore recouvertes du sable laissé par la tempête. Une bonne âme avait balayé sa cage d'escaliers et, à son étage, le syndic avait enfin remplacé l'ampoule grillée.

Avant de partir, elle avait essayé de mettre un peu d'ordre dans l'appartement, fait la vaisselle, essuyé la poussière des meubles et changé la serviette de la salle de bains. Si elle avait pu, elle aurait aussi changé les housses du canapé et du fauteuil, qui lui parurent soudain ternes et usées.

Il laissa tomber sa grande carcasse sur la chaise du bureau et alluma l'ordinateur. Souris en main, il suivit les signaux lumineux de l'écran. Une émotion de conspirateurs électrisait l'atmosphère de la pièce. C'est ainsi que doit se sentir un cambrioleur qui enfonce une clé dans la serrure d'une porte étrangère, songea Lisie. Elle savait qu'il était un crac en informatique, de ces gamins qui s'introduisaient dans les sites les plus secrets de l'armée de l'Air ou des Renseignements. Si on se fait prendre, on va morfler, se dit-elle. Il est encore temps de reculer.

« Je dois découvrir le lien entre Yéhouda Kornfeld et Kinarti, déclara Rony.

– Et moi, je veux trouver quelque chose qui blanchira Oved Hanegbi, répliqua Lisie.

– Connaissez-vous quelqu'un qui travaille à l'office d'Occupation des Sols de Beershéva ?

– Qui ?

– Cherchez bien.

– Non. Non, je ne connais personne là-bas mais je connais le responsable des quartiers en difficulté. Le ministère de l'Équipement et du Logement chapeaute les deux services.

– Comment s'appelle-t-il ?

– Shlomo Mintoff.

– Il a un ordinateur dans son bureau ?

– Je ne suis jamais allée dans son bureau mais j'imagine que oui. Tout est informatisé là-bas, non ?

– On va chercher sa date de naissance, à ce Mintoff. Celle de sa femme et de ses enfants aussi. »

Il parlait tout en pianotant, les yeux rivés à l'écran, la bouche entrouverte. Il ressemblait à un enfant qui essaye de faire entrer un bateau dans une bouteille. Il avait de beaux doigts, longs et minces.

« À quoi peuvent vous servir leurs dates de naissance ?

– J'ai besoin du code d'accès au système. Les gens choisissent en général une combinaison composée de leur date de naissance ou de celle de leurs proches.

– Effrayant.

– Consolez-vous en pensant que ce que nous faisons maintenant aux autres, ils nous le font aussi.

– C'est ça qui est effrayant. On ne risque pas de se faire piquer ?

– J'espère que non. Si vous me dénoncez, je serai grillé à vie. Vous pouvez donc compter sur moi pour ne pas vous balancer.

– Mais que ferons-nous si vous tombez sur quelque chose ?

– Laissez-moi d'abord tomber sur quelque chose. On aura tout le temps de voir après qu'en faire. Vous pouvez aller dormir, ça risque de durer.

– Et si vous avez besoin de moi ?

– Je sifflerai.

– Vous voulez du café ?

– Non. Je ne veux pas de café. »

Il lança soudain ses longues jambes en avant et enserra les chevilles de Lisie avec ses bottes, la tirant vers lui. Elle dut prendre appui sur ses épaules pour ne pas tomber, sentit ses os sous ses mains et resserra ses doigts. Les longues jambes entouraient à présent ses hanches. Il leva la tête et passa ses lèvres sur son visage qu'elle inclinait vers lui, effleura ses paupières, ses joues, son cou. Elle entendit sa respiration s'accélérer et sentit sur sa peau la chaleur de son haleine, respira l'odeur de ses vêtements et de ses cheveux d'où montaient des vapeurs de brandy. Il souleva sa chemise noire et enfouit sa tête entre ses seins généreux, tâtonna le long de son dos puis glissa les doigts dans la ceinture serrée de son pantalon. La chaise oscilla sous eux et ils se levèrent en même temps avant qu'elle ne tombe. Elle le prit par la main et l'entraîna dans sa chambre.

CHAPITRE XIII

À six heures du matin, Lisie se leva pour aller aux toilettes et tomba sur Rony assis devant l'ordinateur. Il avait les yeux rouges, grand besoin d'un rasage, ses cheveux étaient ébouriffés, sa veste jetée par terre et sa chemise toute fripée. Elle se dirigea vers la salle de bains sans dire un mot. Cette présence étrangère n'avait plus rien d'irrésistible au petit matin, à la sortie du lit. La solitude avait tout de même certains avantages. Elle prépara deux grandes tasses de chocolat chaud et lui en apporta une. Lui non plus n'avait pas l'air de quelqu'un qui se levait le matin en gazouillant.

« On dirait que tu es passé sous un rouleau compresseur.

– Merci.

– Tu as eu le temps de dormir un peu ?

– Non.

– As-tu trouvé quelque chose ?

– Oui. »

Il éclata soudain de rire, s'étira, bondit de sa chaise, l'enlaça et lui plaqua des baisers retentissants sur les joues, le cou, les lèvres et les yeux. Du chocolat se renversa sur sa chemise froissée et sur le survêtement de Lisie. Il entrechoqua leurs deux tasses et s'écria : « À la santé de Shlomo Mintoff ! » Elle comprit que la contrariété avec laquelle il l'avait accueillie n'était qu'une feinte.

Elle poussa un long soupir. L'exclamation de Rony avait déclenché sous son crâne des explosions en série, comme si tout un champ de mines se soulevait d'un coup.

« Je n'ai pas trouvé ce que je pensais trouver, mais il me semble être tombé sur quelque chose d'intéressant. À propos, notre cher ami Mintoff a choisi comme code la date de naissance de sa fille aînée. À l'occasion, on pourra lui envoyer des fleurs.

– Comment y es-tu arrivé ?

– Si tu savais ! Le plus dur a été de m'introduire dans le système. Une fois dedans, tout est devenu beaucoup plus simple.

– Comment as-tu fait ?

– Moins tu en sauras, mieux ce sera.

– Rony ! Qu'est-ce que tu as trouvé ?

– Ce qui est intéressant, c'est ce que je n'ai pas trouvé. La caravane est passée et les chiens n'ont pas aboyé, ma chère Watson. »

Il eut un large sourire qui fit remonter la pelleteuse de son maxillaire inférieur vers son nez, passa ses longs doigts dans ses cheveux clairs, essuya un grain de poussière imaginaire sur sa chemise couverte de taches de chocolat, fit quelques pas vers la fenêtre en fredonnant « Un kilomètre à pied », posa sa main sur sa hanche et exécuta cinq torsions vers la droite puis cinq vers la gauche à grand renfort d'expirations bruyantes. Enfin, il revint se planter devant elle, plus coq que jamais.

« Carol Factory n'a plus de terres du tout.

– Quoi ?

– Ni à la Maillerie, ni à Migdal, ni à Rishon. Là où ses frères en ont.

– Le père les a distribuées à ses fils et pas à sa fille ? Je n'y crois pas !

– Non, elle aussi en avait. Un tiers de tous les terrains lui appartenait. Aujourd'hui, ses lots sont en possession des banques.

– Depuis quand ? Pourquoi ?

– Elle les a vendus il y a un an et demi et ils ont été saisis par les banques. La banque haPoalim de Haïfa est propriétaire des terres qu'elle avait à la Maillerie, la banque Léumi de Tibériade de celles qu'elle avait à Migdal, et la banque Discount de Jérusalem de celles situées à Rishon. Demande-moi maintenant à qui Carol a vendu tout ça ? »

Rony sourit, aussi rouge et excité qu'un enfant pendant un spectacle de fin d'année.

« Accouche !

– À Yéhouda Kornfeld.

– Tu crois qu'il les a financées avec les diamants prétendument volés ?

– Ce qui est sûr, c'est que les terres lui ont été vendues après sa plainte pour vol.

– Mais si les diamants ne lui ont pas été volés et qu'il a acheté les terres avec, comment expliques-tu que ses papiers aient atterri sur le cadavre d'Eytan Kinarti ?

– Il a affirmé que dans le sac dérobé, il y avait ses papiers et les diamants. Ma mission est de vérifier si c'est vrai.

– Ce qui est sûr, c'est qu'il y a un lien entre le cadavre et les terrains.

– On y a tout de suite pensé, y compris Bentsi. Lui non plus n'est pas aussi bête qu'il en a l'air.

– Bentsi est très fort, malgré sa grande gueule. Ne t'y trompe pas. Il a rencontré Yéhouda Kornfeld ?

– Oui.

– Je vais l'étriper. Je lui ai téléphoné toute la journée. Il m'a écartée comme si j'étais un moustique. C'est à moi qu'il doit ce cadavre. Il me le doit deux fois ! Une fois parce que je l'ai trouvé et une fois parce que j'ai découvert son identité. Je serai plus intelligente à la prochaine occasion.

– Qu'est-ce que tu feras ? Tu cacheras le corps dans ton grenier ?

– Si quelqu'un refile l'histoire de la vente des terres de Carol au *Courrier* ou à Adoulam, je révélerai qui est à l'origine de l'info.

– C'est une menace ?

– Oui.

– Si tu révèles ta source, tu iras en taule. Avec moi. Je n'ai l'intention de parler à personne de mes petits jeux sur ton ordinateur. Je ne vais pas foutre ma vie en l'air pour un casse-couilles de diamantaire. Moi, je n'ai aucune couverture de merde et aucun intérêt à raconter quoi que ce soit à qui que ce soit.

– Tu y étais aussi, chez ce casse-couilles de diamantaire ?

– Quand ça ?

– En même temps que Bentsi.

– Oui. Et qu'Ilan.

– Lui aussi, je vais l'étriper. Deux belles ordures, mes beaux-frères. »

Rony éclata de rire. Malgré sa fatigue, il était de très bonne humeur. Elle avait bien dormi mais broyait du noir parce qu'elle savait pertinemment bien que la mine d'or qu'elle détenait lui serait, le moment venu, raflée sous le nez. Plus le scoop serait de taille, plus il tomberait rapidement dans le domaine public. L'affaire resterait gravée dans les mémoires, mais la journaliste assidue et perspicace qui l'avait révélée n'aurait pas droit à son heure de gloire.

« Tu as peut-être une chemise propre chez toi ?

– Non. Un sweat-shirt. Tu veux un petit déjeuner ?

– Enfin elle parle !

– D'abord, tu me dis ce que tu sais sur Yéhouda Kornfeld.

– Je t'ai déjà tout dit. C'est un diamantaire de Ramat-Gan. Âgé de cinquante-trois ans. Il a passé vingt-cinq ans aux États-Unis. Divorcé. Il a une petite amie qui ne vit pas avec lui, elle aussi divorcée et dont les fils se baladent en Extrême-Orient. Lui a une fille mariée qui vit en Amérique. Il n'est jamais venu à Beershéva et n'y connaît personne. Il souffre d'une maladie tropicale qu'il a attrapée au cours d'un voyage à Hawaii. Il s'est plaint des services de santé en Israël. Bentsi lui a montré les photos d'Eytan Kinarti. Il ne l'a jamais vu.

– Où lui a-t-on dérobé son sac ?

– Il ne le sait pas. Peut-être dans un restaurant.

– Qu'est-ce qu'il y avait dedans, à part les diamants ?

– Un passeport américain, un passeport israélien, une carte d'identité, un permis de conduire américain et un israélien, des cartes de crédit, un carnet de chèques. Il déjeunait habituellement chez Schneider, près de la bourse aux diamants. De la bonne bouffe polonaise, *kishkess*, *kneindelekh*, *garguelekh*, *ferfelekh*...

– Ça, tu inventes !

– Vrai. » Il rit. « Beaucoup de diamantaires sont des ultraortodoxes, et certains d'entre eux mangent dans ce restaurant. Très souvent, ils prennent leur sac avec eux, de peur de le laisser dans le bureau. Yéhouda Kornfeld nous a raconté l'histoire d'un de ses amis à New York qui mangeait un hot-dog en pleine rue, il tenait son sandwich de la main droite et sa sacoche était attachée à sa main gauche. Des voleurs lui ont coupé la main pour s'en emparer.

– *Oïe*!

– Au moins, il a gardé la saucisse.

– *Oïe*!

– J'ai oublié de lui demander si son ami était droitier.

– Arrête !

– J'ai un peu traîné à la bourse aux diamants avec la photo de notre Fiancé. Personne ne l'a reconnu. Dans le quartier où habite Kornfeld non plus. Nous avons interrogé le boucher, l'épicier, les voisins. Que dalle. Maintenant, prépare-nous un petit déjeuner. Tu es très jolie le matin. Pourquoi est-ce que tu te maquilles ?

– Quoi ?

– Tu es bien plus jolie sans maquillage. Je vais prendre une douche. »

Comme d'habitude, son réfrigérateur était vide. Dans le congélateur, elle trouva un demi-paquet de maïs en grains et une pita. Dans le bac à légumes, il ne restait qu'une tomate, molle mais pas pourrie. Elle mélangea le maïs et la tomate coupée en morceaux avec deux œufs. De quoi faire une omelette. Elle décongela la pita dans le four et prépara deux autres chocolats chauds. Après avoir partagé l'omelette et la pita en deux, elle se sentit très fière.

Rony entra dans la cuisine en pantalon mais torse nu. Il s'était rasé et avait les cheveux mouillés. Il regarda les assiettes et demanda : « C'est quoi ? » Sous sa poitrine d'adolescent, une ombre suggérait des côtes à fleur de peau. Quelques rares poils clairs prenaient naissance sur la clavicule et descendaient jusqu'au nombril. Deux grains de beauté ornaient son ventre plat et blanc.

« Je vais te chercher un sweat-shirt pour que tu ne prennes pas froid », lâcha-t-elle, gênée.

Il détourna la tête, conscient de son embarras, et saisit un plateau qui traînait sur le plan de travail. Il y déposa les assiettes et les tasses, la rejoignit dans la chambre à coucher, s'allongea sur le duvet et posa le petit déjeuner sur la table de nuit. Ensuite, il pêcha les grains de maïs qui agrémentaient l'omelette, en dessina de grands cercles tout autour des seins de Lisie et lui en décora le ventre. L'œuvre d'art une fois achevée, il lapa un à un les grains en murmurant : « C'est bon, c'est bon. » Les muscles de Lisie se tendirent, elle sentit son corps qui s'offrait et se pressa contre lui, le prit en étau entre ses jambes, longues et puissantes.

Ils se douchèrent ensemble – c'était la première fois qu'elle se douchait avec quelqu'un. De l'eau gicla partout, sur le sol, les murs, et leurs reflets apparurent déformés dans le miroir mouillé.

« Je voulais me mettre quelque chose sous la dent cette nuit et je n'ai rien trouvé. Heureusement.

– Quoi ?

– Que je n'ai pas découvert le maïs.

– Je dois aller au supermarché. J'en rachèterai. »

Il éclata de rire.

« Je t'accompagne. J'adore faire les courses dans les grandes surfaces.

– Comment refileras-tu à Bentsi ce que nous avons appris sur Carol Factory ? lui demanda Lisie après qu'ils se furent habillés tous les deux.

– Je ne sais pas.

– Tu ne pourras pas lui dire que tu l'as découvert grâce à mon ordinateur.

– Bien sûr que non. Je vais lui suggérer de vérifier l'enregistrement des terres du Prophète à l'office d'Occupation des Sols, et tant qu'à faire, on contrôlera les actes de propriété de tous les lots de la Maillerie. À notre surprise, nous découvrirons que Carol Factory ne possède rien.

– Il faut que je voie Oved Hanegbi. Tu crois qu'on me laissera entrer ?

– Il a repris conscience. Veux-tu à nouveau dîner à l'Escopéa ?

– Je ne peux pas manger là-bas tous les jours. Je ne suis pas une fille à papa.

– Moi, je suis un fils à papa. Je t'appellerai dans l'après-midi. »

Il sortit rapidement, claqua la porte derrière lui et elle l'entendit dévaler les escaliers. Il n'avait pas dormi de la nuit et bondissait comme un chevreuil ! Elle prit sa tasse de chocolat, alla se planter devant la fenêtre, la leva et fredonna pour elle-même : « Tu verras, on se retrouvera… » Rony fit démarrer sa grosse moto et partit en trombe, sans se retourner. Il était charmant, mignon, intelligent et elle se sentait bien avec lui. Il avait apprécié son corps, s'était permis de savourer lentement son plaisir, sans précipitation ni pression, et il l'avait laissée savourer son corps à lui. Comme les mots de « Je t'appellerai dans l'après-midi » étaient doux à entendre ! Elle se demanda combien d'« après-midi » ils auraient ensemble. Bon, tu auras vécu une courte aventure amoureuse avec lui, puis il disparaîtra, et alors ? se secoua-t-elle en allant nettoyer la salle de bains.

CHAPITRE XIV

Rony tint sa promesse et téléphona dans l'après-midi, mais pas ce jour-là, ni le lendemain. Trois jours plus tard. Lisie cessa de chanter « Tu verras, on se retrouvera... » pour se rabattre sur : « Fais comme l'oiseau, ça vit d'air pur et d'eau fraîche, un oiseau... ».

Elle passa les deux nuits qui suivirent leur dîner à l'Escopéa dans les parages du six de la rue Ketoura, à surveiller de sa voiture l'appartement de Luba, sans savoir au juste ce qu'elle attendait.

La jeune Russe rentrait le soir un peu avant sept heures avec la petite dans sa poussette. À leur première rencontre chez Batshéva, Lisie ne l'avait vue qu'assise dans le fauteuil ou accroupie à côté d'Alona, et ce ne fut qu'en l'observant dans la rue qu'elle remarqua combien elle était jolie. Elle avait une silhouette toute en courbes, des hanches étroites et de longues jambes musclées de danseuse. Ses cheveux blonds étaient coupés court et teints en orange, sans doute la contribution de Michel et Dona à l'intégration des nouveaux-immigrants. La brosse qui se dressait sur son crâne rayonnait d'une nuance cuivrée sous l'éclairage crépusculaire. La lumière s'allumait dans l'appartement pour s'éteindre à vingt et une heures. Il ne restait plus alors que le clignotement bleuté de la télévision. À vingt-deux heures trente, le salon s'allumait à nouveau et une ombre passait par intermittence devant la fenêtre. Ensuite, c'était l'obscurité. Luba ne sortait pas de chez elle, et ne recevait personne. Lisie rentrait à la maison, elle avait mal partout d'être restée si longtemps assise dans la voiture. Peut-être finirait-elle par capituler sous la pression de Dahan et acheter la Subaru qu'il essayait de lui refiler ?

Lorsque Rony téléphona au bout de trois jours, elle essaya de paraître indifférente. Il insista pour qu'ils prennent sa moto, lui promettant une expérience inoubliable. Arrivée à l'Escopéa, elle voyait des étoiles et tous ses membres étaient secoués de tremblements comme après un électrochoc.

Zylberman les accueillit avec la même discrétion feutrée qu'il réservait à ses clients préférés. Bien qu'il n'y eût dans le restaurant que trois autres tables occupées, il n'en fit pas trop. Lisie et Rony étaient aussi affamés et fatigués l'un que l'autre, et ils laissèrent au patron le soin de leur choisir le menu et le vin. Des petits canapés apparurent sur la table, un radeau de bouchées colorées destiné à les conduire dans un doux balancement vers le plat de résistance.

« J'ai un besoin urgent de vitamines, déclara Rony en mâchant un morceau de céleri.

– Bentsi est au courant de notre rencontre ?

– Non. Mais s'il l'apprend, eh bien, disons que je te drague. C'est permis, non ?

– Non. Que voulais-tu me raconter ?

– "Oh, terre, ma terre..." », lui chanta-t-il dans le creux de l'oreille. Son haleine la chatouilla et elle le repoussa. Il reprit : « J'ai été avec Ilan à l'office d'Occupation des Sols pour vérifier les actes de propriété du domaine de la Maillerie : Oved Hanegbi y possède sept dounams, Eldad Tarshish dix, Avishaï Tarshish dix, et Carol Factory zéro.

– Qui a eu l'idée d'y aller ?

– Bentsi.

– Quel génie !

– Je ne te le fais pas dire. »

Elle se demanda comment il s'était débrouillé pour qu'une illumination subite traverse tout à coup l'esprit de Bentsi.

Avec les renseignements obtenus à l'office, l'inspecteur principal avait été trouver son supérieur. Ils avaient décidé d'annoncer à Oved Hanegbi qu'il n'était plus considéré comme suspect et de convoquer Carol Factory pour interrogatoire.

« Tu parles d'une décision ! J'espère qu'Oved leur intentera un procès.

– Pour l'instant, il est sur un lit d'hôpital, incapable d'attaquer qui que ce soit en justice. En ce qui concerne Carol, elle est arrivée au commissariat escortée par son mari, ses deux frères et l'avocat de la famille.

– Tu as assisté à l'interrogatoire ?

– Oui.

– Comment ça se fait ?

– À cause de l'affaire Kornfeld.

– Bentsi a accepté ?

– Elisha Karnapol, pardon, pardon, le commissaire divisionnaire Elisha Karnapol était avec moi. En bref, Carol Factory a fait une crise en découvrant qu'elle n'avait plus de terres, ni à la Maillerie ni ailleurs. Elle a crié que c'était impossible, comment pouvait-on inventer une chose pareille, bien sûr qu'elle avait des terres, qu'est-ce que ça voulait dire qu'elle n'en avait pas, pourquoi aurait-elle vendu un bien qui allait changer de statut et devenir une mine d'or ?

« L'avocat a téléphoné aux directeurs des banques qui ont fait main basse sur ses terrains. Ceux-ci ont confirmé la saisie des lots de Mme Factory et assuré que cela s'était fait en bonne et due forme et en toute légalité puisque Yéhouda Kornfeld, le propriétaire des biens en question, n'avait pas honoré ses dettes.

« Une fois remise de son choc, Carol Factory a fait répondre par son avocat qu'elle ne savait pas qui était ce Yéhouda Kornfeld, qu'elle n'avait jamais entendu ce nom, et que donc, *a fortiori*, elle ne lui avait jamais vendu quoi que ce soit. Elle réclame la restitution immédiate des biens que les banques, avec une irresponsabilité effarante, se sont empressées de saisir sans même prendre la peine de téléphoner aux premiers propriétaires ou de vérifier les transactions. Mme Factory n'était pas une inconnue, et les banquiers auraient facilement pu la retrouver s'ils en avaient fait l'effort. Voilà qui allait leur coûter cher. Non seulement elle exigeait ses terres, mais encore des dommages et intérêts pour leur négligence et le préjudice moral subi.

« Les banques se retrouvent dans une situation terriblement délicate. D'un côté, elles sont face à un vendeur qui affirme ne pas avoir vendu, et de l'autre, à un acheteur qui affirme ne rien avoir acheté. Eh oui ! Mme Factory n'a pas vendu et Kornfeld n'a pas acheté. Il nie farouchement avoir demandé à la banque quelque prêt que ce soit.

« Une image plus ou moins similaire ressort des premières investigations dans les établissements bancaires et chez l'avocat de Jérusalem qui s'est occupé des démarches légales de l'opération et de l'enregistrement des terrains au cadastre. Il ne faut pas oublier que les témoignages ont été recueillis des mois après la signature des actes, et que les témoins n'avaient aucune raison particulière de se souvenir des différents protagonistes.

« Yéhouda Kornfeld, un diamantaire américain qui était revenu au pays après avoir longtemps vécu aux États-Unis, se déplaçait en limousine de location et accompagné du propriétaire terrien, un certain monsieur Carol Factory. L'"acheteur américain", de taille et de poids moyens, portant toujours costume et cravate, paraissait plus jeune que son âge, n'avait aucun signe distinctif sauf son immense limousine et ne connaissait pas grand-chose au marché financier israélien. Le "vendeur" était vêtu d'une veste de daim brune et portait des Ray-Ban. Son teint hâlé donnait l'impression qu'il était agriculteur, mais cette impression pouvait aussi être mise sur le compte de ce qu'il était propriétaire terrien. Taille moyenne, poids moyen, aucun signe particulier. La stagiaire se souvient que le vendeur, M. Factory, portait des chaussures Méphisto brunes, parce que son mari avait exactement les mêmes. La photo du cadavre du Fiancé a été présentée à tous les gens interrogés, mais aucun ne l'a reconnu comme étant l'une ou l'autre des parties.

« Mme Factory a été libérée au bout de cinq heures d'interrogatoire, mais convoquée à nouveau pour la semaine prochaine. Nos investigations et les vérifications de la famille font ressortir que partout, la transaction a été effectuée de la même manière. Il y a environ un an et demi, un homme, qui s'est présenté sous le nom de Carol Factory, a vendu tous ses lots – à la Maillerie, à Rishon et à Migdal – à un acheteur du nom de Yéhouda Kornfeld. Lorsque l'avocat de Jérusalem qui s'est occupé du contrat s'est renseigné auprès de l'office national d'Occupation des Sols, on lui a répondu qu'effectivement Carol Factory possédait des terres à ces endroits-là, enregistrées à son nom en bonne et due forme. Certes, les interlocuteurs semblaient parler du propriétaire comme s'il s'agissait d'une femme, mais M. Carol avait souri en affirmant que la confusion était fréquente et pourquoi l'avocat se serait-il méfié ? Il se souvenait très bien de cette conversation au sujet du prénom : son client – qui s'était plaint de l'originalité de ses parents qui lui avaient choisi un nom d'origine étrangère et généralement destiné au sexe féminin – lui avait raconté que partout, à la maternelle aussi bien qu'à l'armée, on l'avait toujours compté avec les filles, ce qui l'obligeait systématiquement à justifier sa virilité.

« Donc, l'avocat s'est retrouvé en face de Carol Factory, qui voulait vendre, et de Yéhouda Kornfeld, qui voulait acheter et en avait les moyens. Les documents présentés étaient tous authentiques et prouvaient tous qu'effectivement Carol Factory était bien le propriétaire des lots. D'autre part, la banque avait confirmé que Yéhouda Kornfeld possédait un compte à tel numéro dans telle succursale à Ramat-Gan. L'avocat avait donc préparé l'acte de vente, sa stagiaire avait obtenu toutes les autorisations requises. Les deux parties s'étaient partagé les frais d'avocat, et il n'avait plus jamais entendu parler d'eux.

« Les actes de propriété en main, Yéhouda Kornfeld, diamantaire aisé et respectable qui était rentré au pays après avoir passé vingt-cinq ans aux États-Unis, avait rencontré le directeur de la banque choisie, y avait ouvert un compte et demandé un prêt pour l'achat d'un appartement. La banque avait bien sûr exigé une garantie, et ce cher Kornfeld lui avait montré l'acte de propriété du terrain qu'il avait acheté à Carol Factory en le lui proposant comme caution. En tout, Kornfeld a reçu, pour tous les appartements qu'il prétendait vouloir acheter, des prêts bancaires à hauteur d'un million quatre cent mille shékels. Toutes les banques se sont discrètement renseignées sur l'identité de ce nouveau client, sur ses biens et l'authenticité des actes fournis, et tout s'est avéré conforme. Yéhouda Kornfeld, domicilié à Ramat-Gan et travaillant à la bourse aux diamants, possède des biens en Israël et aux États-Unis. Le fait qu'il ait décidé d'acquérir un appartement luxueux leur a semblé naturel, et des problèmes de liquidité, qui n'en a pas, comme chacun sait.

« Après avoir obtenu les prêts dans chacune des banques, notre Yéhouda Kornfeld se volatilisa. Bien qu'inquiets, les directeurs des différentes succursales préférèrent garder un profil bas. Au maximum, ils taxeraient le diamantaire américain à un taux compensatoire, d'autant plus que les garanties qu'ils avaient en main suffisaient à couvrir l'emprunt, même à intérêts composés. Comme c'est l'usage, ils envoyèrent des lettres de réclamation à leur client, lequel protesta vigoureusement contre le harcèlement dont il était victime et les aberrations qui entachaient sa réputation. À cela aussi, rien d'inhabituel. Les banques menacèrent de saisir les terrains qu'il leur avait donnés comme garantie, ce à quoi Kornfeld répondit qu'en ce qui le concernait, on pouvait saisir tout Israël car il n'avait pas de terrains et n'en avait jamais eu. Les banques attendirent six mois et mirent leur menace à exécution. Elles ne versèrent pas de larmes, Yéhouda Kornfeld non plus et je suis prêt à parier que celui qui a empoché le million quatre cent mille shékels n'en versa pas non plus.

« L'avocat de Mme Factory a informé les trois banquiers que sa cliente exigeait la restitution immédiate de ses biens. Maintenant qu'elles ont compris que leur débiteur a disparu dans la nature avec leur argent, les banques ne se réjouissent pas à l'idée de devoir restituer les terres et de payer, en plus, des dommages et intérêts. Les négociations entre les parties ne font que commencer, mais ils arriveront certainement à un compromis.

Aucune banque ne veut passer pour un établissement irresponsable qui bafoue la confiance de ses clients. Et les familles Tarshish et Factory sont de très gros clients.

– On t'a laissé assister à l'interrogatoire ?

– J'étais assis dans une autre pièce et j'ai tout suivi sur une télévision en circuit fermé.

– De quoi est-elle accusée ?

– Pour l'instant, on en est encore au stade de l'enquête. On cherche un lien entre l'histoire des terres dans laquelle apparaît le nom de Yéhouda Kornfeld, celle des diamants, dans laquelle Yéhouda Kornfeld apparaît aussi, et le Fiancé, qui a été retrouvé à la Maillerie en possession – de nouveau ! – des papiers d'identité de Kornfeld.

– Se peut-il que Carol Factory soit liée à tout cet imbroglio ?

– Je ne sais pas. Pendant l'interrogatoire, elle était déchaînée. Ilan l'a questionnée avec une patience de fakir. Calme, poli, rien que de la bonne volonté et de la compassion. La seule chose qu'il n'a pas faite, c'est de lui caresser la tête. Il lui a tendu une très très longue perche.

– Sans résultat.

– Je sais qu'elle t'a menti au sujet de la radio, mais n'oublie pas que son mari a été arrêté le même jour, à cause du bordel qu'il a foutu au Pélican bleu. Elle ne donne pas l'impression de jouer la comédie. Et puis, il n'y a pas de mobile. Pourquoi vendrait-elle ses terres ?

– Pour soutirer de l'argent aux banques.

– Ses terres vaudront beaucoup plus une fois que leur statut aura changé. Les investissements attendus dans la zone franche sont chiffrés à un milliard de dollars. C'est une mine d'or. Il faudrait être fou pour vendre justement maintenant. Bref, nous voilà revenus à la case départ : nous avons une "non-vendeuse" hystérique et un “non-acheteur” qui nous fait une dépression nerveuse.

– Comment son mari a-t-il réagi ?

– Il a essayé de la calmer. La plupart du temps, il lui tenait la main.

– Touchant. Ce qui ne l’empêche pas de la tromper.

– Tu n’es au courant que d’une aventure. Cette Riki dont tu m’as parlée.

– Je suis sûre qu’il est simplement devenu plus prudent à cause du beau-père.

– Que la famille Tarshish ne l’apprécie guère, ça n’a pas été difficile à voir. Mais Carol et Dave sont vraiment des alliés. Main dans la main, et avec de la poigne de part et d’autre.

– C’est une sportive.

– Oui. L’interrogatoire l’a révélé. On lui a demandé où elle était le soir du meurtre. Il est apparu qu’elle se rend à un club de musculation trois soirs par semaine et que les deux autres soirs, elle fait du jogging. Ils ont une fille de quatorze ans qui court parfois avec sa mère. »

Lorsque Lisie eut terminé de boire son café et Rony son thé, Zylberman proposa de leur offrir un digestif. Rony choisit un calvados et Lisie un drambuie. Le patron grimpa sur la chaise qui se trouvait derrière le comptoir et descendit les bouteilles d’un rayonnage.

« Pour retirer l’ampoule du poteau électrique, le meurtrier a dû se servir d’une grande échelle. Une telle échelle n’entre pas dans une voiture normale. Il faut une camionnette ou même un camion, dit soudain Lisie.

– Ou une pierre.

– Non. Une pierre aurait fait du bruit, Oved Hanegbi aurait entendu et serait sorti de son bus pour voir ce qui se passait. Or il a été tabassé à l’intérieur. As-tu entendu quelqu’un mentionner des bris de verre retrouvés dans les parages ?

– Il y a des questions que je peux difficilement poser. Je suis censé m'intéresser aux diamants de Kornfeld, pas au meurtre. Bien qu'il y ait peut-être un lien. »

La boisson avait fait rougir ses joues. Il souleva une mèche de cheveux sur la tempe de Lisie et toucha sa boucle d'oreille.

« Tu portes toujours de grands anneaux.

– Oui.

– C'est parce que tu es grande ?

– Oui. » Ces doigts légers qui effleuraient sa peau, entre le cou et l'oreille, la troublèrent.

« Ton rouge à lèvres est parti. »

Lisie attrapa son sac et commença à farfouiller dedans. Rony posa sa main sur la sienne et l'arrêta :

« Non, non. Je te l'ai déjà dit, tu es plus jolie sans. » Il lui caressa les lèvres de l'index.

« On nous regarde.

– Et alors ? » Il tourna des yeux surpris vers le seul couple qui était encore attablé dans le restaurant et éleva la voix : « Nous sommes majeurs et vaccinés.

– Ne crie pas.

– Je crierai autant que je veux ! lança-t-il très fort. Ce n'est pas à toi de me dire si je vais crier ou non. »

Les clients baissèrent des yeux embarrassés sur leurs assiettes. Assis derrière la caisse, Zylberman ne leva pas le nez de ses comptes. Lisie décida de détourner l'attention de Rony avant qu'il ne lui fasse encore plus honte.

« Peux-tu rechercher sur mon ordinateur à qui a été vendu l'appartement d'Eytan Kinarti ?

– Bien sûr. » Il eut son sourire de vieux vicieux. Sa grande mâchoire monta et descendit rapidement. « Je suis fou de ta bécane. Les mains me démangent tant elle m'a manqué. »

Elle décida de ne pas lui parler de ses planques nocturnes en face de l'appartement de Luba. Attirer l'attention sur une nouvelle-immigrante sans papiers risquait de la faire expulser du pays, et si Lisie touchait à un cheveu de la protégée de sa mère, celle-ci ne le lui pardonnerait jamais.

Rony demanda discrètement à Zylberman d'apporter l'addition et paya : elle était son invitée.

« On va frotter nos deux brillantes cervelles l'une contre l'autre jusqu'à ce qu'il en sorte des étincelles. Et après, on ira se mettre au lit et on décernera à notre matière grise le prix qu'elle aura mérité. Y a-t-il du maïs ?

– Non. »

CHAPITRE XV

Eytan Kinarti fut enterré à côté de son père, Eliézer (Leizer) Kinarti. Le Fiancé eut enfin droit au nom que lui avaient donné ses parents. Quelques semaines séparaient la mort du père de celle du fils, et, par chance – si l'on peut dire que les morts ont de la chance –, la tombe voisine était encore libre.

Rachel Norberg avait fait le déplacement, en compagnie de sa fille Touta et de son gendre. Touta ressemblait à ce que Jean Seberg serait devenue si elle avait atteint la maturité. Des signes de la beauté de sa mère étaient encore visibles sur ses traits plus jeunes, mais les rides qui se creusaient sur son visage sans maquillage annonçaient la dégradation prochaine, et Rachel était comme un panneau réflecteur de la vieillesse qui l'attendait au détour du chemin. Son mari avait l'air d'un conducteur de bus à la retraite, avec un estomac qui débordait de sa ceinture basse, tel une grosse femme penchée sur la balustrade de son balcon. Outre ces trois-là, il y avait Yigal Tarshish, Ilan Bakhot et les employés des pompes funèbres. Lisie se dit que par sa présence, elle avait réduit un tant soit peu la sensation de solitude qui planait sur la cérémonie, dont le ciel gris et le vent froid accentuaient encore la désolation. Elle ne se souvenait pas d'un autre enterrement comme celui-là, sans voisins, sans amis, sans même de badauds. Le chantre récita la prière des morts et tous restèrent immobiles, visages fermés. Personne ne tenait de bouquet de fleurs à la main, et sur la tombe fraîche, les petites pierres furent déposées par les croque-morts – restés pour compléter *le minian** – et non par les parents du défunt. L'aridité du cimetière qui s'étendait sur un plateau hérissé de pierres tombales d'une couleur terreuse gris jaune, blessait le regard.

« Voudriez-vous passer chez moi vous reposer un peu et prendre un café avant de rentrer à Migdal ? demanda Lisie à Rachel Norberg tandis qu'elles se dirigeaient vers la sortie.

– Merci. Yigal Tarshish nous a invités.

– J'aurais aimé que vous me parliez un peu d'Eytan. Je ne le connaissais pas. Quel âge avait-il ?

– Quarante-sept ans, je pense. Il avait trois ans de moins que Touta. Et si vous veniez avec nous chez Yigal ?

– Il ne m'a pas invitée.

– Nous ne resterons qu'une demi-heure, une heure à tout casser. Juste pour nous rafraîchir un peu avant de repartir. Une longue route nous attend. Yigal, est-ce que ça t'ennuie si Aliza se joint à nous ? Elle veut qu'on lui parle d'Eytan.

– Viens, Rachel. »

Il passa un bras autour des épaules de la vieille dame et l'amena loin du nuage empoisonné que dégageait Lisie. Elle se demanda si la signification du « Viens, Rachel » était que oui, la pestiférée pouvait venir, ou que non, la pestiférée ne pouvait pas venir.

* Nombre minimal d'hommes nécessaire à toute cérémonie religieuse du culte juif (dix hommes). *(N.d.T.)*

Elle représentait l'Ennemi. Depuis des semaines, elle écrivait des papiers sur la fermeture de la Maillerie, le licenciement des ouvriers, les vigiles engagés par la famille Tarshish, les chiens de garde dans la cour. Le matin même, son article sur la mystérieuse façon dont les banques s'étaient approprié les terres de Carol Factory avait paru dans les *Nouvelles*. Lorsqu'elle avait demandé sa réaction à l'intéressée, celle-ci lui avait interdit de publier quoi que ce soit sur cette affaire, mais Lisie lui avait expliqué, ainsi qu'à son avocat, puis à Gdalia Ariéli, que trop de gens étaient déjà au courant – la police, les banques, l'office national d'Occupation des Sols, les juristes – et qu'il n'y avait aucune chance pour que le secret soit gardé. Ce qui n'avait pas empêché l'avocat de la famille de téléphoner au rédacteur en chef des *Nouvelles* pour bien lui faire comprendre que sa correspondante à Beershéva ne faisait que monter en épingle un événement qui n'en était pas un, que ces rumeurs risquaient de causer un tort irrémédiable aux Tarshish, car elles jetaient un doute sur leur statut de propriétaires légaux du domaine de la Maillerie et mettraient en péril leurs chances d'obtenir le marché de la zone franche. Il insinua que ses clients porteraient plainte pour publication mensongère avec tout ce que cela impliquait. Gdalia Ariéli, qui détestait les menaces plus encore que sa journaliste dans le Sud, avait décidé de publier l'information, non sans en avoir averti Lisie avec sa courtoisie habituelle :

« Vous êtes couverte, Badikhi ?

– Quoi ?

– Pour l'affaire de la dame de la Maillerie.

– Elle a été interrogée au commissariat. La police ainsi que la famille Tarshish ont mené leurs propres investigations auprès des banques et de l'office national d'Occupation des Sols. Il y a deux possibilités : soit elle a vendu, soit quelqu'un l'a fait en usurpant son identité. Ce qui est sûr, c'est que les terres ont été vendues par quelqu'un qui s'appelait Carol Factory et qu'ensuite les banques ont mis le grappin dessus.

– C'est sous votre responsabilité. Si vous faites quelque chose d'illégal, je ne prendrai pas votre défense.

– J'ai écrit qu'il était quasiment certain qu'elle ne savait rien de la transaction.

– Je vais enlever le "quasiment certain". Un filet de sécurité. »

Un filet de sécurité et la tonalité continue. Je vous remercie, vous aussi, monsieur Ariéli. Je vous souhaite aussi une bonne journée, monsieur Ariéli. Essayez de ne pas vous étrangler avec trop de crème glacée, monsieur Ariéli.

« Bentsi est furieux contre toi, lui souffla Ilan qui marchait à côté d'elle vers la sortie du cimetière.

– Quoi ?

– À cause de ton article de ce matin dans les *Nouvelles.*

– J'ai vu que le *Courrier* en a parlé aussi. Je me demande bien qui a refilé le tuyau à Adoulam.

– Sûrement pas moi. Tu n'as pas à m'en vouloir.

– Je ne t'en veux pas. Transmets à Bentsi que tant que cet emmerdeur a un informateur chez vous, je ne céderai ni à la pression ni à la menace.

– Il le tient sûrement de notre porte-parole.

– Votre porte-parole ne m'a rien dit, à moi. Avez-vous des suspects pour l'assassinat d'Eytan Kinarti ?

– Non.

– Ilan !

– Lisie, je te jure, crois-moi. Je n'ai rien entendu de nouveau. Nous sommes dans l'impasse.

– Le principal, c'est que vous ayez arrêté le Prophète.

– Rony Melzer te fait la cour, mon poussin ?

– Je suis une grande fille, mon petit cœur.

– Oui. Lui aussi est un grand garçon. Havatzéleth m'a questionné à son sujet. Quelqu'un de Soroka lui a dit qu'il vous avait vus dans un restaurant à Ashkélon. Alors, c'est vrai ?

– Oui. J'ai dîné avec lui dans un restaurant d'Ashkélon. C'est interdit ?

– Non, mon canard, bien sûr que non. Veux-tu que je l'invite vendredi soir chez ta mère ?

– Non !

– Où vas-tu maintenant ?

– Tu m'espionnes ?

– Lisie, calme-toi. On ne peut plus rien te dire, tu prends tout de suite la mouche !

– J'aimerais bien rester avec la famille, mais je ne suis pas sûre qu'Yigal Tarshish accepte que je les accompagne. »

Le salut surgit de manière inattendue. Touta, la fille de Rachel, dit à Lisie qu'elle acceptait son invitation : elle voulait prendre une douche, ses vêtements lui collaient à la peau, tout le sable de Beershéva était entré dans ses chaussures, ses cheveux, ses yeux. Et se doucher chez Yigal l'embarrassait. Lisie ne comprit pas pourquoi se doucher chez elle ne l'embarrassait pas, mais elle s'empressa d'accepter. Elle expliqua au mari de Touta où elle habitait, et ils convinrent qu'il passerait prendre sa femme environ une heure plus tard. Elle lui donna aussi son numéro de téléphone, pour qu'il puisse avertir de son arrivée.

« Où vas-tu ? demanda-t-elle à son beau-frère qui continuait à la suivre dans l'intention, apparemment, de se joindre à elles.

– J'avais pensé… » Il sourit, baissa le front afin de pouvoir lever vers elle des yeux suppliants, un vrai numéro de charme.

« Exclu. »

Il lâcha un petit rire. Elle le présenta à Touta :

« Mon beau-frère, le sergent Ilan Bakhot. C'est lui qui a interrogé Carol. On m'a dit qu'il avait fait preuve de beaucoup de tact et de générosité. Ilan, Touta est la cousine de notre regretté Eytan Kinarti. À bientôt, mon petit cœur. »

Pendant que son invitée se douchait, Lisie prépara le café. La vue de ses placards de cuisine regorgeant de victuailles la remplit d'aise. Elle avait des petits gâteaux, des mandarines et même des serviettes en papier. De quoi être vraiment fière.

Touta sortit de la douche. Son visage avait retrouvé une fraîcheur de bébé, ses cheveux étaient mouillés et des gouttes ruisselaient sur sa robe.

« Ça fait du bien. D'ici à ce qu'on arrive à la maison, je serai à nouveau crasseuse. Croyez-vous en Dieu ?

– Quoi ?

– Il doit bien y avoir une signification à notre existence, non ? Un but.

– Je ne sais pas.

– Bien sûr, nous ne sommes que des grains de poussière face à l'éternité, mais le temps qui nous est imparti, la vie elle-même, à quoi est-elle destinée ? Devons-nous avoir une influence sur ce qui existe, ou le contraire ? Au nom de quoi, tous ces efforts ?

– Buvez votre café avant qu'il ne refroidisse. »

Touta sourit :

« Vous savez, c'est la réponse la plus intelligente que vous ayez pu me faire. Je crève toujours de faim après les enterrements. Ce n'est pas bien mais c'est comme ça. Je suis ravie que vous m'ayez invitée. Chez Yigal, ils vont parler de politique, d'économie et du temps qu'il fait. De tout, sauf d'Eytan.

– Ses amis ne sont pas venus à l'enterrement.

– Non. C'est exactement ce que je voulais dire. Il a vécu et est mort seul. Voilà pourquoi je m'interroge sur la signification de tout cela.

– De quoi ?

– De la vie ! Quand mon père est mort, la douleur a été tellement profonde ! Une sensation d'avoir raté quelque chose. Tout ce que je ne savais pas de lui et que je ne saurais jamais. Ensuite, j'ai perdu mon frère. Heureusement que mon père ne vivait déjà plus. Le sac s'est rempli encore plus, mais à l'intérieur, les morceaux se sont entremêlés. Moi, je vis encore et je me souviens encore. De mon père, de mon frère, d'oncle Leizer, d'Eytan. Mais qu'est-ce que je sais d'Eytan ? Rien ! Rien de ce qu'il pensait, ce qu'il ressentait, ce qu'il savait et ce qu'il ne savait pas, ce qu'il aimait et ce qu'il n'aimait pas. Y a-t-il d'ailleurs eu un être humain qui s'appelait Eytan Kinarti ? Les souvenirs que je garderai de lui dans ma mémoire ne seront que des bribes de bribes. Et lorsque je ne serai plus, elles non plus ne seront plus. Elles deviendront de la poussière qui disparaîtra. Alors à quoi aura servi son existence et à quoi sert ma mémoire ? Quelle est la signification de tout cela ?

– Il n'a pas d'enfants ?

– Il n'était pas marié.

– La mère d'Eytan n'a pas de famille ?

– Vous ne savez pas ?

– Quoi ? »

Touta dit *« Oïe, oïe, oïe »*, soupira puis à nouveau laissa échapper un *« Oïe, oïe, oïe »*. Ses cheveux commençaient à sécher et Lisie remarqua des fils d'argent qui se mêlaient aux mèches blondes.

« Avez-vous connu oncle Leizer, le père d'Eytan ?

– Pas personnellement. Je l'ai juste croisé. À la Maison de la Culture et à une course de chevaux qu'il avait organisée pour les Bédouins il y a quelques années.

– Oui. C'était sa passion, les chevaux. Il avait une jument, Sonia Hennie, qui est morte de sa belle mort dans notre cour, à Migdal. L'ironie du sort, c'est que lui était trop grand et trop costaud pour les courses de chevaux. Il pouvait faire de l'équitation mais pas disputer de compétitions. C'est pourquoi, à la place, il en a organisé. Tonton Leizer était l'incarnation du sabra : "Beau et à la chevelure fière." Le nectar de ce pays. Il y a un tableau de Nahum Gutman, trois combattants du Palmah pendant la prise de Beershéva. Le connaissez-vous ?

– Non.

– Cheveux ébouriffés, barbe hirsute. Le peintre a représenté les trois gaillards de Migdal : Yigal Tarshish, Oved Hanegbi et Leizer Kinarti. Comme s'ils venaient d'une même matrice et qu'un même destin les attendait. Mais en fait, ils étaient très différents. Ils avaient pour seul point commun d'être nés à Migdal. Comme si Migdal les avait marqués au fer rouge.

– Vous êtes institutrice ?

– Non. Pas du tout. Nous dirigeons une agence de voyages à Tibériade. Je parle comme une institutrice ? Ça doit être à cause des circonstances.

– Votre mère m'a dit qu'elle était le quatrième larron de la bande.

– C'est vrai. Elle était très proche de Leizer.

– Et de son fils, Eytan ?

– Nous l'avons très peu vu.

– La mère d'Eytan est morte ?

– Oui. »

Elle s'interrompit et Lisie eut peur que le mari ne débarque avant qu'elle n'ait pu la faire parler de son cousin. Elle se cala en arrière et se mua en ballot qui aurait été oublié sur une chaise. Au fil du temps, elle avait appris que les silences parvenaient à délier la langue de ses interlocuteurs aussi bien que les questions. Le silence effrayait la majorité des gens.

« L'amour des chevaux les liait. Leizer et sa femme, la mère d'Eytan. Elle était de ceux qui aiment les animaux plus que les êtres humains. Dans la famille, on racontait en riant que Tzipi avait rencontré Leizer lors d'une course hippique et avait décidé de l'épouser parce qu'elle avait eu le coup de foudre pour sa jument. Elle était arrivée en Israël en 1947, après un internement à Chypre. Elle venait du ghetto de Vilna, d'où elle s'était enfuie pour rejoindre le maquis avec Abba Kovner. Elle a passé presque toute la guerre chez les partisans. Faïga-la-Flamme, on l'appelait là-bas. À son arrivée en Israël, elle avait déjà l'expérience du combat, à la différence de la majorité des jeunes du Palmah. Pendant la guerre d'Indépendance, elle se battit dans le régiment des carabiniers qui participa à la prise du commissariat de Beershéva. Faïga-la-Flamme devint alors Tzipi-la-flamme*. Elle était de ces gens qui défient le danger comme les toreros défient le taureau, fascinés et attirés par lui. Toutes les nuits, elle hurlait comme un animal égorgé. Le jour, elle se battait pour n'importe quoi et détruisait ce à quoi elle tenait.

« Comme quoi ?

– Comme sa famille, par exemple. Son mari, son fils. Elle se battait toujours pour des mauvaises raisons et au plus mauvais moment. Elle est restée une partisane, même sous le *hamsin* de Beershéva. J'ai passé une nuit chez eux à l'occasion d'une excursion scolaire. Ç'a été une expérience traumatisante. Elle n'a pas crié longtemps parce que Leizer l'a réveillée, mais ses hurlements ont suffi à me dresser les poils du cul, pardonnez-moi

* Faïga (en yiddish) et Tzipi (diminutif de Tzipora en hébreu) sont deux mots dont la racine signifie : oiseau. *(N.d.T.)*

l'expression. Je me demande comment ils ont pu vivre ainsi. La nuit, elle était un être brisé, le jour une *binat el hawa.* C'est ainsi que les Bédouins l'appelaient : *binat el hawa.* Une fille du vent.

– Que faisait-elle avec les Bédouins ?

– Elle passait beaucoup de temps parmi eux. Elle calait Eytan sur son dos, comme une Bédouine, pour que l'enfant apprenne à vivre dans la nature, qu'il coure pieds nus avec les chèvres, qu'il dorme avec les chiens, qu'il soit un héros.

– J'ai entendu que son père l'était.

– Oui. Mais pas le gosse. Lui, c'était juste un gamin. Il avait peur des chiens, des chevaux, des chèvres, il avait même peur des poules des Bédouins. Chaque virée avec sa mère était un véritable cauchemar pour lui. Le père, ce combattant mythique du Palmah, ne comprenait pas ce qui effrayait tant son fils, pourquoi il pleurait, pourquoi il bégayait, pourquoi il faisait pipi au lit. Il essayait de lui transmettre les expériences qui avaient façonné sa légende, d'apprendre à l'enfant à monter à cheval, à nager, à chasser, à lancer des pierres, à pêcher à la ligne. Mais ils finissaient toujours par rentrer à la maison et retrouver les hurlements de Faïga-la-Flamme, un autre passé, des angoisses qui, pernicieusement, s'infiltraient jusque dans l'âme du gosse. Aujourd'hui, on appelle ça le syndrome de la deuxième génération, mais à l'époque, nous ne savions même pas que cela existait ou pouvait porter un nom. Que l'âme d'un enfant né à Beershéva pouvait se perdre dans les forêts et les marécages de Vilna.

« Tout ce que je vous raconte, je ne l'ai compris qu'après coup. Trop tard. Eytan avait deux parents héroïques et il n'était pas capable de l'assumer. Lui ne voulait pas être héroïque. Il voulait être un enfant. Jouer avec des petites voitures ou au ballon dans la cour, s'asseoir avec un livre, contempler les fourmis. Je vois bien ce que fait mon petit-fils ! Ce n'est que lorsqu'il arrivait chez nous à Migdal qu'il était enfin tranquille. Il se calmait, et, pendant quelques jours, ne mouillait plus son lit, arrêtait de bégayer. C'était vraiment de l'aide sociale, ce que nous faisions.

« Vers le milieu des années cinquante, un Allemand débarqua en Israël avec l'intention d'organiser un rallye dans le Néguev. Il avait déjà participé à des courses automobiles dans le Sahara et pensait qu'on pouvait créer la même chose dans le Néguev. Il s'était embarqué à Marseille avec sa Porshe, et à son arrivée, subjugua tous ceux susceptibles d'être subjugués par ça.

– Tzipi-la-Flamme.

– Oui. Elle était émerveillée par tout ce qui courait, cavalait et flambait, par tout ce qui ne restait pas en place. Dieu sait après quoi elle courait. Ce n'est pas un jugement, je m'en garderais bien. Elle avait vu des choses que personne n'a le droit de voir. Peut-être pensait-elle que rester à la maison sans bouger signifiait être complice. Elle n'avait pas compris que tout était fini, qu'elle ne devait plus défendre qui que ce soit. Je ne sais pas.

« À cette époque, les Allemands étaient encore très mal vus ici, et peu d'entre eux osaient venir en Israël. On les considérait avec défiance, on se renseignait sur leur âge, on vérifiait s'ils avaient pu être des nazis, eux ou leurs pères, on cherchait des informations. Et le grand-père ? Même ceux qui n'avaient pas directement souffert de l'Holocauste ne voulaient avoir aucun rapport avec ces gens-là.

– Ma mère est née en Égypte. Encore aujourd'hui elle dit : “Ces Allemands, maudits soient-ils” et crache. Moi, ça m'exaspère.

– Mais à l'époque, c'était encore tout frais. Pas comme

aujourd'hui. Tzipi-la-Flamme s'est entichée de cet Allemand et de sa voiture et les a suivis en Allemagne.

– Comment expliquez-vous ça ?

– Ma mère disait que Tzipi était partie en Allemagne comme quelqu'un qui a peur de l'eau va s'y jeter. Pour exorciser la peur. Cesser de se battre. Cesser d'être une partisane. Plonger la tête la première dans le merdier mais arrêter de hurler la nuit.

– Qu'est devenu Eytan ? Il est resté avec son père ?

– Après un échange épistolaire qui dura à peu près un an, Leizer l'envoya chez sa mère, en Allemagne. Ils s'étaient mis d'accord pour que le gamin reste avec elle jusqu'à l'âge de sa bar-mitsva, et qu'ensuite son père le reprenne en charge.

« Tzipi, qu'on recommença à appeler Faïga, accompagnait son deuxième mari dans tous ses rallyes, puis, petit à petit, elle en organisa, d'abord en Allemagne, ensuite dans toute l'Europe. Elle devint une personnalité importante dans ce milieu et gagna même beaucoup d'argent. J'ignore si elle avait cessé de hurler la nuit.

« Eytan retournait en Israël deux à trois fois par an. Bien évidemment, son père ne le récupéra pas après sa bar-mitsva. Il termina le lycée et ne revint vivre ici qu'après son bac, pour s'enrôler. Il fut incorporé dans la police militaire. En ce qui le concernait, l'endroit où il vivait lui importait peu, pourvu qu'il n'y retrouve ni son père ni sa mère. Je pense d'ailleurs que pour Eytan, les sévices de l'armée, c'était un camp de vacances en comparaison du traitement qu'il avait subi chez lui.

« Environ un an après son incorporation, sa chère maman vint lui rendre visite. Ils devaient se retrouver dans un hôtel aux environs de l'aéroport de Lod. Il passa la porte, tiré à quatre épingles, avec ses épaulettes blanches et ses boutons de cuivre briqués au décapant et se mit au garde-à-vous, ce qui déclencha chez Tzipi-la-Flamme une crise de fou rire. Complètement hystérique, elle n'arriva pas à se calmer. Jamais nous ne saurons ce qui l'a tant fait rire. L'uniforme, le salut imbécile, l'absurdité. Peut-être une peur d'un genre nouveau. Eytan fit cesser ce rire. Il sortit son pistolet et lui tira dessus, une balle en plein cœur. Elle mourut sur le coup.

– Oh, quelle horreur !

– Oui, quelle horreur.

– Comment se fait-il que je n'en aie jamais entendu parler ?

– Il a été jugé par le tribunal de Jérusalem et il était la seule famille de la victime en Israël. Quant à Leizer, il fit des efforts surhumains pour étouffer l'affaire, dans l'espoir qu'à sa sortie de prison, son fils réussirait à se réinsérer. Il y eut un arrangement avec le juge et Eytan fut condamné pour homicide involontaire et non pour meurtre. Il écopa de douze ans mais n'en fit que huit. À sa libération, il retourna en Allemagne, décision qui ne surprit personne. Même Leizer pensait qu'il valait mieux que le "gosse", qui avait presque la trentaine, essaye de tout recommencer à l'étranger et non dans un endroit où son front était marqué d'un œil de Caïn. Au début, Eytan fut soutenu à la fois par son vrai père et par son père adoptif. Mais au bout d'un certain temps, tous deux découvrirent que le jeune homme était devenu un joueur invétéré. Le père allemand coupa les ponts avec lui après qu'il lui eut volé de l'argent. Dans une tentative pathétique pour se "désintoxiquer", Eytan alla jusqu'à imprimer un tract avec son nom et sa photo et à le distribuer dans les casinos allemands en leur demandant de lui interdire d'entrer. À la réunification de l'Allemagne, il commença à faire des affaires en Europe de l'Est et par la même occasion, à jouer en Allemagne de l'Est, à Budapest, à Varsovie. Il avait un passeport allemand en plus de son passeport israélien. Chaque fois qu'il était dans la merde, il demandait de l'aide à Leizer qui répondait toujours présent tant il se sentait coupable envers son fils. Il a contracté des emprunts, cassé ses comptes épargne, il a même vendu sa voiture pour couvrir les dettes de jeu d'Eytan.

« Il y a un an et demi, lorsque Leizer est tombé malade, son fils est revenu. Il s'est arrangé pour mettre son père dans une maison de vieillards à Natanya et s'est loué une chambre tout à côté. Il a essayé de faire du commerce. De l'ambre de Pologne, des diamants de Russie, du granite de Tchécoslovaquie. Des rêves grandioses d'import-export à la mords-moi le nœud. Il a fini par retourner en Allemagne. Je ne l'ai revu qu'à l'enterrement de son père. Accompagné d'une pétasse teutonne. Ma mère a failli l'assassiner. *Oïe! Oïe!* Je n'aurais pas dû dire ça. En fin de compte, ce n'était qu'un gosse paumé. Personne ne mérite une telle mort.

– J'ai entendu dire que la fille était polonaise.

– Vraiment ? C'est possible. Tant mieux pour elle. Qui sommes-nous pour juger ?

– C'est vrai. »

La sonnerie du téléphone les fit sursauter toutes les deux. Au moment où Lisie décrocha, Touta lâcha un rire nerveux. À l'autre bout du fil, le mari annonça qu'il serait là dans cinq minutes environ et préférait que sa femme descende. Lisie accompagna son invitée en bas et attendit avec elle sur le trottoir.

« Tout n'est que hasard, déclara Touta, les yeux tournés vers la chaussée, guettant les voitures qui passaient.

– Quoi ?

– Si Leizer n'avait pas monté sa jument ce fameux jour, si sa jument s'était fait une entorse ou s'il avait eu la grippe, il n'aurait jamais rencontré Tzipi. Il y a de quoi devenir dingue, non ?

– Pardon ?
– Le pouvoir du hasard.
– Oui. Eytan avait-il des ennemis ?
– Visiblement.
– Jouait-il pour de l'argent en Israël ?
– Y a-t-il un casino en Israël ?
– Oui.
– Alors il jouait, c'est presque sûr. Mais s'il devait de l'argent à quelqu'un, cette personne voudrait récupérer ses fonds, non ? À quoi lui servirait d'assassiner son débiteur ?
– Je ne sais pas. A-t-il travaillé à la bourse aux diamants de Ramat-Gan ?
– Je n'en ai pas la moindre idée. Je vous l'ai dit, la dernière fois que je l'ai vu, c'était à l'enterrement de mon oncle.
– Connaissez-vous les gens à qui il a vendu l'appartement de son père ?
– Il me semble que ce sont des nouveaux-immigrants. Oui. J'ai été voir Leizer avec ma mère quand il était dans la maison de vieillards à Natanya, et il nous a raconté qu'Eytan avait vendu son appartement à des nouveaux-immigrants. Pourquoi ?
– Pour rien. Eytan a-t-il des héritiers ?
– Quels héritiers ? Il n'avait rien. *Oïe*, le pauvre. Un vrai paumé. Finalement, il a donné à Faïga-la-Flamme ce qu'elle attendait de la vie.
– Quoi ?
– Et il l'a payé cher.
– Je ne vois pas le rapport.
– Entre la mort d'Eytan et celle de sa mère ? La naissance peut-être. Qu'en savons-nous ? »
Le soleil apparut et chassa la grisaille qui avait pesé sur la ville pendant l'enterrement. Un break de couleur

marron stoppa à leur hauteur. Touta tendit à Lisie une main énergique :

« Je vous remercie.

– Il n'y a pas de quoi.

– Je pense que plus personne ne reparlera jamais d'Eytan Kinarti. » Elle entra dans la voiture et claqua brutalement la portière.

Lisie remonta chez elle, sortit le magnétophone de son sac et se rendit compte que la cassette s'était arrêtée un peu après le récit de l'assassinat de Tzipi par son fils. Elle inscrivit sur un carnet tout ce qu'elle avait retenu des propos de Touta. Cette habitude de tout consigner par écrit était, avec les années, devenue une seconde nature et les carnets constituaient ses certificats de garantie. Elle y inscrivait tout ce qu'on lui avait dit, sans résumer ni trier l'important du superflu. Ces carnets lui révélaient toujours des détails dont elle ne se souvenait plus ou auxquels elle n'avait pas prêté attention. Parfois une réflexion anodine lui sautait aux yeux et devenait de la dynamite, et parfois, à la lumière des événements, la dynamite devenait une simple remarque anodine. Elle sortit le carnet qu'elle avait déjà rempli de notes sur la grève de la Maillerie et la zone franche. À côté de chaque phrase, il y avait une date et le nom de l'intervenant. Elle décida qu'il était temps d'aller rendre une petite visite au Prophète. Sa chambre n'était plus sous surveillance, il avait repris connaissance et elle comptait sur ses sœurs pour que les infirmières ne l'enquiquinent pas.

Après avoir mis une nouvelle cassette dans son magnétophone et un nouveau carnet dans son sac, Lisie nettoya la table du salon, prépara un chocolat chaud et se planta devant la fenêtre de sa cuisine. Le sourire implorant d'Ilan clignota sur la vitre, se brouilla puis s'évanouit. Au cimetière, il lui avait dit quelque chose dont elle devait se souvenir. Quelque chose qui avait déclenché dans sa tête un concert de sirènes hurlantes. Au milieu de tous ses « mon poussin » et « mon canard », quelque chose d'important s'était glissé.

La mémoire lui revint soudain et elle s'assit devant sa table, les mains autour de sa tasse chaude. Ilan lui avait dit qu'on l'avait vue avec Rony à l'Escopéa. Quelqu'un de Soroka. La première fois qu'ils s'y étaient rendus, il n'y avait là-bas que des touristes. Deux tables de touristes arrivés avant eux et repartis avant eux. La deuxième fois, il y avait trois tables de gens qu'elle ne connaissait pas. En supposant que l'un d'eux l'ait reconnue, comment aurait-il pu savoir qui était son compagnon ? Rony débarquait à Beershéva et avait passé la majeure partie de son temps au commissariat ou chez elle. En supposant maintenant que ceux qui avaient parlé à sa sœur venaient de Tel-Aviv et donc connaissaient Rony, ils ne pouvaient pas la connaître, elle. Si Ilan savait qu'elle avait été à l'Escopéa avec Rony, c'est de Rony en personne qu'il le tenait. Ou de Bentsi. Mais bien sûr ! Ses beaux-frères et le détective s'étaient servis d'elle parce qu'ils n'avaient pas voulu demander au juge un mandat pour forcer les systèmes informatiques de l'office national d'Occupation des Sols.

Elle bondit sur ses pieds et alla enfouir son visage dans un torchon de cuisine en criant : « Non, non, non ! »

Elle essaya de se remémorer qui, d'elle ou de Rony, avait suggéré d'aller « titiller » son ordinateur. Non que ce fût important. L'important, c'était qu'elle avait été manipulée. Le détective-juriste ne pouvait pas se permettre d'entrer de manière illégale dans les ordinateurs de l'office, il l'avait donc fait de chez elle, à l'aide de son ordinateur à elle. Sans aucun doute avec la bénédiction silencieuse de Bentsi. Qu'avait-il dit lorsqu'il était arrivé au commissariat ce matin-là, épuisé par sa nuit blanche ? J'ai eu une intuition ? Un ange m'est apparu en rêve et m'a révélé que les terres de Carol Factory avaient été vendues ?

La police avait commencé à enquêter le matin même, dès l'obtention du mandat du juge : à l'office national d'Occupation des Sols pour vérifier le nom des propriétaires et dans les différentes banques pour avoir des détails sur les transactions et sur le rôle de l'avocat de Jérusalem. Toutes leurs investigations étaient basées sur les données que Rony Melzer avait recueillies chez elle. Ses sourires de vieux vicieux et ses « tu es plus jolie sans maquillage » n'avaient pour but que d'arriver à son Pentium 120. Le pire était qu'elle ne pouvait même pas s'en prendre à Bentsi. Lui, bien évidemment, nierait en bloc, alors qu'elle, la seule chose qu'elle y gagnerait, ce serait des ennuis puisqu'elle admettrait avoir transgressé la loi. Et alors, adieu les *Nouvelles du Sud !* Ce n'était pas un hasard non plus si seul Benni Adoulam du *Courrier* avait été informé par le porte-parole de la police. Bentsi savait qu'elle disposait de tout le matériel et qu'elle trouverait bien un moyen de le publier. Or, à ce stade de l'enquête, il ne voulait pas de conflits avec Adoulam. Il avait donc jeté un os en pâture à son concurrent et ne lui avait pas téléphoné à elle tout simplement parce qu'il savait *qu'elle avait déjà les informations.* Quelle proie facile elle avait été pour ces salauds ! Il ne viendrait à l'idée de personne de faire quelque chose d'interdit sur l'ordinateur du commissariat, mais sur celui de la belle-sœur, pourquoi se priver ?

Lisie se demanda si Ilan lui avait parlé pour l'avertir de ne pas prêter foi aux avances de Rony, ou si simplement il avait voulu dire quelque chose de gentil et avait dérapé. Ilan était très fidèle à Bentsi. Unis par alliance, ils étaient aussi amis et collègues et s'ils avaient eu à choisir entre femme ou beau-frère, ils auraient quasi certainement choisi le beau-frère. Ce qu'il lui avait dit était donc involontaire. Ce n'était pas la première fois que Bentsi la manipulait, mais dans le passé, il lui avait au moins annoncé la couleur… Lorsque Rony s'était approché d'elle à l'inauguration de l'Ess-Fast, il lui avait clairement dit qui l'envoyait. Bentsi n'avait pas délégué Rony pour lui demander de ne pas venir au commissariat mais pour prendre contact, arriver à son ordinateur et par là entrer dans des bases de données qu'il ne pouvait se permettre d'infiltrer du commissariat. Oui, le détective était venu à l'Ess-Fast mandaté par Bentsi et il avait joué cartes sur table puisqu'il lui avait dit : « C'est Bentsi qui m'envoie. » Elle avait entendu les mots sans en saisir le sens. Eh bien, Lisie Badikhi, tu es aussi conne que tu en as l'air.

CHAPITRE XVI

Munie du reçu de la caisse prouvant qu'elle avait bien réglé les frais, Lisie retourna vers l'employée qui lui donna un numéro et l'envoya s'asseoir sur un banc pour attendre son tour. Elle avait obtenu sans difficultés particulières les coordonnées du bloc et du lot correspondant à l'appartement n°3 du six de la rue Ketoura. Elle n'avait même pas eu besoin de mentir à la personne qui l'avait renseignée par téléphone et, forte de ces précisions, elle s'était rendue au cadastre. Elle attendait maintenant qu'on lui délivre le justificatif. Ce qu'elle avait envisagé comme le passage du cap Horn se révélait plutôt une course de sardines. De bureaux fermés en guichets ouverts, des agents immobiliers, des entrepreneurs, des stagiaires déprimés, des acheteurs et des vendeurs méfiants arpentaient les couloirs. Ils demandaient Pnina Lévy, le bureau numéro quatre, les toilettes, la caisse, s'enquéraient du retour d'Asher, s'étonnaient de l'augmentation subite de la taxe ou cherchaient la personne qui était tout de même habilitée à communiquer les coordonnées de tel ou tel appartement à loyer modéré.

Lorsque la secrétaire lui remit le document, Lisie se sentit comme une espionne qui venait de doubler l'agent double. Elle revint s'asseoir sur le banc et regarda le papier. L'immeuble sis au 6 rue Ketoura avait été construit en 1961. L'appartement n°3 avait appartenu à Eliézer Kinarti et Eytan Kinarti. En septembre 1995, il avait été vendu à Ludmilla Ketchak.

Lisie replia la feuille et la mit dans son sac. D'après ses calculs, la vente avait été conclue après le placement de Leizer Kinarti en maison à Natanya. Elle prit une profonde inspiration, appuya sa tête contre le mur et ferma les yeux. Elle avait l'impression d'être comme ces moines tibétains qu'elle avait vus sur la chaîne du Savoir et qui faisaient de la méditation pour se relaxer, évacuer toutes les pensées et se mêler au flux de l'univers cosmique afin d'atteindre la Clarté.

Quelqu'un s'assit à côté d'elle et le contact de sa cuisse la fit sursauter. Sa montre indiquait onze heures. Elle avait dormi une demi-heure sur le banc du cadastre. Les moines tibétains en savaient quelque chose, sur l'onirisme et la conscience ! La première chose à laquelle elle pensa une fois réveillée fut qu'à partir de maintenant, elle devrait agir seule, sans l'aide de quiconque. Si elle collaborait ouvertement (ou non) avec Rony ou Bentsi, ils lui dicteraient ce qu'elle pourrait (ou non) publier. Et pire encore, ils partageraient en toute franchise et équité le gâteau entre elle et Adoulam. La deuxième chose à laquelle elle pensa, c'était qu'elle devait rencontrer Luba. Âme et corps lui intimèrent d'aller au salon de coiffure de Dona et Michel.

Michel voulut lui faire des mèches. Devant son refus, il céda à contrecœur, se rabattit sur un « carré dégradé » qui était revenu à la mode et l'envoya se faire laver les cheveux.

Luba fut ravie de retrouver la fille de Batshéva et lui frotta énergiquement la tête. Ses bracelets cliquetaient sur son bras et l'odeur de son corps qui se concentrait dans l'intervalle qui les séparait créait une intimité étouffante. Elle allait bien, merci beaucoup, Alona aussi, merci beaucoup, Batshéva aussi, merci beaucoup. Lisie attendit que la Russe en finisse avec le shampooing parce qu'elle voulait voir son visage. Elle se leva et lui fit face, une serviette mouillée enroulée en turban autour de la tête.

« Le mort découvert à la Maillerie s'appelait Eytan Kinarti, lui dit-elle. Le fils de Leizer Kinarti.

– *Chto ?* »

Lisie répéta ses paroles de diverses manières et expliqua qu'il s'agissait de l'homme qui avait vendu à Luba son appartement rue Ketoura. Chaque fois qu'elle prononçait le nom d'Eytan Kinarti, elle passait une main sur son cou pour bien faire comprendre à son interlocutrice qu'elle parlait d'un homme mort. Luba la considéra comme si elle était folle. Elle commença par sourire, puis ricana, répéta les mots, mais voyant que Lisie continuait sans relâche à revenir sur le geste qui indiquait la mort, elle adressa un appel au secours muet à Michel et à Dona et murmura : « Comprends pas, comprends pas. »

« Qui a acheté l'appartement ?

– Mari à moi », dit Luba, qui réagissait à présent comme si elle était dans le bureau du K.G.B. Son beau visage se contracta et elle s'appuya sur le lavabo.

« Quand est-ce que votre mari a acheté l'appartement ?

– Après venue en Israël.

– Quand ?

– Un an et demi…

– Vous êtes arrivée il y a un an et demi ?

– Deux années.

– Direct Beershéva ? » L'hébreu de Lisie commençait à ressembler à celui de Luba.

« Non. Trois mois Holon.
– Où vous avez travaillé; à Holon ?
– Ménage.
– Où ?
– Ménage.
– Oui, j'ai compris. Où avez-vous fait le ménage ?
– Cinéma. Escaliers. Bureaux. Penthouses.
– À Ramat-Gan ?
– Holon.
– Seulement Holon ?
– Seulement Holon.
– Vous vous souvenez d'une adresse ?
– Non, je souvenir plus. » Les phalanges de la main agrippée au lavabo blanchirent.

Michel, qui les surveillait du coin de l'œil sans quitter sa place près du miroir, n'intervint pas. Peut-être pensait-il qu'elle interviewait sa shampouineuse en vue d'un article dans le journal.

« Qui a payé pour votre appartement ?
– Mari à moi.
– Combien ?
– Sais pas.
– Avez-vous reçu un prêt ?
– Non. Mari paye dans la main.
– L'appartement est enregistré au nom de Ludmilla Ketchak. Il vous appartient.
– Oui. Moi. » Le sourire qu'elle esquissa fit trembloter ses joues blêmes.

« Où il est, le mari à vous ?
– Russie.
– Vous avez son adresse ?
– Pourquoi vous demandez ?
– Vous avez une adresse ?
– Pas. Pourquoi demander vous ? »

Quelque chose d'obstiné envahit le beau visage. Lisie

comprit qu'elle avait atteint une limite qu'elle ne pouvait pas franchir. Luba semblait affolée. Peut-être croyait-elle que la journaliste était à la solde du ministère de l'Intérieur ? Espérons qu'elle n'ait pas assez de vocabulaire pour raconter à ma mère que je l'ai questionnée, se dit Lisie.

« Comment se passe son intégration chez vous ? demanda-t-elle à Michel pendant qu'il coupait sa tignasse bouclée.

– Très bien. Elle est sérieuse et charmante. Les clients l'apprécient beaucoup et lui laissent de bons pourboires. Elle est habile de ses mains. Et nous aussi, nous l'encourageons. De temps en temps, nous la laissons faire des brushings. Nous lui avons donné son lundi pour qu'elle puisse rester avec sa fille et faire toutes ses courses. Moi, je crois en : “Ceux qui ont semé dans les larmes récolteront dans la joie.”

– Quoi ?

– Celui qui donne est toujours payé en retour.

– Sa fille devra aller à la crèche, à l'école. Luba ne pourra pas rester éternellement sans papiers. Je ne vois pas en quoi aller faire une déclaration de perte au commissariat constitue un problème. On lui en fera d'autres. Vous a-t-elle parlé de son mari ?

– Non. Pas un mot. Et nous respectons son silence, qui est d'or. Elle n'a pas envie d'en parler. Une femme qui a été plaquée par son mari est comme un navire qui dérive sans capitaine. »

Lisie remarqua que Michel s'exprimait comme sa tante Clara. Elle se demanda s'ils se connaissaient. Sans doute. Tous les anciens de Beershéva se connaissaient.

« Et s'il était parti parce qu'il avait des problèmes d'argent ? Peut-être est-ce un type du genre flambeur ? Heureusement qu'il a eu le temps de lui acheter un appartement, dit-elle.

– Eh bien justement à cause de cet appartement, moi, je dis qu'il reviendra, déclara le coiffeur.

– À propos, est-ce que Jacquot, du magasin de meubles, fréquente encore les salles de jeu ?

– Il paraît. Dieu merci, je ne l'ai pas vu de mes propres yeux. Moi, à la rigueur, je fais un poker en famille quand nous allons voir le rabbin Méïr-Faiseur-de-Miracles, et encore, pour des clopinettes, juste pour m'amuser. Il finira mal, Jacquot. C'est une maladie. Rares sont ceux qui s'en sortent. Il a failli y laisser sa boutique de meubles. Il devait de l'argent à tous les commerçants de la rue et n'a pas payé le loyer du magasin pendant presque un an. Son propriétaire l'a menacé d'expulsion avec saisie sur la marchandise. Finalement, il a réussi à rembourser et à repousser la terrible échéance.

– Comment ? Il a gagné au jeu ?

– Personne ne gagne au jeu, Lisie. À part les propriétaires des tripots. Alors, qu'en dites-vous ? Dona ! »

Michel s'éloigna un peu, inclina la tête et examina la coiffure, agitant de ses mains l'air au-dessus des cheveux de sa cliente. Dona se planta à côté de lui et examina l'œuvre, elle aussi.

« C'est vraiment votre ligne, Lisie, déclara-t-elle. Ne laissez personne d'autre que Michel toucher à vos boucles. Il veillera à conserver cette ligne. Tu as opté pour un carré dégradé, c'est ça ?

– Oui », confessa son mari avec modestie.

Ravie de l'intérêt provoqué par ses cheveux, Lisie se sentit belle et importante. Elle paya, remercia Michel, laissa à Luba un pourboire exorbitant qui fut reçu avec un sourire chaleureux et rasséréné, puis traversa la rue en direction du magasin de Jacquot.

CHAPITRE XVII

Jacquot se trouvait au Pélican bleu lorsque Dave Factory avait tiré sur les bouteilles. Quelqu'un avait raconté qu'il revenait tout juste d'une virée dans les casinos de Taba, imbu de lui-même et plein de condescendance. Touta avait affirmé qu'Eytan Kinarti était un flambeur. Beershéva ne foisonnait pas de tripots. Il n'était pas exclu que Jacquot et Eytan se fussent connus. Certes tous ceux qui avaient assisté à la scène du Pélican bleu avaient déjà été interrogés, mais la découverte du corps d'Eytan avait eu lieu le même jour. Qui sait, peut-être que personne n'avait remarqué le lien entre ces deux événements ?

Il était plus de quatre heures lorsqu'elle entra dans le magasin de meubles. Jacquot était en train de préparer du café. Elle n'avait rien avalé depuis le café et la mandarine qu'elle avait pris avec Touta.

La boutique proposait principalement des meubles de chambre à coucher. Des lits, des matelas, des commodes et des miroirs, de grandes armoires aussi, et l'envie la saisit soudain de venir habiter là. Au lieu de changer de voiture, elle se servirait du prêt que Dahan lui proposait pour renouveler l'ameublement de sa chambre à coucher. Un immense lit double, et un miroir qui la refléterait entièrement, de la plante des pieds jusqu'au carré dégradé. Elle se hâta d'évacuer cette pensée avant qu'elle ne prenne racine. Dans sa famille, les filles encore demoiselles n'achetaient pas d'immenses lits doubles s'il n'y avait pas de mari en perspective. Les célibataires qui convoitaient un grand lit sans avoir de fiancé s'attiraient le mauvais œil et s'exposaient à la vengeance de l'ange chargé des accouplements, ainsi qu'aux malédictions des sorciers. Lisie expliqua à Jacquot qu'elle désirait changer de matelas.

Le marchand la félicita car justement en ce moment, les matelas étaient en promotion et il les vendait avec une réduction pouvant aller jusqu'à trente pour cent, selon la qualité. Bien qu'il n'eût que du haut de gamme. Il lui proposa une tasse de café, et pendant qu'elle le dégustait, lui montra le catalogue.

De taille moyenne, il avait le visage en feu, comme quelqu'un qui serait resté trop longtemps sous un soleil tapant. Ses cheveux roux aussi semblaient avoir été brûlés. En remarquant ses yeux jaunes et trop brillants, Lisie se demanda s'il se droguait.

« Merci. J'étais ce matin à l'enterrement d'Eytan Kinarti et depuis, je n'ai eu le temps ni de boire ni de manger. Ce café ne pouvait pas mieux tomber.

– À la vôtre. En voulez-vous encore ?

– Non, merci. Le connaissiez-vous ?

– Kinarti ? J'ai connu le père. C'était un type bien, vraiment bien ! Vous n'en trouverez pas un sur mille qui lui ressemble. On n'en fabrique plus sur ce modèle, dans le pays.

– C'était un de vos clients ?

– Non. Il n'avait besoin que d'une pita et d'olives. Il était de cette race-là. Il donnait tout ce qu'il avait au premier minable venu et ne gardait rien pour lui. Ah, on n'en fait plus, des comme ça !

– Son fils lui était très proche ?
– Sais pas. Il n'a jamais vécu à Beershéva.
– Mais il est enterré ici, à côté de son père qui lui a d'ailleurs légué un appartement rue Ketoura. Et lui l'a vendu. Leizer est tombé malade et Eytan avait besoin d'argent pour le placer dans une maison de vieux à Natanya. Aux dires du coiffeur Michel, le fils jouait.
– Michel traite tout le monde de joueur. Si vous jouiez à la toupie, il ferait courir le bruit que vous êtes une flambeuse.
– Il n'est pas impossible qu'Eytan ait vendu l'appartement de son père pour rembourser des dettes de jeu. Y a-t-il un casino à Beershéva ?
– Je n'en ai pas la moindre idée.
– Je crève d'envie d'en voir un, un jour.
– Allez à Taba. C'est légal, là-bas*. Un hôtel de luxe, sans toutes les emmerdes qu'on fait chez nous. Tu es leur invité donc tu es le roi. Pas comme ici.
– Vous-même vous êtes rendu à Taba il n'y a pas longtemps, d'après ce que vous avez raconté au Pélican.
– Oui, et alors ? C'est pas croyable ! La Histadrouth** a organisé pour ses membres un "week-end casino" au Hilton de Taba. Eux auraient le droit de jouer et moi pas ?
– On m'a raconté que vous aviez réussi à rembourser toutes vos dettes de jeu grâce au jeu.
– C'est vos oignons, mes dettes ? Vous êtes qui ? Le percepteur ? Ma femme ? Un huissier de justice ?
– Ne vous énervez pas. On parlait, c'est tout.
– Il pue, votre "c'est tout". Il y a toujours des enfoirés pour salir mon nom. Je bosse, moi. J'ai un commerce. Tout est réglo, je ne fais rien sous la table.

* Les casinos, en Israël, sont illégaux, ce qui a permis à la petite ville frontalière égyptienne de Taba de prospérer grâce à ses maisons de jeux. *(N.d.T.)*
** Confédération générale des travailleurs israéliens. *(N.d.T.)*

Pourquoi colporter de tels ragots ? Ça me fout mes affaires en l'air. Qui vous en a parlé ? Bentsion Coresh ?

– Non. Bien sûr que non.

– Dahan ?

– Non. Je ne me souviens plus.

– Sûrement Michel. Je vous ai vue entrer chez lui tout à l'heure. Quand ça vous arrange, vous vous souvenez, et quand ça ne vous arrange pas, vous ne vous souvenez plus. Ça raconte des crasses sur un honnête marchand et ça prend des airs de sainte nitouche.

– Qui peut m'indiquer où trouver un casino à Beershéva ?

– Vos sages beaux-frères.

– Ils ne s'occupent pas de ce genre de choses.

– Si.

– Je ne les mêle pas à mes affaires.

– Et moi oui ? »

Les doigts tigrés de taches de soleil floues feuilletèrent rageusement le catalogue. Des matelas de différentes couleurs défilèrent à toute vitesse sous les yeux de Lisie. Il plaqua sa paume sur une des photos. Le prix atteignait presque le montant de son salaire.

« Je ne peux pas me permettre de telles sommes. Désolée. Je ne suis pas une nouvelle-immigrante.

– Pourquoi ? Pourquoi parler comme ça ? » Il éleva la voix, les yeux brûlants. « Ils vous ont fait quoi, les nouveaux-immigrants ? Comment vous sentiriez-vous si en débarquant dans un nouveau pays, tout le monde disait du mal de vous ? Vous êtes entrée ici en tant que cliente, et moi, par principe, je respecte toujours mes clients, mais ça ne m'empêche pas de vous dire que vous devriez avoir honte.

– Je ne dénigre pas, je constate. Savez-vous qui a repris l'appartement de Leizer Kinarti ? Une nouvelle-immigrante ! La shampouineuse du salon de coiffure de

Michel et Dona. Elle en est propriétaire. Alors arrêtez avec les nouveaux-immigrants ! Vous auriez pu vous permettre d'acheter cet appartement ? Avec quoi l'a-t-elle payé ? Avec le salaire qu'elle gagnait à la Maillerie ? Les pourboires qu'elle reçoit au salon de coiffure ? Je n'ai pas pitié d'eux. Il n'y a aucune raison d'avoir pitié. Je suis sûre qu'en Russie, elle n'avait ni un aussi bel appartement, ni le genre de vêtements qu'elle porte, ni tous ces bijoux.

– C'est une jolie fille, bien roulée. Pourquoi n'aurait-elle pas de beaux habits ? Vous voulez qu'elle traîne en haillons ? Qu'elle dorme dans la rue ? Qu'elle ramasse des fruits pourris au marché ? Si elle mendiait avec sa petite fille dans les bras, vous auriez écrit dans votre torchon un article larmoyant sur les nouveaux-immigrants. Dès qu'une Russe est jolie, on la traite de pute. C'est de la jalousie. Et la bonté juive, dans tout ça ? En Russie, on les haïssait parce qu'ils étaient juifs, et en Israël, on les hait parce qu'ils sont russes. Oh vous, les journalistes ! Vous ne savez que traîner les gens dans la boue. Renifler la crasse et la merde. Demandez à votre mère combien elle a souffert quand elle est arrivée dans le pays et que tout le monde l'a accueillie en disant : "Marocain, tireur de couteaux". C'est la même chose. Vous, les journalistes, vous n'avez ni foi ni loi. »

Il criait et agitait les bras. Si elle n'avait pas été si imposante, il l'aurait sans doute mise à la porte de force. Elle n'osa pas lui dire que sa mère était égyptienne et non marocaine.

Ils avaient compris tous les deux que son matelas, elle ne l'achèterait pas chez lui.

« Je vais vous expliquer ce que je pense : elle lui a extorqué son appartement.

– Vous pouvez penser ce que vous voulez. Je n'en ai rien à foutre, de ce que vous pensez. »

Lisie inscrivit son numéro de téléphone sur une carte de visite qu'elle trouva sur la table.

« Si vous vous souvenez d'Eytan Kinarti, téléphonez-moi.

– Je ne peux pas me souvenir de quelqu'un que je ne connais pas. En plus, il est mort. Alors, vous voulez un matelas ou pas ?

– C'est plus cher que ce que je pensais.

– Je peux vous le faire en trois fois.

– Je vais y réfléchir.

– Vous me donnez un tiers en liquide, et le reste à crédit. La promotion ne dure qu'une semaine.

– Je reviendrai. Merci pour le café. »

Elle préféra ne pas comprendre ce qu'il marmonna en retour et sortit du magasin. Il était clair qu'elle ne reviendrait pas. Jacquot pouvait ne pas avoir connu Eytan Kinarti, malgré leur passion commune pour le jeu. Mais il connaissait Luba. Il savait qu'elle était jeune et jolie, et qu'elle avait une petite fille.

Une fois dans sa voiture, elle appela Mimie de la banque haPoalim, dans l'espoir que par miracle, celle-ci pourrait l'aider à découvrir qui avait signé le chèque pour l'achat de l'appartement rue Ketoura. Mimie partageait le même destin qu'elle : trop grande et trop grosse, elle avait l'air d'une vache et tenait toute la banque sous sa houlette. Elle était sous-directrice de la succursale depuis dix ans et Lisie craignait que jamais elle ne monterait plus haut, tout simplement à cause de son physique. À la différence de Lisie cependant, Mimie avait un mari et deux enfants, dont la photo était posée sur une étagère, derrière elle. Les deux femmes s'estimaient et se respectaient. Elles ne se dispersaient jamais en papotages inutiles, leurs impératifs professionnels étaient toujours bien définis et leur temps précieux.

« Puis-je obtenir des renseignements sur un chèque

qui a été émis l'année dernière ? demanda Lisie à Mimie au moment où celle-ci décrocha.

– Oui, mais c'est compliqué. Ça peut durer des semaines. Le chèque a-t-il été déposé chez nous ? Il faudrait un nom, une somme, une date.

– Je vais essayer d'obtenir ça. Avez-vous entendu parler de la vente fictive des terres de Carol Factory ?

– Oui. Les banques lui restituent tout.

– Vous en êtes sûre ? Avec des dommages et intérêts ?

– C'est en cours de négociation. Dieu merci, notre succursale n'est pas mêlée à ça.

– La banque haPoalim participera-t-elle à l'appel d'offres en zone franche ?

– Oui. Mais à condition d'obtenir tout le domaine de la Maillerie.

– Quoi ?

– Les quarante dounams. En un seul bloc.

– Y compris les lots de Carol Factory et du Prophète ?

– Exactement.

– Êtes-vous associés à d'autres investisseurs ?

– Je ne sais pas. Voulez-vous que je me renseigne ?

– Non, c'est inutile. Merci, Mimie.

– De rien. »

Un nom, une somme, une date. Elle ne savait ni qui avait financé l'appartement, ni combien il avait coûté, ni quand le chèque avait été déposé à la banque. Elle ne savait même pas s'il s'agissait de la banque haPoalim. Elle ignorait aussi pourquoi elle y attachait tant d'importance. Peut-être que son acharnement sur Luba venait de ce qu'elle soupçonnait la jeune femme de tirer bassement profit de la gentillesse de sa mère. Cela dit, le fait que le cadavre de la Maillerie fût celui de l'ancien propriétaire de l'appartement de Luba attisait ses soupçons, tout comme le mystère qui enveloppait le fameux

« mari à moi ». La pensée qu'elle pouvait faire appel au talent du petit informaticien de génie pour obtenir toutes les données bancaires lui traversa un instant l'esprit. Rony Melzer ne savait pas qu'elle avait compris la mission que lui avait confiée Bentsi. Qu'est-ce qui l'empêchait de retourner le jeu à son avantage ?

CHAPITRE XVIII

Lisie, qui venait d'économiser au moins trois mille shékels dans le magasin de Jacquot, se sentait en fonds. Elle entra dans le grand magasin du Mashbir et s'acheta une veste d'hôtesse de l'air bleu marine et un foulard en soie orné d'ancres et de barres de bateaux. Après lui avoir noué le foulard autour du cou avec une négligence étudiée, la vendeuse déclara qu'elle devait toujours mettre des foulards, qu'elle était une femme à foulards, que toutes les femmes ne l'étaient pas mais qu'elle était née pour les foulards, et qu'à sa place elle en achèterait au moins deux de plus pour pouvoir les accorder avec toute sa garde-robe. Lisie préféra ne pas décevoir cette charmante personne en lui révélant que ce qu'elle portait sur elle était à peu près « toute sa garde-robe ».

Elle prit sa voiture pour se rendre au siège de la Histadrouth de Beershéva et demanda à l'hôtesse d'accueil de la mettre en relation avec le responsable des programmes de vacances des comités d'entreprises. Le visage couvert par des boucles noires qui lui cachaient les yeux et tombaient sur ses joues comme un rideau, celle-ci parlait au téléphone. Avec sa veste de marque et son foulard, Lisie affichait une belle assurance. Elle avait investi dans son apparence et méritait d'en tirer partie.

Le visage baissé et toujours caché, le doigt déjà prêt à enfoncer la touche de l'autre téléphone, la jeune femme lui expliqua, sans la gratifier du moindre regard, comment arriver au bureau de Herzl Guivon.

Herzl Guivon, lui, apprécia ostensiblement son allure. Il lui serra la main avec cordialité et ses yeux, ceux d'un tour opérator expérimenté, l'examinèrent de la tête aux pieds, sans se soucier le moins du monde qu'elle s'en rende compte. Au contraire. Il considérait cet examen comme un compliment. Dans son bureau, il y avait des brochures partout, de voyages, d'hôtels, de restaurants et de sites de vacances. Un îlot de superflu dans la mer des coupes sombres que traversait en ce moment le syndicat.

« Lisie Badikhi, des *Nouvelles du Sud*, se présenta-t-elle.

– Oui, Lisie Badikhi, que puis-je faire pour vous ? Du café ou du thé ? Martha ! »

S'il était déçu qu'elle ne soit pas venue négocier l'achat d'un quelconque séjour touristique, il réussit à le cacher et garda sur son visage l'expression enthousiaste d'un homme dont le métier est lié aux plaisirs de la vie.

Du bureau adjacent surgit une femme d'une trentaine d'années, vêtue d'un ensemble pantalon moulant et qui arborait un sourire de garçon de café.

« Non, rien du tout, merci. Je ne reste que quelques instants », répondit Lisie.

Elle avait passé ses deux ans de service militaire à préparer le thé et le café pour ses supérieurs et depuis, elle s'efforçait de ne pas se faire servir par les secrétaires.

« Êtes-vous le voyagiste de tous les comités d'entreprises de la Histradrouth pour Beershéva ?

– Pour tout le Sud.

– Vous organisez des voyages en Israël et à l'étranger ?

– À l'étranger ! Chez nous, qui peut se permettre d'aller à l'étranger ? Une fois tous les cinquante ans il y a un congrès international, alors je m'en occupe aussi. Voyages Herzl Guivon et associés. C'est ce que vous avez sous les yeux. Pourquoi cette question ?

– Je ne suis pas venue dans l'intention d'écrire un article, monsieur Guivon.

– Vous pouvez écrire un article. Nous faisons de grandes choses dans ce domaine. Appelez-moi Herzl. Personne ne m'appelle monsieur Guivon.

– Récemment, vous avez organisé un week-end à Taba pour les employés de la Histadrouth.

– Pour les responsables syndicaux. Oui. Quatre-vingts personnes. Toute une logistique. Le chauffeur a été arrêté à la frontière. Un soldat avait oublié son chargeur dans le car. Mais tout est rentré dans l'ordre.

– Vous avez séjourné au Hilton de Taba ?

– Oui. Vous connaissez ? Un cinq étoiles, mais croyez-en mon expérience, s'il existait huit étoiles, il les aurait reçues, c'est moi qui vous le dis.

– Vos passagers étaient tous des responsables syndicaux ?

– Oui. J'avais pris un car à deux étages. Climatisé, avec boissons et musique de Gaby Berline.

– Vous êtes resté avec eux à Taba ?

– Bien sûr. J'étais responsable de tout le déroulement du séjour. Je les ai amenés et ramenés.

– On joue, là-bas, n'est-ce pas ?

– Bien sûr. C'est ça, le pied. Mais avant d'arriver, j'avais prévenu ma troupe que l'Égypte n'était pas la Turquie. Qu'ils devaient se comporter correctement, rester polis et ne pas miser plus haut que leur cul. Ils ont tous été formidables. Ils m'ont baisé les mains sur le chemin du retour.

– Vous aviez déjà séjourné au Hilton de Taba ?

– Des dizaines de fois. Avant et après la restitution du Sinaï. Là-bas je suis comme un poisson dans l'eau. Herzl, c'est un label de qualité pour eux. Ils savent que si Herzl est dans le coup, ils n'auront pas de problèmes. Il y a un responsable à qui ils peuvent s'adresser. Quelqu'un veut changer de chambre, il va voir Herzl et Herzl arrange ça. La direction se plaint d'un des touristes, elle va trouver Herzl et Herzl arrange ça.

– Quand vous y séjournez, y a-t-il d'autres clients dans l'hôtel ?

– Bien sûr. Des gens du monde entier. Des Scandinaves, des Allemands, des Japonais. Ils adorent le soleil, la mer et moi aussi, ils m'adorent. Je n'oublie jamais personne. Ni un visage ni un nom. Si je croise une Scandinave qui était là trois ans auparavant, c'est : "Salut Greta, *how are you*?" Je les rends dingues. Vous devriez les voir. Ils sortent de la plage comme des poulets rôtis et après le dîner, ils vont au casino avec une tonne de crème sur le visage pour calmer les brûlures. Ça ressemble à un camp de vacances pour Indiens. Vous êtes déjà allée à Taba ?

– Non, pas encore.

– Je vous le recommande. Voulez-vous que je vous prévienne la prochaine fois que j'organise une virée là-bas ? Il y a toujours quelqu'un qui annule en dernière minute et laisse une place disponible.

– Volontiers. Ça a l'air bien agréable.

– Agréable, c'est le moins qu'on puisse dire. Fiez-vous à Herzl. »

Lisie sortit de son sac la photo du cadavre d'Eytan Kinarti.

« Avez-vous vu cet homme au Hilton de Taba ? »

Herzl prit le cliché et le regarda au bout d'un bras tendu et levé, inclinant la tête, comme un médecin qui examinerait à la lumière une radiographie de poumons.

« Non. » Il ne lui rendit cependant pas la photo et continua à l'examiner. « Pas au Hilton de Taba. Ailleurs. Qui est-ce ?

– Un joueur.

– Un joueur. »

Il avait dit qu'il n'oubliait aucun visage et aucun nom, et elle espérait vivement qu'il puisse le lui prouver. Il ferma les yeux et se concentra. Elle prit son mal en patience, respira très doucement tout en se demandant si ce numéro avait pour but de cacher ou de retrouver ce qu'il savait. Beaucoup d'argent passait par ce petit bureau. Il ne mettrait pas son entreprise en péril pour satisfaire la curiosité de Lisie Badikhi du canard local, uniquement parce que la demoiselle portait une veste de marque toute neuve et un foulard en soie négligemment noué autour du cou.

« Comment s'appelle-t-il, avez-vous dit ?

– Eytan Kinarti.

– Ce n'est pas l'homme retrouvé à la Maillerie ?

– Si.

– Sait-on qui l'a tué ?

– Pas encore.

– Pourquoi me questionnez-vous à son sujet ? Qu'ai-je à voir avec ce type ? Ici, c'est le siège de la Histadrouth. La centrale des comités d'entreprises.

– On sait qu'il jouait. Il n'y a pas beaucoup de salles de jeu en Israël. À Taba, c'est légal. Vous y allez souvent, et on m'a vanté votre mémoire exceptionnelle. J'ai pensé que vous l'aviez peut-être croisé. »

Il tendit à nouveau le bras pour éloigner la photo de ses yeux.

« Je sais où je l'ai rencontré. Sur le *Dancing Mathilda*.

– Quoi ?

– Je me déplace beaucoup pour dénicher de nouvelles destinations à proposer à nos membres. Le *Dan-*

cing Mathilda est un bateau qui part d'Eilat et croise en mer Rouge. Un tripot flottant. Vous n'en avez jamais entendu parler ?

– Non.

– On fait une traversée de quelques heures, on y laisse son livret d'épargne logement, on rentre à la maison et on divorce. Pas pour nous tout ça. Je n'embarquerai jamais mes troupes dans une telle machine à plumer. À Taba, on peut venir avec les enfants, se baigner, bien bouffer. Jacuzzi, etc. Il n'y a pas que le jeu, comme sur le *Dancing Mathilda.* Des gorilles à l'entrée et de pauvres orphelines accoudées aux tables. Pas le genre comités d'entreprise. Moi, j'offre de la classe, et les gens se comportent avec classe. Si je leur donnais de la merde, ils se comporteraient comme de la merde. Croyez-en mon expérience.

– Et c'est là-bas, sur cette espèce de dancing, que vous avez croisé Eytan Kinarti ?

– Oui. Je voulais juste voir à quoi ça ressemblait. Une fois m'a suffi.

– Qui d'autre avez-vous rencontré là-bas ?

– Il y avait du monde. Une bonne cinquantaine de passagers. Sans compter le personnel et les gorilles.

– Jacquot était-il du voyage ?

– Quel Jacquot ? Jacquot Bakhar ? » Il sembla soudain vouloir gagner du temps.

« Jacquot des meubles.

– Laissez-moi me rappeler. Il me semble que oui. Oui. Il y était.

– Vous le connaissez ?

– Si je connais Jacquot ? Mais je ne connais que lui ! Nous avons grandi ensemble dans le même bidonville. Et vous savez, contrairement à tout ce qu'on dit, ce fut une enfance merveilleuse. On formait une bande, on se cachait au fond du wadi. Avec les Bédouins. Le shabbat on se retrouvait à la synagogue avec des chemises bien repassées et des kipas. Quand je vois les gosses d'aujourd'hui, entre l'ordinateur et la télévision, je les plains.

– Jacquot accompagnait-il Eytan Kinarti sur le *Dancing* ?

– Ça, je ne sais pas. Je sais qu'ils s'y trouvaient en même temps, puisque je n'y suis pas retourné une seconde fois.

– Avec qui étaient-ils ?

– Je ne sais pas. Quand j'ai vu Jacquot, ça a été des "salut mon pote", de la joie, des embrassades. Il m'a demandé de ne pas raconter à Beershéva que je l'avais rencontré sur ce bateau. Il avait peur de Régina, sa femme. D'ailleurs, vous, j'espère que vous n'en parlerez pas.

– Bien sûr que non. Je m'intéresse à Eytan Kinarti, pas à Jacquot.

– Ensuite, Jacquot est entré dans la salle de jeux et je ne l'ai pas revu. Moi, je ne joue jamais, par principe. Je suis resté sur le pont quasiment désert. Il y avait aussi une Russe. Ça va avec le jeu, les jolies poupées russes. Peut-être était-elle avec ce type, Eytan… non, pas avec lui. Jacquot est resté à l'intérieur, il jouait. Eytan aussi. Sur le pont, il n'y avait que quelques personnes, dont cette Russe. Ils servaient du kir royal à ceux qui étaient dehors et ne jouaient pas. Pourtant, il me semble bien qu'elle avait embarqué avec Jacquot et son ami. Elle est peut-être venue avec eux et ils l'ont laissée seule dehors. Comme je me suis baladé un peu dans le bateau, je n'ai pas vraiment fait attention.

– Elle est restée toute seule ?

– Pas longtemps. Il y a là-bas une sorte d'excitation due au champagne. Ça papote, ça rit, ça flirte. Êtes-vous déjà montée sur un tripot flottant ?

– Non. Comment et où puis-je m'inscrire pour faire un tour sur le *Dancing*?

– Vous voulez la vérité? Ma main sur le cœur? Vous en ferez ce que vous voudrez, mais si vous demandez l'avis de quelqu'un qui a de l'expérience en la matière – et Herzl Guivon en a à revendre – eh bien, si votre intention est d'aller là-bas pour fouiner et poser des questions, mieux vaut vous en abstenir. Ces gens-là ne jouent pas aux billes. Ils vous brisent d'abord les os et ne vous demandent qu'ensuite qui vous êtes et ce que vous voulez.

– J'insiste.

– N'importe quelle agence de voyages pourra vous renseigner sur les croisières du *Dancing Mathilda.*

– Vous rappelez-vous à quelle date vous y étiez?

– Oh! Ça fait longtemps. Je peux vérifier sur l'agenda de l'année dernière. Martha!»

Penchés sur l'agenda, patron et secrétaire hésitaient entre Rosh haShana* de l'année 95 ou Rosh haShana* de 96. Lisie savait qu'Eytan avait vendu son appartement à Luba en septembre 1995. Il avait probablement fait la croisière à la même époque puisqu'au-delà, il n'était plus en Israël. Aux dires de Herzl, il y avait sur le bateau une «jolie Russe» – sans doute Luba –, Eytan et Jacquot. Luba n'était ni la petite amie d'Eytan ni celle de Jacquot.

Elle était donc venue avec quelqu'un d'autre, quelqu'un qui, apparemment, connaissait les deux hommes.

«Voilà.» Herzl Guivon montra l'agenda à Lisie. En date du huit septembre 1995, un vendredi, il y avait, écrite à la main, la mention : *Dancing Mathilda.*

«La mémoire, vous voyez ce que c'est?» exulta le voyagiste, les yeux sautant de Lisie à Martha. «Ai-je dit

* Nouvelle année juive, généralement au mois de septembre. *(N.d.T.)*

Rosh haShana ou n'ai-je pas dit Rosh haShana ? Regardez ! Une semaine exactement avant Rosh hashana. » Il rayonnait de fierté.

« Bravo ! s'exclama Lisie. Si je vais dans une agence de voyages demander la liste des passagers du huit septembre 1995, me la donnera-t-on ?

– Ça m'étonnerait. Non que ce soit confidentiel, mais nous n'aimons pas divulguer ce genre de renseignements. Ça risque de nuire à nos clients. Une bonne réputation, c'est le beurre de notre fonds de commerce.

– Et si vous-même la demandiez, l'obtiendriez-vous ?

– Pourquoi est-ce si important ?

– Je prépare un article sur ce pauvre Eytan Kinarti. Je recherche des gens qui l'auraient fréquenté. Saviez-vous qu'il avait servi dans la police militaire ?

– Non, je l'ignorais.

– Je vais vous laisser mon numéro de fax personnel. À dire vrai, s'il y a une personne qui peut obtenir cette liste, c'est bien vous. Pourquoi croyez-vous que je suis venue vous trouver ? Vous avez la réputation d'un grand professionnel, d'un homme intègre et expérimenté qui a la tête sur les épaules. Ça fait longtemps que je voulais écrire un papier sur les voyages que vous organisez pour les syndicalistes. Alors ? Pensez-vous que vous pourrez me rendre ce service ?

– Je peux essayer.

– Je vous remercie infiniment. »

Lisie le regarda avec des yeux admiratifs et se hâta de s'en aller avant qu'il ne change d'avis. En fait, elle avait dû se retenir pour ne pas aller plaquer un baiser retentissant sur son visage rayonnant. D'ailleurs, elle aurait tout le temps de le faire lorsqu'il lui aurait dégoté les noms des passagers du bateau.

CHAPITRE XIX

Le Prophète partageait à présent une chambre avec trois autres malades. Le premier avait une jambe plâtrée suspendue à un crochet, le deuxième un bras plâtré également suspendu à un crochet et le troisième, relié à des perfusions, ressemblait à une pieuvre. C'était l'heure des visites, les proches avaient envahi la pièce et leurs chuchotements faisaient vibrer l'air comme un essaim d'abeilles.

Personne n'était assis au chevet d'Oved Hanegbi. Sous le turban de bandages d'un blanc étincelant qui lui couvrait la tête, son visage était noir et jaune d'ecchymoses. Une tasse en plastique bleu ciel pleine d'un thé depuis longtemps refroidi traînait sur sa table de nuit. Même sur ce lit d'hôpital et vêtu d'un pyjama de fine flanelle orné de cercles gris, il paraissait décalé et gardait son air aristocratique. Bien qu'il fût allongé, ses épaules semblaient dressées. Un walkman sur les oreilles, les paupières fermées, gonflées comme deux pommes vertes, et une cigarette éteinte aux lèvres, il écoutait de la musique. Elle s'assit à côté de lui et souleva l'un de ses écouteurs. Une fente noire et trouble brilla au fond de la caverne de ses yeux. Elle sourit.

« Comment allez-vous ? demanda-t-elle.

– J'ai une épaule cassée. Faites glisser le walkman sur ma poitrine.

– Vous souffrez ?

– Seulement quand je respire. »

Elle crut qu'il plaisantait, malgré son visage qui resta de marbre.

« Vous souvenez-vous de moi ? Lisie Badikhi, des *Nouvelles du Sud*. Je suis la fille de Batshéva, une ex-ouvrière de la Maillerie.

– Je ne veux pas que vous fassiez d'article sur moi. J'ai vu les *Nouvelles*. Ils insinuent que je suis le coupable.

– Mais pas du tout ! C'est moi qui vous ai sauvé !

– Merci beaucoup.

– De rien. »

Ils se turent. Une sorte de grognement, comme le bruit que fait entendre un estomac vide, s'échappa du walkman. Elle se demanda si elle devait éteindre la radio ou lui remettre les écouteurs sur les oreilles.

« La grève continue ? demanda-t-il.

– Non.

– Pourquoi ?

– Il y a eu une tempête de sable. Elle a duré deux jours, personne ne s'est pointé, et après, ils ont arrêté. Vous souvenez-vous de la tempête de sable ?

– Non.

– J'étais venue voir si les ouvriers poursuivaient leur sit-in malgré le temps et je vous ai trouvé dans l'autobus à moitié mort. J'ai appelé une ambulance. Ensuite, la police aussi est arrivée. Vous étiez inconscient.

– Ces peaux de vache d'infirmières ne me laissent pas fumer.

– J'ai deux sœurs qui travaillent ici, Georgette et Havatzéleth, ce ne sont pas des peaux de vache mais des femmes au grand cœur qui triment pour sauver des vies humaines. Ce n'est pas bien de parler comme ça.

– Je n'ai pas demandé qu'on me sauve. »

Il ferma les yeux, semblant écouter sa musique, en dépit du fait qu'il n'avait pas les écouteurs sur les oreilles. Ses joues étaient creuses et son visage avait pris une teinte de cuivre gris. Les paupières vertes flottaient dans de profonds lacs noirs.

« Qui vous a donné le baladeur ?

– Clara et Yaacov.

– Ils sont venus ici ?

– Oui.

– Que disent les médecins ?

– Des cons.

– Apparemment, vous allez déjà mieux. Où irez-vous quand ils vous laisseront sortir ?

– Dans mon bus.

– Vous a-t-on parlé d'Eytan Kinarti ?

– Oui. Vos beaux-frères l'ont fait. Et le cow-boy. » Il faisait sans doute allusion à Rony.

« Vous le connaissiez Eytan Kinarti ?

– J'ai connu son père. Le gamin ne vit pas en Israël.

– Le gamin avait quarante-sept ans. Vous étiez un ami de Kinarti. Comment se fait-il que vous n'ayez pas connu son fils ?

– Il aimait les chevaux, Leizer.

– Celui qui a tué Eytan Kinarti a aussi essayé de vous tuer. Vous n'avez aucun souvenir de cette nuit-là ?

– Non. Je l'ai dit à vos beaux-frères.

– La police a bouclé le périmètre de la Maillerie. Vous ne pourrez pas retourner dans votre autobus.

– Ces ordures pensent qu'ils arriveront à me piquer ça aussi.

– Qui ?

– Tova et Yitzhak. »

Elle se demanda s'il faisait semblant ou avait vraiment oublié que ses parents adoptifs étaient morts depuis des années.

« Les bulldozers ont rasé l'usine.

– C'est ce qu'on m'a dit.

– Les Tarshish sont-ils venus vous voir ?

– Yigal est venu. Et son fils. Il y a du chocolat dans le tiroir. Vous pouvez en prendre.

– Une défiscalisation va être décrétée sur les terres de la Maillerie. Cinq cents dounams dans un premier temps. Mille dans un deuxième, et mille plus tard. Il n'y a d'infrastructure qu'à l'emplacement de l'usine. L'électricité, l'eau, le téléphone, des égouts, des routes. Le projet débutera dans ce périmètre. Si vous ne vendez pas, vos terres seront confisquées.

– Par qui ?

– Par l'État. C'est un projet gouvernemental. De nombreux ministères sont concernés : les Finances, le Commerce et l'Industrie, l'Équipement et le Logement. Aucun promoteur n'acceptera d'acheter le terrain si vous ne vendez pas vos sept dounams.

– C'est vrai. » Il lorgna vers sa cigarette éteinte comme si de la fumée s'en échappait puis la cracha. Du tabac se répandit sur son cou.

« Ils gagneront la bataille et perdront la guerre.

– Qui ?

– Tova et Yitzhak. »

Lisie retira de son cou la cigarette émiettée et la posa sur la table de nuit. Qu'adviendrait-il d'Oved lorsqu'il serait remis sur pied ? Où irait-il ? Que ferait-il en voyant le ruban en plastique de la police qui cernait son refuge ? Comment un petit bout de désert desséché avec son robinet qui fuyait et un banc cassé à côté d'un vieil autobus était-il devenu pour cet homme-là ce qu'il avait de plus précieux au monde, lui dont le paysage natal était un lac bleu, des plantations de bananes, de dattes et des sources d'eau vive ?

« Vous souvenez-vous qu'on a mis le feu à votre autobus ?

– Oui. Vous en avez parlé dans votre journal.

– C'est vrai. Et quand je suis venue vous voir après l'incendie, vous m'avez dit : "Elle a failli mettre bas ici. Presque ici, dans la cour." Vous en souvenez-vous ?

– Et alors ?

– Mais la chatte n'était pas encore là à ce moment.

– Quelle chatte ?

– Pendant la tempête, une chatte s'est réfugiée dans la tente des manifestants. C'est pour elle que je suis allée vous chercher. Pour que vous lui donniez de l'eau. C'est comme ça que je vous ai trouvé. Les coups que vous aviez reçus vous avaient à moitié tué. Mais au moment où votre autobus a été incendié, aucune chatte n'avait mis bas nulle part.

– Et alors ?

– De quelle chatte parliez-vous ?

– D'une autre chatte. » Une esquisse de sourire effleura son visage tourmenté puis il toussa. « Je l'ai trouvée dans la cour et je l'ai allongée dans l'autobus.

– L'autre chatte.

– Oui. Après, l'ambulance est arrivée.

– L'ambulance.

– Oui.

– Vous avez fait venir une ambulance ?

– Non. Son mari a appelé une ambulance.

– Il était avec vous ?

– Non. Elle m'a donné son numéro de téléphone. Je l'ai appelé et à peu près une demi-heure plus tard une ambulance est arrivée.

– Comment était-elle ? Comment s'appelait-elle ? Comment s'appelait son mari ?

– Une Russe. Elle a travaillé avec votre mère.

– Luba ?

– Je ne sais pas.

– Et elle vous a demandé de téléphoner à son mari ? Elle vous a donné son nom ?

– Non. Elle a dit : "Téléphone mari à moi."

– D'où avez-vous passé le coup de fil ?

– De la grand-route. Je ne mets pas les pieds dans l'usine. J'avais peur qu'elle accouche dans mon bus pendant ce temps.

– Vous souvenez-vous du numéro de téléphone qu'elle vous a donné ?

– Bien sûr. 79 30 06. »

D'une main moite, Lisie nota les chiffres sur un bout de papier qu'elle glissa dans la poche de son pantalon. L'obsession du Prophète pour le calcul mental s'avérait fort utile.

« Qui a répondu au téléphone ?

– Je ne sais pas. Quand ça a décroché, j'ai juste dit qu'ils devaient venir vite parce que la dame accouchait dans mon bus. Un homme a répondu merci et a raccroché, et je suis rentré chez moi. Elle m'a tenu la main et a crié dans sa langue jusqu'à l'arrivée de l'ambulance.

– Son mari était dedans ?

– Le chauffeur et un médecin. Ça avait déjà commencé quand ils sont arrivés. Elle a eu une fille. Votre mère me l'a dit. Elle est venue me remercier pour mon aide.

– Vraiment ?

– Je ne l'ai pas aidée.

– Bien sûr que si. Vous l'avez recueillie dans votre bus, vous l'avez allongée, vous avez prévenu une ambulance et vous lui avez tenu la main.

– Elle m'a tenu la main. »

Lisie inscrivit son numéro de téléphone et celui de la

rédaction sur un bout de papier qu'elle rangea dans le tiroir de la table de nuit.

« Si vous avez besoin de quoi que ce soit, appelez-moi.

– Je n'ai besoin de rien. Posez-moi le baladeur sur les oreilles et tirez-moi une nouvelle cigarette du paquet. »

Lisie lui remit les écouteurs en place et introduisit une nouvelle cigarette entre ses lèvres. Elle avait hâte de s'éclipser pour aller vérifier à quoi correspondait le numéro de téléphone qu'il lui avait donné, et s'en culpabilisa. Tu n'es pas responsable de tout ce qui arrive ici-bas, Lisie Badikhi, se dit-elle. Arrivée à la porte de la chambre, elle vit que le Prophète, les yeux déjà fermés, était rentré dans sa coquille tapissée de musique, de cigarettes et des fantômes qui peuplaient son univers.

Lorsqu'elle pénétra dans son bureau à la rédaction, elle trouva Shiboleth en train de ranger sur sa table des enveloppes, des messages et de longues bandes de papier thermique.

« Dahan a réussi à dégoter des billets supplémentaires pour la cérémonie du Premier-né de l'Âne, ce qui fait que lui, Prosper Parpar et moi pouvons aussi y aller et il a proposé qu'au lieu que chacun s'y rende séparément et perde des heures à chercher une place de parking, le mieux, c'est qu'il nous prenne tous dans son Audi, puisqu'il a aussi une vignette de presse sur son pare-brise, mais Dorith a dit qu'elle prendrait sa moto parce qu'elle, elle a tous ses appareils dans son *top-case* et pas trop de problèmes pour se garer. »

Lisie était toujours surprise par le souffle de Shiboleth. La jeune fille allait tous les soirs à la piscine du Country et ses poumons étaient particulièrement développés. Elle avait cette peau éclatante et dorée des enfants de kibboutz et une chevelure gorgée de soleil même en hiver. De retour d'un périple en Extrême-Orient, elle économisait à présent pour sa prochaine expédition, mais cela ne l'empêchait pas d'être une secrétaire efficace et rapide qui, outre toutes ses qualités, avait le cœur sur la main. Un événement tel que le Premier-né de l'Âne ne faisait que renforcer son opinion sur Beershéva : une grande ville où, à chaque coin de rue, vous attendaient de merveilleuses aventures.

Lisie passa sa paperasse en revue et ne trouva aucun message de Herzl Guivon. S'il ne réussissait pas à lui procurer la liste des passagers du *Dancing Mathilda*, elle devrait s'en remettre à Rony. Elle n'avait pas vraiment envie de lui parler depuis qu'elle avait compris qu'il s'était foutu d'elle – et encore, avec la bénédiction de Bentsi.

« La cérémonie est à quelle heure ?

– À midi. Quoi, tu avais oublié, Lisie ? Toute la ville est déjà là-bas en train de s'installer. Tu veux un café ? Je te prépare un sandwich ?

– Un café, merci. Je le boirai dans le bureau de Dahan. »

Dahan était une publicité ambulante pour la réussite des *Nouvelles du Sud*. Il portait en général des vestes Armani, des chaussures Méphisto, ces derniers temps ses cigares à un dollar la bouffée empestaient la rédaction, et le mélange de leur puanteur avec son after-shave Hermès avait transformé son bureau en un véritable fléau écologique, d'autant plus qu'il fermait ses fenêtres à Rosh haShana et ne les rouvrait qu'à Pâque.

« Maurice, j'ai un service à te demander », dit Lisie. « Service » était le mot de prédilection de Dahan. Un « service » avait pour lui le même rôle que le tremplin pour l'athlète. De là, il bondissait vers le summum de ses capacités de magouilleur. Des « services » lui avaient construit une villa dans le quartier chic d'Omer, lui changeaient sa voiture chaque année, avaient acheté le coûteux matériel que Dorith utilisait dans son studio et les bijoux qu'il offrait à sa femme pour se faire pardonner ses infidélités répugnantes.

« Je t'interdis d'en parler à qui que ce soit.

– Promis juré, ma cocotte. Comme tu voudras. »

Lisie sortit de sa poche le papier sur lequel elle avait noté les chiffres dictés par Oved Hanegbi.

« Peux-tu trouver à qui correspond ce numéro de téléphone ?

– Tu as un numéro mais pas le nom du propriétaire de la ligne ?

– Exactement. Et débrouille-toi pour que personne ne sache que moi, toi ou quiconque nous sommes renseignés.

– Donne-moi dix minutes. »

Un quart d'heure plus tard, Dahan vint la rejoindre dans son bureau et ferma la porte derrière lui. Il avait une amie qui travaillait à la centrale des télécommunications – grâce à lui bien sûr – et cela faisait des années qu'elle lui avait dit que si, un jour, il voulait quelque chose, qu'il n'y réfléchisse pas à deux fois, ce serait un plaisir pour elle de lui rendre n'importe quel service, il n'avait qu'à demander.

« Abrège !

– Le numéro de téléphone est celui du département des Parcs et Jardins de la mairie.

– Si tu n'empestais pas le cigare, je t'aurais embrassé.

– Pas de menaces, s'il te plaît.

– Et ne t'avise pas de parler de ce numéro de téléphone ! Ne dis rien à personne, tu m'entends ! Si je me mets à l'ouvrir sur tout ce que je sais sur ton compte, tu seras viré de chez toi et du boulot. Ça fait des années que je te couvre.

– Lisie ! Qu'est-ce qui te prend ! Calme-toi ! Je mettrais mon amie des télécommunications en danger si je disais quoi que ce soit. Si les gens me racontent des choses, c'est bien parce qu'ils savent que je suis muet comme une carpe.

– Comme un poisson puant.

– Qu'y a-t-il de si important dans ce numéro ? N'importe qui peut ouvrir l'annuaire et le trouver. Le directeur du département des Parcs et Jardins à la mairie, Dave Factory, est un grand ami. Peut-il t'être utile ?

– Maurice ! Je veux que tu me promettes de ne pas raconter que je t'ai demandé quoi que ce soit au sujet de ce numéro de téléphone.

– J'ai déjà tout oublié. De quel numéro parles-tu ? Viens ! Allons à la cérémonie de l'Âne. J'ai dit à Ariéli que tu devais changer ta vieille poubelle, et il est d'accord pour te faire un prêt à taux très bas, que tu rendras au journal par mensualités. Allez, en route. »

Dans la voiture, elle s'assit sur la banquette arrière à côté de Shiboleth tandis que Prosper Parpar, le directeur de l'imprimerie, prit place à l'avant, à côté de Maurice Dahan. Elle prévint ses collègues qu'elle fermait les yeux parce qu'elle avait mal à la tête et profita du trajet jusqu'au stade municipal pour réfléchir à Dave Factory, chef du département des Parcs et Jardins à la mairie de Beershéva, et mari de Carol Factory, l'une des trois propriétaires de la Maillerie.

Il avait d'excellentes relations à la municipalité et à la Histadrouth. Il était copain avec le ministre de l'Équipement et du Logement. Elle se remémora les propos de la femme du président du conseil local de Migdal au sujet des unions « non sacrées » qui se nouaient entre les hommes politiques et les hommes d'affaires. Les seconds avaient un intérêt financier à soutenir les premiers, et les premiers avaient besoin de l'argent des seconds afin de réaliser leurs propres projets. Entre les deux se situait l'espace vital d'un activiste du genre de Dave Factory.

Aux dires d'Avishaï Tarshish, si la famille obtenait le marché de la zone franche, chacun suivrait sa voie et monterait sa propre entreprise : Avishaï dans le bâtiment, Eldad dans la haute technologie et Carol créerait une société de distribution. Pour le moment, ils en étaient encore au stade où ils devaient obtenir le marché ainsi que toutes les autorisations pour les usines qui s'implanteraient à la Maillerie. Étant donné que le terrain appartenait aux Tarshish, l'office national d'Occupation des Sols signerait vraisemblablement un contrat d'exploitation avec eux. Avishaï avait dit que le domaine de la Maillerie était le seul endroit du périmètre de la zone franche qui possédait une infrastructure préexistante mais il n'avait rien dit sur le lancement de l'appel d'offres. La question était de savoir si le ministre concerné, ami personnel de Dave Factory, avait décidé de donner le marché à la famille Tarshish sans lancer d'appel d'offres, ce qui, en clair, s'appelait du trafic d'influence.

Pour autant qu'elle sût, Dave Factory n'avait pas d'ambitions politiques. C'était un affairiste de peu d'envergure qui, de par sa fonction à la mairie, jouissait d'une profusion de temps libre et d'une grande liberté d'action. Mais si Carol Tarshish avait l'intention de créer une entreprise dans le cadre de la zone franche, Dave pouvait tirer un intérêt financier personnel de son amitié avec le ministre.

Lisie se souvint aussi qu'il avait trompé sa femme avec Riki Avtalion, et que la famille s'était débarrassée de la maîtresse en lui payant un long séjour aux États-Unis. Il était quasiment certain que ces dispositions avaient été prises avec le consentement de Dave. Il avait exprimé son repentir, versé le pot-de-vin et voilà l'harmonie du foyer rétablie. La famille lui avait pardonné la première fois, mais elle ne pardonnerait pas une seconde fois.

Si Luba avait téléphoné à Dave au moment d'accoucher, celui-ci ne pouvait être que ce fameux « mari à moi », et le père de sa fillette. L'histoire d'un certain Ketchak reparti en Russie, ils l'avaient inventée ensemble. Le numéro de téléphone de la pépinière ne devait être utilisé qu'en cas d'urgence.

Dave Factory avait assurément connu Leizer Kinarti. Ils travaillaient tous deux pour la municipalité, l'un en tant que responsable des jardins, l'autre de la Maison de la Culture. De plus, Leizer était un ami d'enfance d'Yigal Tarshish, le père de Carol. L'appartement de Luba n'avait pas été acheté par le « mari à elle », mais par Dave Factory, le mari de Carol. La probabilité pour qu'il n'y ait pas de rapport entre tout cela tendait vers zéro. Lorsque Leizer avait vendu son appartement, son fils était en Israël. Eytan s'était occupé de la transaction et avait installé son père dans la maison de vieillards à Natanya. Il ne pouvait pas ignorer l'identité de la personne qui lui achetait l'appartement, ni celle de la femme qui allait y habiter. *Ce qui impliquait qu'Eytan Kinarti était au courant de la liaison de Dave et de Luba.*

Or ce type était un flambeur. S'il avait eu besoin d'argent, il aurait pu – ce n'était pas impensable – essayer de faire chanter Dave Factory qui, lui, aurait pu – ce n'était pas impensable non plus – l'assassiner. Luba Ketchak n'était pas une « baise de plus » mais une femme, jeune et belle, qu'il aimait et qui lui avait donné une fille. Un secret qui, s'il était révélé, l'anéantirait. Pour autant que l'on pût se fier aux apparences, il aimait Carol, lui était attaché et ne voulait pas la faire souffrir. C'était l'histoire la plus banale du monde : un homme marié avec bonheur à une femme riche, intelligente et indépendante, qui s'éprenait d'une petite jeunette paumée et lui faisait un enfant. Carol était le soutien de Dave, Dave celui de Luba.

S'il était effectivement l'assassin, la pépinière municipale lui avait fourni à la fois la bêche pour creuser la tombe et l'échelle pour enlever l'ampoule du poteau électrique. Avec cette même bêche, il avait frappé Oved Hanegbi à la tête, ce qui expliquait les entailles arquées laissées sur son crâne. Le mélange de terre « différente » et d'engrais chimiques retrouvé en quantité microscopique sur les vêtements d'Eytan Kinarti et dans la mare de sang du Prophète provenait lui aussi de la pépinière municipale. Il n'y avait pas de veilleur de nuit là-bas, et Dave possédait la clé de la remise à outils ainsi que celle de son bureau, dans un petit baraquement. Ce même bureau où avait téléphoné Oved Hanegbi lorsque Luba accouchait. À l'évidence, ce coup de fil avait signé son arrêt de mort.

Ce qui ne collait pas dans cette histoire était le fait que le cadavre d'Eytan Kinarti ait été enterré justement à la Maillerie. D'après les conclusions du médecin légiste, le corps avait été transporté, le crime commis ailleurs. Mais à supposer, à supposer seulement, que Dave Factory fût bien l'assassin d'Eytan Kinarti, pourquoi avoir amené le mort à la Maillerie ? Quel intérêt avait-il à ce que le cadavre soit retrouvé là-bas ? Surtout que les négociations sur le changement de statut des terres battaient leur plein et devaient déboucher sur le grand bond économique de la défiscalisation. Si Dave Factory essayait de pousser son ami le ministre de l'Équipement et du Logement à faire du favoritisme, pour quelle étrange raison aurait-il balancé le cadavre près de l'autobus d'Oved Hanegbi ? Était-ce pour que, le jour où le corps serait découvert, les soupçons retombent sur le vieil homme ? À moins que Dave ne soit impliqué dans le détournement des terres de sa femme…

La seule chose qu'il n'avait pas prise en compte, c'était qu'une tempête se déclencherait à l'aube. Il avait sans doute écouté les rafales du vent qui se déchaînait sur les rochers en pensant, terrorisé, au sable qui s'envolait et mettait petit à petit le cadavre à nu. Selon ses plans, on n'aurait dû découvrir sur les lieux au bout de plusieurs mois qu'un corps décomposé, impossible à identifier et qui resterait un dossier criminel non classé. Ou, mieux encore, Oved Hanegbi, dont les empreintes digitales avaient été enterrées avec le pistolet sous le corps d'Eytan Kinarti, serait le suspect idéal.

Le lendemain du meurtre, en pleine tempête, Dave Factory s'était rendu au Pélican bleu pour y faire son numéro de tir à vue. L'idée reçue étant que les assassins sont des gens secrets qui essayent de passer inaperçus et de ne pas attirer l'attention, aurait-on pu imaginer que quelqu'un se mette à jouer de la gâchette quelques heures à peine après avoir trucidé deux personnes ? Dave Factory *voulait* se faire arrêter par la police. *Avec son arme.* Le pistolet de ce citoyen exemplaire qui avait disjoncté dans un café à cause du Baba Sali, avait ainsi été placé sous scellés au laboratoire de l'Identité judiciaire. Oui, ce pistolet avait sûrement été relégué dans quelque sac en plastique pour permettre aux gars du labo de s'occuper d'affaires plus urgentes, comme le meurtre de la Maillerie par exemple.

À l'arrivée au stade municipal, elle avait le vertige à cause de tous les si, les peut-être et les pourquoi. Des milliers de gens se pressaient sur les gradins. Lisie et Dorith, accompagnées de Maurice Dahan, Prosper Parpar et Shiboleth, tous arborant des badges de presse, se frayèrent un chemin jusqu'à la tribune des journalistes où s'entassaient déjà les enfants, les épouses, les parents et les voisins de tous ceux qui avaient un fils ou un copain qui connaissait quelqu'un qui connaissait un journaliste qui avait pu leur procurer un badge de presse. En vraies nounous, les managers et les entraîneurs des deux équipes de football locales encadraient leurs joueurs assis au premier rang, vêtus de leurs uniformes et coiffés de kipas. Le maire et les membres de son cabinet avaient pris place dans la tribune d'honneur. À côté d'eux, Lisie reconnut les responsables civils et religieux des villes satellites de Beershéva : Arad, Dimona, Ofakim et Yérouham. Des publicités – héritées du dernier match – vantant la compagnie des bus Égued, diverses entreprises en bâtiment, le Toto et le Loto formaient le décor de la cérémonie religieuse. Des policiers montés patrouillaient tout autour du terrain et, à chaque demi-tour, leurs chevaux projetaient du sable vers les tribunes d'honneur.

« On se demande si quelqu'un travaille dans cette ville, grommela Prosper Parpar.

– On peut faire la même remarque à ton sujet, répliqua Lisie.

– Dites, que devient l'ânon après la cérémonie ? s'enquit Shiboleth.

– Rien. L'animal n'est pas kasher, on ne peut pas le manger, répondit l'imprimeur qui avait apparemment décidé d'assurer le rôle de commentateur du dogme.

– Alors pourquoi organise-t-on une fête religieuse pour une bête qui n'est pas kasher ?

– L'ânon symbolise tous les premiers-nés. Dans les temps anciens, on les offrait en sacrifice à l'Éternel ou au Temple.

– On faisait pénétrer un animal impur dans le Temple ?

– Dans le Temple n'entraient que des mammifères kasher.

– Alors l'âne, il est sacré ou impur ?

– Impur.

– Je me demande ce que pense de l'événement le nouveau transfert de l'équipe de foot », continua Shiboleth qui renonça apparemment à percer les mystères des lois religieuses. Elle tourna des yeux curieux vers Evguéni Iguentaïev, le défenseur russe du haPoël, que les supporters de Beershéva surnommaient affectueusement Katioucha.

« Demande-lui.

– Il est marié ? »

Lorsque Lisie avait reçu l'invitation pour la cérémonie du Premier-né de l'Âne, elle s'était dit que la secrétaire n'avait pas compris le message ou que quelqu'un essayait de la faire marcher.

Au téléphone, l'attachée de presse de la mairie lui avait expliqué qu'il s'agissait d'un rituel antique au cours duquel on rachetait un ânon âgé d'un an, premier-né d'une ânesse, que le maire avait placé l'événement sous son égide, que le grand kabbaliste Kadouri en personne arriverait au stade en hélicoptère et présiderait la cérémonie, et qu'elle réservait pour Lisie et sa photographe deux places assises dans la tribune de presse.

« Adoulam y sera ? lui avait-elle demandé.

– Oui, bien sûr. »

Elle y serait donc aussi.

Dans un nuage de poussière, l'hélicoptère du rabbin Kadouri se posa dans la zone industrielle et le grand Sage pénétra dans le stade à bord d'une limousine que les autorités religieuses avaient mise à sa disposition. Le public – y compris le maire et les membres du conseil

– se leva à la vue de la longue, de l'interminable voiture noire, qui roula lentement sur le sable puis s'arrêta devant la tribune des notables. Deux jeunes religieux portèrent le kabbaliste et le déposèrent à la place qui lui était réservée. Le petit vieux atterrit comme une feuille morte sur sa chaise en plastique. Une charrette tirée par un cheval et décorée de branches fit alors son entrée dans l'arène. Elle amenait, couronné de fleurs en papier coloré, l'ânon, héros de tout ce remue-ménage. Par-delà la tête de l'animal, derrière les membres du conseil, Lisie aperçut Dave Factory en compagnie de sa femme et de leur fille. Ils étaient serrés, épaule contre épaule, et mastiquaient du chewing-gum. Leurs regards balayaient avec curiosité le terrain et ils échangeaient des remarques amusées. Ils avaient tous les trois la même taille, leurs têtes se touchaient, et ils semblaient constituer une famille heureuse et soudée. Une force émanait de leur union. Que savons-nous des autres familles ? songea Lisie. Nous aussi, les Badikhi, semblons heureux et soudés. Tout est toujours à prendre avec des restrictions. Le couvercle de la casserole dissimule si souvent des tensions, des offenses, anciennes ou récentes, des abcès de fixation immuables qui empoisonnent l'existence.

Le grand kabbaliste priait avec une telle ferveur, les yeux fermés, l'esprit transcendant la matière que, d'un instant à l'autre, il allait s'envoler et monter dans les airs. Quelqu'un lança un « Amen ! » et son cri fut repris par tout le stade, passa comme une vague d'une tribune à l'autre et s'éleva de plus en plus haut vers le dernier des gradins, au firmament.

La clameur générale effraya le cheval qui tirait la charrette. Affolé, il se mit à galoper dans tous les sens, projeta à terre l'ânon terrorisé et excita les chevaux de la police qui entamèrent leur propre danse rituelle, ruant et se cabrant. Ils écumaient et montraient des dents, malgré les efforts de leurs cavaliers qui tiraient sur les brides à leur en scier la chair.

L'atmosphère de recueillement sacré qui planait sur le stade se transforma en panique. Les footballeurs et les notables assis aux premières loges commencèrent à fuir vers le haut des gradins, écrasant tout ce qui leur barrait la route. Les deux jeunes religieux prirent le rabbin Kadouri à bras-le-corps et le transportèrent dans les vestiaires du sous-sol. Du coin de l'œil, Lisie vit Dave, Carol et leur fille qui se tenaient par la main et couraient vers le haut. Les secouristes allongèrent les blessés sur la pelouse pour leur prodiguer les premiers soins. Des sirènes d'ambulances et de voitures de police retentirent à l'extérieur.

Lisie pressa Dorith par un « Vas-y, mitraille ! Mitraille ! » bien que celle-ci fût déjà en train de photographier comme une forcenée. Elles avaient toutes deux conscience qu'elles tenaient là un reportage pour les *Nouvelles*, et, qui sait, peut-être même pour la télévision.

De retour à la rédaction, Lisie rédigea cent mots pour le quotidien national et huit cents pour le journal local. Elle téléphona à Soroka et apprit que sept personnes avaient été légèrement blessées et gardées en observation mais qu'elles seraient renvoyées chez elles dans les heures à venir. Lorsqu'elle appela le porte-parole de la police pour avoir sa réaction, celui-ci lui demanda si elle avait déjà parlé à l'inspecteur principal.

« Il était au stade ? s'étonna Lisie.

– Non.

– Que s'est-il passé ?

– Ai-je dit qu'il s'était passé quelque chose ? Je pensais que vous désiriez lui parler.

– Je désire lui parler.

– Je vous le passe. »

Suivirent les sons du standard téléphonique : de la musique, un D.J. ergotant sur le C.D. d'un chanteur qui avait reçu un disque de platine, et finalement, le grondement de tonnerre qui suivait l'éclair : la voix de Bentsi.

« Tu étais au stade, mon petit cœur ?

– Non.

– As-tu entendu ce qui s'est passé ?

– Oui.

– Qui est responsable ?

– Confidentiel ?

– Va pour confidentiel.

– Cette mairie de merde qui a capitulé devant les lubies de ces tarés de religieux. Quand as-tu été voir Jacquot ?

– Jacquot des meubles ?

– Oui, des meubles.

– Hier, pourquoi ? Comment sais-tu que je suis passée dans sa boutique ?

– On a trouvé ton numéro de téléphone dans son tiroir. Qu'est-ce que tu as été foutre là-bas ?

– Je voulais changer de matelas. Que s'est-il passé ?

– Il a été assassiné.

– Quand ?

– Ce matin. Il ouvrait son magasin, quelqu'un est arrivé en voiture et lui a tiré dans le dos.

– Y a-t-il des témoins ?

– Non.

– J'arrive.

– Non.

– J'arrive.

– Lisie !

– Je l'ai questionné sur les maisons de jeu ! À cause d'Eytan Kinarti qui jouait, comme Jacquot. Ensuite, j'ai été voir quelqu'un d'autre à qui j'ai posé le même genre de questions.

– C'est peut-être ce qui l'a tué.

– Ne dis pas ça, Bentsi. S'il te plaît. Ne dis pas ça.

– Viens. »

Lisie rapporta à son beau-frère ses conversations avec Jacquot et avec Herzl Guivon. Bentsi convoqua le voyagiste pour interrogatoire et ordonna de contrôler les communications téléphoniques passées et reçues au domicile et au magasin de Jacquot Bakhar.

Il en ressortit qu'après le départ de Lisie, Herzl Guivon avait eu mauvaise conscience. Il sentait qu'il en avait trop dit. Qu'il avait balancé son meilleur ami et révélé des secrets qu'il aurait dû garder pour lui. De par son tempérament convivial, il était toujours prêt à aider les gens, une sorte d'élan qui ne rendait pas toujours service à ceux qu'il essayait d'aider. Et il était le premier à l'admettre. Il avait toujours de bonnes intentions. Tout le monde le savait. Il avait voulu aider Mlle Badikhi et s'était laissé aller à trop parler. Ensuite il avait voulu réparer le tort qu'il pensait avoir causé. Il avait téléphoné à Jacquot le soir même, lui avait raconté le déroulement de sa conversation avec la journaliste et demandé pardon. Jacquot s'était mis à hurler contre Lisie, pas trop contre lui justement, parce qu'il le connaissait comme seuls ses frères le connaissaient et savait qu'il ne pensait jamais à mal. D'ailleurs, après cette conversation, il s'était fait du souci pour la demoiselle journaliste. Jacquot l'avait maudite, avait crié qu'il lui briserait les os, qu'il mettrait le feu à sa maison, qu'elle regretterait le jour de sa naissance. Qu'il ne faisait rien d'illégal et elle n'avait pas le droit de colporter des crasses dans toute la ville. À Taba, c'était légal de jouer pour de l'argent, sur le *Dancing Mathilda* aussi et ce qu'il faisait de son fric ne devait intéresser que les impôts et son épouse. Personne d'autre n'avait le droit d'y fourrer son nez. Jacquot, c'était le type même du rouquin à grande gueule qui s'échauffait vite et Herzl avait pensé qu'après avoir vidé son sac, il se calmerait. Il avait toujours été ainsi, déjà tout gamin dans les bidonvilles. Il devenait cramoisi, hurlait, menaçait puis ça retombait.

« Herzl Guivon n'arrêtait pas de pleurer, nous avons eu un mal fou à le calmer. Finalement, Malka l'a ramené chez lui, dit Bentsi.

– Quelqu'un a-t-il vu quelque chose ? Entendu quelque chose ?

– Tu parles ! Avec la circulation de huit heures du matin, l'hiver, tout le monde qui roule fenêtres fermées, écoute les nouvelles à la radio et discute sur son portable. Une partie des magasins ouvrent à huit heures et demie, d'autres à neuf heures. Ceux qui étaient dans les parages n'ont rien entendu. L'assassin a apparemment attendu que Jacquot arrive et commence à ouvrir sa boutique, et quand il s'est trouvé face à la vitrine et dos à la chaussée, ce salaud lui a tiré dessus, a redémarré et s'est mêlé au trafic. Nous avons trouvé deux douilles. Jacquot est mort sur le coup. Le bruit a apparemment été couvert par celui de la rue. Il s'est écroulé, et ce n'est qu'à ce moment-là que les voisins l'ont remarqué et ont appelé une ambulance et la police. Nous, on nous a fait venir à huit heures vingt.

– Quand recevrez-vous la liste des communications téléphoniques de Jacquot ?

– On nous l'a promise pour aujourd'hui.

– Tu te souviens de ce qui s'est passé au Pélican bleu le jour de la tempête de sable ?

– Et alors ?

– Ilan notait tout ce que Sigui, la serveuse qui avait

hurlé, lui racontait et moi j'étais assise à côté et j'écoutais.

– Et alors ?

– Elle a affirmé que Dave Factory avait commencé à tirer après une phrase de Jacquot, du genre : "Si tu ne payes pas, tu perdras ta femme, ta maîtresse et tes enfants." J'ai discuté avec elle le lendemain. Elle n'a pas pu dire exactement à qui Jacquot s'adressait. C'était peut-être une menace destinée à Dave, ce qui expliquerait pourquoi il a tiré. Pour montrer qu'il n'avait pas peur de lui, ou pour le menacer en retour.

– Peut-être.

– Tu vas te renseigner ?

– Auprès de qui ? De Jacquot ?

– De Dave.

– Merci du conseil.

– Qu'ont donné les douilles ?

– Un neuf millimètres.

– Comme le pistolet qui a tué Eytan Kinarti ?

– Le pistolet qui a tué Eytan Kinarti a été enterré avec lui. Un citoyen sur deux dans ce pays possède un neuf millimètres. J'attends les résultats du labo.

– Tu me mettras au courant ?

– Non. Tu ne travailles pas ici, Lisie, et je ne te dirai rien. Fais ton boulot et laisse-moi faire le mien. »

Elle lui fut reconnaissante de ne pas répéter qu'on avait tué Jacquot à cause d'elle. Depuis qu'elle avait appris la nouvelle, sa gorge était nouée par une douleur difficile à contenir et une colère qui cherchait un exutoire. Elle avait envie de casser ou de renverser quelque chose, de frapper des poings jusqu'à perdre toute sensation. Pour la première fois de sa vie, elle comprenait l'expression : « voir rouge ». C'était ce qu'elle ressentait à présent, comme si ses yeux étaient injectés de sang. Il y avait quelque chose d'insupportable à rester assise en face de son beau-frère dans ce cagibi où ne parvenait aucun bruit extérieur. Des bruits de neuf millimètres, des bruits d'hémoglobine, des bruits de crimes non élucidés. Elle commença à comprendre pourquoi Bentsi ne voulait pas changer de bureau. Il avait peur que son sang arrête de bouillir dans ses artères. Peur de s'habituer aux bruits du mal, au meurtre, au viol, à la torture, au méprisable. Et à tout ce qui les engendrait : les peurs qui brouillaient la raison, la haine qui aveuglait, les pulsions perverses, la jalousie qui empoisonnait le jugement. Oui, Bentsi voulait rester en ébullition, sous la pression de ces épaisses parois dont le couvercle était toujours prêt à sauter.

Elle sortit de sa poche le numéro de téléphone que lui avait donné le Prophète, le posa sur la table et expliqua à son beau-frère comment elle l'avait obtenu et en quoi il était lié – d'après elle – au meurtre d'Eytan et à celui de Jacquot.

« Demande la liste des passagers qui se trouvaient sur le *Dancing Mathilda* le huit septembre 95. Je pense qu'outre Jacquot, Eytan, Luba et Herzl, tu trouveras le nom de Dave Factory.

– Je suis tout ouïe.

– Je pense que la personne qui a acheté l'appartement d'Eytan, c'est Dave Factory. Il se peut qu'une fois informé de mes questions par Herzl Guivon, Jacquot ait téléphoné à Dave pour le mettre en garde. Je pense que l'assassin de Jacquot est aussi celui d'Eytan. Nous nous sommes focalisés sur la Maillerie et sur l'affaire de la vente fictive des terres de Carol, mais Luba est liée d'une manière ou d'une autre à cette histoire. Elle nous conduira au coupable.

– Nous ?

– Ne crie pas.

– Lisie ! hurla-t-il. Il n'y a aucun "nous" qui tienne, tu

m'as compris ? Les salopards qui dirigent les tripots sont des ordures. Ils trempent aussi dans le trafic de drogue, la prostitution et le blanchiment d'argent sale. Ils ne supporteront pas qu'une petite connasse nommée Lisie Badikhi leur bouche le pipeline national. Retourne à ton journal et écris tes articles. Ces gens-là sont dangereux.

– D'accord, mon petit cœur.

– Je te promets l'exclusivité si tu me promets d'arrêter de fourrer ton nez là-dedans.

– Super. Et votre porte-parole ? Et l'équipe d'investigations ? Et le photographe, le médecin, les gars de la balistique, le commissaire divisionnaire, le directeur régional de la P.J. ? Eux aussi me promettent l'exclusivité ?

– Lisie ! Qu'est-ce que tu cherches ? Que je t'arrête ? Je vais te foutre en taule, moi ! Je te jure que je le fais !

– Pour quel motif ?

– Obstruction à l'enquête. Voilà le motif.

– Je t'en prie, vas-y. »

Lisie claqua la porte de toutes ses forces, dans l'espoir qu'elle se casse. Aveuglée de colère, elle se dit qu'une fois dans la vie elle aurait aimé entendre un mot d'estime pour son travail. De Bentsi, d'Ariéli, de sa mère.

Rony Melzer bondit de son banc :

« Que se passe-t-il ? lança-t-il en lui courant après.

– Tire-toi.

– Lisie ! » Il lui attrapa le bras et essaya de la stopper.

« Bas les pattes, sale porc.

– Qu'est-ce qui t'arrive ? demanda-t-il, ébahi par la rage qui animait ses yeux.

– Toi, tu m'as mis le grappin dessus pour mettre le grappin sur mon ordinateur parce que Bentsi t'avait dit de le faire.

– Qu'est-ce que tu racontes ? Tu divagues ! » Il ne put cependant s'empêcher de rougir et vit qu'elle s'en était aperçue. « Je ne te lâche pas. Je veux savoir ce qui s'est passé.

– Je ne te dirai rien. Je ne veux plus te voir.

– Lisie, ne sois pas idiote.

– Je suis idiote. C'est ce que je suis. Idiote de t'avoir fait confiance. Et maintenant, dégage. »

Elle monta dans sa Justy. De rage et de frustration, elle enclencha par erreur la marche arrière et heurta le muret de pierre du parking. Elle sortit pour constater les dégâts : une aile tordue et un phare cassé. Sur le perron du commissariat, Rony l'observait. Elle décida qu'une fois rentrée, elle se ferait couler un bain chaud plein de mousse parfumée et rêverait aux pluies tropicales de Bornéo, à la forêt équatoriale et à tous ces lacs, rivières et chutes d'eau qu'elle voyait à la télévision sur la chaîne du Savoir.

CHAPITRE XX

Lisie était installée dans sa Justy devant le pressing fermé de l'avenue des Présidents, la tête couverte de la capuche de son imper, moteur et phares éteints. Au bout de la rue, de l'autre côté du carrefour, la buvette, encore ouverte, éclairait le trottoir. De temps à autre, des voitures et des motos s'y arrêtaient, des gens achetaient des cigarettes ou des boissons et repartaient.

De cet angle, elle pouvait voir sans être vue l'entrée du six de la rue Ketoura ainsi que les fenêtres de l'appartement de Luba. Sur le siège à côté d'elle, elle avait posé un thermos de café et un paquet de gaufrettes. Elle n'osait pas allumer la radio, de peur qu'un passant ne s'interroge sur cette fille assise depuis plus de deux heures dans une voiture.

Luba était revenue avec Alona par le bus de six heures et demie, dix minutes après l'arrivée de Lisie qui, par chance, avait trouvé une place de parking bien située. La lumière s'était allumée dans la pièce qui donnait sur la rue, puis à une autre fenêtre, sans doute la chambre d'Alona. « Deux pièces beaucoup joli » que le « mari à elle » avait payé comptant. Derrière les volets baissés, des ombres passaient puis disparaissaient, indiquant les déplacements d'une silhouette à l'intérieur. Elle connaissait déjà l'emploi du temps de la jeune femme. La lumière de la chambre de la petite s'éteignit à huit heures, celle de ce qui était apparemment le salon fut remplacée par les scintillements bleutés de la télévision. Parfois, Luba passait d'un endroit à un autre et une lumière supplémentaire s'allumait dans les profondeurs de l'appartement. Peut-être la cuisine, ou la salle de bains. Lisie ignorait ce qu'elle attendait, ce qu'elle espérait tirer de cette planque. Elle ne comprenait même pas pourquoi elle faisait cela. Avant de venir, elle avait à nouveau vérifié ses carnets, relu tout ce qu'elle avait noté depuis la découverte du corps d'Eytan Kinarti, en quête d'éléments qui rendraient logique sa décision de faire le guet rue Ketoura. D'expérience, elle savait qu'elle ne devait pas trop se triturer les méninges, que les réponses surgiraient tout à coup, au moment de leur choix. Elle ouvrit sa boîte à gants et, à la lumière de l'ampoule intérieure, jeta un œil sur sa montre. Dix heures et quart. Rien qu'une demi-heure s'était écoulée depuis la dernière fois qu'elle avait regardé sa montre… elle qui croyait avoir attendu au moins deux heures ! Elle se versa du café. Un couple de voisins, qu'elle avait déjà vus la veille, garèrent une Subaru blanche devant l'entrée de l'immeuble. Le conducteur se pencha sous le volant tandis que la femme, après avoir claqué sa portière, s'engagea sur le chemin qui menait au hall d'entrée et attendit son compagnon. Il avait apparemment vidé son cendrier, car lorsqu'il sortit enfin de la voiture, il tenait à la main quelque chose de petit qui pouvait être un sachet rempli de mégots et de cendres. Il échangea quelques mots avec la femme puis contourna le bâtiment à pas rapides et disparut. Il revint au bout d'un instant, le couple alluma la lumière et entra.

Lisie mit le contact et s'engagea lentement dans la rue Ketoura. Le dernier immeuble, le numéro 24, jouxtait un petit jardin public. Elle s'arrêta devant et sortit. Tous les bâtiments de la rue étaient du même style, s'il était possible de qualifier de « style » cette rangée serrée de blocs, tous identiques, construits dans les années cinquante et soixante. Apparemment, Beershéva était la seule ville au monde qui avait pour idéal en matière d'architecture des quartiers de hauts immeubles agglutinés. Les premières tentatives d'en faire une « ville d'espaces verts », avec de petits bâtiments à deux étages, spacieux et ombragés, n'avaient laissé derrière elles que des cours dévastées, des toboggans cassés et une totale désolation. Ce n'était que ces dernières années que, dans les nouveaux quartiers, quelque chose qui s'appelait sous d'autres cieux une « qualité de vie » avait commencé à poindre : des murs qui ne s'effritaient pas, des locaux-poubelles qui n'étaient pas transformés en pissotières et des jardins publics où les mauvaises herbes et les cactus ne poussaient pas aux pieds de balançoires rouillées et tordues.

Lisie pénétra dans la cour et longea l'immeuble, comme l'avait fait l'homme au numéro six. Elle se retrouva sur un étroit sentier de dalles posées sur le sable à intervalles réguliers. Une aire de jeu s'étendait entre le bâtiment de devant et celui de derrière. Une haie d'acacias séparait les couples d'immeubles les uns des autres. Le sentier qu'elle avait emprunté se divisait en deux au coin du mur. Un petit trottoir partait à gauche vers le local-poubelles, et un autre continuait vers le local-poubelles de l'immeuble jumeau. Ce fut celui-ci qu'elle suivit et qui lui permit de rejoindre un sentier dallé contournant le deuxième bâtiment. Elle aboutit ainsi dans la rue parallèle : la rue Yohanan. Il y avait donc partout deux entrées possibles.

Les immeubles de la rue Ketoura et ceux de la rue Yohanan avaient été conçus comme une seule unité.

Deux portes en fer s'ouvraient dans le mur qui donnait sur la cour intérieure. L'une conduisait au local-poubelles et l'autre à l'abri souterrain commun. De l'abri, une étroite volée d'escaliers menait au hall d'entrée de chaque immeuble. C'est-à-dire que si quelqu'un voulait rendre visite à Luba sans attirer l'attention, il pouvait garer sa voiture rue Yohanan, traverser la cour, entrer par la porte de derrière qui menait à l'abri et, de là, remonter jusqu'à l'appartement sans être vu de la rue Ketoura.

Lisie décida de lever le siège. Elle était fourbue et le lendemain, elle devait boucler le journal. À sa prochaine soirée de libre, se promit-elle, elle s'installerait en planque rue Yohanan. Elle mit le contact et se fondit dans le trafic peu dense de l'avenue des Présidents. La Justy hoqueta, ce qui l'obligea à prendre la file de droite et à ralentir. Elle se maudit, maudit sa voiture, il ne lui manquait plus que ça, rester coincée avec une crevaison dans une rue déserte! Elle savait changer un pneu, et c'était très certainement ce qu'elle allait faire, car personne ne s'arrêterait en pleine nuit pour aider une grande bringue qui avait tout l'air de pouvoir se débrouiller seule. À la réflexion, elle préférait se débrouiller seule plutôt que d'être inquiétée par des étrangers qui risquaient, vu l'obscurité ambiante, de se méprendre sur ses intentions. Elle avait un pneu de rechange et un cric dans le coffre. Dans vingt minutes, elle aurait changé sa roue et serait rentrée. Chez elle, elle prendrait un bain chaud, heureusement qu'elle avait pensé à allumer le chauffe-eau avant de partir.

Elle sortit de sa voiture pour évaluer les dégâts et constata que sa roue arrière droite était complètement à plat. Elle ouvrit le coffre. Au moment où elle se penchait, quelqu'un sortit de la voiture qui venait de s'arrêter juste devant elle et avant qu'elle n'ait eu le temps de tirer son pneu de rechange, quelque chose de dur s'abattit sur sa tête. Elle perdit l'équilibre, ses joues et son front heurtèrent la paroi de fer du coffre, sa tête et ses épaules furent poussées à l'intérieur et le monde s'obscurcit en un clin d'œil tant la douleur devint vive. Elle réussit cependant à s'extirper rapidement de là mais s'affaissa sur la chaussée. Elle protégea sa tête entre ses jambes, à raison, car d'autres coups s'abattirent violemment, par salves successives, sur l'aile de la voiture. La pensée que ce n'était pas du tout ce qu'elle devait faire lui traversa l'esprit. Bentsi et Ilan lui avaient enseigné qu'il fallait se jeter sur l'agresseur pour le ceinturer et jamais, au grand jamais, essayer de l'esquiver. Elle s'agrippa aux hanches qui se trouvaient tout près d'elle, tira de toutes ses forces, sentit l'individu trébucher mais en même temps, elle reçut un terrible coup sur le bras. Elle cria « À l'aide ! » d'une voix qui sonna à ses oreilles comme le croassement enroué d'un corbeau lointain, attrapa une jambe, tira à nouveau de toutes ses forces sur une cheville. Elle savait que si elle lâchait prise, le type serait à nouveau libre de ses mouvements et recommencerait à la matraquer avec sa barre de fer. Il gesticulait comme un fou, son souffle court laissait échapper des râles de fureur et d'impuissance, et, de sa main libre, il essayait de l'atteindre à la tête. Il réussit à la frapper violemment à la tempe mais soudain, son gant émit un bruit de déchirure. Il y avait quelque chose dans le gant, quelque chose de lourd, de métallique, quelque chose qui la tuerait si elle ne fuyait pas. Elle se demanda où avaient disparu les passants, les voitures qui roulaient sur la chaussée, les voisins sur leurs balcons, et pria de tout son cœur pour que quelqu'un remarque ce qui se passait et vienne à sa rescousse. Elle ouvrait la bouche pour se remettre à crier lorsqu'il tomba. Son genou heurta violemment l'asphalte et elle entendit un hoquet puis un gémissement étouffé de douleur. Elle réussit à sauter sur ses pieds et lança encore un « À l'aide ! » tout en se précipitant vers la buvette éclairée. Elle entendit derrière elle un galop de semelles souples. Le doute n'était plus possible : son agresseur avait la ferme intention de la tuer. Dans sa course, elle vit une porte de local-poubelles ouverte, fonça dans la cour jusqu'à ce refuge et s'assit par terre entre les grands bacs noirs. Elle retint son souffle, plaquant ses mains contre son nez et sa bouche, et fixa la porte ouverte avec des yeux exorbités de frayeur. Il lui sembla entendre l'individu courir dans les escaliers de l'immeuble et ressortir dans la rue. Au bout d'un très long moment, une voiture démarra. Par-delà la porte, des phares balayèrent le grillage qui séparait les bâtiments. Toujours assise entre les poubelles, Lisie tremblait de tous ses membres. Une longue heure s'écoula avant que sa respiration ne redevienne régulière et qu'elle n'ose lever la tête pour jeter un regard du fond du trou noir où elle avait sombré. Lorsqu'elle se mit debout, le monde tournoyait autour d'elle. Elle s'aida du mur pour avancer et se dirigea lentement vers la rue, avec la sensation de marcher à l'intérieur d'un train de foire dévalant des montagnes russes.

Un objet non identifié était planté dans sa narine, elle grelottait. Quelqu'un la couvrit ; elle voulut demander qu'on lui enlève le truc qu'elle avait dans le nez. Elle essaya d'ouvrir les yeux et comprit qu'elle regardait le monde à travers deux fentes très étroites. La lumière de la pièce était feutrée. Penchée au-dessus d'elle, une bouche dont le sourire se répandait dans l'air comme un jaune d'œuf dans une poêle, dit : « Lisie, Lisie. » Ensuite, une aiguille fut piquée dans son avant-bras et elle se rendormit.

Lorsqu'elle essaya à nouveau d'ouvrir les yeux, elle vit une chambre inondée par la lumière du jour. Elle était allongée sur un lit d'hôpital, l'avant-bras gauche plâtré. Elle ne comprit ni comment elle était arrivée là, ni quand, ni pourquoi. Soudain, le souvenir du fou avec sa barre de fer lui revint en mémoire. « Je suis vivante », songea-t-elle avant de refermer les yeux et de se rendormir.

Un échange de chuchotements énergiques la tira de son sommeil. Elle entrouvrit les meurtrières de ses yeux. La nuit était à nouveau tombée. Une pâle lumière filtrait du couloir, une voix familière s'éleva à côté d'elle et une chaude sensation l'envahit.

« Maman ?

– Lisette. Enfin. Je suis là, tout va bien. Est-ce que tu m'entends ?

– J'ai froid.

– Georgette, apporte une autre couverture. »

Entendre cette voix qui donnait des ordres avec autorité convainquit Lisie qu'effectivement tout allait bien. Sa mère la protégeait, sa mère avait pris le contrôle des opérations, sa mère ne l'abandonnerait jamais. Des larmes roulèrent sur ses joues, elle n'arrivait pas à les retenir mais ignorait pourquoi elle pleurait. Quelqu'un posa sur elle une couverture supplémentaire, Batshéva lui essuya les joues et réitéra sa promesse : « Tout va bien, Lisette, tout va bien, Lisette. » Et Lisie la crut. Si sa mère était auprès d'elle, tout irait bien. Rien de mauvais ne lui arriverait tant que maman resterait assise à son chevet et lui caresserait le visage et le bras valide qui lui restait. Elle serra les doigts autour du poignet de Batshéva et ferma les yeux.

Lorsqu'elle se réveilla, elle entendit la même voix, mais cette fois, son ton était irrité :

« Je me fiche de ce que dit le docteur, Georgette. Ça fait presque deux jours qu'elle dort. Il faut la réveiller.

– Elle a eu une commotion cérébrale, maman. Elle doit se reposer et rester sans bouger.

– Qui parle de bouger ?

– Enlève-moi ce tuyau du nez, Georgette. »

L'entendant parler, sa mère et sa sœur laissèrent échapper des cris de joie.

« Tu ne voudrais pas le garder encore un peu, Lisie ? Ça te dérange tellement ?

– Oui. C'est très désagréable.

– Je vais demander au docteur. »

Son infirmière de sœur sortit de la chambre et Batshéva se pencha sur elle, lui caressa les cheveux et le front :

« Ne bouge pas, Lisette, tu as un traumatisme crânien, un bras cassé et des points de suture sur un sourcil. Tes yeux sont indemnes. Ils sont juste gonflés à cause des coups, c'est le docteur qui l'a dit, mais tu n'en garderas aucune séquelle.

– Qui m'a amenée ici ?

– Quelqu'un t'a attaquée pour te voler ton sac. Ta voiture est tombée en panne, tu as crevé dans l'avenue des Présidents mardi soir. Pendant que tu essayais de changer ton pneu, une espèce de sale ordure – qu'il brûle en enfer ! – a essayé de te dévaliser. Tu t'es défendue, ce minable – qu'il ne connaisse pas un jour de bonheur pour le restant de sa vie ! – t'a frappée et quand tu as perdu connaissance, ce moins que rien – qu'il tombe entre mes mains, c'est tout ce que je demande ! – s'est emparé de ton sac avant de décamper. Un voisin qui descendait avec son chien t'a vue assise sur le trottoir. Il a d'abord cru que tu étais ivre, mais ensuite, il a remarqué que tu saignais de la tête et a appelé une ambulance. Heureusement que Havatzéleth était de garde cette nuit-là.

– Pourquoi mes yeux sont-ils dans cet état ?

– À cause des coups. C'est le docteur qui l'a dit. Grâce à Dieu, ils sont intacts, tes yeux, la vision n'a pas été endommagée, et c'est le principal.

– Je dois avoir un air monstrueux.
– Oui. Tu ressembles à Mohamed Ali. Sois patiente, Lisette. C'est moi qui te le demande.
– Quel jour sommes-nous ?
– Jeudi.
– Le journal !
– J'ai contacté M. Ariéli dès que tu as été amenée ici. Il a envoyé quelqu'un de Tel-Aviv qui boucle avec Dahan.
– Tzément ?
– Je ne sais pas.
– Maman !
– Quelle importance, Lisette ?
– Tzément !
– Je n'ai pas demandé. Toi, tu dois te reposer pour guérir au plus vite. C'est ça qui compte. M. Ariéli pense comme moi. »

Tzément était son épée de Damoclès, et sa mère le savait. Chaque fois que Gdalia Ariéli se mettait en colère contre elle, il menaçait d'envoyer Tzément à Beershéva. Tzément avait hissé le drapeau du *new*-journalisme aux *Nouvelles.* Il abreuvait la rédaction d'articles qui s'étendaient sur les sensations personnelles qu'éveillait en lui n'importe quel sujet traité. Tzément avait toujours un angle de vue personnel, que ce soit sur le changement de politique du gouvernement à Hébron, l'effondrement des cours de la tomate ou le dernier film de Francis Ford Coppola. Ses fidèles lecteurs connaissaient tout de sa vie, à commencer par la crèche de Rina en passant par ses patrouilles dans les ruelles de Gaza et jusqu'à son enrichissant séjour aux États-Unis, où il avait étudié le cinéma et la communication, et d'où il était revenu avec des théories qui foulaient au pied et tournaient en ridicule le provincialisme des vétérans des *Nouvelles.* Il avait intégré le journal peu de temps avant que le rédacteur en chef, Gdalia Ariéli, fasse sa crise de la cinquantaine, quitte son foyer et aille vivre avec une femme qui s'occupait des relations publiques d'une entreprise de crèmes glacées. Tandis qu'Ariéli pleurait sur sa jeunesse perdue et sur tout ce qu'il avait loupé à cause d'une vision du monde erronée (qui avait mis le travail et la famille au centre de son existence), Tzément avait débarqué dans leurs locaux poussiéreux avec une approche professionnelle fraîche qui affirmait que le « Je » du narrateur n'était pas une entité anonyme floue, mais au contraire le nœud de tout reportage. Or Gdalia Ariéli voulait être le nœud du journalisme. Il ne comprenait pas pourquoi lui, le rédacteur en chef, ne serait pas le nœud de la presse écrite, et, en y réfléchissant bien, le nœud de toute chose. Les journalistes des *Nouvelles* suivaient avec inquiétude l'étrange amitié qui fleurissait entre les deux hommes. Ils attendaient que le patron en finisse avec son démon de midi, qu'il se calme, voire qu'il rentre à la maison retrouver femme et enfants, et qu'il arrête d'emmerder le monde. Pour l'instant cela tardait à venir, et chaque fois que Lisie était en désaccord avec lui, il menaçait d'envoyer Tzément à Beershéva, afin que le chouchou enseigne à l'indigène comment les vrais professionnels faisaient un journal. A la pensée que son agression lui avait servi de prétexte pour mettre sa menace à exécution, elle a de nouveau éclaté en sanglots.

Depuis des années, personne ne l'avait vue pleurer. Georgette expliqua à sa mère que c'était à cause du choc, comme si Lisie, en plus de sa cécité passagère, était devenue sourde.

Batshéva annonça qu'oncle Yaacov et tante Clara attendaient dans le couloir depuis plus de deux heures, et qu'elle voulait les faire entrer afin qu'ils puissent ensuite repartir chez eux. La veille, ils étaient allés à la synagogue, avaient fait don d'une bouteille d'huile et récité la prière d'action de grâces. Le matin, Dahan était venu avec Dorith, Bentsi et Ilan avaient accouru à son chevet dès mardi soir bien sûr, et même Rony, ce charmant détective des assurances, lui avait rendu visite la veille, avec une rose. Batshéva leva devant son visage un étroit vase en verre qui ressemblait à une éprouvette et d'où se dressait une rose rouge. Lisie fondit en larmes.

Clara et Yaacov entrèrent dans la chambre sur la pointe des pieds. L'oncle tenait à la main un immense bouquet de fleurs, la tante un petit paquet emballé dans un papier coloré – à n'en pas douter du Chanel n°5, l'arme secrète de toute femme qui se respectait. Lisie était incontestablement leur nièce préférée. Certes ils avaient beaucoup d'estime pour ses sœurs, Georgette et Havatzéleth, mais à leurs yeux, Lisie était la femme la plus belle, la plus intelligente et la plus talentueuse de Beershéva, même si elle ne se hisserait jamais jusqu'aux sommets de leurs Gilbert et Sullivan adulés – combien d'êtres au monde se hissaient-ils jusqu'aux sommets de Gilbert et Sullivan ? Quand on leur avait annoncé que Lisie était à l'hôpital, ils s'étaient souvenus qu'ils lui avaient chanté la chanson du Bourreau lors de sa visite à la boutique quelques jours auparavant, et ils espéraient, ils espéraient vraiment, que cela n'avait pas eu d'incidence sur ce qui lui était arrivé.

Lorsqu'ils avaient jeté un coup d'œil dans la chambre, ils avaient aperçu la malade sur son lit surélevé, mais de leur poste d'observation dans le couloir, ils n'avaient pas vu son visage. À présent qu'ils se tenaient devant elle, ils faisaient semblant de ne pas remarquer ses yeux tuméfiés, les points de suture de son sourcil et le plâtre de son bras.

« Notre amazone ! » s'exclama oncle Yaacov en lui tendant son bouquet de fleurs. Batshéva l'intercepta et lui demanda avec méfiance ce qu'il entendait exactement par là.

« Les guerrières les plus célèbres du monde sont les amazones de la Grèce antique, Batshéva, expliqua-t-il. Elles se coupaient un sein pour être plus à l'aise quand elles tiraient à l'arc, exactement comme Lisie.

– Lisie ne s'est rien coupé du tout », répliqua sa mère avec irritation. Les compliments de Yaacov avaient le don de l'irriter. Bien sûr, elle savait que Clara, qui, dans le temps, avait été son frère Ménashé, n'était pas vraiment une bonne affaire, cependant elle ne comprenait pas ce que celle-ci trouvait à ce nain philosophant, de même qu'elle ne comprenait pas l'amitié qui unissait sa benjamine à ce couple tordu.

« C'est une métaphore, Batshéva, expliqua Clara. Yaacov s'est servi d'une métaphore pour illustrer combien les grands héros sont prêts à payer de leurs propres personnes.

– Ce qui restera dans les mémoires au sujet de cet affreux criminel qui t'a agressée, c'est qu'il s'est mesuré à la plus grande des héroïnes et qu'il a perdu », conclut Yaacov.

Des larmes embuèrent les yeux de Clara. Personne n'aurait pu le formuler plus joliment que son compagnon. Une expression atterrée monta sur le visage de Batshéva et elle sortit de la chambre à la recherche d'un vase. Clara posa son cadeau sur la table de nuit et chuchota :

« Du cinq de Chanel. Tu auras beaucoup de visites. Des fleurs et du parfum, c'est tout ce dont une femme a besoin dans ce genre de circonstances.

– Le fils de Kinarti avait-il des amis ? demanda Lisie.

– Nous ne l'avons pas connu, ma chérie. Il n'habitait pas Beershéva. Il vivait à l'étranger, en Allemagne.

– Mais vous m'avez parlé de lui.

– Nous ne l'avons jamais rencontré.

– Alors qui vous a parlé de lui ?

– Qui nous a parlé de lui ? » Clara et Yaacov se regardèrent, essayant de se rappeler.

« Était-ce Leizer Kinarti, son père ?

– Non. Nous connaissions Leizer, mais pas intimement, dit la tante. Régina peut-être ? demanda-t-elle à Yaacov.

– C'est possible, répondit-il.

– Qui est Régina ? demanda Lisie.

– La femme de ce pauvre Jacquot, qu'il repose en paix. Du magasin de meubles. Tu sais ce qu'il lui est arrivé ?

– Oui.

– Beershéva est devenue Chicago.

– C'est très important, ce que vous venez de me dire. Répétez-le à Bentsi.

– Quoi ?

– Que Régina connaissait Eytan Kinarti.

– D'accord, ma chérie. »

Lisie leur sourit, et ce qui arriva à son visage les horrifia.

« Nous reviendrons après-demain, lui chuchota Clara, repose-toi bien et prends des forces.

– Merci, tante Clara. Merci tonton Yaacov.

– Les taureaux labourent, Lisie, et la terre reste muette, dit l'oncle, et ça, ne l'oublie jamais. »

Ils sortirent de la chambre comme ils y étaient entrés, sur la pointe des pieds.

Sa mère réapparut avec les fleurs et un vase. Derrière elle entrèrent Bentsi, Ilan, Georgette et Havatzéleth. On peut dresser la table, se dit Lisie, il ne manque que les gamines. Tous semblaient amusés par cette fête de famille dont elle était la cause. Le secret de la réussite du mariage de ses sœurs résidait dans le fait que les conjoints ne se rencontraient quasiment jamais. En effet, chaque sexe avait des tours de garde. Les hommes dans la police, les femmes à l'hôpital. Dans la cuisine des deux appartements trônait un grand calendrier sur lequel étaient inscrites les gardes de la maman et celles du papa, chacun avec sa couleur. Ils essayaient toujours de faire coïncider leurs horaires, mais parfois, ils ne se voyaient pas pendant des semaines. S'il arrivait que l'un des couples travaille de jour et l'autre de nuit, celui de « jour » s'occupait aussi des filles de celui de « nuit ». Depuis que les sœurs avaient interchangé leurs maris, Georgette et Bentsi élevaient les filles d'Ilan, et Havatzéleth et Ilan celles de Bentsi. Au début de cet échange d'époux, Lisie avait pensé que la nouvelle donne déstabiliserait les gamines, mais, au fil du temps, elle s'était rendue compte que celles-ci s'adaptaient beaucoup mieux que ce qu'elle aurait pu croire. Non seulement les filles ne s'étaient pas scandalisées de voir leurs mamans déménager chez les tontons, mais encore elles tiraient de cet arrangement tout le bénéfice possible, en faisant du chantage qui n'aurait pas fait honte à la mafia sicilienne.

« Tu as une de ces tronches, mon poussin », dit Ilan. La grande tape que Havatzéleth lui donna dans le dos lui cloua le bec.

« Je vous accorde dix minutes, annonça Mme Badikhi mère. Et je vous interdis de la fatiguer.

– D'accord, Batshéva, répondirent en cœur les deux gendres.

– Le Prophète veut réintégrer son autobus, continua-t-elle.

– Tu l'as vu ? demanda Bentsi.

– Bien sûr. Puisque je suis à l'hôpital, je ne vois pas pourquoi je n'irais pas lui rendre visite à lui aussi.

– Comment va-t-il ?
– Mieux. On veut le laisser sortir et lui veut rentrer chez lui.
– Il ne peut pas. Le bus est bouclé pour toute la durée de l'enquête.
– C'est sa maison.
– C'est la scène du crime.
– Si vous n'avez rien trouvé jusqu'à présent, vous ne trouverez rien. Vous ne pouvez pas le garder à l'hôpital uniquement parce que la police n'emploie qu'une bande d'incapables.
– Maman ! s'écrièrent en cœur Havatzéleth et Georgette.
– C'est un homme qui a besoin d'espace. Maintenant qu'il va mieux, il va moins bien parce qu'il est dans un lieu clos. Il deviendra fou ici.
– Il l'est déjà.
– Bon, les filles, allons nous préparer un petit thé », lança Georgette. Elle entraîna sa mère et sa sœur dehors.
« Tu souffres, mon poussin ? demanda Ilan.
– Non, répondit Lisie.
– Ça viendra, l'encouragea Bentsi. Dès que tu te sentiras un peu mieux, tu commenceras à avoir mal. C'est comme ça. Sais-tu qui t'a agressée ?
– Non. Je n'ai pas eu le temps de voir son visage. Il a arrêté sa voiture devant la mienne. Je suis sortie pour prendre ma roue de secours dans le coffre, j'ai ouvert le capot, je me suis penchée à l'intérieur et il m'a donné un coup par derrière. Avec une barre de fer, je pense.
– Es-tu sûre qu'il s'agissait d'un homme ?
– À en juger par la violence du coup, oui. De taille moyenne. De poids moyen. Peut-être un peu plus petit que moi, mais avec la force d'un malade mental. J'ai essayé de le déséquilibrer comme vous me l'avez enseigné et je sais qu'il est tombé et que son genou a vio-

lemment heurté la chaussée. Les traces de pneus pourraient peut-être vous renseigner. Et les empreintes sur ma voiture.

– Nous n'avons pas trouvé d'empreintes. Il portait apparemment des gants.

– Oui. L'un d'eux s'est déchiré pendant qu'il me frappait. D'ailleurs il m'a semblé qu'il y avait un coup de poing américain dedans. Il portait un jean. Et des chaussures de sport. Ça, je le sais parce que quand il m'a fait tomber, j'ai agrippé sa cheville. Avez-vous pris des moulages de semelles à côté de ma Justy ?

– Oui. Mais nous ne savons pas si ce sont les siennes. La prochaine fois que tu es agressée, donne ton portefeuille, mon canard, dit Ilan.

– Je dois faire opposition à ma carte de crédit et me procurer de nouveaux papiers.

– Je m'en charge. Ne t'inquiète pas pour ce genre de détails en ce moment.

– Ce n'était pas un voleur. Il voulait me tuer.

– Pourquoi dis-tu ça ? demanda Bentsi.

– Il voulait me tuer. J'en suis sûre. Regarde la tête que j'ai, Bentsi.

– Qui donc voudrait te tuer ?

– Je ne sais pas.

– Lisie !

– Je dois réfléchir.

– Quelqu'un a tailladé ton pneu. Que faisais-tu mardi soir avenue des Présidents ?

– Je rentrais chez moi.

– D'où venais-tu ?

– Je ne me souviens pas. Tout est si confus.

– Arrête ton cinéma, Lisie. À un certain moment, tu as laissé ta voiture pour aller quelque part. Ton agresseur en a profité pour s'en approcher et taillader ton pneu, ce qui t'a obligée à t'arrêter et lui a donné la possibilité de te sauter dessus. Ne me raconte pas que tu ne sais pas où tu t'es garée et combien de temps tu as quitté ton véhicule avant la crevaison.

– Je suis allée à la rédaction, puis à la cérémonie du Premier-né de l'Âne, et enfin au commissariat, pour te voir.

– Que faisais-tu avenue des Présidents au milieu de la nuit ?

– Je ne me souviens plus.

– Si tu sais quelque chose, dis-le, Lisie, insista Bentsi. Tu n'auras pas autant de chance la prochaine fois.

– Oui, on peut vraiment dire que je suis une veinarde. » Les maudites larmes roulèrent à nouveau sur ses joues.

« Viens, Bentsi, dit Ilan. Il ne manquerait plus que Batshéva revienne maintenant. Prends soin de toi, mon poussin. »

Le conseil d'Ilan transforma le filet d'eau en fontaine.

CHAPITRE XXI

Plus le visage de Lisie ressemblait à un ballon de football cabossé, plus tout le monde affirmait qu'elle progressait. Son bras plâtré la démangeait. Des vertiges inopinés l'assaillaient lorsqu'elle se levait du lit ou de la chaise. Elle tournait en rond dans l'hôpital, errait d'un étage à l'autre, d'un service à l'autre, jetait un œil dans les chambres, traînait ses grands pieds dans la cour, mais ses pensées revenaient sans cesse à Dave Factory. Elle présumait que c'était lui qui avait assassiné Eytan Kinarti et Jacquot Bakhar et que les coups qu'elle avait reçus sur la tête, comme ceux qui avaient blessé Oved Hanegbi, étaient l'œuvre d'un de ses outils. Avait-il mis en scène le numéro de shérif au Pélican afin de se faire confisquer son pistolet et, ainsi, être rayé d'office de la liste des suspects ? Mais pourquoi ? Pourquoi avait-il voulu attirer l'attention sur lui ? Était-ce parce que, selon sa logique, si des policiers attrapaient quelqu'un qui, pendant la journée, avait tiré dans un café, ils ne pouvaient pas imaginer que ce même homme puisse, la nuit, se transformer en tueur en série ?

Dave avait donné à Luba le numéro de téléphone de la pépinière, lui assurant que là, elle le joindrait à tout moment, si besoin était. Il pouvait faire basculer ses appels, y compris ceux qui arrivaient au boulot, sur le portable qu'il gardait toujours sur lui. La bêche qui avait servi à enterrer Eytan à la Maillerie venait de la pépinière, ainsi que l'échelle utilisée pour enlever l'ampoule des poteaux électriques. Certainement avec la même bêche, il avait frappé Oved Hanegbi à la tête. C'est encore à la pépinière qu'il avait pris le pistolet avec lequel il avait organisé les tirs au pigeon au Pélican bleu, et il devait garder là-bas un autre pistolet. L'arme qui n'avait pas servi au Pélican bleu avait abattu Eytan Kinarti avant d'être enterrée avec le cadavre, et une autre arme – pour l'instant introuvable – avait tué Jacquot. À côté des pistolets, on découvrirait sans doute le coup de poing américain qui l'avait assommée et peut-être aussi le gant déchiré. Le département des Parcs et Jardins de la mairie de Beershéva avait sous sa responsabilité un territoire qui s'étendait de la Route de Hébron à Néot Hatzérim. Ses jardiniers sillonnaient les beaux quartiers tout comme les villages bédouins en camionnettes ou en Jeeps, ils entraient dans les camps de caravanes, les nouveaux centres commerciaux, les vieux bidonvilles, les lieux fréquentés par la pègre dans la zone industrielle, ou encore risquaient de croiser des contrebandiers. Lorsqu'ils devaient se rendre dans des endroits dangereux, on les obligeait certainement à prendre une arme, une arme qui était enfermée à double tour quelque part dans la pépinière.

Eytan Kinarti et Jacquot, qui avaient tous les deux été assassinés, se trouvaient sur le *Dancing Mathilda*. Le Prophète avait frôlé la mort parce qu'il connaissait le numéro de téléphone (celui de Dave) qu'avait donné Luba, et elle, Lisie, avait été attaquée parce qu'elle surveillait l'appartement de la jeune femme. Tout convergeait vers la liaison entre Luba et Dave. Chacune des victimes était au courant de leur histoire. Ce que

« Davy » devait craindre par-dessus tout, c'était que Carol ne découvre le petit nid chaud qu'il s'était construit au six rue Ketoura. Il avait besoin de sa femme légitime pour faire vivre ses deux autres femmes. Et qui sait, peut-être l'aimait-il, comme il aimait leur grande fille et le domicile conjugal ? Carol était un iceberg, beau et dangereux, alors que Luba était un cocon tapissé de duvet soyeux. Une vieille chanson enfantine lui revint à l'esprit : « Entre les deux, mon cœur balance, je ne sais pas laquelle aimer des deux. » Lorsque ses nièces étaient petites, Bentsi la leur chantait, une poupée dans chaque main.

Lisie ferma les yeux, offrit son visage à la caresse du soleil hivernal et décréta qu'il était grand temps de quitter l'hôpital. Si elle n'avait pas été la sœur de Georgette et de Havatzéleth, on l'aurait déjà renvoyée dans ses pénates. Elle retourna en Orthopédie 1 et tomba sur les médecins qui entamaient leur « tournée » dans son couloir.

« Je veux rentrer chez moi, dit-elle au chef de service.

– Pas de problèmes, mais vous ne devrez pas vous agiter. Essayez de vous reposer. Vous avez eu une commotion cérébrale. Revenez dimanche vous faire enlever les fils du sourcil.

– Le bras me gratte atrocement.

– On va vous changer le plâtre.

– Merci. »

Son plâtre une fois changé, elle s'acquitta des formalités de sortie et rentra chez elle. Sa mère débarqua avec un panier dans lequel elle avait fourré deux casseroles, des boîtes et des sachets en plastique. Elle alla déposer le tout dans la cuisine, changea les draps du lit, les serviettes de la salle de bains, prépara à sa fille une soupe de légumes, des escalopes de poulets panées et de la compote, et promit de revenir le lendemain matin. Ce fut avec un plaisir intense que Lisie se plongea dans sa baignoire puis se prépara une tasse de chocolat chaud dans sa cuisine. Batshéva lui avait acheté une longue robe de chambre en velours de couleur lie-de-vin sous laquelle elle pouvait cacher son bras en écharpe.

Ce retour à la maison l'avait épuisée et, pour la première fois depuis son agression, elle sombra dans un sommeil réparateur et profond, qui ne fut pas perturbé par des bruits d'hôpital. Lorsqu'elle se réveilla, l'obscurité régnait dans l'appartement. Elle avait retrouvé la forme, son esprit était clair et elle savait exactement ce qu'elle devait faire.

Le taxi la déposa dans la zone industrielle et repartit. Elle commença à avancer vers la pépinière. Économisant ses forces, elle marchait lentement sur le chemin sablonneux, mesurait chacun de ses pas, l'oreille à l'affût des bruits de la nuit. Elle avait sans cesse l'impression que quelqu'un bougeait sur le terrain vague, était caché derrière un poteau ou la suivait. Au bout de trois minutes, elle distingua l'ombre des deux grands ficus qui encadraient l'entrée de la pépinière. Une camionnette aux portières marquées de l'inscription « Municipalité de Beershéva – Entretien des Jardins » stationnait sur le parking improvisé devant la grille. Dans son for intérieur, elle maudit le connard qui avait pris la peine de poser un gros verrou sur le vieux portail. Les propriétaires des luxueuses villas des nouvelles résidences subventionnées s'étaient-ils « servis » dans la pépinière municipale pour garnir leurs jardins privatifs ? Elle longea le grillage jusqu'au baraquement de l'administration et la remise à outils qui se trouvaient un peu en retrait. La cabane était surplombée d'une grande inscription jaune « Direction et Surveillance ». Il lui suffit d'abaisser la poignée pour que la grille métallique s'ouvre, laissant échapper un grincement étouffé.

Elle s'arrêta dans la cour, retint sa respiration et attendit d'être habituée à l'obscurité et au silence. Une faible clarté provenait des lointains réverbères de la route principale et caressait la première rangée d'arbres. Le frissonnement des cimes se mêlait aux bruits des voitures qui passaient plus loin, au doux souffle de la ville qui s'endormait, yeux ouverts et sens en éveil, telle un grand fauve. Il faisait très sombre dans cette partie de la cour. Elle avait une torche dans la poche mais pour l'instant préféra ne pas s'en servir. La porte du baraquement qui abritait les bureaux était verrouillée et les fenêtres bloquées par des barreaux. Un petit intervalle de deux mètres environ, traversé par un étroit sentier en asphalte, séparait cette baraque de la remise, vers laquelle Lisie se dirigea. Elle poussa la porte et entra. À l'intérieur, l'air était confiné, il y régnait une odeur humide et poisseuse de terre mouillée, de serre et de produits chimiques. De là sans aucun doute provenaient les particules de terreau et d'engrais qui avaient été retrouvés sur Eytan Kinarti, à l'époque où il n'était encore que le Fiancé inconnu. Le laboratoire pourrait l'établir.

Dans les armoires, les outils étaient rangés par catégories : pelles, bêches, râteaux, sécateurs, arrosoirs. Des gants de jardinage traînaient sur une vieille table de bois. Lisie les examina à la lumière de sa torche. Aucun d'eux ne se révéla déchiré. Les sacs d'engrais étaient empilés contre le mur, des pots et des jardinières les séparaient des outils. Deux hautes échelles pliantes s'appuyaient à la grande armoire. Charger une telle échelle sur la camionnette garée dehors ou même sur la galerie d'une voiture normale ne présentait aucune difficulté. Elle vit dans ce débarras exactement ce qu'elle s'attendait à y voir. Si Dave Factory avait eu besoin d'une bêche et d'une échelle, il s'était servi ici même. Elle ouvrit le tiroir de la petite table à l'entrée, et y trouva deux trousseaux de clés. Elle les prit puis retourna vers le baraquement.

La clé à tête plastifiée de blanc pivota dans la serrure. Elle nettoya ses chaussures sur le paillasson et entra. La baraque était divisée en deux pièces. Dans l'une s'effectuaient apparemment les travaux de secrétariat, car il y avait là un ordinateur et des armoires métalliques remplies de classeurs et de dossiers. Dave Factory se servait de la seconde comme bureau. Des plans de projets de parcs, des cartes de différentes zones de la ville et des photos de jardins étaient accrochés aux murs. Lisie ouvrit les tiroirs du bureau puis inspecta les rayonnages de l'armoire, dépitée de ne pas y trouver de gant déchiré ou de coup de poing américain. Tout à côté, elle vit un coffre-fort qui arrivait jusqu'au rebord de la fenêtre. S'il y avait des armes ici, elles devaient se trouver dedans. Le coffre était de modèle standard, du genre de celui installé dans le bureau de Dahan et dans le cagibi de Bentsi au commissariat. Elle se souvint de Shlomo Mintoff, la « clé » qui avait permis à Rony de s'introduire dans l'ordinateur de l'office national d'Occupation des Sols. Dave Factory avait probablement choisi le même type de code. Aucune raison pour qu'il se complique la vie, puisqu'il ne s'agissait, en fait, que du coffre-fort de la pépinière municipale. Elle s'assit sur la chaise du bureau, la fit pivoter vers la porte blindée et sortit de son sac sa torche et son carnet, qu'elle maintint ouvert avec le poids de son bras gauche plâtré tandis que de la main droite, elle commença à manipuler le bouton du coffre. Elle composa le numéro de téléphone du domicile de Dave, celui de la mairie, celui de la Maillerie, celui de l'appartement rue Ketoura. À plusieurs reprises elle se leva, marcha d'une pièce à l'autre pour se dégourdir les jambes et étirer son dos penché dans une posture douloureuse. Elle respirait profondément pour surmonter sa peur et prenait bien garde à ne pas apparaître à travers les barreaux des fenêtres.

Il était déjà deux heures du matin lorsqu'elle se demanda à quelle heure arrivaient les premiers ouvriers. Les travailleurs de la terre se levaient à l'aube. Et l'aube, quand se levait-elle ? À trois, quatre, cinq heures ?

Elle essaya divers noms, en se basant sur la valeur numérique des lettres de l'alphabet hébreu, et elle désespérait presque lorsqu'elle entendit un léger déclic. Le crochet de fer se leva et le coffre s'ouvrit. A-L-O-N-A. Tellement simple ! Pourquoi n'y avait-elle pas pensé tout de suite ? Quatre tours à gauche, trois tours à droite, deux tours à gauche, et un tour à droite pour ouvrir le verrou. Beaucoup jolie, Alona. Le visage et le corps de Lisie dégoulinaient de sueur.

De la pointe de son stylo, elle déplaça les documents mais prit soin de ne rien déranger dans le coffre. Derrière une pile de papiers, il y avait une pochette en plastique noir de l'agence de voyages Voltour et, sur le rayonnage inférieur, derrière un vieux classeur en carton, deux pistolets. Certainement enregistrés au nom de la pépinière municipale. Elle ne trouva ni gant ni coup de poing américain. Pas non plus de documents ayant un rapport quelconque avec la vente fictive des terres. Toujours de la pointe de son stylo, elle ouvrit la pochette en plastique… De la photographie de sa carte d'identité, Luba la gratifia du plus charmant de ses sourires. La pochette contenait aussi son passeport et sa carte de nouvelle-immigrante. Prénom : Ludmilla ; nom de jeune fille : Lévin ; prénom de la mère : Ania ; nom du mari : Sergueï Ketchak.

Lisie referma le coffre, brouilla la combinaison, remit la chaise à sa place face au bureau, ferma la porte du baraquement avec la clef blanche puis alla replacer les deux trousseaux dans le tiroir de la remise. Il était trois heures et quart du matin, et l'aube des jardiniers ne pointait pas encore. Elle sortit par le portail et se dirigea lentement, prudemment, vers la zone industrielle. Une moto qui passa sur la route l'éclaira un court instant. Son cœur se mit à tambouriner contre sa poitrine aussi fort qu'un marteau-piqueur. Si celui qui l'avait attaquée avenue des Présidents la trouvait ici, il s'arrangerait pour qu'elle ne puisse plus jamais parler. Comme elle haïssait cet individu qui la terrorisait à ce point !

Les travailleurs étrangers habitaient à présent dans ce quartier, et ils y avaient drainé les prostituées qui, l'année précédente, bossaient aux abords de l'université. Elles venaient ici avec leurs clients. Il lui sembla discerner un couple qui bougeait dans une voiture garée le long des rails du chemin de fer. N'importe quelle fille qui se baladerait seule dans ce coin au petit matin attirerait l'attention, à plus forte raison une fille de son gabarit, avec un visage tuméfié et un bras plâtré. Lorsqu'elle arriva à bonne distance de la pépinière, elle pressa le pas. De rares voitures passaient sur des routes éloignées, mais, à son grand soulagement, aucune n'approcha. Elle n'en pouvait plus et sa seule prière était de réussir à attraper un taxi près de la station-service. Demain, elle demanderait à Dahan de s'occuper du pneu de sa Justy.

Trois ados étaient assis sur la barrière en face de l'usine Ignifuge. Ils fumaient et riaient. Un autre gars, qui semblait avoir dix-huit ans, enfourcha sa vespa et alluma soudain son moteur.

« Peux-tu m'emmener à une station de taxis ? » l'interpella Lisie.

Il la regarda d'un air étonné et se mit à glousser. Il lui trouvait sûrement un air de gangster sur le retour.

« D'où tu sors, toi ? lui demanda-t-il.

– Ma voiture est tombée en panne. Et vous, d'où sortez- vous ?

– Notre voiture est aussi tombée en panne », lança un des jeunes, et toute la bande fut secouée par un fou rire. Elle se demanda ce qu'ils fumaient.

« Allez, je t'embarque. Tiens, mets un casque. Salut les mecs ! cria-t-il vers ses amis. Je me tire avec ma nouvelle minette, vous êtes jaloux, hein ? Vous êtes jaloux ? Accroche-toi, poupée ! »

Ses copains rirent de plus belle. Lisie essaya de faire bonne figure et attrapa la ceinture de son conducteur avec sa main valide. Elle roulait de temps en temps sur la moto de Dorith, mais pas avec un bras dans le plâtre.

« Je te ramène chez toi ! lui cria le garçon lorsqu'ils eurent dépassé la zone industrielle.

– Merci ! » répondit Lisie au dos du blouson de cuir.

Elle rêva à nouveau du blazer aux boutons dorés. Elle ratissait de ses dix doigts la terre au-dessus du bras, essayait de le déterrer, et le sable pénétrait sous ses ongles. Elle tirait de toutes ses forces sur la main solidement plantée dans le sol comme sur les racines d'un gros arbre. Ensuite, elle sentait que quelque chose lâchait et sortait de terre. Elle tombait à la renverse avec le bout du bras arraché, et les doigts de cette main coupée enserraient fortement ses propres doigts.

« Lisette ! Lisette ! » Sa mère se tenait devant son lit et lui tapotait la jambe.

Elle était moite.

« Apporte-moi de l'eau, maman.

– Tu criais en dormant. Quel rêve faisais-tu ? lui demanda Batshéva en lui tendant à boire.

– Je ne me rappelle plus. Depuis quand es-tu là ?

– Midi.

– Quelle heure est-il ?

– Trois heures.

– De l'après-midi ?

– Oui. Je ne savais pas si je devais te réveiller. Tu as faim ? Tu n'as pas touché aux escalopes panées que je t'ai préparées hier.

– J'aimerais un chocolat chaud. J'ai soif. »

Lisie enfila sa robe de chambre rouge et écouta les messages de son répondeur. Dahan, la bonté incarnée, lui annonçait qu'il avait changé son pneu crevé, que sa Justy était garée en bas de chez elle et ses clés se trouvaient dans sa boîte aux lettres. Tzément voulait lui rendre visite et lui demandait qu'elle l'appelle pour qu'ils conviennent d'une heure. Rony voulait aussi savoir quand il pourrait passer et la prévenait que si elle n'appelait pas, il débarquerait sans avertissement préalable.

Elle s'assit à sa table de cuisine et but le chocolat que Batshéva lui avait préparé. Une tartine au fromage de chèvre avec des rondelles de concombre était posée sur une assiette.

« Je ne sais pas si c'est le petit déjeuner ou le déjeuner, s'excusa sa mère. Je te réchauffe de la soupe.

– Pas de soupe maintenant, je viens de me réveiller.

– Mon Dieu, si tu voyais ta tête !

– Ce n'est pas mieux ?

– Les taches noires sont maintenant piquées de jaune. C'est bon signe. Veux-tu sortir prendre un peu l'air ?

– Pas tout de suite.

– Il faut que tu sortes te promener. C'est le docteur qui l'a dit. Et Georgette aussi. Ce n'est pas bon pour toi de rester tout le temps au lit.

– Tout à l'heure.

– Je ne serai pas là tout à l'heure.

– Qui s'occupe d'Alona quand tu viens ici ?

– On s'est organisé avec plusieurs filles de la Maillerie. Je ne veux pas que tu sortes toute seule, Lisette.

– Je te préviendrai avant de quitter la maison.

– Es-tu sortie hier ?

– Quand ça hier ?

– Je ne sais pas quand.

– Pourquoi ?

– Tu as de la boue sur les chaussures et une tache de cambouis sur le pantalon.

– Ça doit venir de la cour de l'hôpital. »

Batshéva lui lança un regard méfiant. Le fait que sa petite dernière n'ait jamais peur de rien la tracassait énormément.

« S'il t'arrivait quelque chose, j'en mourrai.

– Il ne m'arrivera rien. Pourquoi m'arriverait-il quelque chose ?

– Fais attention à toi, Lisette.

– Tu n'as aucune raison de t'inquiéter.

– Bien sûr, aucune. » Elle éclata soudain de rire. Embarrassée. Résignée. Ce n'était pas la première fois que quelqu'un essayait de tuer sa Lisie et elle ne savait pas comment la protéger.

« Bon, allez, je vais la goûter, ta soupe.

– Merci beaucoup ! »

Finalement, elle avala la soupe, les escalopes panées, les petits pois, les frites, la salade de crudités et même la compote de pommes. Ensuite elle se remit au lit et se rendormit.

Le réveil sonna à dix-neuf heures trente et la réveilla. Elle eut besoin d'une bonne demi-heure pour s'habiller. Les clés de la Justy l'attendaient dans sa boîte aux lettres, comme l'avait promis Dahan. Elle savait qu'elle n'avait pas le droit de conduire avec son bras cassé, mais comme elle connaissait chaque carrefour et chaque ruelle de la ville, elle ne risquait rien en roulant lentement. À la limite du sixième arrondissement, elle vira dans la rue Ketoura et éteignit ses phares. Le salon de Luba était éclairé. Elle chercha la Mazda bleue de Dave puis, ne la trouvant pas, elle poussa jusqu'au petit jardin et tourna dans la rue Yohanan. Aucune trace du véhicule. Elle fit demi-tour pour rejoindre l'avenue des Présidents, et c'est là qu'elle reconnut soudain la voiture, non loin du parking derrière la buvette. Elle ralluma ses phares et prit la direction de la gare routière.

La plupart des magasins étaient fermés, y compris le Mikado de Clara et Yaacov. Le peu de voyageurs qui déambulaient sur les quais étaient des soldats ou des étudiants. Boris jouait de l'accordéon devant la boutique fermée du fleuriste. Lisie ne vit ni Esthy ni l'autre fille qui travaillait pour lui. Elle déposa un billet de vingt shékels dans son étui d'accordéon. Le Russe sourit, dit « Merci beaucoup », et lui lança un regard interrogateur. Dans son monde, rien n'était gratuit.

« Vous souvenez-vous de moi ?

– Non.

– J'étais au Pélican bleu le jour de la tempête de sable. En même temps que la police.

– Vous avoir été au commissariat ?

– Qui ? »

Il indiqua son visage.

« Un accident. De voiture. »

Il n'eut pas l'air de la croire.

« Je voudrais vous offrir un café.

– Maintenant ?

– Oui.

– En plein travail.

– Combien gagnez-vous en une heure ?

– Cinquante shékels. »

Elle savait qu'il mentait. Il savait qu'elle savait qu'il mentait.

« D'accord. Un café, un gâteau et cinquante shékels. »

Ils entrèrent dans le Café de la Victoire. Ce n'était qu'un bar qui vendait des cigarettes, des cacahuètes et toutes sortes de graines. Ils s'assirent à l'unique table. Le patron déposa devant eux des gâteaux secs et du café turc et alla se réinstaller dehors sur sa chaise, pour observer les passants et les bus.

« Je voudrais que vous donniez un coup de fil en russe pour moi.

– En Russie ?

– Non. Ici. À Beershéva. Mais à une Russe qui ne comprend pas l'hébreu. » Lisie sortit de son sac une feuille de papier et un stylo et les tendit à Boris pour qu'il prenne des notes. « La fille s'appelle Luba. Dites-lui qu'hier, vous avez rencontré son mari, Sergueï. Qu'il est revenu et vous a demandé de lui transmettre qu'il sera demain chez elle. Si elle s'étonne de ce qu'il ne lui téléphone pas lui-même, vous direz qu'il ne connaissait pas son numéro, que tout ce qu'il savait, c'était qu'elle habitait à présent Beershéva et que, quand il a entendu que vous y habitiez aussi, il vous a demandé de retrouver sa femme. Une de vos parentes qui travaillait à la Maillerie vous a dit qu'elle connaissait Luba et vous a procuré son numéro de téléphone. Vous avez contacté Sergueï pour lui raconter que vous aviez retrouvé sa femme, il a été très content, a noté ses coordonnées et vous a demandé d'annoncer sa visite pour le lendemain dans l'après-midi.

– Pourquoi vous faites pas vous-même ?

– Je ne parle pas russe.

– Votre visage et votre bras, d'où vient ?

– Un accident de voiture. Je vous l'ai dit.

– Pas voiture.

– Si, de voiture.

– Sergueï Ketchak ? »

Lisie faillit s'étrangler. Elle recracha un bout de gâteau dans sa main et commença à tousser. Les histoires de Luba sur son mari n'étaient donc pas une invention ! Son nom apparaissait sur le passeport de la Russe et voilà que quelqu'un l'avait connu à l'époque où il était en Israël ! Et s'il se trouvait encore dans le pays ? Sa surprise amusa Boris. Ses yeux de tigre se voilèrent, à l'affût. Dans le monde dans lequel il vivait, la surprise de Lisie n'était pas gratuite.

« Vous le connaissez ?

– Oui.

– Vous connaissez Luba ?

– Comme ça, un peu.

– Si elle entend votre voix au téléphone, vous pensez qu'elle va vous reconnaître ?

– Non.

– Que direz-vous ? Comment vous présenterez-vous ? Il faut que vous inventiez un nom.

– D'accord. Je dirai : C'est Micha.

– Micha. D'accord.

– Sergueï a revenu ?

– Quoi ?

– Sergueï à Moscou.

– Quoi ? Qui est ce Sergueï ? Comment le connaissez-vous ?

– Nous faisons musique ensemble dans la rue à Holon.

– Quand ?

– Après arrivé ici. Il y a deux années. Lui, c'est un violoniste. Moi, accordéon. Nul, Holon.

– C'est mieux à Beershéva ?

– Oui.

– Pourquoi est-il retourné en Russie ?

– Pas de travail dans la musique. Seulement jouer dans la rue. Et lui, il est un gigolo. Pas pour coucher. Pour danser. Des vieilles dames avec de l'argent et des jeunes Russes sans l'argent. Ils dansent le tango. La valse. Lui avoir un frac noir, un papillon blanc, il est beau. Mais avec les danses, pas gagner beaucoup. Et aussi, la honte. Lui rentrer à Moscou. Un bon violoniste, mais pas plus. Il a étudié chef d'orchestre à l'académie.

– Quand est-il rentré en Russie ?

– Une année et demie, comme ça. Luba est venue à Beershéva après Sergueï partit. Il y a une petite fille.

– Il est au courant ?

– Je ne sais pas. Nous pas des amis. Nous jouer ensemble à Holon, c'est tout.

– Et vous avez déjà parlé avec Luba ?

– Une fois, dans la rue. Bonjour, bonjour. Elle travailler dans l'usine.

– Oui. »

Ils restèrent un instant silencieux. Lisie essayait de digérer les propos de Boris. Alona ne pouvait être la fille de Sergueï Ketchak. Elle n'avait que sept mois. C'était bien celle de Dave. Pourtant, lorsque Luba avait dit que son mari s'était volatilisé avec ses papiers, il y avait plus qu'une once de vérité dans ses paroles. Le mari était effectivement rentré en Russie. Sans les papiers de sa femme certes, mais il était tout de même parti. Luba ne savait sans doute pas que son passeport et sa carte d'identité se trouvaient en possession de Dave. Il en avait fait sa prisonnière, dépendante de son bon vouloir, et il la tenait. Oui, il la tenait fermement.

« À quelle heure Sergueï venir ?

– Disons dans l'après-midi.

– Après-midi.

– Alors, vous téléphonerez pour moi ?

– Cinquante shékels.

– Je vous ai donné cinquante shékels !

– Pas pour informations.

– Je vous ai donné vingt shékels de plus ! Je les ai mis dans l'accordéon !

– Encore trente. »

Lisie sortit de son porte-monnaie trente shékels et les déposa sur la table.

Elle composa pour lui le numéro de téléphone de Luba et resta à ses côtés dans la cabine pendant toute la conversation. Il parla d'une voix chaleureuse et polie, le visage barré d'un sourire généreux. Il remplissait son rôle à merveille.

Lisie gara sa Justy en face de la pépinière, derrière un panneau publicitaire qui annonçait la venue du « Messie-Messie-Messie ». Elle éteignit ses phares et porta son regard sur l'entrée et le chemin qui menait aux bureaux. Si la venue de Sergueï effrayait le couple, Dave viendrait ici prendre son pistolet. Le mari saurait qu'Alona n'était pas de lui, il rechercherait le père de la petite et risquerait de déchirer la toile tissée par Dave pour dissimuler sa double vie. Le bonhomme avait déjà assassiné deux personnes pour cacher ce qui le rattachait à Luba et Alona, il n'hésiterait pas à en supprimer une de plus. Ce qu'il était censé savoir, c'était que Sergueï débarquait en Israël, n'y connaissait personne, n'y avait pas de famille excepté Luba. Si on ne retrouvait pas de papiers sur lui, il serait difficilement identifiable.

Lisie grelottait. Elle mit le contact et alluma le chauffage, mais eut peur d'attirer l'attention par le bruit de son moteur. De temps en temps, une voiture quittait la file des véhicules garés le long des rails de chemin de fer et était remplacée par une autre. Le ballet des prostituées et de leurs clients. Espérons que personne ne remarque ma voiture, immobilisée là depuis plus d'une heure, se dit-elle. À plusieurs reprises, elle jeta un œil dans son rétroviseur, de peur que l'individu qui l'avait attaquée avenue des Présidents ne surgisse soudain de l'obscurité et ne lui saute à nouveau dessus. Au souvenir de la violence des coups qu'elle avait reçus sur la tête, une nausée de terreur et de rage l'assaillit. La méchanceté diabolique d'un homme qui voulait tuer quelqu'un qu'il ne connaissait pas, lui briser les os et lui ôter la vie uniquement parce que cela s'imbriquait dans quelque plan dément, oui, cette méchanceté dépassait son entendement.

À minuit, elle décida de lever le camp. Elle claquait des dents et n'arrivait pas à contrôler les tremblements de son corps, ankylosé d'être resté si longtemps sans bouger dans la peur et le froid. Quelle imbécile je fais ! s'énerva-t-elle. Si Dave veut prendre le pistolet du coffre-fort, il n'est pas obligé de venir ici la nuit. Il peut arriver le matin au boulot, comme tous les jours, ouvrir le coffre qui se trouve dans son bureau et prendre le pistolet sans que personne ne le remarque ou ne pose de questions… Ce que Dave savait, c'était que Sergueï ne devait pas débarquer chez Luba avant le lendemain après-midi. D'ici là, il avait largement le temps d'aviser.

CHAPITRE XXII

L'immeuble où habitait Jacquot Bakhar se trouvait dans la vieille ville, en face de La Voix de la Joie, l'école talmudique récemment construite à la place de l'ancien magasin militaire, et dirigée par le chef spirituel Abbouhatzéra. Le joyeux brouhaha des enfants qui jouaient au basket dans la cour de l'institution envahissait aussi l'appartement de la famille en deuil.

Les trois fils et les deux filles de Jacquot avaient hérité de la tignasse rousse et des yeux enfiévrés de leur père. Ils étaient tous grands et forts, mais, à cause de la catastrophe inattendue, ils paraissaient bouleversés et perdus. Régina, sa veuve, une petite blonde rondouillarde, ne comprenait pas ou ne voulait pas comprendre ce qui se passait autour d'elle.

« Je m'apprêtais à lui téléphoner, j'allais l'appeler pour lui dire qu'il avait oublié ses sandwichs quand la police est arrivée », répétait-elle à tous ceux qui s'asseyaient à ses côtés, indiquant du doigt un petit sac en plastique posé devant l'appareil. Dedans, il y avait aussi deux mandarines. Lisie se demanda combien de temps il faudrait à Régina pour avoir la force psychique de jeter à la poubelle ce casse-croûte, dernier fil qui la retenait encore à son mari.

Un petit muret séparait le salon de la cuisine, et juste au-dessus, suspendue au plafond, une grande cage avec deux perroquets verts. L'un d'eux criait de temps en temps : « Dis merci ! » et l'autre : « Vive le Beïtar ! ». Les fils étaient en pleine discussion avec leurs oncles, les frères de Jacquot – tous des rouquins – pour savoir s'ils pouvaient garder les volatiles dans la maison pendant la semaine de deuil, ou si cela constituait un outrage à la mémoire du défunt. Régina déclara soudain qu'elle ne laisserait personne emmener les perroquets parce ces oiseaux, Jacquot les considérait comme ses propres enfants. Puis elle éclata en sanglots.

« Quand je pense que j'étais chez lui il y a à peine deux jours, lui dit Lisie. Je voulais acheter un matelas. Je lui ai posé une question au sujet d'un de ses amis, Dave Factory, et ça l'a rendu furieux contre moi. »

L'ombre d'un sourire passa sur le visage déformé par les larmes.

« Il s'échauffe vite, Jacquot. *Oïe*...

– A-t-il quelque chose à reprocher à Dave ? continua Lisie, utilisant elle aussi le présent.

– Ils s'étaient disputés. » Les yeux de Régina se mouillèrent à nouveau, puis, comme pour réparer ce qui lui sembla salir le souvenir du mort, elle s'empressa d'ajouter : « J'avais offert une montre en or à mon mari. Et l'autre la lui a perdue. *Oïe.*

– Pourquoi Dave prendrait-il la montre de Jacquot ?

– *Oïe*, ça me fait tellement mal au cœur maintenant.

– Une montre de luxe ?

– Elle m'avait coûté cinq cents dollars. *Oïe*, tant pis pour l'argent. Comme il avait eu quarante-cinq ans, j'avais économisé centime par centime. Qu'est-ce que j'ai été contrariée quand il l'a perdue ! » Elle recommença à pleurer. « Ma seule consolation, c'est que je ne lui ai rien dit. Qu'est-il arrivé à votre visage ?

– Un accident, je m'en suis bien tirée. Expliquez-moi, Régina, pourquoi Dave a-t-il pris la montre de Jacquot ? Quand est-ce arrivé ?

– Cet été. Ils ont fait une croisière ensemble. En mer Rouge.

– Sur le *Dancing Mathilda*?

– Oui. Il y allait comme ça, de temps en temps, claquer du fric pour une journée. Deux fois, il a perdu le magasin. Quand il revenait, il jurait sur la tête des enfants qu'il ne le ferait plus, mais au bout de quelques mois, les mains recommençaient à le démanger, il devenait agité, râlait en disant qu'il avait besoin de vacances, et je savais que ça allait venir, qu'il ne pourrait pas se retenir. C'est comme une maladie. Comme quelqu'un qui a besoin d'arak ou de cocaïne.

– Dave Factory était sur ce bateau ?

– Herzl m'a fait jurer de ne jamais en parler.

– Herzl Guivon, de la Histadrouth ? L'ami d'enfance de Jacquot ?

– Oui. Qu'est-ce qu'il l'aimait ! Des frères. Il a pleuré comme un gamin à l'enterrement.

– Que vous a-t-il dit au sujet de la montre ?

– Herzl ne voulait pas que je fasse de scène à Jacquot. Parce que dans cette affaire de montre, ce n'était pas de sa faute. Au contraire, Jacquot, il a été parfait, pour la montre. Plus que parfait.

– Dave Factory s'est approprié la montre de votre mari ? Pourquoi donc ? Il joue, lui aussi ?

– Non. Dave ne joue pas. Jacquot était monté sur ce *Dancing Mathilda*, qui est en fait un tripot, avec Eytan, le fils de Kinarti de la Maison de la Culture, et sa copine, une Russe qu'il avait dû gagner à la tombola. Je ne sais ni comment ni pourquoi, mais Dave Factory était aussi sur le bateau. Il ne jouait pas. La Russe non plus d'ailleurs. Jacquot a pensé que s'il perdait l'argent qu'il avait sur lui, il perdrait aussi la tête et vendrait la montre en or que je lui avais offerte pour son anniversaire. Alors il l'a donnée à Eytan pour qu'il la garde et lui a demandé de ne la lui rendre que lorsqu'ils auraient débarqué. Mais Eytan aussi jouait et lui non plus ne se faisait pas vraiment confiance. Alors il a décidé de la donner à Dave. Il lui a dit de ne la rendre à Jacquot sous aucun prétexte, de ne céder à aucune menace ou supplication. Alors Dave a demandé à la Russe de la mettre dans son sac. Un vrai feuilleton à rebondissements, cette histoire. D'après ce que m'a raconté Jacquot, on servait là-bas du champagne à volonté. Étant donné que Dave et la Russe ne jouaient pas, ils se sont baladés sur le pont, ont bu du champagne, et à un certain moment, la boisson et le roulis du bateau lui ont donné le mal de mer. Elle s'est penchée par-dessus bord pour vomir et son sac est tombé à l'eau. Avec la montre en or. Jacquot a perdu tout son liquide et il a réclamé sa montre à Eytan qui l'a envoyé voir Dave qui lui a dit qu'il était désolé mais que la montre était tombée à l'eau. Jacquot a cru que c'était une blague. Quand il a compris que non, il a vu rouge. C'est un rouquin, Jacquot. Avec des colères de rouquin. *Oïe!* Il a hurlé et a exigé de Dave soit qu'il lui rende sa montre, soit qu'il lui donne cinq cents dollars, le prix qu'elle avait coûté. Il pensait arriver à en racheter une avant que je ne remarque sa disparition. Herzl m'a raconté l'histoire dans le plus grand secret. Il m'a expliqué que Jacquot en était malade. Lui-même avait entendu Dave répondre à mon mari qu'il n'était pas responsable de la perte de la montre et lui proposer de la réclamer aux poissons. Jacquot a acheté une vague imitation *made in Hongkong*, et moi, j'ai fait semblant de ne pas m'apercevoir que ce n'était pas l'original.

– Votre mari passait par quelle agence de voyages pour ses virées?

– Je ne sais pas. Il me le cachait, *oïe*, le malheureux ! »
Régina recommença à pleurer.

Le « malheureux » organisait ses virées par l'intermédiaire de l'agence Voltour. Jennifer Schlafrock en était toujours la directrice, mais, aux dires de l'employée, elle s'était absentée « pour un moment » et allait « bientôt » revenir. Lisie avait rencontré Jennifer et son mari, Abba Schlafrock, un musicien qui jouait au Guépard, un pub de la vallée de Sarah, pendant la guerre du Golfe, au cours du reportage qu'elle avait préparé dans les écoles maternelles sur la manière dont les enfants et les institutrices se préparaient aux attaques de missiles. À ses heures libres, Jennifer faisait office de guérisseuse, se battait contre la construction de tours d'habitation, la pollution de l'eau et de l'air et défendait la végétation désertique et les animaux en voie de disparition. Georgette et Havatzéleth ne la supportaient pas, parce que, parmi les espèces menacées dont elle s'occupait, il y avait des êtres humains qu'elle prétendait guérir grâce à une médecine alternative. Quant à Lisie, elle se sentait toujours coupable lorsqu'elle la rencontrait, et son absence ne la contraria absolument pas.

Il n'y avait pas de clients dans l'agence. Qui, à Beershéva, partait quelque part en hiver ? Les touristes étrangers étaient pour l'instant de l'ordre du mirage, et le tourisme intérieur ne représentait qu'un vague espoir qui sourirait à Beershéva le jour où la construction du nouveau Hilton s'achèverait.

Le badge sur le revers de la veste de la jeune femme à l'accueil indiquait : Louise Hamadi. Louise Hamadi était une employée modèle : elle papotait au téléphone, mâchouillait du chewing-gum, pianotait sur son clavier d'ordinateur et affichait la plus grande indifférence envers la cliente qui était entrée dans l'agence, escomptant, mine de rien, que la malédiction se tirerait d'elle-même si on l'ignorait suffisamment longtemps. Lorsqu'elle constata que Lisie restait clouée à sa chaise et attendait patiemment, elle fit carrément pivoter son fauteuil et lui offrit son dos. Elle avait des épaules délicates, de courts cheveux bruns qui couvraient une petite tête et une nuque étroite. Un foulard de soie était fourré dans le col de son pull-over noir.

Depuis son agression, Lisie soupçonnait chaque personne qu'elle rencontrait. Les sympathiques, les grossiers, les gens qu'elle croisait la nuit, les inconnus qui passaient devant elle le jour. Cependant, devant le petit gabarit de l'employée, elle se raisonna : non, ce ne pouvait être elle. Immédiatement, elle se souvint aussi qu'elle avait eu affaire à un homme. Mais quelque chose, le bourdonnement irritant d'une méfiance aux aguets la taraudait : en était-elle sûre ? Son dangereux agresseur ne pouvait-il pas être une femme ?

Des bribes de la conversation de Louise Hamédi éveillèrent son intérêt, elle se mit à écouter et comprit que la jeune femme organisait le voyage du ballet de Beershéva qui se rendait à un festival international en Roumanie. Le règlement serait pris sur le budget municipal de l'année suivante et donc différé, mais en contrepartie, Voltour s'occuperait aussi du déplacement de l'orchestre de Beershéva à Palerme. Voilà au moins de quoi tirer un papier pour le journal local.

« J'ignorais que les Tamaris se produisaient aussi à l'étranger, dit Lisie à Louise Hamadi au moment où celle-ci raccrocha enfin.

– Ils ont reçu le premier prix en Grèce l'année dernière. En quoi puis-je vous être utile ?

– J'ai besoin de la liste des passagers qui se trouvaient à bord du *Dancing Mathilda* le huit septembre de l'année dernière.

– Nous ne communiquons pas ce genre de renseignements.

– Jennifer Schlafrock doit-elle bientôt revenir ?

– Je ne sais pas.

– Je vous prie de lui dire que Lisie Badikhi, des *Nouvelles du Sud* est passée et a demandé à voir cette liste.

– Je suis désolée. Nous avons des instructions formelles de la direction.

– Asher est-il toujours le patron ?

– Oui.

– Bien, je vais lui parler. Quand pourrais-je le voir ?

– Je ne sais pas. »

Louise Hamadi tirait un évident plaisir à ne rien savoir. Son refus de répondre aux questions de l'importune la comblait d'aise et lui fournirait sans aucun doute de quoi se divertir pour le restant de la journée.

« Qu'y a-t-il de si secret là-dedans ?

– Une dame est déjà venue consulter cette liste et Asher en a fait une crise.

– Quelle dame ?

– Désolée.

– Si vous avez communiqué les noms à cette dame, vous pouvez aussi me les communiquer à moi.

– Par erreur. Je ne savais pas que c'était interdit. Maintenant je sais. »

Lisie décrocha son sac de l'épaule et le posa par terre. Elle s'installa confortablement sur la chaise et étendit ses longues jambes.

« Dites-moi, mon petit cœur, à quelle date est reporté le règlement du voyage des Tamaris ? Et, tant qu'on y est, la municipalité vous paye-t-elle en différé pour l'orchestre aussi ou uniquement pour le ballet ? »

Le visage de Louise devint un croisement de déconfiture et d'écœurement. Ses traits se contractèrent, elle blêmit et lança à Lisie un regard assassin.

« Ce n'est pas réglo.

– Me permettez-vous de vous citer au sujet des facilités octroyées à la mairie ?

– Vous pouvez faire ce que vous voudrez. Personne ne croira que je vous ai raconté ça.

– Mais si, bien sûr. Vous avez donné la liste des passagers du *Dancing* et votre patron, Asher, a piqué une crise. Eh bien, maintenant, c'est vous qui m'avez parlé des combines de la mairie. La mairie cessera de travailler avec Voltour et Asher piquera à nouveau une crise. La seule chose qu'il pourra faire, c'est informer les services culturels qu'il vous a renvoyée.

– C'est du chantage.

– Exact, mon petit cœur.

– Je peux porter plainte.

– Faites. Quand mon article sera passé dans les *Nouvelles*, vous ne retrouverez plus de travail nulle part.

– Je n'y crois pas !

– Ce sera votre parole contre la mienne. »

Les commissures des lèvres enduites d'un rouge provoquant blanchirent. L'esprit combatif de l'employée s'émoussait.

« Comment se fait-il que vous ayez donné la liste à cette fameuse dame ?

– Je vous l'ai dit, par erreur.

– Qui était-ce ?

– Une cliente.

– Eh bien, moi aussi, je suis une cliente.

– Non, vous pas.

– Pourquoi voulait-elle cette liste ?

– Ses différentes cartes de crédit avaient été mélangées. Certaines sommes lui avaient été comptées deux fois. Elle voulait comparer le montant qui était inscrit chez nous avec celui qui apparaissait sur son relevé bancaire.

– Vous auriez pu lui donner le montant sans lui montrer la liste des passagers.

– C'est ce qu'a dit mon patron. Bon, j'ai fait une gaffe. Ça peut arriver à tout le monde. Elle voulait voir si sur la liste, le montant était pour un billet simple ou pour deux personnes.

– Et qu'aviez-vous inscrit ?

– Deux personnes.

– Vous l'avez fait payer deux fois ?

– Il s'agissait d'un couple. Bien sûr que nous leur avons facturé deux billets.

– Alors où était le problème ?

– Je vous l'ai dit. Ses cartes de crédit.

– Si elle a payé pour deux et que son relevé indique qu'elle a été débitée pour le prix de deux billets, ça va, non ?

– Ce n'est pas elle qui a réglé. Un de leurs amis a acheté quatre billets en même temps et son mari devait en rembourser deux à cet ami.

– Et alors ?

– Son mari lui avait dit que nous faisions des réductions sur les billets de couple. Ce qui est faux. Nous ne faisons de réductions que pour les groupes. Quatre personnes, ce n'est pas un groupe.

– Elle est venue vérifier si son mari lui avait menti.

– Asher a pensé la même chose et c'est ce qui l'a rendu furieux.

– Était-elle avec son mari sur le *Dancing*?

– Oui.

– Comment le savez-vous ? Peut-être a-t-il payé la croisière à une jolie demoiselle.

– Je lui ai demandé comment elle avait trouvé le buffet sur le bateau et elle m'a répondu qu'elle n'avait rien avalé à cause du mal de mer.

– Vous souvenez-vous de son nom ?

– Non.
– De son allure ?
– Non.
– Rangez-vous vos listes de passagers au même endroit que les factures de la mairie ? »

Louise Hamadi pinça ses lèvres rouges et regarda par la fenêtre. Le ciel était gris, tout comme les murs des maisons du trottoir d'en face. À la radio, ils avaient promis des pluies éparses et la ville, telle un grand caméléon, s'était parée de teintes hivernales.

« Qui s'occupe du voyage des Tamaris et de l'orchestre ? Le service culturel ? » reprit Lisie en tripotant le grand anneau en plastique qui pendait à son oreille. Elle avait tout son temps. On ne l'attendait nulle part.

Louise Hamadi contempla la fenêtre encore quelques instants. Finalement elle se leva, s'approcha de l'armoire et l'ouvrit. Elle chercha parmi les dossiers, en tira un tout fin et le posa sur son bureau. Ensuite, elle se tourna vers une étroite porte qu'elle fit coulisser et entra dans la kitchenette. Elle remplit la bouilloire, mit du nescafé dans un gobelet et attendit que l'eau boue.

Sur la liste des passagers du 8.9.95 figuraient les noms d'Eytan Kinarti, de Jacquot Bakhar, de Dave Factory et de Mme Factory. Pas de mention du prénom de l'épouse. C'était Jacquot Bakhar qui avait payé pour les quatre billets. Herzl Guivon avait mis sa traversée sur le compte du conseil syndical.

Lisie referma le dossier, attrapa son sac et sortit de l'agence sans un mot. Elle aurait pu rassurer Louise Hamadi, lui promettre que même si elle publiait quelque chose sur les problèmes budgétaires de la mairie, elle le ferait sans la citer. Elle aurait pu lui dire qu'elle ne parlerait ni avec son patron Asher ni avec sa directrice Jennifer, et que la jeune femme ne devait pas s'inquiéter. Cependant, il y avait quelque chose de délicieux à ébranler le despotisme bureaucratique de toutes les Louise Hamadi du monde.

Lisie avait rendez-vous à treize heures à l'hôpital pour faire retirer les fils de son sourcil. Le médecin, trop gros et trop content, lui envoyait au visage la douce chaleur de son haleine où se mêlaient des relents de nourriture. Sa patiente « progressait » comme il l'avait prédit. Le fait que son visage soit devenu un magma tuméfié dont la couleur indéterminée variait du gris métallisé au jaune était bien le cadet de ses soucis.

« Dans deux semaines, toutes ces marques auront disparu. Peut-être même avant.

– Très bien.

– Avez-vous des vertiges ? des problèmes de vue ?

– Non.

– Le plâtre vous démange-t-il ?

– Un peu.

– Si ça devient insupportable, revenez, on vous le changera.

– Merci. »

Elle décida d'aller voir le Prophète et prit la direction du service d'Orthopédie 1, espérant ne pas tomber sur l'une de ses sœurs.

Dans la chambre, le malade à la jambe cassée était toujours là avec sa jambe en l'air, et la pieuvre avec ses perfusions aussi. L'homme au bras cassé avait disparu et un jeune type en short, les genoux bandés, était allongé sur le lit du Prophète.

« Où est le monsieur qui se trouvait à votre place ? Avez-vous une idée ? lui demanda-t-elle.

– Teeee. » Le gars la dévisagea avec curiosité et passa une langue lubrique sur ses lèvres. Elle se rendit soudain compte qu'elle n'avait pas vu de policier en faction devant la porte.

Dans le poste du service, il y avait deux infirmières qu'elle ne connaissait pas, toutes deux rondouillardes et avec les mêmes cheveux noirs attachés en queue de cheval. L'une d'elles avait un soupçon de moustache sur la lèvre supérieure.

« Où a-t-on transféré Oved Hanegbi ?

– Vous êtes de la famille ?

– Une amie.

– Je suis désolée.

– Quoi ? »

Les deux femmes échangèrent quelques phrases étouffées en russe.

« Je suis la sœur de Georgette et de Havatzéleth, dit Lisie.

– Ah », lâcha la moustachue, comme si cette parenté expliquait son amitié pour le Prophète. « Je suis désolée.

– De quoi ?

– Il est mort cette nuit.

– Quoi ! » Le cri, parti tout seul, résonna dans tout le couloir. « *Oïe ! Oïe !* »

Elle se tourna d'un côté, de l'autre, pivota vers les escaliers puis revint vers les portes ouvertes des chambres, en quête d'une explication, d'une confirmation, d'un démenti, d'un… Elle sentit que les infirmières la faisaient asseoir et elle les entendit convoquer Havatzéleth de la maternité. Quelque chose tonnait dans sa poitrine et lui brouillait la vue. Elle ferma les yeux pour attendre que le vertige et la nausée passent.

« Tiens, Lisie, bois. » Sa sœur se pencha sur elle et posa une main fraîche sur son front. Elle lui fit avaler un peu d'eau, s'assit à côté d'elle et lui caressa le bras. « Respire profondément. Lentement et profondément. Comme ça. » Elle continua à lui caresser le bras et à l'encourager comme un bébé jusqu'à ce que Lisie retrouve une respiration régulière. Elle éclata en sanglot :

« Oh, le pauvre. Le pauvre.

– Oui, oui.

– Il allait bien quand je l'ai vu avant-hier !

– Il est retombé dans le coma hier.

– Il m'a parlé !

– Je sais.

– Comment est-ce possible ?

– Son cœur était très résistant et c'est ce qui l'a maintenu en vie. Mais c'était déjà un miracle. »

Lisie se souvint que lorsqu'elle lui avait demandé s'il souffrait, le Prophète avait répondu : « Seulement quand je respire. » Elle avait pris ça pour une plaisanterie.

« L'enterrement est prévu pour quand ?

– Il a eu lieu ce matin.

– Pourquoi ne me l'avez-vous pas dit ?

– Maman t'a téléphoné. Tu n'étais pas chez toi.

– Elle y a assisté ?

– Oui. Très peu d'ouvriers de la Maillerie se sont déplacés. Il a vécu comme un chien et est mort comme un chien.

– Il n'a pas vécu comme un chien. Il a vécu comme un prince. L'autobus était son palais, le banc son trône.

– D'accord, Lisie. Je ne discute pas avec toi.

– Combien de gens connais-tu qui vivent comme ils ont choisi de le faire ?

– J'ai dit que je ne discutais pas avec toi, répondit fermement sa sœur.

– Qui a organisé l'enterrement ?

– Un des fils Tarshish.

– Avishaï ?

– Je ne sais pas.

– Ils y étaient ?

– J'imagine que oui.

– Ils doivent être drôlement contents. Ils vont pouvoir récupérer ses quelques dounams.

– Comment te sens-tu ?

– À chier. » Elle recommença à pleurer. « Ça me déchire le cœur. Quelle vie ! Quelle mort !

– D'après Bentsi, l'inculpation pour meurtre va devenir une inculpation pour double meurtre. Celui qui sera accusé d'avoir tué Eytan Kinarti le sera aussi d'avoir tué Oved Hanegbi.

– Et Jacquot ?

– Des meubles ? Il a un rapport avec tout ça ?

– Je ne sais pas.

– Où étais-tu toute la matinée, Lisie ?

– Je me suis baladée.

– Tu es en arrêt maladie !

– Je ne suis pas obligée de rester clouée au lit.

– Tu ne dois pas te balader. Pas par un temps pareil.

– J'avais rendez-vous avec le médecin.

– Tu conduis ?

– Oui.

– Non mais tu dérailles ! Tu n'as pas le droit de conduire. Tu as eu une commotion cérébrale et ton bras est cassé.

– Je viens de chez le médecin. Il m'a auscultée et a dit que j'allais bien.

– Oui, oui. Tu me l'as prouvé il y a un instant. Il est exclu que tu conduises.

– *Oïe*, vraiment ?

– Lisie ! Une fois dans ta vie écoute les conseils intelligents de ton aînée. Tu es en arrêt maladie, non ? Alors, reste à la maison et repose-toi. Je te le demande. Où est ta voiture ?

– Au parking.

– Je vais t'appeler un taxi. Laisse ta Justy ici et je te la ramènerai à la fin de mon service.

– Et comment rentreras-tu chez toi ?
– Ne t'inquiète pas pour moi.
– Je vais trouver un taxi dehors.
– Tu me le promets ? Je te téléphonerai dans une heure pour voir comment ça va.
– Et ne raconte surtout pas à maman que j'ai eu un malaise.
– Uniquement si tu me promets de rentrer chez toi en taxi et de ne plus sortir pendant au moins deux jours.
– Si maman débarque, je sors de chez moi et je n'y remets plus les pieds.
– Lisie !
– Je t'ai fait peur ?
– Je passerai te voir ce soir.
– Non. Tu as d'autres chats à fouetter.
– Je viendrai. J'y tiens.
– Havatzéleth, arrête ! »

Elles éclatèrent de rire en même temps. Ce genre de discussions les ramenait en terre ferme. Cette mélodie les accompagnait depuis toujours. Lisie se leva et Havatzéleth passa un bras sous celui de sa petite sœur, qui la dépassait de dix centimètres. Elles entrèrent dans l'ascenseur et allèrent ensemble jusqu'à la sortie de l'hôpital. Là, elles se séparèrent. De l'air froid s'engouffra à l'intérieur lorsque la porte s'ouvrit et un tremblement secoua Lisie de la tête aux pieds. Elle se sentit soudain abandonnée.

La pluie se mit à tomber. La baie vitrée du hall se piqua de gouttelettes. Elle sortit dans l'air pur et froid, et offrit son visage au ruissellement qui coulait doucement du ciel gris et bas. Elle songea que ces gouttes mouillaient à présent la tombe du Prophète. La terre meuble s'imprégnait d'une pluie qui s'infiltrait jusqu'au corps allongé en dessous. Quelqu'un visiterait-il jamais cette tombe ? Avec sa mort, il serait oublié, comme il avait été oublié de son vivant. La police, qui avait transformé son décès en « homicide volontaire », le ferait encore exister jusqu'à ce que le mystère s'éclaircisse – s'il s'éclaircissait – et alors, cet homme disparaîtrait à tout jamais, il deviendrait la pierre tombale d'un inconnu et sombrerait dans l'oubli. Combien de temps un homme continuait-il à vivre après sa mort ? Tant que l'on se souvenait de lui ? Tant que son nom restait gravé dans la pierre ? L'évocation de mots qui faisaient perdurer le souvenir la renvoya au journal. Tzément, mandaté par Ariéli pour la remplacer, avait dit qu'il passerait la voir. Elle ne voulait pas qu'il passe. La pensée de le voir pénétrer chez elle l'agaça. Elle décida de se rendre à la rédaction.

Assis dans son bureau à elle, derrière sa table à elle, Tzément parlait dans son téléphone à elle et se servait de son ordinateur à elle. Il buvait du café dans sa tasse, et à côté, posé sur une serviette en papier, il y avait un sandwich à moitié grignoté que Shiboleth lui avait sans doute ramené de la buvette d'en bas. Flanqué de ce corps famélique qui éveille chez les femmes l'envie de le gaver, il avait un étroit visage cireux et ses yeux bruns – sans doute considérés comme gracieux à l'âge où les garçons commencent à s'intéresser aux filles – lui avaient certainement rendu des services. Une odeur de soif de réussite émanait de lui, et, paradoxalement, c'était justement cela qui l'enveloppait d'un halo d'échec.

« Quand reprends-tu ?

– La semaine prochaine, je pense.

– Tu n'auras qu'à utiliser un enregistreur et demander à Shiboleth qu'elle te fasse la transcription.

– Oui. C'est ce que je ferai. Pour l'instant, je ne reviens pas à cause de la commotion cérébrale. »

Lisie expliqua à Tzément quels avantages pouvaient tirer les Tarshish de l'instauration de la zone franche sur leurs terres. Elle lui parla des relations privilégiées que la famille entretenait, via Dave Factory, avec le ministre de l'Équipement et du Logement. Elle lui rapporta – de manière tout à fait confidentielle – qu'une enquête était en cours pour déterminer le rôle de Dave Factory à la fois dans le détournement des terrains de sa femme et dans les meurtres d'Eytan Kinarti, d'Oved Hanegbi, et probablement aussi de Jacquot Bakhar.

« Si on m'avait dit que j'emploierais un jour le mot "confidentiel", je n'y aurais pas cru, ajouta-t-elle en riant. On me raconte toujours des choses "confidentielles" et j'en crève. Mais ai-je le choix ? Beershéva est une petite ville. Tout le monde connaît tout le monde. Si je trahis quelqu'un ne serait-ce qu'une fois, plus personne ne me parlera.

– T'ai-je bien compris ? Je ne suis pas de Beershéva et je peux donc trahir qui je veux ?

– Certainement pas, grands dieux ! s'offusqua Lisie, bien que ce fût exactement ce qu'elle sous-entendait.

– Je ne suis pas le spécialiste du journal en matière d'affaires criminelles. De toute façon, je n'aurais pas publié ce que tu viens de me raconter. Ce n'est pas mon domaine. »

Espèce de semelle puante, se dit Lisie. Pas mon domaine, voyez-vous ça !

« Le fait que le ministre de l'Équipement et du Logement soit concerné n'a aucune importance, reprit-il. Pour monter un projet industriel, il faut obtenir des agréments du ministère du Commerce et de l'Industrie, de l'office national d'Occupation des Sols, des permis de construire, des autorisations de la direction de la zone industrielle, de la municipalité, et j'en passe. Dave Factory peut s'assurer les faveurs de son petit copain, le ministre de l'Équipement et du Logement, ça lui fera prendre certains raccourcis, mais ce n'est pas suffisant.

– Carol Factory possède dix dounams dans le domaine de la Maillerie. As-tu la moindre idée de ce que ça vaut pour n'importe quel investisseur potentiel ?

– Non, mais je sais que dans d'autres zones industrielles, le prix du dounam après équipement est monté jusqu'à trente mille dollars, avant construction.

– Ce qui signifie que son lot vaut trois cent mille dollars, c'est-à-dire à peu près un million de shékels. Voilà ce qu'elle a en main.

– Mais tu m'as dit qu'elle possédait aussi des terres à Rishon et à Migdal, plus cette usine qu'ils viennent de délocaliser en Jordanie. Ils sont tous très riches.

– Oui, mais nous avons là deux frères et une sœur qui se séparent pour fonder de nouvelles entreprises et qui ont donc besoin de capitaux.

– Dans les affaires familiales, la deuxième génération, c'est la porte ouverte à tous les dérapages.

– Peux-tu prendre discrètement la température des rapports entre Factory et le ministre de L'Équipement et du Logement ?

– Je peux, mais à quoi bon ? Qu'ils se fréquentent ne signifie pas que le ministre ait trempé dans ses combines et ses meurtres. Gdalia ne laissera jamais passer une info fondée sur des spéculations.

– Il a été convoqué au commissariat ! Ce ne sont pas des spéculations !

– On ne met pas un ministre en cause sans avoir des preuves béton. Le journal ne publiera pas de rumeurs.

– Je n'ai pas dit de publier des rumeurs ! Je t'ai demandé de te renseigner. Tu n'as qu'à en parler avec Youval Melloul. »

Les yeux sans cils de Tzément ressemblaient à ceux d'un rongeur du désert. Le peu de cordialité qu'elle avait cru déceler en lui disparut, et il redevint le type qu'elle connaissait, un petit arrogant qui léchait les bottes et le cul du big boss. D'ailleurs si toute cette semaine ils avaient pu se passer de lui à la rédaction de Tel-Aviv, cela voulait dire qu'il n'était pas si génial que ça ! songea Lisie dans une illumination subite.

« Qu'avons-nous décidé ?

– Tu te soignes et tu reviens vite bosser.

– Tu n'écriras rien pour le journal local non plus ?

– Je peux parler de l'interrogatoire de Dave Factory. Pas de ses relations avec le ministre. À qui m'adresser, chez les flics ?

– Au porte-parole. »

Elle était déjà sortie du bureau lorsqu'elle se rendit compte qu'il ne lui avait pas demandé comment elle allait, comment elle se débrouillait, ce qu'avaient dit les médecins, qui l'avait agressée ou pourquoi. La doctrine du *new*-journalisme plaçait l'auteur au centre du reportage, et Tzément était et restait un journaliste très *new*.

CHAPITRE XXIII

À deux heures et demie, Lisie gara sa voiture dans l'avenue des Présidents, non loin de la buvette. La pluie continuait à tomber mais en pointillés, comme si elle hésitait à se jeter sur la capitale du désert et à la lécher telle un gros chien qui se serait langui de ses maîtres. En plein jour, la rue semblait différente. Des autobus, des camions, des breaks défilaient sur la chaussée, et les gouttes d'eau scintillaient comme de petits éclairs sous leurs phares allumés. Les passants longeaient les façades pour éviter d'être éclaboussés par les gros pneus.

Malgré les volets baissés, elle savait que Luba se trouvait dans l'appartement. Avant de venir, Lisie avait fait un crochet par le salon de coiffure de Michel et Dona, et de leurs propres bouches avait appris que le matin même leur shampouineuse s'était excusée par téléphone de ne pas pouvoir venir travailler parce qu'un technicien devait passer chez elle dans le courant de la journée pour régler un problème de gaz. Lisie alluma le chauffage et ses yeux se mirent à piquer. Tôt ou tard, elle serait tout de même obligée de changer de voiture. Maurice Dahan n'était pas à la rédaction et elle ne l'avait pas encore remercié de s'être occupé de son pneu et d'avoir ramené la Justy devant sa porte. Une camionnette se rangea à côté d'elle et le chauffeur lança un paquet de journaux vers le seuil de la buvette. Elle craignait que quelqu'un ne s'aperçoive qu'elle était garée là depuis très longtemps et ne commence à se poser des questions, ou, pire, ne l'oblige à se déplacer.

Elle n'avait pas pensé à ce qu'elle ferait si Dave arrivait. Elle savait qu'il était chez Luba lorsque Boris avait téléphoné pour annoncer la visite de Sergueï. Elle se demanda s'il oserait assister sa maîtresse dans un tel moment. Jusque-là, il avait mis hors d'état de nuire tous ceux qui connaissaient et pouvaient révéler leur liaison : Eytan, Jacquot, Oved Hanegbi. Elle aussi avait failli y passer. Les terres de la Maillerie auraient pu être le mobile du meurtre d'Eytan Kinarti, peut-être de celui du Prophète, mais de Jacquot ? En quoi cela le concernait-il ? Avait-il été assassiné parce qu'il était au courant de l'adultère ? Elle se demanda une nouvelle fois si Dave aimait toujours sa femme. Les banales histoires d'épouses légitimes et de maîtresses, vieilles comme le monde, ne confirmaient-elles pas qu'il était possible d'aimer deux femmes en même temps ?

À moins qu'il n'y ait aucun lien entre les deux affaires, que le détournement des terres et les meurtres soient des délits totalement distincts ? Ou au contraire, que Dave ait assassiné Eytan Kinarti, non pas parce que celui-ci connaissait sa liaison avec Luba mais pour éviter qu'il ne révèle son rôle dans l'arnaque ? Et Jacquot ? Avait-il été assassiné parce qu'il savait et pouvait prouver que Dave connaissait Eytan ? Et le Prophète ? Comment le Prophète s'imbriquait-il dans ce puzzle ? Était-ce parce qu'il avait retenu le numéro de téléphone du « mari » de la parturiente, ou parce qu'il était installé sur des terres que la famille Tarshish convoitait ?

Comment un honnête citoyen, un monsieur tout le monde, simple et charmant, se transformait-il en assassin ? Combien de fois avait-elle déjà entendu les amis ou les parents de criminels prononcer la phrase : « Un homme si délicat, qui ne ferait pas de mal à une mouche » ? C'est ce qui avait été dit au sujet du violeur du wadi qui introduisait des bouteilles dans le corps de ses victimes, ou du garçon qui avait donné une douzaine de coups de couteau au patron de l'épicerie qu'il cambriolait. Tous ceux qui connaissaient le kidnappeur de la petite fille dans la Vallée de Sarah avaient affirmé que c'était un père de famille exemplaire, qu'il n'y avait pas plus dévoué et aimant que lui. Que savons-nous des autres, au-delà des apparences ? Tout être possédait-il deux faces ? La main de Dieu et la main du Diable dans une même enveloppe ? Un « monsieur tout le monde », cela existait-il ?

Il était à présent trois heures et quart. Des voisins entraient et sortaient du six de la rue Ketoura. Mais pas de Dave à l'horizon. La pluie ne tombait plus et les maisons étincelaient sous le soleil. Une demi-heure auparavant, Luba avait ouvert le volet et jeté un œil dans la rue, puis elle avait fermé fenêtres et rideaux. La lumière était toujours allumée à l'intérieur.

Lisie décida de se replonger dans ses carnets. Une chose qui lui avait échappé surgirait peut-être tout à coup, un détail significatif susceptible de dissiper le brouillard qui enveloppait cet engrenage de meurtres. Après avoir acheté à la buvette un sandwich gruyère-cornichons accompagné d'une canette de Coca-Cola, elle mit le contact et rentra.

Arrivée à la hauteur de son palier, elle tomba sur des semelles usées de santiags. Rony Melzer était assis à même le sol, le dos appuyé à la porte de son appartement.

Elle lâcha un : « Dégage », introduisit la clé dans la

serrure et poussa l'intrus du pied. Il s'allongea de tout son long, le torse à l'intérieur de l'appartement, le reste du corps à l'extérieur et les quatre fers en l'air. Dans cette posture, il l'examina de bas en haut, l'empêchant de fermer la porte.

« Tire-toi !

– Lisie ! Arrête tes conneries !

– J'appelle la police si tu ne te tires pas immédiatement.

– Je resterai devant ta porte à hurler.

– Ne te gêne pas pour moi. »

De gêne, il n'en éprouvait aucune. Pourquoi en aurait-il éprouvé ? Il ne vivait pas dans cette ville, cet appartement n'était pas le sien, les voisins pas les siens. Debout sur le palier, il se mit à crier à tue-tête :

« Lisie ! Lisie ! Laisse-moi entrer ! Je dois te parler, Lisie ! Excuse-moi, Lisie ! Je t'aime, Lisie ! Je suis dingue de toi ! Je te veux ! Je ne bougerai pas de là tant que tu ne m'auras pas ouvert ! Lisie ! LISIE ! »

Elle entendit des bruits de portes, des exclamations de voisins étonnés, des cris de colère, des rires. Son visage brûlait de honte. Elle savait qu'il continuerait à hurler tant qu'elle n'aurait pas ouvert. Et elle n'avait absolument pas l'intention d'appeler la police, il ne lui manquait plus que de fournir à ses beaux-frères un nouveau sujet de plaisanterie.

Lorsqu'elle se décida à lui ouvrir, il entra, aussi calme et souriant qu'un grand bébé repu, comme s'il n'avait pas été l'auteur du grand « sons et lumières » qu'il venait d'organiser sur le palier.

« C'est le numéro de Marlon Brando dans *Un tramway nommé Désir*.

– Quoi ?

– Ça marche toujours.

– Quoi ? »

Rony leva le visage vers le plafond, inclina le torse vers l'arrière, écarta les bras et cria :

« Stella !

– La ferme !

– Prépare-nous un bon chocolat chaud.

– Tu ne restes pas ici.

– Bon, je m'en occupe. »

Il disparut dans la cuisine et elle entendit un bruit de vaisselle et de robinet qui coulait.

Elle entra dans sa chambre, s'aida de son bras valide pour enlever son imper, ses bottes et ses boucles d'oreilles puis s'allongea sur le lit. Elle était épuisée.

« Tiens. Bois ça. »

Rony vint s'asseoir à côté d'elle. Il tenait deux tasses qui emplirent la pièce d'une bonne odeur de chocolat. La boisson chaude et sucrée coula dans sa gorge, apaisante et douce comme une caresse.

« Bravo. Tu m'as préparé un bon chocolat chaud. Maintenant, du balai.

– Je ne bouge pas et tu n'y pourras rien.

– Des instructions de Bentsi ?

– Je veux rester avec toi. Moi. À cause et en dépit des instructions. Nous avons affaire à un fou furieux qui a déjà essayé de te tuer et qui essayera encore. Combien de gens devra-t-il assassiner pour que tu comprennes que tu es en danger ?

– N'exagérons rien.

– Eytan Kinarti, Oved Hanegbi, Jacquot Bakhar et toi, tu l'as échappé belle. Je ne bouge pas.

– On a essayé de m'intimider, sans plus.

– Le salaud s'est servi d'une barre de fer à sa première tentative. À la prochaine, ce sera un pistolet. Plus rien ne l'arrêtera, ce fumier. Un premier crime, un deuxième, un troisième dans la foulée, il n'est plus au quatrième près. Qu'est-ce que ça changera pour lui, trois ou quatre condamnations à perpette ? Tu es en danger.

– Et tu me protèges. Merci beaucoup.

– Tout le plaisir est pour moi.

– C'est exclu. Tu n'as pas été honnête envers moi. Tu es venu parce que Bentsi t'avait envoyé, mais tu as fait comme si tu agissais à son insu. Et je comprends pourquoi. La police ne pouvait pas s'introduire dans les systèmes informatiques officiels sans l'autorisation du grand patron, du chef de la P.J., du chef des Affaires criminelles et du conseiller juridique du gouvernement. Or Bentsi ne voulait pas demander de mandat. Il craignait autant un refus que des fuites. Mais si vous avez décidé de me foutre dans la merde, vous auriez au moins pu me faire confiance. Tu m'as trompée et Bentsi aussi. Seulement Bentsi, lui, ne s'est pas fourré dans mon lit. Je ne veux plus te voir. »

Rony termina son chocolat puis s'allongea.

« Tu as raison.

– Je sais que j'ai raison.

– Je vais te révéler autre chose, mais promets-moi de ne pas raconter à Bentsi que ça vient de moi.

– Quoi ?

– Tu me le promets ?

– Quoi ?

– On te file tout le temps. Depuis ton agression, tu es sous protection policière. Où que tu ailles, tu es suivie. On t'a vue avec Boris à la gare routière et on l'a cuisiné. On t'a suivie la nuit où tu t'es rendue à la pépinière. Le type en vespa qui t'a ramenée à la maison fait partie des patrouilles de la brigade routière et a été "prêté" pour assurer ta protection. Tu mobilises trois personnes à toi toute seule mais le problème, c'est que le patron n'est pas prêt à libérer d'autres gars pour faire fonctionner le commissariat.

« Après ton départ de la pépinière, les plombiers de Bentsi ont forcé le coffre et y ont trouvé ce que tu y avais trouvé. Tout ce que tu sais, ton beau-frère le sait aussi. Ce matin, tu as été faire tes condoléances à la famille de Jacquot, puis tu es allée à Voltour et tu as demandé à l'employée la liste des passagers du *Mathilda*. Ensuite tu es passée à l'hôpital pour qu'on t'enlève les fils, de là à la rédaction, et enfin, tu es restée en planque rue Ketoura. Bentsi n'a pas assez de personnel pour te protéger vingt quatre heures sur vingt-quatre. Le chef des Affaires criminelles de la région menace de récupérer le dossier, ce qui le met hors de lui.

– Tu fais donc partie du personnel du commissariat ?

– On m'a demandé d'assurer ta garde rapprochée.

– Que signifie ce "rapprochée" ?

– Ça dépend de toi. Et de moi. »

Il lui sourit et son nez s'allongea vers son grand menton qui frémissait. Bon, elle non plus n'était pas la perfection incarnée. Avec toutes les ecchymoses et les taches sur son visage, elle savait qu'elle ressemblait plutôt à Robert de Niro dans *Raging Bull*. Au cinéma, des hommes à large carrure protégeaient des femmes apeurées que poursuivaient de dangereux criminels. Pleines de gratitude, elles se laissaient choir, désarmées, entre de fins draps de soie, leur chevelure s'étalait sur des oreillers d'une blancheur éclatante, tandis que l'indomptable amoureux agenouillé à leur chevet effleurait de ses lèvres leur petite main toute molle, et que ses cheveux clairs masquaient les larmes qui coulaient de ses yeux. Eh bien, tel n'était pas son cas. Si son chevalier servant accourait à sa rescousse, c'était par manque de personnel.

Le regard de Lisie se noyait dans l'épais liquide violacé qui s'était déposé au fond de sa tasse quand Rony la lui prit des mains et la posa sur la table de nuit. Il lui embrassa le lobe de l'oreille et dit : « Voilà, ça, c'est une garde rapprochée», descendit le long de son cou, souffla : «Très rapprochée», puis sa bouche effleura le creux de sa clavicule et il murmura : «De plus en plus rapprochée.» Une grande main chaude se glissa sous son pull et tâtonna autour de ses seins. Il introduisit la tête sous ses vêtements, et là, des tréfonds de la laine verte et du tee-shirt en coton, dans un souffle chaud et accéléré qui caressait sa peau, il chercha des lèvres et de la langue ses mamelons qui se dressaient et couronnaient les généreuses montagnes surplombant les baies étalées en contrebas. Il ouvrit le bouton et la fermeture éclair du jean et l'aida à se déshabiller. Après avoir, avec la douceur d'une infirmière charitable, extirpé de sa manche son bras plâtré, il tira à lui son grand corps, dans le tumulte et le désir inassouvi d'un gamin consumé par la passion et une trop longue abstinence. Il avait une peau qui sentait l'abricot séché par un soleil d'été, alors, pour un instant, elle oublia sa rancœur et se laissa emporter par la tempête qui grondait en elle vague après vague et tambourinait comme une cascade contre une écluse.

La sueur qui s'était déposée sur son corps s'évapora, elle frissonna, ramassa la couverture qui avait glissé et les en couvrit tous les deux. Cet homme, qui à la verticale l'énervait tant, lui faisait aimer son propre corps, si grand et si plein, quand il était au lit avec elle. Entre les os pointus et les longs muscles aux poils rares de Rony, elle découvrit de petits creux de peau douce comme du velours. Elle les caressa, les embrassa, les mordit, tandis que dans sa gorge, prêt à jaillir comme un train d'un tunnel, un cri de plaisir restait coincé.

«Je suis dingue de ton corps», murmura-t-il juste avant de fermer les yeux.

Une seconde plus tard, elle entendit sa respiration régulière, légère comme des plumes d'oiseau.

Ils se réveillèrent ensemble, se regardèrent, s'imprégnèrent de la chaleur emmagasinée sous la grande couverture. Sur la table de nuit, le réveil indiquait cinq heures, et, un bref instant, elle ne sut si c'était du matin ou de l'après-midi.

« T'a-t-on informé, pour le Prophète ? lui demanda-t-elle.

– Oui, j'étais à l'enterrement.

– Tu y as vu les Tarshish ?

– Oui. Le père, les deux fils, la fille, leurs conjoints respectifs et les enfants.

– Y avait-il des amis de Migdal ?

– Je ne pense pas. Peut-être n'ont-ils pas été prévenus à temps.

– Qui a récité le kaddish ?

– Yigal Tarshish. Son frère.

– A-t-on précisé que c'était son frère adoptif ?

– Oui.

– Dave aussi est venu ?

– Oui. Après l'enterrement, au moment où ils sortaient du cimetière, la police l'a interpellé.

– Vraiment ? Comment la famille a-t-elle réagi ?

– Carol et son père l'ont accompagné au commissariat, et les frères ont envoyé leurs avocats. Bentsi a convoqué le juriste de Jérusalem qui a rédigé l'acte de vente. On a procédé à un défilé d'identification et tout de suite, il a formellement reconnu Dave comme étant le "vendeur", Carol Factory. On lui a montré des photos d'Eytan Kinarti vivant, et il l'a reconnu comme "l'acheteur". Les avocats de la famille Tarshish lancent des menaces tous azimuts. Par chance, les avocats des banques commencent eux aussi à bouger et ils affaiblissent un peu la partie adverse. Les établissements financiers n'ont aucune envie de passer pour des gogos et en plus de verser des dommages et intérêts.

– Carol a-t-elle dit quelque chose ?

– Elle hurlait comme si on l'égorgeait. L'écume lui sortait de la bouche, on aurait dit un cheval. Son père l'a secouée comme un prunier pour la calmer mais elle lui a presque cassé la clavicule. La police a obtenu un mandat pour aller perquisitionner dans son appartement, dans le bureau de la mairie, dans celui de la pépinière, et chez Luba Ketchak.

– Carol est-elle au courant de la perquisition chez Luba Ketchak ?

– Non. Comment le saurait-elle ?

– Il faut vérifier si les particules de terre et d'engrais qui ont été retrouvées dans le trou où gisait Eytan Kinarti proviennent de la pépinière.

– On est en train de le faire. D'ailleurs, dans la pépinière, outre de la terre imprégnée d'engrais, on a trouvé des traces de sang. Dans la remise à outils. Les gars du laboratoire passent tout au crible, le débarras, la camionnette, les bêches, les pelles. Selon le scénario qui s'ébauche, Dave Factory aurait tiré sur Eytan Kinarti dans la pépinière pour transporter ensuite son corps à la Maillerie dans la camionnette de service. De peur qu'Oved Hanegbi ne l'entende creuser, il lui aurait asséné des coups sur la tête avec la bêche dont il se servait pour la tombe d'Eytan Kinarti.

– Étrange qu'il l'ait enterré justement dans le domaine.

– C'est un terrain qu'il connaît très bien. Peut-être a-t-il voulu, par la même occasion, faire inculper le Prophète, au cas où le cadavre serait retrouvé.

– Il y avait deux vigiles là-bas. Comment se fait-il qu'ils n'aient rien vu ni rien entendu ?

– Apparemment, Dave serait entré dans la Maillerie par le nord et non par le chemin de l'usine. S'il a roulé tous feux éteints et a pris la peine d'enlever l'ampoule des poteaux électriques aux abords de l'autobus, il est possible que les vigiles ne se soient rendus compte de rien. D'autant plus que leur mission était de protéger l'usine contre les grévistes et non contre les criminels. Ils certifient qu'ils étaient éveillés. Mais toute leur attention se focalisait sur la grille de l'usine, qui se trouve à l'opposée de l'autobus, et ça peut expliquer qu'ils n'aient rien entendu. N'oublie pas non plus que la tempête a commencé cette nuit-là.

– Le médecin légiste a fixé la mort d'Eytan entre vingt-deux heures et deux heures du matin. La tempête s'est déclenchée plus tard. Portait-il des gants ?

– Je ne sais pas. On n'en est qu'au début des vérifications. Dans l'appartement de Dave, Ilan a retrouvé les chaussures Méphisto marron dont la stagiaire de l'avocat se souvenait. Il a monté une arnaque pour des millions, il a assassiné trois personnes mais a trouvé dommage de jeter une paire de pompes.

– On peut aussi entrer dans l'immeuble de Luba par la rue Yohanan.

– Je sais.

– A-t-on examiné le genou de Dave ?

– Oui.

– Alors ?

– Intact.

– Quoi ? Comment est-ce possible ?

– Il n'a apparemment pas été touché au genou quand tu l'as fait tomber.

– Si ! Et ça a été un coup violent. Je l'ai entendu.

– Son genou n'en porte aucune trace. Peut-être que lorsqu'il est tombé, la barre de fer a heurté le trottoir et que c'est ce bruit que tu as entendu.

– Non. Il est tombé. Sur le genou. Avez-vous retrouvé le coup de poing américain ?

– Non.

– Et des gants de jardinier déchirés ?
– Pas ceux que nous cherchions.
– Et ses pneus ?
– Ils correspondent aux empreintes relevées à côté de ta Justy. Mais il prétend ne pas être sorti de chez lui le soir où tu as été attaquée. Il est resté avec Carol à regarder la télévision. Carol, bien sûr, confirme.
– Sait-elle quelque chose sur Luba ?
– Nous ne lui en avons pas parlé et Dave non plus, j'imagine.
– Tout est lié d'une manière ou d'une autre à cette femme. Dave a acheté l'appartement d'Eytan pour Luba, Jacquot se trouvait avec Dave et Luba sur le *Mathilda*, Luba a donné à Oved Hanegbi le numéro de téléphone de Dave au travail, et moi, j'étais en planque devant son immeuble. Tout commence et finit par le couple.
– Sauf le détournement des terres.
– Carol a-t-elle joué un rôle dans cette combine ?
– Cette possibilité n'est pas exclue.
– Va-t-elle être citée à comparaître ?
– Une femme ne peut pas témoigner contre son mari.
– Elle peut témoigner en faveur de son mari.
– Oui, mais dans ce cas, l'accusation aussi pourra l'interroger. Si leurs avocats sont intelligents, ils ne la citeront pas.
– Bentsi a-t-il trouvé les papiers de Luba qui étaient enfermés dans le coffre de la pépinière ?
– Oui.
– Qu'a dit Dave Factory au moment où la police les a trouvés ?
– Pas un mot.
– Carol était-elle présente ?
– Oui.

– Y avait-il des pistolets dans le coffre ?

– Oui. Un neuf millimètres, comme l'arme qui a abattu Jacquot, et un vingt-deux millimètres. Tous deux avec permis. Ils appartiennent au département des Parcs et Jardins de la mairie. Le laboratoire les examine.

– Quel mobile peut avoir poussé Carol Factory à entrer dans les magouilles de son mari ?

– Je n'ai pas dit qu'elle l'avait fait. Mais ce n'est pas exclu. Si elle veut faire quelque chose en zone franche, elle a besoin d'argent. Son terrain n'est qu'une dot apportée comme base à tout nouveau montage financier. Mais si elle vient avec le sol plus des capitaux, elle devient un partenaire de poids, elle peut choisir ses associés, négocier la hauteur de l'investissement de chacun et le statut des différents actionnaires.

– Mais c'est une idée géniale ! "A" vend sa terre à "B", "B" fait un emprunt à la banque en le cautionnant avec "sa" terre, il ne rembourse pas, les banques saisissent le bien, et alors il apparaît que le vendeur n'a pas vendu et que l'acheteur n'a pas acheté. Du coup, les banques sont obligées de tout restituer au propriétaire. "A" se retrouve donc avec la terre et avec l'argent de l'emprunt. Et peut-être obtiendra-t-il, en plus, des dommages et intérêts pour cause de négligence.

– Que penses-tu de Carol ?

– Je ne sais pas. Quand je suis passée à Voltour pour jeter un œil sur la liste des passagers du *Dancing Mathilda*, l'espèce de larve qui travaille là-bas m'a dit que la femme d'un client était aussi venue vérifier les noms de cette liste. Jacquot a acheté tous les billets. D'après le récit de Herzl Guivon, ni Eytan ni Jacquot n'étaient accompagnés. Il en ressort que celui qui l'était ne peut être que Dave. Sur la liste des passagers, figuraient les mots : "M. et Mme Factory". La femme de Jacquot savait qu'il embarquait sur le *Mathilda*, elle n'avait donc aucune raison de demander la liste des passagers. Luba se trouvait sur le bateau, cette liste ne l'intéresse donc pas non plus. D'autant plus que la larve de Voltour se serait souvenue d'un accent russe. La seule personne qui devait cacher la croisière à sa femme, c'est Dave Factory. Si Carol a pris la peine de vérifier qui avait participé à ce voyage, cela jette sur l'affaire un jour totalement différent. La vermine gluante de Voltour a refusé de me révéler l'identité de la cliente qui lui a demandé la liste des passagers du 8.9.95.

– Carol est un point de vue très intéressant.

– En effet. » Quelque chose dans ce point de vue très intéressant la contrariait. Ce qui commençait à s'éclaircir disparut à nouveau dans la brume.

« J'ai faim. »

Lisie alla prendre dans son sac le sandwich et le Coca-Cola qu'elle avait achetés. Rony coupa le pain en deux, ouvrit la canette, et ils se mirent à mastiquer et à boire avec la plus grande concentration.

« Ça me rappelle l'armée, ce genre de repas. Les casse-croûte que j'achetais à la buvette militaire. »

Elle s'abstint de préciser que c'était là son alimentation habituelle. Elle n'aimait pas se rendre seule au restaurant et ne perdait pas de temps à faire la cuisine. Lorsque son réfrigérateur se vidait, elle allait au supermarché et remplissait un caddie, dont la majorité du contenu finissait généralement à la poubelle.

« Carol a peut-être découvert que trois cent mille shékels manquaient sur son compte en banque ?

– Quoi ?

– Le prix de l'appartement de Luba Ketchak.

– Dave n'a sûrement pas pu acheter le deux-pièces de la rue Ketoura avec son salaire d'employé municipal. Il l'a fait grâce aux charmants capitaux qu'Eytan et lui ont détournés des banques. Si Carol est au courant ou impliquée d'une manière ou d'une autre dans cette arnaque, eh bien, elle a reçu trois cent mille shékels en moins. Elle sait compter. Ces ordures de richards comptent chaque centime.

– Ces ordures de pauvres aussi comptent chaque centime.

– Eytan Kinarti a vendu son appartement à Dave après le coup des terrains. Dave avait l'argent de l'emprunt accordé par les banques, et il a pu en prendre une partie pour offrir un toit à sa maîtresse. Si Carol a trempé dans la combine, elle a peut-être rencontré Eytan, et Dave a eu peur que celui-ci n'ouvre sa grande gueule et ne révèle à sa femme à qui il avait vendu son appartement.

– Eytan était un flambeur. Ces gens-là sont toujours dans la merde. Il se peut qu'il ait fait chanter Dave.

– La police aurait dû enquêter sur ce qu'il a fait en Allemagne à son retour.

– Très juste.

– Voir s'il avait claqué du fric.

– Ou vendu des diamants. Si je ne découvre pas ce que sont devenues ces foutues pierres, je vais rester éternellement dans le bureau d'investigations de Hani Réguev.

– Tu pourras toujours aller travailler chez ton père.

– Je te remercie et te le souhaite en retour. »

Rony ramassa les miettes de pain de la couverture et les éparpilla sur le cou et la poitrine de Lisie. Ensuite il se pencha vers elle et les cueillit du bout des lèvres en miaulant comme un chat. Son contact la chatouilla, elle lui frappa la tête de son bras plâtré et cria : « Arrête, arrête ! ». Il lui sourit avec l'expression d'un vieux vicieux.

« Si ce pauvre Eytan Kinarti n'avait pas été assassiné,

nous en serions encore aujourd'hui à ignorer l'affaire des terrains.

– Si son cadavre n'avait pas été découvert, Carol Factory n'aurait pas récupéré son bien. La découverte du corps d'Eytan Kinarti lui a été on ne peut plus profitable.

– Y aurait-il deux assassins ? Carol et Dave ? »

Depuis un certain temps, cette possibilité clignotait dans un recoin du cerveau de Lisie, suggérant, par-delà le brouillard, une autre silhouette, une solution supplémentaire. Ils se regardèrent. Tous deux soupesaient ce qui, jusque-là, n'avait été qu'une pensée fugitive et sans suite et devenait soudain un soupçon formulé à haute voix, avec des mots clairs.

« Le problème avec les criminels, c'est qu'ils ne se contentent jamais d'un seul délit, dit Rony avec amertume. Ça a marché une fois, alors ils doivent réessayer. Si Factory avait fait le mort, tôt ou tard, on aurait découvert que les terres avaient été détournées. Dès qu'ils auraient commencé à monter un projet en zone franche et voulu signer n'importe quel contrat, Carol aurait découvert qu'elle avait été dépossédée de ses biens et aurait exigé leur restitution. Quelqu'un a été trop gourmand.

– Ou trop effrayé.

– Ou furieux.

– Ou jaloux.

– Carol ?

– Elle aurait assassiné tout ce monde ? Pourquoi ? Où est la logique ?

– Attends ! Attends ! Et dans le fait que Dave ait assassiné tout ce monde, il y a une logique ? Y a-t-il d'ailleurs une logique au meurtre ?

– Si Carol est l'assassin et non son mari, je comprends pourquoi personne n'est venu dans la nuit d'hier à la pépinière. Dave était chez Luba quand Boris a téléphoné, il connaît donc le contenu de leur conversation. Carol, elle, l'ignore. J'ai supposé qu'il était le coupable et pensé qu'il viendrait prendre une arme à la pépinière. Mais si c'est Carol, comme elle n'est au courant ni du coup de fil ni de la visite fictive de Sergueï, pourquoi serait-elle venue chercher un pistolet ?

– Admettons qu'elle ait assassiné Jacquot : cela signifie qu'elle a réussi à ouvrir le coffre de la pépinière de Dave, donc qu'elle sait que le code est ALONA et qu'elle a vu les papiers de Luba.

– Quant à la police, bien évidemment, elle en est encore à se frotter les mains d'avoir arrêté Dave.

– Il ne s'agit que d'une supposition, Lisie.

– Même si c'est une supposition qui n'a qu'une chance sur cent de s'avérer juste, Luba est en danger.

– Je ferais mieux de retourner au commissariat. »

Au moment où Rony terminait de s'habiller, la sonnette de la porte d'entrée retentit. Avant qu'il eût fini d'aider Lisie à enfiler sa robe de chambre, des clés tournèrent dans la serrure. Batshéva apparut avec un panier et se dirigea directement vers la cuisine. Rony l'y rejoignit et lui demanda de lui préparer un café : beaucoup de travail l'attendait, il n'avait presque pas fermé l'œil de la nuit et le café le sauverait.

« Je me disais bien que j'avais vu ta vespa en bas, lui lança Batshéva.

– Ma vespa ! Batshéva, vous me vexez ! C'est une moto ! La Ferrari des motos ! Une Ducati 916.

– Pardon, pardon. Un petit turc ou du nescafé ? Demande à Lisette si elle en veut aussi. »

Lisie tendit les deux tasses de chocolat à Rony et lui fit signe de les sortir de la chambre. Elle eut le temps de faire le lit, et sur la chaise les vêtements furent pliés comme pour une inspection générale. Son visage était aussi rouge que sa robe de chambre.

Ils s'installèrent tous les trois dans le salon pour déguster leurs boissons.

« Qui s'occupe de la gamine de Luba ? demanda Rony à Batshéva.

– Tu connais Luba ? » s'étonna celle-ci.

Ce n'était pas la première fois que sa grande gueule le trahissait. Il faudrait le museler, songea Lisie qui laissa errer son regard sur le mur d'en face.

« Votre fille m'a raconté que vous gardiez la petite.

– La nuit, il n'y a pas de problèmes, elle reste avec sa mère. Pour la journée, je me suis organisée avec d'autres ouvrières de la Maillerie et on fait un roulement jusqu'à ce que Lisie soit rétablie. Demain je la prends chez moi.

– Pourquoi Luba ne la met-elle pas à la crèche ?

– Elle est encore bien jeune. Sept mois. Mais tu as raison. Elle finira bien par devoir y aller. Retrouver d'autres enfants. Tu es avocat, n'est-ce pas, Rony ?

– Oui.

– J'ai un petit problème au sujet de Luba et je voudrais te demander un conseil.

– Je ne suis pas sûr d'être la bonne personne.

– N'as-tu pas dit que tu étais avocat ?

– Quel est le problème, Batshéva ?

– Si tu ne peux rien faire, ce n'est pas la peine d'en parler. Y a-t-il quelqu'un que tu puisses me recommander ?

– À quel sujet ?

– Au sujet de Luba.

– Maman ! intervint Lisie. Rony veut savoir si elle a besoin d'un avocat qui s'occupe de vols, de divorces ou d'achats d'appartements. Quel genre d'avocat ? D'ailleurs, qui le payera ? Elle ?

– Je vais y réfléchir.

– Tu ne vas pas lui payer un avocat !

– Ai-je dit que j'allais payer ?

– Maman !

– J'ai simplement posé une question. Ça suffit, Lisette, ne t'énerve pas.

– Tu ne vas pas dépenser l'argent de ta pension pour elle.

– Je ne dépense pas ma pension pour elle.

– Tu lui en as déjà trop donné. La garde d'Alona, ça se paye, maman. Tu te bousilles le dos et elle, elle se pavane avec des boucles d'oreilles et des bracelets. Si elle a besoin d'un avocat, elle n'a qu'à vendre ses bijoux et s'en trouver un.

– Lisette, s'il te plaît.

– Elle a un appartement. Elle pourrait très bien prendre quelqu'un qui logerait chez elle et s'occuperait du bébé en échange.

– Tu n'as pas de cœur ! Tu ne sais pas ce que c'est que d'être toute seule dans un nouveau pays, sans parler la langue, sans métier, sans famille, sans mari, et avec des enfants.

– Elle n'a pas "des" enfants. Elle a une fille. Arrête avec cette rengaine.

– Ce n'est pas une rengaine. C'est la vie. Qu'est-ce qu'elle voit autour d'elle ? Des familles qui dînent ensemble, des copines qui se baladent ensemble, des frères et des sœurs assis ensemble sur des balcons, des couples qui vont ensemble au cinéma. Et elle, qu'est-ce qu'elle a ? Rien qu'elle-même pour commencer une nouvelle vie dans un nouveau pays. Alors elle a envie de le décorer un peu, son "elle-même". Moi, je portais toujours une chaîne en or que ton père m'avait offerte pour nos fiançailles. Eh bien, grâce à cette chaîne, je sentais que je n'étais pas qu'une pauvre veuve mise au rebut comme une fleur fanée. Je possédais quelque chose de beau. Je valais quelque chose, et personne ne devait avoir pitié de moi.

– Bon, ne t'énerve pas. Je suis prête à apporter moi aussi ma contribution. Pour chaque centime que tu mettras, j'en mettrai un. D'accord ?

– On n'en aura peut-être pas besoin, Lisette. Je suis contente pour elle quand elle se fait belle, parce que c'est tout ce qu'elle a. Tu comprends ce que je dis ?

– Oui, maman.

– Même moi, j'ai compris », intervint Rony.

Ils éclatèrent de rire tous les trois.

« Ces boucles d'oreilles sont un souvenir de son mari. Il les lui a achetées avec son premier salaire. Au centre commercial de Ramat-Gan. Elles ne valent pas grand-chose, mais elles lui sont très précieuses.

– Comment sais-tu qu'il les a achetées au centre commercial de Ramat-Gan ?

– Je pense que c'est ce qu'elle m'a raconté.

– Vend-on des bijoux au centre commercial de Ramat-Gan ? demanda Lisie à Rony.

– Je n'y suis jamais allé. Qu'est devenu le mari de Luba ? s'enquit-il.

– C'est une longue histoire. Ça a un rapport avec le conseil que j'avais à te demander. »

Batshéva se tourna soudain vers sa fille, un éclair de colère brillait à nouveau dans ses yeux :

« Qu'est-ce qui te prend ? Tu ne crois pas qu'il lui a acheté ses boucles d'oreilles au centre commercial ?

– Si, justement.

– Quand vous aurez besoin d'un conseil juridique, intervint Rony pour calmer le jeu, venez me voir. »

« Merci, Rony.

– Luba aussi peut venir. Bon, je dois filer. Merci pour le café. »

À croire qu'on a ouvert ici un cours de savoir-vivre et de civilités ! pesta Lisie intérieurement, tant elle était impatiente qu'il s'en aille pour questionner sa mère au sujet des boucles d'oreilles de sa protégée… Bien que, d'après le regard qu'affichait Batshéva, il serait plus facile d'extraire de l'uranium de courgettes que de lui soutirer quoi que ce soit.

CHAPITRE XXIV

L'interrogatoire de Luba Ketchak se déroula dans l'appartement de Batshéva Badikhi. Celle-ci venait de changer la couche d'Alona et lui donnait un biberon de thé lorsque Bentsi et son gang sonnèrent à sa porte. Ils s'étaient fait accompagner d'une femme policier qui parlait russe et s'installèrent dans le salon pour attendre que la jeune femme revienne du travail. Batshéva annonça à son gendre qu'il y avait déjà entre eux un très long contentieux, que c'était la goutte d'eau qui faisait déborder le vase, et que s'il croyait que son comportement passerait comme une lettre à la poste, eh bien, il faisait une grave erreur. Ce fut l'une des rares fois où les policiers virent leur terreur de chef bégayer, s'excuser et transpirer. Bentsi savait que cette scène s'insérerait dans les annales du commissariat et qu'au cours des soirées de fête les gars en feraient des gorges chaudes pendant des années. Il essaya de sauver un peu de son honneur perdu en expliquant à sa belle-mère que ce serait soit une conversation chez elle, soit un interrogatoire au commissariat et qu'elle avait le choix, ce à quoi Batshéva répondit par un : « Merci beaucoup, Bentsion », avant de se mettre à arpenter la pièce les lèvres serrées, Alona dans les bras, en fredonnant pour se passer les nerfs : *Dans la ferme de Mac Dougald.*

Lorsque Luba entra, Batshéva éclata en sanglots. La jeune femme crut qu'il était arrivé quelque chose à sa fille et laissa échapper un cri. L'inspectrice russe lui cria de la fermer et Bentsi cria à l'inspectrice d'arrêter de crier. Ilan déclara qu'il allait préparer du thé pour tout le monde, et les bruits domestiques – tasses, petites cuillers et robinet – apaisèrent un peu les esprits.

L'inspecteur Coresh informa Mme Ketchak que Dave Factory venait d'être inculpé de l'assassinat d'Eytan Kinarti et de deux autres personnes, que la police était au courant de leur liaison et il lui demanda de raconter où elle se trouvait et ce qu'elle faisait lundi dernier entre dix heures du soir et deux heures du matin.

Blanche comme un linge, Luba s'assit avec Alona sur les genoux. La crête orange de sa tête brûlait comme une flamme. Michel et Dona avaient apparemment décidé d'investir dans leur protégée : ses cheveux blonds, éclaircis jusqu'à une nuance platine, avaient été quasiment rasés pour ne laisser que l'éventail de piques orange vif qui s'étirait du milieu du front jusqu'à sa nuque. Un éventail qui tremblotait à chaque mouvement de tête. Les os délicats de son crâne apparaissaient sous le duvet clair comme sur le crâne d'un enfant.

Elle murmura qu'elle ne savait pas. Non, elle ne savait rien. L'enquêtrice russe essaya de la secouer, mais Bentsi lui ordonna de se contenter de traduire et de ne pas ajouter un mot à ce qui était dit dans la pièce. Lisie mit en route le magnétophone qu'elle avait planqué dans son sac, espérant que personne n'aurait entendu le déclic.

Ilan arriva avec un plateau de tasses de thé sucré. Il demanda à Luba si elle désirait qu'il donne le biberon à sa fille pendant qu'elle parlait mais celle-ci pria Batshéva de s'en charger. Lorsqu'elle voulut approcher la tasse de sa bouche, ses mains tremblaient tant qu'elle renonça à toute velléité de boire et reposa son thé sur le plateau.

« Explique-lui qu'elle n'a rien à craindre, dit Bentsi à sa traductrice. Nous ne sommes pas le K.G.B. Sa liaison avec Dave ne nous intéresse pas. Tout ce que nous voulons, c'est qu'elle réponde honnêtement à nos questions. La nuit du lundi au mardi de la semaine dernière correspond au début de la tempête. Elle ne peut pas avoir oublié où elle se trouvait à ce moment-là. »

Luba se souvenait. Le lundi, elle était allée travailler comme d'habitude et était restée chez elle toute la soirée. Comme d'habitude. Le mardi, jour de la tempête, elle n'avait pas mis le nez dehors. Non, elle n'avait pas vu Dave ce soir-là. Ni le lendemain matin. Ni l'après-midi. Elle ne savait absolument pas ce qu'il avait fait et ils ne s'étaient pas parlé au téléphone.

Connaissait-elle Eytan Kinarti ?

Non, elle ne connaissait pas Eytan Kinarti.

Son appartement appartenait à cet homme. C'était lui qui l'avait vendu. Comment pouvait-elle ne pas le connaître ?

Son mari avait acheté l'appartement.

Le mari qui était reparti en Russie ?

Oui, le mari qui était reparti en Russie.

Avec ses papiers ?

Oui, avec ses papiers.

Bentsi ouvrit sa sacoche de cuir tout usée. Lisie décida que pour le prochain anniversaire de son beau-frère, elle lui en offrirait une neuve. Comme il passait son temps à crier, à pester et à bouillir, personne ne pensait jamais qu'il pouvait avoir besoin de quelque chose. Moi non plus, personne ne pense que je peux avoir besoin de quelque chose, songea-t-elle. Elle se rendit compte qu'il avait beaucoup plus de cheveux blancs qu'elle ne pensait. Cette teinte grisonnante lui conférait une vulnérabilité nouvelle. Des cernes noirs s'étaient creusés sous ses yeux et de profonds sillons reliaient les bords de ses narines aux commissures de ses lèvres. Il tira une enveloppe en plastique bleu de son cartable et la tendit à Luba, qui la prit d'une main hésitante puis leva vers lui un regard interrogateur.

« Ouvrez », l'encouragea-t-il.

Elle obtempéra et sortit de la pochette un passeport, une carte d'identité, un acte de naissance et encore divers documents.

« Explique-lui que nous avons trouvé ça dans le bureau de Dave Factory », dit Bentsi à sa traductrice.

Luba regardait les papiers comme si elle avait sous les yeux un dragon qui crachait du feu. Elle les posa sur la table et le peu de couleur qui était revenu sur ses joues disparut à nouveau.

« Dis-lui que Dave Factory lui a subtilisé tout ça pour être sûr qu'elle ne lui échappe pas. Que c'est à cause de lui qu'elle n'a ni allocations familiales, ni assurance maladie, ni chômage, ni crèche. Alors, il est temps qu'elle déballe.

– Et si elle commençait par nous parler d'elle-même ? » suggéra Ilan, la voix douce et le regard plein de compassion.

« Quoi ? lui demanda Luba.

– Qu'elle nous parle de sa mère, de son père, de son grand-père, de sa grand-mère. »

Des larmes commencèrent à rouler sur les joues de la jeune femme. L'alternance du bon et du méchant policier, se dit Lisie. Toujours le même vieux système, et ça marchait ! Luba ouvrit la bouche... pour ne plus la refermer.

Son grand-père, Isaac Lévin, était un Héros de l'Union soviétique, revenu des combats de la Seconde Guerre mondiale couvert de médailles et amputé d'une jambe. Sa grand-mère, Lina, actrice, débutait au théâtre juif de Moscou lorsqu'ils se marièrent fin 45. Un an plus tard, le grand-père fut envoyé en rééducation au Birobidjan et condamné à dix ans de réclusion pour nationalisme, bourgeoisie et conspiration anti-soviétique. Enceinte, Lina décida de le suivre. Elle trouva du travail dans les vestiaires d'un établissement de bains publics, qu'elle conserva même après avoir appris la mort de son mari en prison. À la suite du célèbre discours de Khrouchtchev en 1956, le grand-père Isaac Lévin fut réhabilité, et la grand-mère rentra à Moscou avec sa fille Ania. Elle retrouva un emploi qui correspondait à sa « spécialité », dans un vestiaire de bains publics. Ania, la mère de Luba, étudia la physique et les mathématiques. Elle devint directrice adjointe de l'Institut d'hydrodynamique de Moscou, où on l'avait surnommée le « Einstein en jupe ». Ses deux enfants, Luba l'aînée et Sacha le plus petit, nés de deux hommes qu'elle n'épousa pas, furent élevés par la grand-mère.

Luba avait dix-neuf ans lorsqu'elle annonça un jour à sa mère et à sa grand-mère qu'elle se mariait et émigrait en Israël. Son fiancé étudiait la direction d'orchestre à l'académie de Musique, c'était un très beau jeune homme qui aimait danser, chanter, et amenait de la joie dans sa vie terne. La grand-mère approuva cette décision alors que la mère s'y opposa, davantage à cause de l'étudiant que du départ en Israël. Le garçon lui paraissait trop préoccupé par son confort et sa propre personne, et elle ne l'estimait pas capable de surmonter les difficultés inhérentes à l'émigration dans un pays oriental. En revanche, Lina soutint sa petite-fille. Elle était heureuse de pouvoir assister de son vivant à la naissance d'un nouveau couple sur les ruines de sa famille. Une vie sans hommes était pour elle malsaine et non naturelle. Au pire, si l'union échouait, Luba puiserait en elle les forces nécessaires pour se bâtir une vie à elle. « Nous sommes une race de survivants », lui avait-elle dit avant son départ, et cette phrase l'avait accompagnée depuis, même si, *a posteriori*, il s'avéra que sa mère avait raison.

En effet, le mari, Sergueï Ketchak, ne tint pas le coup longtemps. Il essaya de trouver du travail dans divers orchestres, en vain. En tant que musicien, de nombreux nouveaux-immigrants étaient bien meilleurs que lui et en tant que chef d'orchestre, il n'intéressa personne. Comme il possédait un costume noir, une chemise blanche et un nœud papillon, qu'il était beau et savait danser, il se faisait parfois embaucher comme « jambes à louer » par un couple d'ingénieurs reconvertis dans les cours de danses de salon. Ils le convoquaient lorsqu'ils manquaient de partenaires masculins, parfois avec un délai d'une heure. Le salaire était maigre et grande l'humiliation.

Comprenant qu'il était impossible d'acheter à manger avec de l'offense et des larmes, Luba accepta tout ce qu'on lui proposa. Elle fit des ménages dans des appartements, des bureaux, des magasins et des cages d'escaliers, travailla un certain temps à écailler des harengs, à la chaîne dans une usine de produits laitiers et fit la plonge dans des restaurants.

Un jour, six mois après son arrivée en Israël, elle rentra dans leur petit studio de Holon et découvrit que son mari l'avait quittée. Avec leur peu d'économies si durement gagnées, il s'était payé un billet d'avion et lui avait laissé une lettre disant qu'il ne comptait revenir ni en Israël ni auprès d'elle. Elle n'avait même plus de quoi régler son loyer. Ses propriétaires, les Schneider, possédaient un restaurant près de la bourse aux diamants de Ramat-Gan, et ils lui firent la proposition suivante : en attendant que sa situation s'améliore, elle nettoierait l'établissement le matin, ferait la vaisselle à midi et pourrait prendre ses repas sur place. Luba en fut profondément reconnaissante. Elle avait trouvé le gîte et le couvert.

Elle travaillait pour les Schneider depuis trois semaines lorsqu'un jour, Dave Factory entra dans le restaurant. Elle connaissait déjà les habitués, principalement des diamantaires religieux de la bourse aux diamants qui étaient ravis d'échapper pour une heure à leurs bureaux trop climatisés et venaient transpirer à l'ombre des ventilateurs électriques en mangeant du foie haché avec du pain au cumin et des cornichons. Dave commença par lui sourire avec insistance à travers le hublot qui séparait la cuisine du comptoir. Son repas terminé, il se leva et lui fit signe de venir le rejoindre dehors. Elle répondit par un « non » de la tête. Lorsqu'elle sortit du restaurant, aux environs de quatre heures, après avoir lavé la vaisselle et nettoyé le sol, il l'attendait dans sa voiture. Elle n'en pouvait plus de travail, de soucis, de solitude. Le regard subjugué de Dave fut un baume pour son âme comme pour son corps. Il l'invita à prendre un verre, ensuite ils se promenèrent dans le centre commercial et finirent par aller danser dans une boîte de nuit pour célibataires.

Elle arriva tant bien que mal à lui expliquer sa situation, et il arriva tant bien que mal à lui faire comprendre que sa famille dirigeait une usine à Beershéva et qu'il pouvait lui procurer du travail et un logement. Certes il n'était plus très jeune, mais il donnait l'impression de quelqu'un de bon et d'honnête. Il ne lui cacha pas qu'il était marié et que leur relation devrait rester secrète. Avant de se séparer, ils entrèrent dans une bijouterie et il lui acheta une paire de boucles d'oreilles en souvenir de leur première rencontre. Ils convinrent qu'il lui téléphonerait une semaine plus tard pour connaître sa décision. Elle soupesa la proposition et décida que si sa bonne étoile avait voulu que cet homme, qui était entré dans le restaurant pour la première fois de sa vie, soit tombé amoureux d'elle et veuille l'aider, mieux valait ne pas la contrarier.

Elle ne le regretta pas. Dave tint ses promesses. Il la fit embaucher à la Maillerie et lui acheta l'appartement de la rue Ketoura. Elle en connaissait le propriétaire pour l'avoir vu auparavant à plusieurs reprises dans le restaurant des Schneider mais, à cette époque, ne savait pas comment il s'appelait. Elle le rencontra une nouvelle fois au cours d'une croisière qu'elle fit avec Dave Factory sur le *Dancing Mathilda*.

Après son installation à Beershéva, ses papiers disparurent : son passeport, sa carte d'identité, sa carte de nouvelle-immigrante. Elle pensa qu'ils s'étaient perdus dans le déménagement et Dave lui déconseilla de déclarer la perte au commissariat. Vu son statut de femme seule, être sans papiers pouvait signifier l'expulsion. Ensemble, ils inventèrent une histoire au cas où quelqu'un la questionnerait sur son passé : elle était arrivée en Israël en compagnie de son mari, et il était reparti en Russie avec ses papiers. Comme cela n'était pas loin de la réalité, elle n'eut aucune difficulté à la raconter. Elle croyait naïvement à ce que lui disait Dave, essayait de le satisfaire et vivait dans la hantise d'être expulsée si un jour on découvrait qu'elle était sans papiers. Il en avait fait sa prisonnière.

Elle allait accoucher, on parlait déjà de la fermeture de l'usine et elle était très inquiète. Bien sûr, Dave payait tous les frais médicaux, mais être si totalement dépendante de lui la préoccupait. Lorsqu'elle sentit les premières contractions, elle pensa avoir le temps d'atteindre l'hôpital par ses propres moyens, mais elle s'écroula dans la cour de l'usine et fut obligée de demander au « fou » de la Maillerie d'appeler Dave. Elle savait qu'il serait furieux qu'elle ait révélé leur secret. D'ailleurs, rétrospectivement, il était évident que ce coup de téléphone avait engendré une catastrophe.

Dave avait aimé Alona dès l'instant où ses yeux s'étaient posés sur elle. La vie qu'ils menaient tous les trois était très simple et leur convenait parfaitement. Il passait avec elle trois soirs par semaine, arrivait aux environs de sept heures et apportait une pizza ou un repas chinois. Il donnait le bain à Alona et jouait avec elle. Pendant ce temps, Luba préparait le biberon, et c'était lui qui la faisait manger et la couchait. Deux fois, ils avaient amené la petite avec eux dans un restaurant à Jérusalem, et une fois, un samedi après-midi, elle avait accompagné Dave à une réception chez un ministre. Il l'avait présentée comme une parente qui débarquait de Russie, et elle s'était sentie humiliée. Mais en général, ils restaient à la maison, et Dave ne s'attardait jamais après dix heures. Il avait pour habitude de laisser sa voiture rue Yohanan et entrait dans le bâtiment par derrière.

Il y avait de cela une semaine, le samedi soir précisément, Eytan Kinarti débarqua chez elle et réclama Dave Factory. Elle fit semblant de ne pas comprendre ce qu'il voulait et réussit à se débarrasser de lui. Le lendemain, le dimanche, à sept heures du soir, lorsque la sonnette de la porte retentit, elle crut que Dave avait oublié ses clés. Mais lorsqu'elle ouvrit, Eytan Kinarti se tenait sur le seuil. Il entra, s'installa dans le fauteuil, alluma une cigarette, et elle n'osa pas le mettre dehors. Lorsque Dave arriva, une dispute – qu'elle ne comprit pas – éclata entre les deux hommes. Plus Dave bouillait, plus Kinarti souriait. Finalement, Dave réussit à faire sortir l'intrus, et elle crut comprendre qu'il lui avait fixé un autre rendez-vous. Par la fenêtre, il s'assura que Kinarti était bien parti et s'en alla à son tour – non sans l'avoir auparavant mise en garde de n'avouer sous aucun prétexte qu'elle connaissait ce type, qu'elle l'avait déjà rencontré et qu'il était venu chez elle. Il lui raconta que Kinarti était un criminel qui avait fait dix ans de prison, que le milieu ainsi que la police le recherchaient. Toute relation avec un tel individu la mettrait en danger. Dave ne revint pas ce soir-là, ni le lendemain. Le mardi, Luba n'alla pas au travail à cause de la tempête et il débarqua tôt le matin, ce qui n'était pas dans ses habitudes. Il lui répéta ses avertissements au sujet de Kinarti, de leurs relations et du risque d'expulsion du pays. Elle avait le sentiment que tout était lié, mais ne comprenait pas comment. Lorsque Bentsi lui avait montré la photo du cadavre, elle n'avait soufflé mot de peur de ce qui allait leur arriver, à elle et à sa fille. Elle avait compris que toutes les mises en garde de Dave étaient justifiées, qu'effectivement les truands et la police recherchaient Kinarti, et que moins elle parlerait, mieux cela vaudrait.

« Lors de sa première rencontre avec Dave Factory au restaurant des Schneider, portait-il un sac ? intervint Bentsi.

– Un sac ? s'étonna l'enquêtrice qui traduisait.

– Un sac ! Un sac ! Avait-il un sac ? C'est si difficile à comprendre ?

– Oui, il avait une banane. »

Une banane ?

Un petit sac d'hommes. Elle s'en souvenait parce qu'avant d'aller au café, il l'avait mis dans le coffre de sa voiture, et qu'elle avait trouvé cela étrange.

À quoi ressemblait cette banane ? demanda Rony.

Elle ne se souvenait plus.

Noire ? Brune ? En cuir ? En plastique ? Avec une ceinture ? Sans ?

Noire avec une ceinture.

Y avait-il un sigle dessus ? La griffe d'une marque ?

Elle ne se souvenait plus.

Était-elle vide ou pleine ?

Elle ne se souvenait plus.

Se souvenait-elle à tout hasard de la date à laquelle Dave était venu au restaurant des Schneider ?

Oui, parce qu'elle devait décider si elle partait à Beershéva ou non et qu'il lui avait donné une semaine de réflexion. Or, le soir même, elle avait déjà décidé d'accepter sa proposition, et le lendemain, elle avait annoncé au couple Schneider qu'elle partirait une semaine plus tard, soit le mercredi 13 mars. Il était donc possible de faire un calcul exact : leur rencontre remontait au mercredi 6 mars.

Lui avait-il acheté les boucles d'oreilles le même jour ? Le mercredi 6 mars ?

Oui.

Avait-elle la garantie ou une facture ?

Non, pourquoi ?

Se souvenait-elle dans quel magasin ils les avaient achetées ?

Non. Mais si elle revenait sur les lieux, elle le reconnaîtrait sûrement.

Pourrait-elle aussi reconnaître la banane ?

Non.

Elle lança un regard interrogateur d'abord à Bentsi puis à Ilan.

« Qu'est-ce que c'est que cette banane ? s'enquit Lisie.

– Toi, tais-toi, lui rétorqua Bentsi avant de se tourner vers sa traductrice : Dis-lui qu'elle va récupérer tous ses papiers. Entre-temps, on va lui donner un récépissé. Occupe-toi de traduire l'interrogatoire et apporte-le lui pour qu'elle le signe.

– Ne vaudrait-il pas mieux qu'elle dorme ici cette nuit ? » demanda Rony à Batshéva.

Mais Luba déclara qu'elle voulait rentrer chez elle.

« Dans ce cas, je vous ramène en taxi », lui proposa-t-il. Ses yeux étaient humides de compassion, et son grand menton tombait sur son cou comme le bec d'un pélican. « Voulez-vous venir avec nous, Batshéva ? »

Oh, c'est d'une galanterie ! se dit Lisie. Elle eut presque envie d'applaudir.

« Oui, je viens. Je ne veux pas qu'elle reste seule. Que va-t-il se passer pour l'appartement ?

– Est-il enregistré à votre nom ? demanda Rony à Luba.

– Oui. Mais si Dave vole argent, et paye avec argent volé, on peut le prendre à moi. »

Le preux chevalier rassura le moineau affolé :

« Ne vous inquiétez pas, tout ira bien. S'il y a des problèmes, j'ai une amie, une excellente avocate, Hani Réguev. On ne vous prendra pas l'appartement. C'est un cadeau. On ne peut pas reprendre un cadeau. L'appartement est à vous.

– Je veux qu'elle quitte la ville pour quelques jours, dit Bentsi à sa traductrice. Demande-lui de prendre un sac et d'y mettre quelques affaires pour elle et sa fille. Nous allons l'héberger dans un appartement à nous. Par mesure de sécurité. »

Le chevalier numéro un venait à peine de s'éloigner que déjà le chevalier numéro deux rappliquait et déployait ses ailes protectrices sur la pauvresse, tandis que le chevalier numéro trois se creusait sûrement la cervelle pour trouver lui aussi un moyen d'apporter son secours, pensa Lisie lorsque Luba et Alona sortirent de l'appartement, escortées par Rony et sa mère. Par quel secret ces femmes-là éveillaient-elles chez les hommes l'envie de les couver ? Elle était assise avec un bras plâtré et un visage qui ressemblait à une vieille serpillière usée et tout ce qu'elle avait obtenu, c'était un verre de thé trop sucré et un reproche de Bentsi. Serais-je jalouse ? se demanda-t-elle, étonnée par cette seule pensée. Rony ne lui devait rien et elle ne devait rien à Rony. D'ailleurs, Mlle Badikhi était une fille super, une fille qui tenait le coup quoi qu'il arrive, tout le monde le savait. Quant aux délicieuses femmes du genre de Luba, qui ondoyaient comme de frêles roseaux, elles se trouveraient toujours des hommes grands et forts pour les abriter de la tempête. « Nous sommes une race de survivants », avait dit la grand-mère avant le départ de sa petite-fille en Israël. Et elle avait raison.

Lisie décida de se rendre à la rédaction et de se défouler sur Tzément.

CHAPITRE XXV

Lorsque Lisie ouvrit la porte de son appartement, il lui sembla qu'une odeur étrangère y flottait. Comme si, dans l'obscurité, de la mousseline lui effleurait le visage. Après une courte hésitation, elle pénétra dans le salon et envoya valser son sac au pied du fauteuil, à sa place habituelle. Des chaussures de sport en cuir blanc furent la première chose qu'elle vit.

Carol Factory portait un jean immaculé, une chemise blanche et une veste de tricot bleue à boutons dorés avec, sur la poche, une griffe brodée en fil d'or. Son sac était posé sur ses genoux, recouvert d'un grand châle de laine soyeuse dans les tons verts et bordeaux.

« Comment êtes-vous entrée ? lui demanda Lisie.

– Votre mère m'a ouvert la porte. Elle vous a apporté des escalopes de dinde panées. Elles sont dans la cuisine.– Elle ne m'a pas attendue ?

– Je lui ai dit que nous avions rendez-vous. Que vous m'aviez demandé une interview. » Elle laissa échapper un léger soupir. « Je n'aime pas mentir.

– Vous avez décidé de m'accorder une interview ?

– Non. »

Sa voix était agréable. Lisie ne l'avait entendue qu'une fois, au téléphone, après le cirque de Dave au

Pélican bleu. Son intonation d'alors était grinçante et crispée mais à présent, elle était empreinte de sérénité. La sérénité de quelqu'un qui a pris une décision longuement mûrie. Avec ses yeux bleu foncé, qui ressemblaient à ceux d'Avishaï, Carol avait dû être très belle, bien qu'elle n'ait pas hérité du charme de son frère. Elle n'était pas maquillée et sa peau, pâle et granuleuse, ressemblait à de la cire vieillie.

« Je dois retrouver la Russe. »

Lisie comprit qu'elle parlait de Luba.

« Je n'ai pas la moindre idée de là où elle se trouve.

– C'est important.

– J'imagine.

– Elle n'est ni chez elle, ni au salon de coiffure, ni chez votre mère.

– Vous êtes passée chez ma mère ?

– Oui. Je viens de vous le dire. Je l'ai amenée ici avec ses escalopes. Elle prétend que la Russe est partie et qu'elle ignore où. L'ignorez-vous aussi ?

– La police la cache quelque part. Ça peut être n'importe où. À Beershéva, à Tel-Aviv, à Haïfa. Pourquoi avez-vous besoin d'elle ?

– Je n'ai pas besoin d'elle. Elle a besoin de moi.

– Et vous voulez l'aider.

– Oui.

– À rester en vie ?

– Oui. L'aider à rester en vie est dans mon intérêt. Si quelque chose lui arrivait à elle aussi, Davy serait perdu. On l'accuse de tout un tas d'horreurs. Il n'a rien fait. Je veux qu'il ait la force de se défendre. Tant que la Russe sera dans les parages, il ne l'aura pas. Il assume, mon Davy, il se sent responsable de cette femme et du bébé. Je veux lui donner de l'argent pour qu'elle quitte le pays. Je veux que ce soit vous qui vous en chargiez et que vous alliez dire à mon mari que vous avez donné à cette femme de quoi recommencer sa vie ailleurs. Qu'il sache qu'elle n'est pas dans le besoin. Il pourra surmonter l'enquête s'il la sait à l'abri.

– Où trouverai-je tout à coup de l'argent pour elle ?

– Chez moi.

– Vous voulez que je dise à votre mari que j'ai remis à Luba une somme que vous m'avez donnée pour qu'elle quitte le pays avec sa fille ?

– Oui.

– Je ne sais pas où elle est.

– Je pense que Davy a des obligations envers elle. Il lui a demandé de venir ici et lui a fait un enfant. Maintenant, elle se retrouve sans l'homme qui la soutenait, moralement et financièrement. Je ne l'aime pas. Je lui en veux beaucoup, j'en veux encore plus à Davy mais je ne peux pas être indifférente à son sort. Les hommes ne pensent jamais à ce qu'ils font endurer aux femmes. Ils les considèrent comme des objets. Je vois mon père. Mes frères. Je connais ça. On prend des engagements et après on refuse d'assumer. Ils ont commencé à démanteler l'usine sans rien me dire. Ils ne me l'ont annoncé qu'après l'avoir décidé. J'ai donné vingt ans de ma vie à la Maillerie. J'ai bien travaillé. J'ai amené les plus gros clients. La production et l'organisation étaient toujours en retard sur la vente. Depuis des années. J'ai toujours eu plusieurs longueurs d'avance sur eux et tout ça pour qu'à la fin, ils ne me demandent même pas mon avis.

– Si vous étiez si efficace, pourquoi ne vous ont-ils pas consultée ? Vous êtes membre du conseil d'administration, non ?

– J'ai une voix. Mes frères et mon père trois. De plus, mon père est resté P.-D.G. Les hommes de la famille peuvent faire passer n'importe quelle décision.

– Vous estimez que le démantèlement de l'usine est une erreur ?

– Oui. Eux ne pensent qu'aux investisseurs du monde entier qui se précipiteront chez nous quand la paix viendra. Mais quand il y aura la paix, c'est tout le Moyen-Orient qui s'ouvrira à nous. Un énorme marché, de main-d'œuvre et de consommateurs. On ne renonce pas à un tel marché pour des fantasmes politiques.

– Savez-vous qui obtiendra la concession sur la zone franche ?

– L'appel d'offres n'a pas encore été lancé.

– Mais le gouvernement n'aurait pas décrété une zone franche à cet endroit sans avoir au préalable vérifié si le projet était viable. S'il y avait des investisseurs.

– C'est exact.

– Votre père et vos frères n'auraient pas démantelé l'usine sans l'assurance qu'ils avaient tout à y gagner.

– Cela aussi, c'est exact. »

Lisie s'obligea à afficher la même sérénité que son interlocutrice. À user de sa voix la plus endormie. Elle avait un scoop à portée de main et ne voulait surtout pas le louper. En fin de compte, Carol n'avait pas menti à Batshéva. C'était une interview. Bien étrange, mais une interview tout de même.

« Quand je me suis mariée, papa a proposé à Davy d'entrer dans l'entreprise familiale. Comme dot. J'ai grandi à la Maillerie. Depuis que je suis née, je respire et je bouffe de la Maillerie.

– Moi aussi », lâcha Lisie dans un sourire. Carol ne l'avait pas entendu.

« De tous les enfants, c'était moi qui connaissais le mieux l'usine. Mais eux pensaient qu'un homme était préférable. Par chance, Davy a compris ce qu'eux n'avaient pas compris. Que jamais je ne lâcherais prise. Il m'a rendu ma dot et je ne l'ai pas déçu. J'ai doublé chaque centime que j'y ai mis.

– Qui est le promoteur, Carol ?

– Je vous le révélerai quand vous m'aurez retrouvé la Russe.

– S'agit-il de votre père ? Je sais que lui et Avishaï veulent se lancer dans la construction et qu'Eldad dirigera la Maillerie après son transfert en Jordanie. Les hommes de la famille Tarshish essayent à nouveau de vous plumer.

– Ne devons-nous pas être solidaires, entre femmes ? Écoutez, j'aurai beau le nier jusqu'à la fin de mes jours, la fille de la Russe est finalement la sœur de ma fille. Luba est mère. Moi aussi. Je suis prête à l'aider. Elle ne s'enrichira pas, mais ne mourra pas de faim. Ni elle ni la gamine. Je veux qu'elle le sache. »

Elle braqua son regard sur Lisie, comme si elle avait attendu un aval ou des encouragements. Dans sa voix vibraient des accents un peu enfantins.

« Quand avez-vous découvert son existence ?

– Ah. » À nouveau, elle lâcha son léger soupir.

Lisie se demanda où allait mener cet entretien. Que se passait-il sous le crâne de cette étrange femme, assise dans son salon et qui affichait un tel calme ? Elle ne devait surtout pas oublier que la dame en veste haute couture avait peut-être assassiné trois personnes et que son intonation si harmonieuse était peut-être un leurre. Oui, elle devait rester sur ses gardes.

« Dave sait-il que vous avez découvert sa liaison avec Luba ?

– Oui.

– Depuis quand ? »

Carol ne répondit pas. Lisie crut voir un léger sourire affleurer sur son visage, mais il disparut aussitôt.

« Pourquoi êtes-vous venue me voir, moi ?

– Parce que la Russe est en contact avec votre mère. Avec vos beaux-frères aussi. La preuve, vous saviez qu'on l'avait cachée quelque part.

– Mais je ne sais pas où.

– Si vous voulez, vous trouverez.

– Qui me le dira ? La police ? Je suis quasiment certaine que mes beaux-frères non plus ne savent pas où est cette planque.

– Vous êtes intelligente. Vous trouverez.

– Pas tant que ça. »

À nouveau, le sourire effleura les lèvres de Carol.

« Vous avez toujours eu un tour d'avance sur eux.

– Sur qui ?

– Sur vos beaux-frères. Vous m'avez parlé le jour des coups de feu au Pélican avant qu'ils ne me parlent. Vous avez parlé à Oved avant qu'ils ne lui parlent. Vous avez parlé à Jacquot avant qu'ils ne lui parlent.

– Comment savez-vous que j'ai parlé à Oved et à Jacquot ?

– À cause des questions qu'on m'a posées. Mais vous êtes différente. Je sais que vous me comprenez. »

Lisie sentit la peur l'envahir petit à petit. Bien évidemment, Carol ne pouvait pas avoir appris par la police qu'elle avait parlé à Oved et à Jacquot avant qu'ils ne meurent. M'a-t-elle suivie ? Elle veut Luba et a décidé que j'étais la personne qui lui ferait atteindre son but. Ce choix signifiait-il une balle dans la tête ?

« Vous êtes la seule à avoir pensé à moi. Sinon vous ne m'auriez pas téléphoné ce fameux soir. Je vous l'ai dit, je n'aime pas cette femme, qu'il n'y ait pas d'erreur. Je n'aimais pas non plus les amis de Davy qui la lui ont mise entre les pattes.

– C'est votre mari qui se l'est mise tout seul entre les pattes. Pas Eytan Kinarti, ni Oved Hanegbi ni Jacquot Bakhar.

– Mon Davy est un grand naïf. Il ne comprend rien à la vie. Un vrai gamin. Tous ces gens qu'il fréquentait ont fait semblant de l'aider, mais en réalité, ils aidaient la Russe. Davy a été leur victime.

– Pourquoi auraient-ils aidé cette femme ?
– Vous et moi ne sommes pas de cette espèce. Nous ne comprenons pas ce genre de créatures. Frêles, malheureuses et désespérées. Il y a énormément de force dans leur faiblesse. Un bon moyen pour soutirer tout ce que vous voulez. À moi, personne n'a jamais fait de cadeau. À vous, si ?
– Non.
– Eytan lui offre l'appartement. Oved Hanegbi l'aide à accoucher. Jacquot lui offre une croisière. Ils l'ont poussée dans les bras de mon Davy.
– Qu'est-ce que vous insinuez ? Qu'ils ont tous couché avec elle ?
– Évidemment. Ce que vous pouvez être crédule ! Qu'est-ce que vous pensiez ? Pourquoi l'auraient-ils aidée ?
– Oved aussi ?
– Vous croyez qu'en vieillissant les hommes se désintéressent de la chose ? Ça les met dans un état second, le sexe. Bien sûr qu'il a couché avec elle.
– Ils sont tous coupables et seul Dave est un saint homme sans péchés ?
– Ce n'est pas un saint homme. C'est un homme qui ne résiste pas à la tentation. Ils se sont servis de cette fille et quand ils n'ont plus eu besoin d'elle, ils ont présenté la facture à mon Davy. Pour qu'il casque.
– Si elle a couché avec tout le monde, pourquoi voulez-vous l'aider ?
– Je vous l'ai dit. Par sens des responsabilités. Comme Davy. Nous sommes tous les deux de ceux qui assument leurs actes. Je ne peux pas la laisser tomber. Elle est la mère de la fille de mon mari.
– En êtes-vous sûre ?
– Je l'ai vue.
– Quand ? » s'étonna Lisie.

Elle ne répondit pas. Était-elle, elle aussi, restée assise dans une voiture devant l'immeuble de la rue Ketoura ? Devant le salon de coiffure ? Devant l'appartement de Batshéva ? Lisie essaya de se rappeler si Alona ressemblait à Dave Factory. La petite avait un duvet foncé, des yeux bleus et un front bombé de bébé. Si elle ressemblait à quelqu'un, c'était plutôt à Carol.

« Davy m'aime. Moi. Ce qui nous lie est très fort. Nous sommes ensemble depuis l'âge de dix-huit ans. Personne ne peut nous enlever ça. Je suis son soutien. Et je le protège. Il le sait. Je l'ai toujours protégé.

– Mais il s'agit de trois meurtres ! Ou bien il sera condamné à la prison à perpétuité, ou c'est vous qui le serez.

– Nous avons de bons avocats. Personne n'ira en prison. Pas un seul jour. Mais ce qui m'importe, c'est que Davy garde son sang-froid. Il sait que je suis à ses côtés et que je vais m'occuper de lui. Je donnerai de l'argent à cette Russe pour qu'elle quitte le pays. Pour elle aussi, mieux vaut commencer une nouvelle vie sans être marquée par ce procès. Si elle témoigne, elle ne pourra plus sortir dans la rue. Je m'en chargerai. En revanche, si elle n'est plus en Israël, mon Davy pourra se mobiliser pour se défendre. Tant qu'elle est là, il n'a aucune chance. Elle le fera tomber.

– Luba ?

– Elle dira ce que les enquêteurs veulent entendre. C'est comme ça en Russie. On dit ce que les enquêteurs veulent entendre. Elle doit avoir très peur en ce moment. Elle sera heureuse de quitter le pays. J'ai besoin de son adresse. Procurez-la-moi. »

Tant que Carol croit que je vais la conduire à Luba, elle ne me tuera pas, pensa Lisie. Je dois gagner du temps. Lui dire que je vais essayer de la retrouver. Si je refuse, elle risque de m'éliminer parce que je suis la seule à savoir qu'elle essaye de trouver Luba et donc à pouvoir faire échouer ses plans.

« Avez-vous connu Eytan Kinarti dans votre enfance ?

– Non, quelle drôle d'idée !

– C'était le fils de Leizer Kinarti de Migdal. Un ami de votre père.

– Il n'a pas grandi ici. Il a vécu en Allemagne. Ce type n'était qu'un minable truand qui a abandonné sa patrie.

– C'est pour cela que vous lui avez vendu vos terres ? Parce que c'était un minable truand qui avait abandonné sa patrie ? Vous avez cru, vous et votre mari, qu'une fois sa commission empochée, vous n'entendriez plus parler de lui. Au cas où et au moment où le détournement des terres serait découvert, quoi de plus pratique pour vous que d'avoir pour acheteur fictif un minable truand qui a abandonné sa partie ?

– Je n'ai rien à voir avec cette histoire.

– Dave a planifié tout seul une telle arnaque ?

– Eytan Kinarti l'a manipulé.

– Tout le monde est responsable, sauf Dave qui n'a rien fait. Si je trouve Luba, vous allez la tuer. Vous avez tué tous ceux qui auraient pu révéler la double vie de votre mari. Vous avez dessiné une véritable cible. Avec des cercles concentriques. Sur les plus éloignés se trouvaient Eytan, Oved et Jacquot. Au centre : Luba. Exactement sur le disque noir de la cible. Je suis ravie de ne pas savoir où elle est.

– Je veux l'aider. Aussi bizarre que cela puisse paraître, c'est la vérité. » Elle leva vers Lisie son regard enfantin avide d'encouragements.

« Je ne sais pas où elle est. Un point c'est tout.

– Mais vous pouvez vous renseigner.

– Je ne le ferai pas. Désolée. »

Carol la fixa. Elle réfléchissait. Elle reprit ensuite la parole, très calmement :

« Batshéva aussi m'a dit : "Désolée." »

Lisie fut soudain submergée de terreur. Elle se rua sur le téléphone. Les doigts de Carol remuèrent sous le châle de laine. Elle avait une arme !

« Asseyez-vous. » Sa voix était posée et sa main resta sous l'étole.

« Je dois appeler ma mère.

– Elle va bien. Elle est rentrée chez elle.

– Je veux m'assurer qu'elle est bien arrivée. Vous êtes passée chez elle avant de venir ici ?

– Oui, je vous l'ai dit. Nous sommes venues ensemble.

– Je veux lui parler.

– Vous allez l'inquiéter pour rien. »

Batshéva décrocha après la deuxième sonnerie. Lisie la remercia pour les escalopes et lui dit qu'elle était désolée de l'avoir manquée.

« Carol Factory est toujours chez toi, Lisette ?

– Oui.

– Je ne savais pas si je devais la laisser t'attendre ou non. Elle m'a dit que tu étais au courant. Qu'il s'agissait d'un rendez-vous de travail.

– Je vais les réchauffer dans le micro-ondes. Deux minutes, tu dis ? D'accord. Au revoir. »

Elle raccrocha. Quelque chose se rebiffa soudain en elle. La froideur avec laquelle Carol dirigeait toute cette scène la fit bouillir. Si seulement Rony était là, songea-t-elle. Ou Bentsi. Ou Ilan. Ou une voisine qui sonnerait à la porte pour demander un verre de lait. Jamais aucune voisine n'avait sonné à sa porte pour demander un verre de lait. Elle espérait que sa mère se souviendrait qu'elle n'avait pas de four à micro-ondes et qu'elle comprendrait que quelque chose ne tournait pas rond. Elle avait les nerfs à vif. Elle les sentait presque vibrer dans tout son corps, tressaillir sous sa peau comme des fougères dans l'eau. Au pire, je la frapperai avec mon bras plâtré, se rassura-t-elle. Combien d'armes à feu possédaient-ils, dans cette famille ? Carol tenait-elle en main le neuf millimètres qui avait abattu Jacquot ? S'étaient-ils servis de l'un des deux pistolets rangés dans le coffre de la pépinière ?

« Que deviendra l'appartement de Luba quand elle sera partie ?

– L'appartement ? Il est à Eytan.

– Non. C'est l'appartement de Luba.

– Eytan lui en a fait cadeau ?

– Eytan l'a vendu à Dave qui l'a fait enregistrer au nom de Luba.

– Foutaises.

– Au cadastre figure le nom de Luba Ketchak. Vous pouvez vérifier.

– Est-il écrit qu'Eytan Kinarti a vendu son appartement à Dave Factory ?

– Non.

– Alors elle aura trouvé un pigeon qui le lui a acheté, voilà ce que j'en dis. Vous avez du mal à croire qu'il y ait des gens comme ça ? Moi aussi.

– Les banques ont octroyé à Dave et Eytan des prêts qui ont atteint un million quatre cent mille shékels. Où est cet argent ?

– Quelqu'un a usurpé mon identité.

– Oui. Dave. Dave s'est présenté aux banques comme M. Carol Factory. Un prénom rare pour un homme, mais qui existe. Vous ne pouvez rien contre ça. Les trois banques ainsi que l'avocat de Jérusalem qui a effectué la transaction l'ont reconnu comme le vendeur des terrains.

– Ils se trompent.

– Ils se trompent tous ?

– Oui. Nous le prouverons au procès.

– Vous dites que votre mari est un naïf ? Je vous crois. Il n'a pas planifié le détournement de fonds. Ni lui ni Eytan, qui n'était qu'un minable petit truand. Vous êtes le "cerveau". Vous êtes la seule à avoir assez d'intelligence pour monter une combine aussi complexe, et assez de sang-froid pour vous tenir coite pendant deux ans, à attendre que le pot aux roses soit découvert. Vous savez certainement combien d'argent Dave et Eytan ont extorqué aux banques. Faites le calcul. Soustrayez trois cent mille shékels du million quatre cent mille. Il vous restera un million cent. Eytan et Dave ont-ils coupé la somme en deux parts égales ? Combien d'argent Dave a-t-il ramené à la maison ? »

Les yeux de son interlocutrice se transformèrent en deux billes de verre, transparentes et fixes. Des yeux de mort ou de poupée. Lisie comprit qu'elle l'avait perdue. Qu'elles n'étaient plus des âmes sœurs. À partir de cet instant, Carol Factory avait inscrit Mlle Badikhi sur la liste de ses ennemis.

« Vous voulez vous servir de la Russe pour faire pression sur Dave. Pour l'obliger à avouer tous les crimes. En contrepartie, vous laisserez la vie sauve à Luba et à Alona. Vous donnerez à votre mari des garanties qu'elles sont en sûreté à l'étranger, moyennant quoi il écopera de perpette multipliée par trois. C'est ça, le marché ?

– Il n'y a aucun marché.

– Avez-vous l'intention de me tuer, Carol ?

– Vous me provoquez intentionnellement pour que je perde mon sang-froid. Pourquoi ?

– Si vous me tuez, on saura immédiatement que vous êtes coupable. Dave ne pourra pas porter le chapeau puisqu'il est derrière les barreaux.

– N'essayez pas de jouer avec moi. Je suis plus intelligente que vous.

– La police en sait autant que moi.

– Elle n'a aucune preuve. Mon Davy s'en sortira.

– C'est vrai. Parce que ce n'est pas lui le coupable. C'est vous.

– Vous vous répétez.

– Dave va être envoyé en prison pour escroquerie et vous pour crimes. Que deviendra votre fille ?

– Donnez-moi l'adresse de cette grue.

– Je ne l'ai pas ! Vous ne comprenez pas ce qu'on vous dit ?

– Ne me parlez pas sur ce ton. » Sa voix s'aiguisa tant qu'elle résonna comme un pic à glace. « Débrouillez-vous. Aujourd'hui même. Procurez-moi ce que je vous demande.

– Sinon ? »

Carol se leva. Elle sortit son sac de sous le châle et le ferma. Ensuite, elle jeta l'étoffe de laine soyeuse sur ses épaules, laissant apparaître son pantalon en jean qui se révéla serré sous une cuisse et lâche sous l'autre. Sans aucun doute, un de ses genoux était bandé.

« Je sais où habite votre mère, Lisette. » Elle avait prononcé « Lisette » sur le même ton que Batshéva, et elle prenait un plaisir évident à cette imitation. « Je lui rendrai une petite visite. »

Lisie s'attendait presque à voir des torrents de mercure couler des oreilles de cette femme et des flammes de feu jaillir de ses narines. Elle n'avait jamais été confrontée à une forme de méchanceté qui n'avait ni les circonstances atténuantes d'une enfance difficile ni celles d'une jalousie dévastatrice ou d'un amour déçu. La méchanceté à l'état pur. Comme du métal précieux. Ou du diamant.

Arrivée à la porte, Carol se retourna une dernière fois : « Nous sommes bien d'accord ?

– Quoi ?

– Vous allez me procurer cette adresse. » L'ombre du

sourire familier écarta à nouveau légèrement ses lèvres puis disparut aussitôt. « Je respecte mes engagements. Je suis une femme de parole. Une promesse est une promesse. Je reste fidèle à ceux qui me sont fidèles. Ne parlez à personne de notre entretien.

– Ma mère sait que vous êtes chez moi.

– Dites-lui que je vous ai donné une interview. Je ne veux pas qu'elle se mette à papoter, Lisette. »

Elle referma doucement la porte derrière elle. Le bruit étouffé de ses pas se fit entendre dans les escaliers, s'estompa puis s'éteignit. Dans un chuchotement plein de fiel, le mot de « Lisette » continua à se contorsionner dans l'air de la pièce.

Lisie s'assit et contempla le fauteuil vide. Il régnait dans le salon comme une odeur nauséabonde de fruits pourris grouillants de vers. Elle ouvrit les fenêtres et emplit ses poumons de l'air froid et mordant. Des voitures passaient en bas dans la rue et elle se demanda si Carol conduisait l'un de ces véhicules et la voyait à sa fenêtre. Les yeux mauvais, glacials, la suivaient encore, malgré le départ de leur propriétaire. Lisie se mit à inspecter ses serrures, l'obscurité entre les pieds des meubles, et fut saisie de panique. Elle n'osa pas rappeler sa mère, de crainte de l'affoler et de l'inciter à faire quelque chose qui éveillerait les soupçons de Carol Factory. Cette femme était devenue le symbole de tout ce qui n'allait plus dans la vie de Batshéva. La perte de son emploi, la perte de sa dignité. Les mains de sa mère, toujours occupées avec une serpillière, une casserole ou du linge à laver, avaient essayé de se trouver une autre finalité avec le bébé de la nouvelle-immigrante qu'elle avait adoptée. Ses filles, Havatzéleth, Georgette et Lisette étaient toutes trois solides et indépendantes, et elle s'était trouvé un ersatz de fille qui remplissait sa vie et son appartement de gazouillis, lui donnait le sentiment d'être encore utile à quelqu'un. Et voilà que la famille Tarshish lui enlevait ça aussi.

Lisie avait peur de téléphoner à Bentsi, Ilan ou même à ses sœurs. Elle ne savait pas comment fonctionnait le cerveau de cette femme effrayante qui n'obéissait qu'à ses propres lois.

Comme elle ne voulait pas rester dans l'appartement, elle ramassa son sac et verrouilla la porte derrière elle. D'ici son retour, le froid qui entrait par les fenêtres ouvertes aurait chassé l'air vicié qu'avait laissé la visite de Carol Factory. Elle erra à travers les rues en traînant ses grands pieds, suivit d'un regard absent les enfants qui jouaient dans les cours d'immeubles, les coursiers qui chevauchaient leurs vespas avec des parkas gonflées comme des voiles, les joueurs de shesh-besh dans les cafés, les magasins éclairés, la poussière prise dans le faisceau des phares des voitures et les femmes emmitouflées dans de grands pulls, avec poussettes et cabas, qui se hâtaient de rentrer pour préparer le dîner.

Ce fut après avoir marché pendant une trentaine de minutes, lorsqu'elle atteignit la gare routière, entre les autobus enfumés et bruyants et les longues files d'attente, qu'elle comprit que dès le départ, ses pas l'avaient conduite ici. Vers ceux en qui elle avait une confiance absolue, ceux qui l'aimaient sans conditions et feraient pour elle tout ce qu'elle leur demanderait : Clara et Yaacov.

Un couple d'une trentaine d'années avec un enfant d'environ six ans voulait acheter un parapluie. Pour le gamin. Yaacov était assis sur sa chaise haute à côté de la caisse et Clara étalait devant le garçonnet des petits parapluies multicolores. Les parents s'enquirent du prix de chaque modèle et s'étonnèrent d'apprendre qu'ils valaient tous la même chose.

« Clara va leur faire un rabais dans une seconde, chuchota Yaacov à sa nièce. Elle ne voudra pas décevoir le môme. »

Lisie prit une chaise à côté de lui et suivit patiemment la négociation. Si cela avait dépendu d'elle, elle aurait été d'accord pour que le marchandage dure une éternité. Il y avait quelque chose de sain et de rassérénant dans ces jeunes parents qui achetaient un parapluie à leur enfant pour l'abriter de la pluie.

« Clara n'a pas tellement le moral aujourd'hui, lui dit tout bas son oncle.

– Que s'est-il passé ?

– Nous voulions nous faire embaucher à l'Opéra-Volant parce que nous avons entendu qu'ils montaient une opérette de Gilbert et Sullivan. Ils ne prennent en général que des chanteurs amateurs : des professeurs, des fonctionnaires, des kibboutzniks, des nouveaux-immigrants. Une belle palette. Nous avons contacté le producteur qui nous a dit de venir passer une audition. Moi je ne voulais pas. Mais Clara m'a expliqué qu'on ne nous connaissait pas, que tout le monde devait passer une audition et que j'étais ridicule de faire la fine bouche. Que nous étions des professionnels, que nous connaissions Gilbert et Sullivan, et que nous n'aurions aucun problème pour nous faire embaucher. Alors, quand enfin elle m'a convaincu et que nous avons décidé d'aller à cette audition, nous avons appris que finalement ils montaient une comédie musicale américaine, quelque chose de Rodgers et Hammerstein. Et ça, ça ne nous intéresse absolument pas. »

La famille sortit du magasin avec un parapluie flambant neuf et Clara se tourna vers Lisie.

« Les enfants d'aujourd'hui sont si intelligents ! s'exclama-t-elle, émerveillée. Il a dit que "parapluie", ça venait de para. Je n'ai jamais pensé que parapluie venait de para. Comme les parachutistes ! Tu le savais, Lisie ?

– Quoi ?
– Que se passe-t-il, ma chérie ? »

Lisie hésitait sur la formulation de ce qu'elle voulait dire. Elle se demandait si ses peurs étaient fondées ou si elle n'était la proie que d'une angoisse irrationnelle. Elle ignorait de quoi elle devait se méfier. Elle ne voulait pas les effrayer et surtout ne voulait pas qu'ils effrayent sa mère.

« Je dois vous demander quelque chose.

– Quoi ?

– D'aller faire un petit tour chez Georgette et de lui dire de dire à Bentsi de faire protéger maman. Qu'elle comprenne bien que je pense que c'est urgent. Et qu'ils ne relâchent surtout pas la protection autour de Luba. Si Georgette n'est pas à la maison, allez chez Havatzéleth. Qu'elles ne se servent pas du téléphone. Je ne veux pas que la conversation passe par le standard du commissariat et que tout un tas d'imbéciles se mettent à jacasser. Si vous ne trouvez ni Georgette ni Havatzéleth, allez voir tante Malka.

– Tu es suivie, Lisie ?

– Non, non. Je ne pense pas. Mais je n'en suis pas sûre.

– De qui Batshéva doit-elle se méfier ? Bentsi et Ilan sont-ils au courant ?

– Oui. Je pense que oui. Dites-leur que Carol Factory m'a rendu visite aujourd'hui.

– Nous y allons de ce pas.

– Laissez-moi d'abord sortir. Attendez dix minutes et allez-y. Ne courez pas. Merci, tante Clara, merci tonton Yaacov.

– Veux-tu que nous te téléphonions après avoir établi le contact ?

– Non, c'est inutile. Je vous fais confiance. »

Ils la regardèrent avec inquiétude. Et aussi avec

quelque chose en plus : de la solennité. Les agents de sa Majesté étaient chargés d'une mission secrète dont les risques n'auraient pas fait honte aux héros de Gilbert et Sullivan. Lisie se sentait déjà mieux.

Un enfant flanqué de deux seaux remplis de bouquets était posté devant le magasin de fleurs, fermé à cette heure-là. Elle décida de préparer un article sur les nombreux gosses qu'on croisait en ville et qui faisaient tout un tas de petits boulots au lieu d'aller à l'école. Ce phénomène, nouveau, était directement lié à la récente émigration des pays de l'Est. Boris se tenait à côté du gamin et lui parlait tout en jouant. Elle fit semblant de ne pas le voir. Elle était très fatiguée et son bras plâtré picotait. Le tenir en écharpe avait modifié sa posture et lui causait des douleurs dans le bas du dos. Comme elle regrettait à présent de ne pas avoir pris sa voiture ! Elle envisagea un court instant d'arrêter un taxi mais se remémora la puanteur qui régnait peut-être encore chez elle et décida que rien ne la pressait.

Lorsqu'elle atteignit enfin son immeuble, elle avait terriblement mal aux jambes. Elle devrait marcher plus souvent, se dit-elle. Elle se rouillait. Peut-être commencerait-elle à se rendre à pied au bureau ? Elle avait très envie de reprendre le travail. D'ailleurs, qu'est-ce qui l'en empêchait ? Oui, décréta-t-elle, demain, elle annoncerait à Tzément qu'il pouvait réintégrer Tel-Aviv.

Arrivée à son étage, elle s'arrêta net. Une muraille bloquait la porte de son appartement. Il y avait là au moins cinquante boîtes de maïs, empilées les unes sur les autres sur environ un mètre de hauteur. Rony ! Rony était revenu ! Elle regarda de tous côtés, ne vit personne et resta là, clé en main, sans savoir que faire. Si elle ne retirait que les boîtes qui masquaient la serrure et la poignée, toute la construction risquait de s'écrouler. Comment expliquerait-elle aux voisins cet amoncellement de maïs ? De sa main valide, elle commença à retirer la rangée du haut. Un sourire idiot lui barrait le visage.

« Tu détruis mon œuvre d'art. »

Une tête apparut au-dessus de la rampe de l'étage supérieur.

« J'aimerais bien ouvrir ma porte. »

Il dévala les marches, se planta à côté d'elle et commença à retirer prudemment les boîtes qui entouraient la poignée.

« Si seulement tu estimais un peu tout ce que je fais pour toi.

– Où as-tu trouvé tant de boîtes ? Comment les as-tu transportées ?

– Au supermarché. Ils ont livré les trois cartons qu'ils avaient. »

Elle éclata de rire.

« Où avais-tu disparu ?

– J'étais à Francfort.

– En Allemagne ?

– Oui. La responsable des relations extérieures des Affaires criminelles m'a mis en relation avec les policiers d'Interpol à Francfort. J'ai rencontré le beau-père d'Eytan Kinarti. As-tu un ouvre-boîtes ? J'ai oublié d'en acheter un.

– Pourquoi ne m'as-tu pas prévenue que tu partais en voyage ?

– Je t'ai manqué ?

– Imbécile ! »

Rony lui prit la clé des mains et ouvrit. La muraille s'écroula dans un vacarme assourdissant. Des boîtes roulèrent jusqu'en bas, rebondissant d'une marche à l'autre. Affolés, des voisins apparurent. Lisie s'engouffra dans son appartement et claqua la porte derrière elle. Comme Rony était resté de l'autre côté, sur le palier avec ses conserves, il commença à crier qu'elle n'était pas normale, quelle drôle d'idée d'avoir acheté tout ce maïs, elle était folle, qu'est-ce qu'ils allaient en faire, bon, d'accord, il lui avait dit qu'il aimait le maïs, mais de là à dévaliser le supermarché pour lui, vraiment, elle était tellement amoureuse qu'elle avait disjoncté… Il se rendit soudain compte qu'il avait gardé la clé en main et entra dans l'appartement. Il souleva Lisie qui riait et pleurait en même temps, assise par terre.

« L'histoire du micro-ondes ne se reproduira plus, Lisie, chuchota-t-il tout en couvrant son visage de baisers.

– Je sais. Qui t'en a parlé ?

– Bentsi.

– Quand es-tu rentré ?

– Hier.

– Maman est-elle sous protection ?

– Oui. »

Elle se mit à trembler. Rony la prit dans ses bras et la maintint serrée contre lui jusqu'à ce qu'elle se calme.

CHAPITRE XXVI

La responsable d'Interpol en Allemagne avait mis Rony en contact avec l'inspecteur de Francfort qui s'était occupé du cas « Eytan Kinarti » dont le dossier contenait des plaintes de casinos pour dettes non honorées ou pour bagarres, et des remises en liberté sous caution. Il connaissait personnellement le lascar et l'avait qualifié de « petite merde » – ce qui, étrangement, sonnait plus minable en allemand qu'en hébreu, remarqua Rony. Après le meurtre, la police avait perquisitionné chez Eytan, mais n'avait trouvé ni diamants ni argent. L'inspecteur avait pris contact avec le beau-père d'Eytan pour lui demander s'il acceptait de rencontrer un « confrère » israélien. Bien qu'exaspéré par la crasse que son fils adoptif avait laissée derrière lui, celui-ci accepta.

Eytan avait vécu dans un studio qui jouxtait l'appartement de son beau-père et possédait sa propre entrée. Paulus Berger s'était remarié deux ans après l'assassinat de Faïga, la mère d'Eytan, et avait de cette union un fils, âgé aujourd'hui de vingt ans et une fille de dix-sept ans. Le fils avait repris le studio. Le peu d'objets qu'il y avait trouvés avaient été mis dans une valise que les policiers avaient déjà examinée de fond en comble. Un chandelier de Hanouka ornait la bibliothèque et une main porte-bonheur était accrochée sur la porte. Parmi les livres, il y avait une Bible et un atlas en hébreu. Un cendrier de cuivre vert qui portait l'inscription « Jérusalem » était posé sur la table, avec, à l'intérieur, des modèles réduits de voitures de course. L'héritage qu'Eytan Kinarti avait légué aux générations futures.

Paulus Berger raconta à Rony que lorsque Eytan était sorti de prison après avoir purgé sa peine, il était revenu en Allemagne. Comme cadeau pour sa libération et ticket d'entrée dans une nouvelle vie, son beau-père lui offrit des doigts « vierges ». Il connaissait plusieurs chirurgiens esthétiques qui soignaient les coureurs automobile brûlés, et décida de permettre au jeune homme de tourner la page sans que l'ombre du passé ne plane sur son futur. Cependant, les « nouveaux » doigts ne servirent à rien. Eytan se révéla un joueur invétéré. Paulus l'aimait beaucoup. Il l'avait élevé depuis l'âge de quatre ans et ce garçon était tout ce qui restait de la vie pitoyable et tourmentée de Faïga-la-Flamme. Il était incapable de le mettre dehors, mais comme il devait l'éloigner de ses deux enfants, il coupa son appartement en deux et construisit pour Eytan un studio indépendant. Ce qui n'empêcha pas ce dernier de lui voler de l'argent et de dérober les bijoux de sa femme. Berger attendit cependant qu'il fracture la tirelire de son fils pour se résoudre à changer la serrure de la porte d'entrée et à lui interdire l'accès de son appartement s'il n'était pas accompagné d'un autre membre de la famille. Mais il n'avait pas eu la force de couper les ponts et Eytan n'avait pas eu celle de s'en aller. Du début à la fin, leur relation avait été maladive.

Rony et Paulus s'étaient installés sur le petit canapé dans le studio qui avait été celui d'Eytan. Au beau milieu de leur entretien, la femme de Berger et son fils arrivèrent. Rony ne put déterminer s'ils entendaient l'histoire pour la première ou la millième fois.

Pendant la guerre, le père de Paulus avait été l'un des adjoints du gouverneur militaire allemand de Vilna. Il s'y trouvait lors du massacre des Juifs de Ponar. Paulus avait seize ans à la fin de la guerre. Lorsque les procès de Nuremberg s'ouvrirent, il arrêta ses études au lycée, alla travailler dans un garage, et, un an plus tard, quitta l'Allemagne avec la ferme intention de ne plus jamais y remettre les pieds. Il devint coureur automobile, et après avoir été blessé deux fois, commença à organiser des courses.

Il rencontra Faïga-la-Flamme à Beershéva où il était venu avec un projet de rallye pour le Néguev. Elle avait six ans de plus que lui, connaissait son père et se souvenait même de son nom. Ce qui, au départ, avait été le mariage de l'enfant de la victime avec celui du bourreau, devint petit à petit un lent suicide à deux. Au lieu de vivre loin de l'Allemagne honnie, de son père et du souvenir des martyrs de Ponar, il revint dans son pays avec une femme qui hurlait toutes les nuits parce qu'elle ne pouvait oublier ce que tous les deux voulaient tant oublier.

Comment Eytan aurait-il pu sortir indemne d'un tel foyer ? Il n'était pas moins victime que le couple. Paulus avait appris son assassinat avec un certain soulagement. Il espérait simplement qu'il n'avait pas souffert. Que la mort était venue rapidement.

La conversation se prolongea jusqu'au retour de la fille de Berger. Une lycéenne, avec trois anneaux à l'oreille droite et un minuscule diamant planté dans une narine. Elle portait un sac à dos de tissu coloré et, enfilée dans sa ceinture, une banane carrée de cuir noir.

« N'est-ce pas le sac d'Eytan ? demanda Rony à la jeune fille.

– Si.

– Il vous l'a donné ?

– Oui.

– Vous souvenez-vous à quel moment ?

– Ça doit faire à peu près un an. Il était parti en Israël pour placer son père dans une maison de vieux et il est revenu avec ce sac. Mais il ne s'en servait pas, ça traînait dans sa chambre. Alors je lui ai demandé si je pouvais le prendre et il a dit oui.

– Puis-je y jeter un coup d'œil ? »

Elle libéra le petit sac de sa ceinture, le lui tendit et il en vida le contenu : un porte-monnaie, des kleenex, un rouge à lèvres, des papiers d'identité, un trousseau de clés et des emballages de chewing-gum. Il examina la doublure qui séparait les trois compartiments. Ensuite, il écrasa la couture dans le bas du compartiment central. Tout au bout, dans le coin, il remarqua un petit fil sur lequel il tira. De la couture émergea lentement une fine saucisse de tricot noir, avec, à l'intérieur, les diamants de Yéhouda Kornfeld.

« Quoi ! s'écria Lisie. Rony ! Tu as retrouvé les diamants de Kornfeld ?

– Oui. » Il sourit, et sa grande mâchoire remonta vers ses dents du haut.

« Il est au courant ?

– Oui. J'ai appelé Hani Réguev de Francfort et elle est allée chez lui pour lui annoncer la bonne nouvelle. La police allemande s'occupe du rapatriement des pierres : les douanes et le service des fraudes. Les leurs et les nôtres. Kornfeld a dit à Hani qu'on ne l'avait jamais autant fait chier que ces deux dernières années, qu'une fois qu'il aurait récupéré ses diamants, il rentrerait en Amérique et qu'il ne reviendrait plus jamais ici. Qu'on l'avait considéré comme un criminel et que personne n'avait voulu croire que la victime, c'était lui. Que ce genre de choses ne pouvait arriver qu'en Israël. Qu'en

Amérique, on n'emmerdait pas les honnêtes citoyens comme on avait l'habitude de le faire ici.

– Comment se fait-il qu'Eytan ait donné le sac à sa "sœur" ?

– On lui avait confié la mission de se procurer des papiers d'identité et il s'en était acquitté. Dave a pris ce qui l'intéressait, y compris le pistolet, et il a rendu la banane à Eytan. Certainement pour qu'il s'en débarrasse. Mais Eytan a décidé de la garder. » Rony se mit à rire. « Tu aurais dû voir leurs têtes quand ils ont pigé que la gamine allait tous les jours à l'école avec des cailloux qui valaient quarante mille dollars !

– Je me demande si Eytan Kinarti serait toujours vivant s'il avait découvert ce que contenait le sac.

– Il était irrécupérable et dans tous les cas, ça se serait mal terminé.

– Le destin s'est bien payé sa tête.

– Oui. Et celle de Kornfeld aussi. À chacun son lot. »

Voilà, songea Lisie, maintenant que le mystère des diamants est élucidé, Rony va pouvoir quitter le bureau d'investigations de Hani Réguev et rejoindre son équipe d'avocats. Quant à elle, elle serait classée comme un épisode éphémère de sa biographie, reléguée dans le cadre d'une courte période romantique où, à califourchon sur sa Ducati 916, il avait joué les cow-boys dans le grand Sud et baisé la reine du journal local, Lisie Badikhi. Il aurait de quoi alimenter les blagues de ses collègues du barreau lorsqu'ils iraient finir la soirée au pub après une journée harassante au tribunal. Elle l'entendait presque dire : « Et l'histoire du maïs, je vous l'ai racontée, celle-là ? »

« Quand repars-tu pour Tel-Aviv ?

– Quand tout ça sera fini.

– Tu ne fais pas partie de l'équipe d'investigations.

– En es-tu sûre ?
– Oui.
– Bentsi a demandé à me garder. Il a reçu l'aval du commissaire divisionnaire, le commissaire divisionnaire celui du directeur de la Criminelle et le directeur de la Criminelle celui du chef de la Police.
– Qu'en pense le ministre ?
– Que je suis leur meilleure prise depuis l'arrestation du braqueur à moto.
– Qu'es-tu censé faire à Beershéva ?
– Te protéger.
– Je n'ai pas besoin de protection.
– Si. Je dors chez toi. C'est un ordre.
– De qui ?
– De Bentsi, du commissaire, du directeur de la Criminelle et du chef de la Police. »

Elle était trop fière pour avouer que la visite de Carol Factory l'avait terrorisée. Elle s'en voulut du soulagement que ces paroles lui procurèrent. Il resterait avec elle et la protégerait. Et puis, ces mots de « te protéger » avaient fait naître en elle d'autres espoirs.

Il la considérait avec embarras. En un instant, il était redevenu un véritable adolescent, aussi brûlant de désir que de gêne. Toujours préoccupée par la manière dont il relaterait ses exploits, elle décida de ne pas lui faciliter la tâche. Tu devras trimer pour prendre ton pied, se dit-elle intérieurement, je ne fais pas la charité, moi.

« Lisie ! » soupira-t-il avec insistance, mi-protestant, mi-supliant.

Il souleva son pull et effleura le tee-shirt de soie noire. Le matin même et à l'encontre de ses habitudes, elle avait décidé de ne pas mettre de soutien-gorge car elle s'était dit qu'avec sa chemise, son pull, son manteau et son châle, personne ne verrait ce qui était caché dessous. Ses mamelons devinrent durs comme de la pierre, et elle n'eut qu'une seule envie : qu'il passe les mains sous le doux tissu noir et lui caresse la peau. Cet homme est sur le point de te quitter, se rappela-t-elle, il va te câliner jusqu'à en perdre l'âme, ensuite il te plaquera et tu ne le reverras plus. Elle suivit du regard le mouvement de ses doigts qui ouvrirent la boucle de son ceinturon et baissèrent son pantalon… pour laisser apparaître la tente du quartier général et son mât dressé. Il affichait le même triomphe modeste qu'une star à la cérémonie des oscars.

« Hani Réguev te prend dans son cabinet ?

– Oui.

– Tu es content ?

– Je ne sais pas. J'hésite. Je ne suis pas certain d'être assez mûr pour rester assis derrière un bureau. Je me demande si je ne me ferais pas plutôt gigolo. Qu'en penses-tu ?

– Tu n'as pas les talents requis.

– L'outillage est plutôt correct. »

Il cacha sa tête sous le tee-shirt de Lisie. Ses baisers enflammés se mêlèrent à son souffle brûlant. Les jambes flageolantes, elle essaya de baisser son pantalon de sa main valide. Lorsqu'il ressortit la tête pour l'aider, elle se sentit totalement abandonnée et le froid soudain la fit frissonner.

Le téléphone sonna à l'intérieur de son sac. Elle tenta de sauter hors du lit, mais Rony l'embrassa et l'emprisonna de ses jambes et de ses bras. Advienne que pourra, pensa-t-elle soudain, cet instant nous appartient ! Elle savait qu'il brûlait de la satisfaire, et en elle, le désir, la volonté de prendre du plaisir n'étaient pas moins ardents.

Ils sirotaient leur café dans la cuisine lorsque Rony lança :

« Allez, on va s'habiller.
– Pourquoi ? s'étonna-t-elle.
– Dave Factory est en pleine confrontation. Ça fait deux heures que ça a commencé. Je veux être chez Luba quand il y arrivera.
– A-t-il avoué ?
– Bien sûr. Il a assassiné Eytan Kinarti, Jacquot, et il est responsable de la mort d'Oved Hanegbi.
– Tu le crois ?
– Pas toi ?
– Non. Il espère sauver Luba. Il s'accuse de tout pour que Carol n'assassine pas sa maîtresse. Avons-nous la permission d'assister à cette confrontation ?
– On va essayer. Prenons la moto. »

Pendant que Lisie s'habillait, Rony alla sur le palier ramasser toutes les boîtes de maïs et les déposa dans l'appartement, ce qui rendit le passage dans le petit hall d'entrée très compliqué.

« Demain, tu ramènes tout ça au supermarché.
– Tu rêves ! Après leur avoir expliqué que le maïs augmentait la tension artérielle ?
– C'est ce que tu as raconté ? À qui ?
– À tout le monde. Ils m'ont tous demandé pourquoi j'avais besoin de tant de boîtes. Les clients, les femmes de ménages, le directeur, les caissières. Après mes explications, d'autres personnes en ont aussi acheté.
– Bon, alors demain, on va faire une distribution dans les écoles. Pour leur faire monter un peu la tension ! »

Rony prit l'avenue des Présidents, suivit la rue Ketoura jusqu'au bout et continua rue Yohanan. Là, il gara sa moto, saisit la main de Lisie puis se dirigea vers la buvette éclairée qui faisait le coin. Ils reprirent l'avenue des Présidents et il la guida vers l'un des immeubles.

Ils montèrent au troisième étage, ouvrirent la porte et entrèrent. Deux policiers munis d'un télescope pointé vers l'appartement de Luba étaient en faction près de la fenêtre. Trois autres, assis devant une table basse, jouaient aux cartes. Lisie et Rony allèrent eux aussi se placer à la fenêtre et regardèrent vers l'extérieur. Deux voitures et deux fourgons étaient garés devant le six rue Ketoura. Des flashs d'appareils photo illuminaient par intermittence la fenêtre de l'appartement de Luba. Une silhouette de femme se détachait derrière la vitre et Lisie se focalisa sur elle.

« Luba est rentrée ? murmura-t-elle.

– Quoi ?

– Je crois que j'ai vu Luba.

– C'est son appartement.

– Mais elle est censée être planquée quelque part !

– Ils l'ont peut-être ramenée pour la circonstance. »

Le convoi des véhicules de l'équipe chargée de la confrontation – des policiers, des cameramen vidéo, un groupe de l'Identité judiciaire et bien sûr Dave Factory – quitta les lieux. Rony et Lisie ne bougèrent cependant pas. Il y avait toujours de la lumière chez Luba. La rue était calme et sombre. Une grande lune, nette et joyeuse, éclairait le ciel. Le froid nocturne du désert s'infiltra par les murs jusque dans les os de Lisie et elle frissonna. De temps en temps, une ombre passait dans la pièce de l'autre côté de la rue. À moins que ce ne fût le jeu de son imagination ? Elle ne savait pas ce qu'ils attendaient et ne posa pas de questions. Les trois policiers interrompirent leur partie de cartes et vinrent se placer eux aussi derrière la vitre. Deux d'entre eux avaient des écouteurs. Luba ouvrit les fenêtres, Alona dans les bras. La crête orange qui se dressait au-dessus du court duvet blond scintilla un instant sous la lumière électrique. La jeune femme ferma ensuite les volets et, à partir de cet instant, le rideau tomba sur tout ce qui se passait dans l'appartement.

Lorsque Lisie regarda à nouveau sa montre, il était vingt-trois heures. Les bras et les jambes ankylosés par cette station debout devant la fenêtre, elle se mit à envier les gens qui dînaient en famille, ceux qui étaient au cinéma, au théâtre ou au concert, ceux qui, dans des voitures chauffées, allaient chez des amis ou prendre un pot dans un bistro ou encore rentraient chez eux pour se glisser dans un lit douillet, fermer les yeux et dormir. Qu'attendons-nous ? se demandait-elle. Que devait-il encore se passer cette nuit ? Ses paupières tombaient. Chaque fois, elle se réveillait en sursaut, affolée à l'idée d'avoir loupé quelque chose pendant qu'elle somnolait. Finalement, elle cessa de lutter contre le sommeil, se colla contre la chaude poitrine qui la soutenait par derrière et ferma les yeux.

À travers la fente de ses paupières, elle remarqua l'arrivée de la Subaru blanche des voisins qu'elle connaissait. Ils garèrent leur voiture près de l'entrée de l'immeuble et en sortirent, les bras chargés de sacs à provisions. Lorsqu'ils atteignirent la cour, elle s'écria :

« Ils sont trois ! Il y a quelqu'un de plus avec eux ! »

Le policier derrière le télescope dit dans son micro : « Elle entre. » Et deux minutes plus tard, la nuit fut déchirée par des projecteurs, des coups de feu et des cris. Des silhouettes s'engouffrèrent dans l'immeuble, des crissements de pneus ponctuèrent l'arrivée de voitures qui vinrent bloquer l'entrée du bâtiment, et la torpeur de Lisie s'envola d'un coup.

« Viens vite, c'est fini ! » lança Rony.

Il l'entraîna et se mit à courir vers la rue Ketoura, sur les talons des policiers qui avaient été en planque avec eux dans la pièce.

Deux femmes inconnues, en uniforme et de forte

carrure, débouchèrent des escaliers. Elles tenaient Carol Factory par le bras. Un court instant, Lisie croisa son regard. Ses yeux étaient redevenus des billes de verre transparentes, et elle en eut froid dans le dos. Sans trop d'égards, les deux gardes poussèrent leur prisonnière dans le fourgon qui démarra sirène hurlante.

Une inspectrice qui avait la même apparence que Luba Ketchak était assise dans le fauteuil du salon, un pistolet sur les genoux, livide. Penché sur elle, un verre d'eau à la main, Ilan la suppliait de boire :

« Iris, mon petit, tout va bien, c'est fini. Tu as été merveilleuse, mon poussin. » Âgée d'environ trente-cinq ans, Iris-le-poussin était maigre comme un clou et elle avait des yeux noirs, mais la crête orange qui se dressait au milieu de cheveux courts teints en blond pouvait induire en erreur. Une poupée enveloppée dans une couverture reposait sur l'accoudoir.

« Elle avait la clé de l'appartement, ne cessait de murmurer Iris. Elle avait la clé. Vous ne m'aviez pas dit qu'elle avait la clé. Elle aurait pu me tuer.

– Elle a sans doute pris celle de son mari, lâcha l'un des policiers.

– Vous auriez dû y penser. » La jeune femme ne parvenait pas à se calmer.

« Tu ne courais aucun risque. Tu étais totalement couverte.

– Elle est entrée arme au poing. Elle aurait pu me tuer. Et vous qui prétendiez que c'était sans danger ! Pourquoi avez-vous mis si longtemps à intervenir ?

– Nous sommes entrés dans l'appartement en même temps qu'elle. Allez, mon canard, remets-toi. Tout est fini. Tu as été super. Super !

– Comment se fait-il que Carol soit venue ici précisément ce soir ? demanda Lisie à son beau-frère.

– Ah, cette Malka, elle parle toujours trop ! »

Ilan sourit et essuya la sueur qui perlait sur son front.
« Quoi ?
– Ce matin, Carol est venue voir son mari au commissariat. À sa sortie, elle a un peu discuté avec notre secrétaire de permanence, qui comme chacun sait, n'est “pas très futée”. Pour lui remonter le moral, Malka lui a assuré qu'après la confrontation de ce soir, Dave serait sûrement relâché. Excepté Malka, personne n'avait parlé à Carol d'une quelconque “confrontation”. Ce que nous escomptions, c'était qu'elle suive notre équipe sur les lieux et nous avons donné des instructions pour que personne ne l'en empêche. Nous avons misé sur le fait qu'elle entrerait dans l'appartement juste après notre départ et c'est pourquoi nous y avons laissé une inspectrice qui ressemblait à Luba. Nous savions que Carol la recherchait. Sa visite chez Batshéva et chez toi n'a fait que le confirmer. Elle a assassiné tous ceux qui avaient eu vent de la liaison de son mari. Elle resserrait de plus en plus l'étau autour de sa rivale.

« Nous avons truffé l'appartement d'enregistreurs et de caméras, des policiers attendaient chez les voisins, et d'autres, munis d'un télescope, surveillaient les lieux de l'immeuble d'en face. Après la soi-disant confrontation, tous les véhicules de police sont partis et nous avons laissé notre Luba seule dans l'appartement. Sans en avoir la certitude, nous pensions que Carol devait s'être postée dans les environs, qu'elle avait suivi la scène et que tôt ou tard elle ne résisterait pas à la tentation d'atteindre sa proie.
– Dave connaissait-il vos plans ?
– Non. Avant de l'amener ici, nous avions tout retourné dans l'appartement. Comme après le passage d'une tornade. Quand il est entré, qu'il a découvert que Luba n'était pas là, que le lit d'Alona était vide et que les lieux étaient sens dessus dessous, il a craqué et s'est

mis à crier : “Elle les a tuées! Elle les a tuées!” Nous lui avons demandé de qui il parlait, qui avait tué qui, qu’est-ce qu’il entendait par là. Il a dit : Carol. Iris, notre appât, est alors sortie de la salle de bains. C’est là qu’il a pigé qu’il était tombé dans un piège et s’est mis à pleurer. Comme lot de consolation, nous l’avons amené voir ses deux chéries quand nous sommes sortis d’ici.

– Elles sont à Beershéva?

– Dans le service de Havatzéleth. »

Ils éclatèrent soudain de rire. Leur famille était une véritable pieuvre. « Avec des tentacules partout et partout critiquée. »

Elle souriait encore lorsqu’elle monta sur la moto. Elle glissa sa main gauche sous le ceinturon de Rony et passa son bras valide autour de sa taille. Le vent froid qui la frappait au visage cinglait sa peau comme des lames de rasoir. Elle cacha sa tête dans le dos qui la protégeait, ferma les yeux et s’imprégna de sa chaleur.

CHAPITRE XXVII

« Dave avait tout avoué, déclara Bentsi.

– Celui qui confesse et renonce sera pardonné », déclama Rony. Il étendit ses longues jambes et les posa sur le siège vide de la chaise en plastique devant lui.

« Le détournement des terres, l'escroquerie, les meurtres. Il avait tout fait. Seulement voilà, quand on a commencé les vérifications, les recoupements et les confrontations, on a trouvé dans ses aveux plus de trous que dans du gruyère. La question était : pourquoi ? Pourquoi avouerait-il des actes qu'il n'a pas commis ? La seule explication logique, c'était qu'il avait peur que Carol ne fasse du mal à Luba et à Alona, et que probablement – c'est ce que nous avons pensé – elle avait menacé de les ajouter à la liste de ses victimes s'il ne s'accusait pas de toute cette puanteur, en gros et au détail. Mais lorsque nous avons émis cette hypothèse devant lui, il a nié de plus belle ! Carol était aussi pure que les citrons du rabbin de Lubavitch. Elle n'avait rien fait et ne savait rien. Lui, lui, et rien que lui. Tu ne manges pas tes anchois ? demanda-t-il à Ilan.

– Non. »

Bentsi récupéra les anchois de la pizza de son beau-frère et en décora la sienne. Les deux policiers, Rony et

Lisie avaient pris place à l'arrière de la nouvelle pizzeria de la Vallée de Sarah, sur une terrasse qui surplombait le minigolf. Le shabbat et les jours fériés, l'établissement était envahi par des promeneurs et leur marmaille, mais à présent, il n'y avait personne.

S'ils se retrouvaient là, c'était parce que, quelques instants plus tôt, Bentsi leur avait annoncé que s'il restait une seconde de plus dans le tombeau obscur qu'on lui avait octroyé comme bureau, ses os allaient moisir et que ses fesses étaient déjà couvertes d'escarres. Ilan avait rétorqué que Bentsi adorait son cagibi, inutile de jouer à la victime, mais qu'il connaissait un endroit où ils pourraient discuter et manger sans être dérangés.

Le soleil brillait enfin, Lisie sentit que sa carcasse glacée commençait à se réchauffer. Elle rapprocha la table voisine, y déposa son magnétophone et son carnet en songeant qu'elle se souviendrait de Rony chaque fois qu'elle verrait une paire de santiags usées. Voilà, c'est déjà la séparation, se dit-elle intérieurement.

Bentsi poursuivait sa conférence :

« En fin de compte, deux chefs d'inculpation ont été retenus contre lui, le vol du sac de Yéhouda Kornfeld et la "combine". Il écopera sûrement de cinq ans, parce qu'il s'agit d'escroqueries avec circonstances aggravantes. Pour le meurtre d'Eytan, il ne sera accusé que de complicité *a posteriori*, ce qui lui vaudra sans doute trois ans de plus.

– Si on l'accuse de n'être intervenu qu'après, il sera acquitté. Selon la loi, on ne peut pas condamner un mari d'avoir aidé sa femme à dissimuler un délit, si c'est elle qui l'a commis, intervint Rony.

– Tu es sûr ? demanda Bentsi avant d'essuyer le fromage qui était resté collé à son menton.

– Oui.

– Et le meurtre d'Oved Hanegbi ? s'enquit Lisie.

– Le saint homme en avait aussi pris la responsabilité. »

Les deux policiers se mirent à rire.

« Quoi ? insista-t-elle. Quoi ?

– Ilan a eu une illumination. Il a demandé à Dave pourquoi il avait laissé la porte de l'autobus ouverte après avoir frappé le Prophète. "Cette porte est toujours ouverte, nous a-t-il répondu. Si je l'avais fermée, on aurait tout de suite remarqué que quelque chose clochait."

Lisie se mit à rire avec eux.

« C'est si drôle que ça ? s'étonna Rony.

– La porte de l'autobus était fermée, lui expliqua-t-elle.

– Sur le pistolet qui a abattu Eytan Kinarti, nous avons trouvé, comme vous le savez, les empreintes digitales d'Oved Hanegbi. Quand nous avons demandé à Dave où il avait pris cette arme, il a répondu qu'elle venait de la pépinière. Mais que faire, ce pistolet ne figure pas sur l'inventaire de la mairie !

– C'était celui de mon diamantaire ! s'exclama Rony.

– Exactement.

– Quand Kornfeld a porté plainte pour vol, il a précisé que dans le sac, il y avait aussi un pistolet légalement acquis.

– Est-il possible que Dave n'ait aucun rapport avec tous ces crimes ? demanda Lisie.

– N'en faisons pas de l'huile d'olive si pure que ça, dit Ilan. Nous avons relevé ses empreintes digitales sur les poteaux d'électricité en face de l'autobus du Prophète, exactement comme tu l'as deviné, mon poussin. Sur un des poteaux, à huit mètres de haut, et sur l'autre, à sept.

– En voilà un qui n'a pas le vertige, remarqua Rony.

– Il n'a sans doute pas réussi à dévisser les ampoules en gardant ses gants.

– Poursuivons, lança Bentsi. Le meurtre de Jacquot. Dave avait de nouveau avoué. C'était lui et lui seul qui avait assassiné Jacquot parce que ce type colportait dans toute la ville qu'il avait une liaison avec Luba. Mais que demande le peuple ? Tous les matins, à la pépinière, on dresse une liste du matériel distribué aux ouvriers et Dave doit la signer. À l'heure où Jacquot était assassiné, même en prenant la plus grande des marges, Dave était au boulot. Les jardiniers ont signé la liste et il l'a signée aussi, noir sur blanc : il est exclu que Dave ait assassiné Jacquot entre sept et neuf heures du matin, or Jacquot a été assassiné à huit heures moins le quart. Foutu pour Eytan, foutu pour Jacquot, foutu pour le Prophète. »

Rony écarta les bras et déclama à nouveau :

« "Vos péchés fussent-ils comme le cramoisi, ils peuvent devenir blancs comme neige ; rouges comme le pourpre, ils deviendront comme la laine", notre homme est innocent ! »

Tous les regards convergèrent sur lui.

« C'était quoi ? demanda Ilan en souriant.

– La citation préférée de mon père.

– Un vers tiré du latin ?

– Non. De la Bible.

– En quelle langue ? »

Rony comprit qu'ils se payaient sa tête et rougit jusqu'au bout des ongles. Ilan le réconforta d'une petite tape sur la cuisse :

« Ce n'est rien, mon grand, ne le prends pas mal. »

Bentsi ramassa les dernières miettes de son assiette, s'étira, inspira profondément et poursuivit son discours :

« Deux mobiles différents ont conduit à deux sortes de délits, commis par une seule et même personne et inspirés par un seul et même sentiment : la jalousie. L'idée d'escroquer les banques a germé dans le cerveau de Carol parce qu'elle était jalouse de ses frères. Dave avait mis son père en relation avec le ministre et un engagement de principe, selon lequel Yigal Tarshish serait le promoteur israélien, avait été pris. Ce dernier avait fait de son fils Avishaï son associé *de facto* pour tout ce qui relevait de la zone franche, et confié à son fils Eldad le transfert de la Maillerie en Jordanie. Personne n'avait demandé l'avis de Carol. Elle écumait et a cherché un moyen de profiter de la défiscalisation. L'idée de la "combine" s'est tissée pendant des semaines. Tout ce temps, elle a fait pression sur Dave pour obtenir sa complicité, parce que, disait-elle, c'était par lui qu'était venue la trahison de sa famille. Savoir que son père obtiendrait le marché grâce aux relations de son mari avec le ministre et qu'elle en serait exclue la rendait folle.

– Yigal Tarshish sera le promoteur ? C'est officiel ? demanda Lisie.

– Oui. Avec une famille anversoise et quelqu'un de Philadelphie. Le ministre de l'Équipement et du Logement l'a annoncé la semaine dernière en conférence de presse, ici même.

– Où étais-je ?

– À l'hôpital, mon poussin.

– Mais je n'ai pas lu le moindre mot là-dessus dans mon journal !

– Tzément assistait pourtant à cette conférence de presse, déclara Bentsi.

– Tu en es sûr ?

– Oui, je l'ai vu.

– Qu'est-ce qui t'a pris d'y aller ?

– Comme nous construisons un nouveau commissariat, le directeur régional de la P.J. a demandé que nous fassions acte de présence et le Divi m'a prié de l'accompagner.

– Qui est le Divi ? » demanda Rony.

Bentsi, Ilan et Lisie sautèrent au garde-à-vous, lancèrent trois sifflements stridents et se rassirent comme un seul homme.

« C'est le patron de notre commissariat, Elisha Karnapol, espèce d'ignare nordiste ! lui expliqua Ilan.

– Carol a appris par son père qu'Eytan Kinarti venait en Israël. Yigal avait innocemment raconté à ses enfants, entre la carpe farcie et la purée, que voilà, un autre des trois mousquetaires de Migdal quittait Beershéva. Son ami d'enfance, Leizer Kinarti, qui, comme lui, était arrivé dans le Sud quarante-cinq ans auparavant, partait pour aller vivre – que cela lui soit épargné – dans une maison de vieux à Natanya. Il ajouta que le fils de Leizer, un sale petit truand qui vivait en Allemagne, venait spécialement en Israël pour aider son père à déménager. Carol décida que ce "sale petit truand allemand" serait l'homme qui lui permettrait de mettre son plan à exécution.

« Dave Factory connaissait Leizer Kinarti. Ils étaient tous deux employés municipaux et responsables syndicaux. Avec une extrême gentillesse, il a aidé le fils à faire déménager le papa. À Natanya, dans un restaurant de grillades surplombant la mer, tandis qu'ils essuyaient une assiette de houmus, il lui a proposé de l'argent facile moyennant sa participation à l'arnaque. Eytan devait se procurer les papiers d'identité de quelqu'un d'aisé pour lequel il pourrait se faire passer, qui ne connaissait pas trop de monde en Israël – peut-être détenteur d'une double nationalité – et qui avait immigré depuis un certain temps. L'idée de chercher une proie près de la bourse aux diamants est venue d'Eytan.

– Dave n'aurait jamais été capable d'organiser une telle embrouille. C'est du Carol tout craché, dit Lisie. Quand a-t-elle rencontré Eytan ?

– Dans la nuit de lundi, à la pépinière, répondit Bentsi.

– Pas avant ?

– Non. » Il se tut et essaya de mettre de l'ordre dans ses pensées.

« Eytan était un flambeur et il s'est retrouvé avec des dettes. Dimanche soir, il va chez Luba, qui habite dans son ancien appartement, avec la ferme intention de soutirer de l'argent à Dave Factory. Dave demande à Carol de payer. Il lui raconte qu'Eytan le fait chanter à cause de leur "combine", et lui apprend qu'il a rendez-vous avec le bonhomme dans la nuit du lundi à la pépinière. Carol retire de son compte en banque cinquante mille shékels et les donne à son mari. Ce que l'interrogatoire nous a révélé – et que Dave ignorait – c'est que cette nuit-là Carol l'a devancé sur les lieux pour menacer Eytan : Dave l'avait payé comme convenu, il n'avait pas le droit de continuer à l'embêter et s'il osait montrer à nouveau sa sale gueule à Beershéva, il aurait affaire à elle. Et pour bien clarifier ses intentions, elle le braque avec un flingue.

« Mais Eytan lui rit au nez, elle, l'épouse modèle, et lui parle de Luba et d'Alona, de l'appartement que Dave leur a acheté avec l'argent de la "combine". "Tirez, la défie-t-il, allez-y, tirez ! Allez ! tirez !" Elle tire et rentre chez elle. Quand Dave arrive à la pépinière avec les cinquante mille shékels, il trouve Eytan mort. Il court à la maison complètement hystérique et sa chère et tendre compagne vole à son secours.

– Pas de veine, cet Eytan », dit Rony.

Ils restèrent un instant à méditer sur ces paroles.

« Dave Factory était prêt à écoper de trois condamnations à perpette et à sacrifier sa vie pour cette créature monstrueuse ? Il y a des choses que je ne comprendrai jamais, tout flic que je suis, murmura Ilan.

– Mais enfin ! » s'écria tout à coup Bentsi. Sa voix tonitruante résonna jusqu'aux échoppes des artisans et aux garages de la vallée. « Il s'est sacrifié pour Luba et Alona, pas pour Carol Factory, tu dérailles ou quoi ? »

Ilan lui lança un regard offensé :

« Je l'avais compris, mon cher, mais il aurait tout simplement pu la balancer. Dire, voilà, c'est elle l'assassin d'Eytan Kinarti, du Prophète et de Jacquot. Au fond de lui, il savait bien que la cible, au bout du compte, c'était Luba.

– À mon avis, il était tétanisé. Comme un lapin devant un tigre. Il ne voulait pas savoir ce qu'il savait. Ça existe. Ce n'est qu'après avoir été amené chez Luba et avoir vu l'appartement dévasté qu'il a commencé à fredonner. Tellement qu'on aurait pu l'envoyer tout droit à l'opéra !

– Selon sa version, il est arrivé à la pépinière dans la nuit de lundi et il a trouvé Eytan Kinarti étendu dans une mare de sang. Il a pris peur et est retourné chez lui paniqué. Carol, l'épouse dévouée, était sous la douche. Elle est retournée avec lui à la pépinière, l'a aidé à charger le cadavre dans la camionnette et à l'enterrer à la Maillerie. Elle lui a dit qu'elle brouillerait les pistes en mettant les empreintes d'Oved Hanegbi sur le pistolet. Il n'a ni vu ni entendu les coups qu'elle lui a donnés, parce qu'il était en train de creuser. Le lendemain, elle l'a envoyé faire son numéro au Pélican bleu en lui disant que c'était la meilleure manière pour lui de se mettre hors de cause. "Montre ton arme à tout le monde, joue avec, lui a-t-elle expliqué, et personne ne te soupçonnera d'être lié au meurtre d'Eytan Kinarti."

– À mon avis, le fait que Carol s'en soit prise à ce pauvre Oved prouve qu'elle savait depuis au moins un an ce qui se passait entre Dave et Luba, intervint Lisie. Elle a suivi l'évolution de leur relation, a découvert que

Luba était enceinte puis qu'Oved Hanegbi l'avait aidée au moment de l'accouchement. N'oubliez pas que les deux femmes travaillaient à la Maillerie. Il se peut que Carol ait vu Luba courir vers l'autobus du Prophète puis partir en ambulance pour l'hôpital.

– Elle a mijoté à feu doux dans le bouillon de sa haine, jusqu'à ce que le couvercle saute, dit Ilan.

– Il n'y a pas que l'adultère de Dave qui l'a rendue folle, dit Bentsi. L'argent ! L'argent l'a rendue folle, le fait qu'il ait osé acheter un appartement à sa maîtresse. Pendant toutes ces années, elle se tue au travail pour assurer à son Davy un haut niveau de vie, et lui, il va donner le fric qu'elle a si durement gagné à une sale petite traînée qu'il a ramassée dans la rue ! Vous auriez dû l'entendre pendant son interrogatoire. J'en avais la chair de poule. "Je voulais les brûler, tous, lui, elle et le bébé avec", a-t-elle déclaré d'une voix très calme, monocorde, comme si elle parlait dans un rêve. Elle a décrit le feu de camp dans lequel elle imaginait faire flamber son mari et sa maîtresse. Elle se serait fait cuire des patates dedans.

« Mais ensuite elle a changé ses plans et a décidé de torturer Dave tout doucement. Elle a dessiné autour de lui une sorte de cible imaginaire avec des cercles concentriques qui arrivaient petit à petit au centre, c'est-à-dire au but qu'elle visait. Sur les cercles extérieurs, il y avait tous les gens qui connaissaient la liaison de son mari et avaient aidé celui-ci à la tromper avec Luba, et au centre, Luba elle-même. Dave, elle avait décidé de le laisser en vie. Pour qu'il souffre autant qu'elle souffrait. La mort par le feu aurait été une punition trop légère pour lui.

– De la folie pure et simple, conclut Ilan.

– De la jalousie, rectifia Rony, ne dit-on pas : "Cent morts mais pas une seule jalousie" ? Enfin, moi je préfère : "Cent jalousies mais pas une seule mort."

– Encore une citation latine ? » ironisa Ilan qui se leva et s'étira. « Voulez-vous faire une partie de minigolf ? Mes vieux os sont en train de pourrir. »

De sa main valide, Lisie attrapa son magnétophone et emboîta le pas aux trois sportifs. La luminosité accentuait les fils blancs qui parsemaient la chevelure de Bentsi. Il n'avait que deux ans de plus que son beau-frère et pourtant, sous ce violent éclairage, elle remarqua chez lui des signes de vieillissement. Ilan avait gardé une allure d'adolescent. Il frottait sa crosse de golf entre ses mains, tout à son enthousiasme pour la partie, puis frappa la balle. L'air était froid et sec, et bien qu'il n'y eût pas de nuages dans le ciel, le soleil, caché, n'avait laissé que des éclats rouges qui scintillaient comme des lames de rasoir. Bentsi suivit avec une expression furibonde la balle d'Ilan qui atterrit dans le trou, juste à côté du nain. Il se remit à parler tout en balançant d'avant en arrière la crosse qu'il tenait à la main.

« Eytan débarque en Israël au printemps 1995 pour faire entrer son père, Leizer Kinarti, dans une maison de vieux à Natanya. Une semaine après son arrivée, la banane de Yéhouda Kornfeld disparaît. Il est ressorti des interrogatoires qu'Eytan était entré plusieurs fois dans le restaurant pour choisir une victime adéquate. Ensuite, il a acheté à Dave un sac identique à celui de Kornfeld et lui a expliqué que tout ce qu'il devait faire, c'était aller chez Schneider, manger des *kishkess* et faire l'échange. Dave a facilement accompli sa mission, mais par trop d'adrénaline dans les couilles, il a décidé de s'octroyer Luba en prime. Kornfeld a porté plainte le jour où a été émis le reçu pour les boucles d'oreilles qu'il a achetées à sa nouvelle conquête.

– Cherchez la femme. On l'a dit, mon poussin, on continuera à le dire et ce sera toujours vrai, fit remarquer Ilan.

– Sait-on qui a embauché Luba ? demanda Lisie.

– Le directeur du personnel. À toi de jouer, tape sur la boule, Rony.

– Vous continuez ? » s'impatienta-t-elle.

Bentsi et Ilan échangèrent des regards amusés.

« Alors ?

– Confidentiel.

– Confidentiel, soupira-t-elle.

– Luba Ketchak s'est présentée à la Maillerie recommandée par M. Factory, et elle a commencé à travailler le 1er mai 1995. Dave l'a fait passer pour une parente russe et il a demandé au directeur du personnel de rester discret parce qu'il préférait que les Tarshish ignorent qu'il l'avait pistonnée. Le directeur du personnel l'a embauchée et a fermé sa gueule. Il ne voulait d'ennuis ni avec la famille ni avec le gendre.

– Il a eu de la veine, marmonna Rony.

– Qui ?

– Carol a listé tous ceux qui connaissaient la liaison de Dave et de Luba. Elle aurait pu le trucider lui aussi.

– Quelqu'un veut-il encore un café ? » lança Bentsi qui avait perdu tout intérêt au minigolf depuis que la différence entre lui et les autres joueurs était devenue insultante.

« Il arrête toujours la partie quand il perd ? demanda Rony à Ilan.

– Toujours. Et si on se commandait un dessert ? »

Il pénétra dans le restaurant et réapparut sur la terrasse avec un plateau de baklavas fourrés de pignons et d'amandes qui dégoulinaient de miel et flottaient dans de l'eau de roses.

« Où vont tous les gâteaux que tu ingurgites à longueur de journée ? lui demanda son beau-frère.

– C'est mon premier aujourd'hui !

– Ton troisième.

– Tu n'as pas intérêt à le cafter à Havatzéleth.
– Dave est une vraie loque. » Une expression écœurée se dessina sur le visage de Bentsi.
« Tous les hommes sont des loques, intervint Lisie.
– La loque a tout de même essayé de sauver Luba et Alona, rectifia Rony. C'était sûrement un marché entre eux : si Dave avouait tout, Carol ne toucherait pas à sa maîtresse.
– La possessivité, c'est ce qui la pousse à agir, dit Bentsi. La Maillerie lui appartient, "Davy" lui appartient.
– Qui a signé le retrait bancaire des cinquante mille shékels effectué lundi dernier ?
– Carol. Elle a dit à l'employée qu'elle voulait acheter un tapis persan.
– Et le lendemain, elle avait changé d'avis et a redéposé la somme sur son compte.
– Exactement.
– Le jour de la tempête.
– Le jour de la tempête. »
Ilan maintint l'assiette de Lisie pendant qu'elle rassemblait à la petite cuiller les restes de son baklava.
« Quand va-t-on t'enlever le plâtre, mon poussin ?
– La semaine prochaine.
– Il est temps. Dis-moi, vas-tu porter plainte contre Carol pour agression ? Tu peux exiger des dommages et intérêts.
– C'est ça. Je vais me payer les services de ce génie de Rony Melzer et au bout de sept ans de débats dans les tribunaux, le juge décidera que tout au fond de lui, il a encore un doute concernant ma responsabilité et me fera signer un papier selon lequel je m'engagerai à ne plus agresser Mme Factory. »
Les trois hommes éclatèrent de rire. Lisie nota que

Rony n'avait pas protesté quand elle avait évoqué sa prochaine arrivée au barreau.

« Avez-vous arrêté Carol ? demanda-t-elle.

– Évidemment. Karnapol en personne a été voir le juge. Il avait peur d'une fuite.

– Est-ce une information confidentielle, mon petit cœur ?

– Non. On y va ? »

Elle prit une grande inspiration. Elle était en pleine forme, en pleine possession de ses moyens et cherchait une proie à se mettre sous la dent. Elle appela la rédaction et pria Shiboleth de lui passer le cafard puant.

« Tu parles de Tzément, Lisie ? *Oïe*, c'est si bon de t'entendre, on t'a enlevé le plâtre ? Tu reviens quand ? Il y a une pile d'invitations sur ton bureau. »

Lorsque Tzément décrocha, elle lui demanda pourquoi il n'avait pas annoncé dans le journal qu'Yigal Tarshish allait sans doute recevoir le marché de la zone franche.

« Je ne publie pas les bruits de couloir.

– Tu étais à la conférence de presse quand le ministre de l'Équipement et du Logement l'a présenté comme l'un des partenaires. Pour toi, ce sont des bruits de couloir ?

– Il n'y a pas encore eu d'appel d'offres.

– Ça aussi, c'est une info ! Un engagement gouvernemental avant le lancement de l'appel d'offres, ce n'est pas une info ? » Sa voix montait de plus en plus et elle n'arrivait pas à la contrôler.

« Un ballon de baudruche.

– Baudruche toi-même ! Je reprends le boulot demain et tu as intérêt à ce que je ne trouve pas ton cul sur ma chaise quand j'arriverai ! cria-t-elle.

– Tu es folle.

– Exact, mon petit cœur. Et si je te vois demain

matin dans mon bureau je vais t'arranger la gueule de telle sorte que tu deviendras la reine des folles ! Suis-je suffisamment claire ?

– Pas la peine de me menacer, tu sais ! Comme si je pouvais avoir envie de croupir dans ce trou provincial de merde, espèce de grosse vache !

– Et si tu me fais encore une fois une conférence sur le *new*-journalisme, je te réduis en steak haché. Comment as-tu pu ne pas publier une telle info, espèce de petit con ? »

Lisie raccrocha, hors d'elle... et découvrit Rony à ses côtés, plié en deux de rire.

« Où sont Bentsi et Ilan ?

– Partis. J'ai dit que je te raccompagnais.

– Ils ont payé ?

– C'est moi qui régale aujourd'hui. »

Elle fut assaillie d'un doute :

« Tu pars ?

– Oui. Je dois me présenter au cabinet demain matin. »

Elle ne réagit pas. Elle savait que cet instant devait arriver. Pourtant la déception qui déferla sur elle noya d'un coup l'énergie débordante qu'elle avait ressentie à peine un instant auparavant.

« Tu montes à Tel-Aviv pour le week-end ? lui demanda-t-il.

– Je ne sais pas. Moi aussi, je reprends.

– Tu ne travailles pas le shabbat.

– Tout dépend de ce que cet enfoiré aura laissé derrière lui.

– *Cet* enfoiré-*ci* te demande de venir.

– Tu habites chez tes parents ?

– Lisie ! Je n'habite plus chez mes parents depuis mes dix-huit ans ! Mais si tu veux leur rendre visite, on ira. C'est à crever d'ennui là-bas, le vendredi soir. Ils se droguent au bouillon de poule. Je pensais à un autre genre de distraction.

– Quoi ?

– Quelque chose de plus farineux.

– Quoi ?

– Je pensais à du maïs.

– Ah.

– Alors ?

– Je ne sais pas. J'ai un journal à boucler.

– Si tu ne peux pas monter, préviens-moi. C'est moi qui descendrai.

– D'accord. »

Après tout, la vie était belle. Elle vit le menton proéminent de Rony s'abaisser vers son cou dans un large sourire et songea qu'il lui manquait déjà.

DANS LA MÊME SÉRIE

Jakob ARJOUNI

Bonne fête, le Turc ! (Happy Birthday, Türke !).
Demi pression (Mehr Bier).
Café turc (Ein Mann, ein Mord).

Edgar BOX

La Mort en tenue de soirée (Death Before Bedtime).
La Mort en cinquième position (Death in the Fifth Position).
La Mort l'aime chaud (Death Likes it Hot).

Christianna BRAND

Mort dans le brouillard (London Particular).
La Mort de Jézabel (Death of Jezebel).
La Rose dans les ténèbres (The Rose in Darkness).

Bartholomew GILL

McGarr et la femme du ministre (McGarr and the Politician's Wife).
McGarr et la conjuration de Sienne (McGarr and the Sienese Conspiracy).

McGarr sur les falaises de Moher (McGarr on the Cliff of Moher).
McGarr au Concours hippique de Dublin (McGarr at the Dublin Horse Show).
McGarr et le complot du Jeu de Paume (McGarr and the P.M. of Belgrave Square).
McGarr et la méthode de Descartes (McGarr and the Method of Descartes).
McGarr et l'héritage d'une femme bafouée (McGarr and the Legacy of a Woman Scorned).
Mort d'un spécialiste de Joyce (The Death of a Joyce Scholar).

B.M. GILL

Le Douzième Juré (The Twelfth Juror).
Une mort sans tache (Victims).
Petits Jeux de massacre (Nursery Crimes).

Batya GOUR

Le Meurtre du samedi matin (The Saturday Morning Murder).
Meurtre à l'université (Literary Murder).
Meurtre au kibboutz (Murder on a Kibbutz).
Meurtre au Philharmonique (An Orchestral Case).

Georgette HEYER

Meurtre d'anniversaire (They Found Him Dead).
Un rayon de lune sur le pilori (Death in the Stocks).
La mort donne le la *(The Unfinished Clue).*
Tiens, voilà du poison ! (Behold, Here's Poison).
Mort sans atout (Duplicate Death).
Pas l'ombre d'un doute (No Wind of Blame).
Pékinois, policiers et polars (Detection Unlimited).
Qui a tué le Père ? (Penhallow).

P.D. JAMES

À visage couvert (Cover Her Face).
Une folie meurtrière (A Mind to Murder).
Sans les mains (Unnatural Causes).
Meurtres en blouse blanche (Shroud for a Nightingale).
La Proie pour l'ombre (An Unsuitable Job for a Woman).
Meurtre dans un fauteuil (The Black Tower).
Mort d'un expert (Death of an Expert Witness).
La Meurtrière (Innocent Blood).
L'Île des Morts (The Skull Beneath the Skin).
Un certain goût pour la mort (A Taste for Death).
Par action et par omission (Devices and Desires).
Les Fils de l'homme (The Children of Men).
Les Meurtres de la Tamise (The Maul and the Pear Tree).
Péché originel (Original Sin).
Une certaine justice (A Certain Justice).

Yoram KANIUK

Comme chiens et chats (Tiger Hill).

H.R.F. KEATING

Un cadavre dans la salle de billard (The Body in the Billiard Room).
L'Inspecteur Ghote en Californie (Go West, Inspector Ghote).
Le Meurtre du Maharajah (The Murder of the Maharajah).
L'inspecteur Ghote tire un trait (Inspector Ghote Draws a Line).
Meurtre à Malabar Hill (The Iciest Sin).
L'inspecteur Ghote mène la croisade (Inspector Ghote's Good Crusade).
Le Shérif de Bombay (The Sheriff of Bombay).
Ghote et les chauves-souris (Bats Fly Up for Inspector Ghote).
Où est le mal ? (Doing Wrong).

Temps morts (Dead on Time).
Filmi, filmi, inspecteur Ghote! (Filmi, Filmi, Inspector Ghote).
Le Meurtre Parfait (The Perfect Murder).
La Mort en questions (Asking Questions).
L'inspecteur Ghote abat son joker (Inspector Ghote Plays a Joker).
La Corruption en héritage (Bribery, Corruption Also).

Shoulamit LAPID

Notre correspondante à Beershéva (Local Paper).
Alerte à Beershéva (Bait).
Le Bijou (The Jewel).

Jennifer ROWE

Pommes de discorde (Grim Pickings).
Prière d'inhumer (Murder by the Book).
Eau trouble (The Makeover Murders).
Ondes de choc (Stranglehold).
Lagneau à l'abattoir (Lamb to the Slaughter).
Trouble Fête (Deadline).

Ouvrage composé en Garamond
par Dominique Guillaumin, Paris

Impression réalisée sur CAMERON par
BRODARD ET TAUPIN
La Flèche

pour le compte des Éditions Fayard
en octobre 1999

Imprimé en France
Dépôt légal : novembre 1999
N° d'édition : 8455 – N° d'impression : 1046X
ISBN : 2-213-60509-2
35-17-0709-01/2